Symphonie inachevée

Du même auteur
aux Éditions J'ai lu

Fleurs captives
Fleurs captives, *J'ai lu* 1165
Pétales au vent, *J'ai lu* 1237
Bouquet d'épines, *J'ai lu* 1350
Les racines du passé, *J'ai lu* 1818
Le jardin des ombres, *J'ai lu* 2526

Ma douce Audrina, *J'ai lu* 1578

La saga de Heaven
Les enfants des collines, *J'ai lu* 2727
L'ange de la nuit, *J'ai lu* 2870
Cœurs maudits, *J'ai lu* 2971
Un visage du paradis, *J'ai lu* 3119
Le labyrinthe des songes, *J'ai lu* 3234

VIRGINIA C. ANDREWS™

Aurore
Aurore, *J'ai lu* 3464
Les secrets de l'aube, *J'ai lu* 3580
L'enfant du crépuscule, *J'ai lu* 3723
Les démons de la nuit, *J'ai lu* 3772
Avant l'aurore, *J'ai lu* 3899

La famille Landry
Ruby, *J'ai lu* 4253
Perle, *J'ai lu* 4332
D'or et de lumière, *J'ai lu* 4542
Tel un joyau caché, *J'ai lu* 4627
D'or et de cendres, *J'ai lu* 4808

Les orphelines
Janet, *J'ai lu* 5180
Crystal, *J'ai lu* 5181
Brenda, *J'ai lu* 5182
Rebecca, *J'ai lu* 5183
En fuite !, *J'ai lu* 5184

La famille Logan
Melody, *J'ai lu* 5516
Le chant du cœur, *J'ai lu* 5616

Virginia C. Andrews™

Symphonie inachevée

Traduit de l'américain
par Françoise Jamoul

Titre original :
UNFINISHED SYMPHONY

© 1997, by The Virginia C. Andrews Trust
and The Vanda General Partnership
All rights reserved including the right
of reproduction in whole or part of any form.
This edition published by arrangement
with the original publisher, Pocket Books, New York.
V. C. Andrews is a trademark of the
Virginia C. Andrews Trust and the Vanda General Partnership.

Pour la traduction française :
© Éditions J'ai lu, 1999

PROLOGUE

La ligne d'horizon de New York me coupa le souffle. Comme nous roulions vers la ville étincelante, Fanny et moi, je réfléchis au rapide enchaînement de circonstances qui m'avait conduite jusque-là. Bien trop surexcitée pour me reposer, trop lasse pour bavarder avec Fanny, je décidai d'écrire à Alice Morgan pour la remercier. C'était elle, en m'envoyant la photographie qu'elle avait trouvée dans un magazine de vente par correspondance, qui m'avait précipitée dans cette aventure ; sans elle, je n'aurais jamais entrepris ce voyage pour retrouver mon passé. Je me lançai aussitôt dans la rédaction de ma lettre.

Chère Alice,
Merci, merci, merci de m'avoir envoyé ce catalogue, avec la photo du mannequin qui ressemble tellement à maman. Kenneth est de mon avis, c'est tout à fait elle ; il s'est immédiatement renseigné auprès des éditeurs de la revue, qui lui ont communiqué le nom et l'adresse du modèle. C'est une certaine Gina Simon, et tu ne devineras jamais vers où je me dirige au moment même où je t'écris ? Vers Los Angeles, vers Hollywood ! À vrai dire, à cet instant précis, je suis à New York, ou du moins en train de le traverser. (Nous venons juste de dépasser l'Empire State Building !) C'est Fanny, l'amie de Kenneth, qui a offert de m'emmener à New York ; sa sœur et son beau-frère, Dorothy et Philip, ont proposé de me

recevoir chez eux à Beverly Hills, tu te rends compte ?

N'empêche que j'ai un peu peur de me lancer dans un pareil voyage, pour courir après un rêve. Et si cette Gina Simon est tout simplement quelqu'un qui ressemble beaucoup à maman ? Ou, pire encore, si cette femme est vraiment maman ? Si c'est bien elle, que signifie tout ça ? Qui est enterré à sa place à Provincetown ? Et pourquoi ne m'a-t-elle pas fait savoir qu'elle allait bien, qu'elle n'était pas morte dans cet accident de la route ? À moins qu'elle n'ait perdu la mémoire ? Si elle souffre d'amnésie, elle a plus que jamais besoin de moi. Je dois aller là-bas. Il faut que je sache.

Tu t'imagines sans doute que la découverte de cet indice au sujet de maman m'a transportée de joie, que je me sens plus heureuse, mais pas du tout. Quitter Provincetown m'a presque brisé le cœur. Je sais que dans ma dernière lettre, je te disais que je me sentais seule et que Grandma Olivia me menait la vie dure ; et c'est toujours vrai. Mais Cary et moi sommes devenus si proches que cela m'a fait beaucoup de peine de le quitter. Et c'était si navrant de voir pleurer la petite May ! Ils sont vraiment devenus comme une vraie famille, pour moi. Et Cary, bien sûr, est devenu bien plus que cela. Il faudra que je te raconte tout ça de vive voix.

Alors, je compte avoir de tes nouvelles bientôt, Alice, et j'espère que tout va bien pour toi dans ce bon vieux Sewell. La Virginie me manque vraiment. Et toi aussi, bien sûr ! Dis bonjour pour moi à tous les copains du collège, et croise les doigts !

Grosses bises,
Melody

1

Coup d'œil dans l'avenir

La boutique de Fanny semblait petite, tellement elle était bondée : chaque centimètre carré d'espace avait été utilisé. L'air était saturé d'encens, et une musique d'Extrême-Orient jouait en sourdine. De gros cristaux aigus et brillants trônaient sur des tables anciennes, au milieu du magasin, et des étagères en chêne chargées de livres tapissaient les murs. J'examinai les plus proches de moi et m'avisai que tous les titres se référaient à la méditation, l'astrologie, les pratiques de guérison, la vie après la mort et tout ce que l'on qualifie, à tort ou à raison, de paranormal.

Contre le mur du fond, une vitrine rassemblait toutes sortes de pierres, améthystes, topazes, grenats et autres minéraux cristallins, montés en pendants d'oreilles. De ce côté-là, c'étaient des boîtes d'encens, des jeux de tarot, des paquets de thés et de plantes médicinales qui s'alignaient sur les étagères. Le plafond lui-même était occupé : des cartes du ciel y voisinaient avec des posters expliquant les pouvoirs des différentes pierres. Au fond de la boutique, un rideau de perles multicolores masquait une porte qui donnait sur l'appartement.

À peine étions-nous arrivées qu'un jeune homme en fauteuil roulant, qui ne pouvait être que Billy Maxwell, écarta le rideau et se montra. Ses cheveux d'ébène soyeux lui tombaient sur les épaules, encadrant un visage au teint lumineux. Dès qu'il nous aperçut, ses yeux verts s'éclairèrent et il nous sourit. Ses traits exprimaient une douceur bienveillante, presque angélique. Il devait sans doute à son infirmité la robuste carrure de ses épaules et la vigueur de son torse, qui se devinait sous son ample chemise bleu clair. Son col ouvert laissait voir une pierre sertie d'or suspendue à son cou par une chaîne, en or elle aussi ; et il arborait une turquoise à l'oreille droite.

— Bonjour, Billy ! lança Fanny comme il roulait dans notre direction, les yeux fixés sur moi.

— Bonjour. Je ne t'attendais pas si tôt, déclara-t-il sans me quitter du regard. Comment s'est passé ce voyage ?

— Au mieux. Je te présente Melody.

Billy tendit vers moi une longue main aux doigts déliés. J'éprouvai une sensation de chaleur quand sa paume toucha la mienne, et son air calme, détendu, me mit tout de suite à l'aise.

— Te voilà en route pour un grand voyage, si je comprends bien, observa-t-il en se carrant commodément sur son siège.

Nerveuse sans savoir pourquoi, je bafouillai entre haut et bas :

— Oui.

Ce devait être la façon dont Billy n'avait pas cessé de me fixer qui m'impressionnait. Je percevais sa sincérité, sa sollicitude, et il me semblait que nous nous connaissions depuis toujours.

— Quoi de neuf, depuis mon départ ? s'enquit Fanny comme nous nous avancions dans le magasin.

— La fille de Mme Hadron a accouché prématurément ce matin, mais le bébé va bien. Mme Hadron est passée en coup de vent, elle tenait à nous remercier pour le quartz fumé. Il a vraiment aidé sa fille. Et M. Brul est venu un peu plus tard, pour dire que la variscite l'avait aidé à se souvenir d'une vie passée. Il avait des tas de détails à raconter.

— Une vie passée ? (J'étais plutôt sceptique.)

— Parfaitement. M. Brul s'est souvenu d'avoir été comptable à Londres, au siècle dernier. Or, c'est précisément le métier qu'il exerce. Ça tient debout.

Toujours aussi incrédule, je dévisageai tour à tour Fanny et Billy.

— Vous croyez donc vraiment que nous avons déjà vécu avant ?

— Sans aucun doute, confirma Billy en souriant.

Sur quoi, Fanny décréta :

— Pour le moment, contentons-nous de nous concentrer sur l'existence présente. Par ici, Melody.

— Désolé de ne pas pouvoir vous aider pour les bagages, s'excusa Billy. Sois la bienvenue, Melody, et ne te fais pas de souci. Je sens beaucoup d'énergie positive, autour de toi. (Il plissa les paupières, et j'eus vraiment l'impression pendant un instant qu'il voyait dans l'avenir.) Tout ira bien, tu verras.

— Merci, Billy.

Le carillon tinta, deux dames d'un certain âge entrèrent dans la boutique et Billy se dirigea vers elles. Pendant qu'il s'en occupait, Fanny me fit franchir le rideau de perles.

— Nos chambres sont au fond, expliqua-t-elle en m'entraînant vers un petit corridor.

La première pièce sur la droite, juste après la cuisine, était un séjour de dimensions modestes meublé d'un canapé, d'une banquette, et d'une table de verre qu'encadraient deux fauteuils et deux lampadaires. Fanny me désigna la première porte sur la gauche.

— La chambre de Billy, m'indiqua-t-elle. C'est plus pratique pour lui d'être tout près du magasin. J'occupe la chambre voisine, et tu pourras prendre celle d'en face.

Elle ouvrit la dernière porte sur la droite, découvrant une pièce minuscule avec une fenêtre unique, donnant sur une courette à l'arrière de l'immeuble. Le mobilier de pin noirci consistait en un lit, une table, une commode et un rocking-chair placé dans un angle, sous un carillon accroché au plafond. Le contraste était agréable entre le bois sombre et le rose foncé des murs ; avec le brun clair du couvre-lit et des coussins, le beige du rideau de toile et du tapis, tous les tons s'harmonisaient en douceur. Le store était décoré d'un croissant de lune et d'une étoile, et une grosse bougie mauve, en forme de boule, était posée sur la table de chevet. Je trouvai l'ensemble tout à fait chaleureux et accueillant.

— Cette chambre sert beaucoup, expliqua Fanny. Tous mes amis de passage à New York l'utilisent. Je sais que ce n'est pas grand mais...

— C'est parfait pour moi, Fanny. Je te remercie.

— Eh bien, alors, installe-toi. La salle de bains est au bout du couloir, tu pourras te rafraîchir. Je vais en faire autant, puis j'appellerai ma sœur, après quoi nous pourrons dîner. C'est Billy qui fait la cuisine, tu sais.

— Vraiment ?

— Et c'est un fin gourmet, tu peux me croire.

— J'ai oublié ce que tu m'as dit à propos de ce qui lui est arrivé. On lui a tiré dessus, c'est ça ?

— Il a été victime d'une agression dans la rue. Il s'est sauvé, l'agresseur lui a tiré dessus et la balle lui a brisé la moelle épinière.

— C'est affreux, mais je préfère savoir. Je n'aurais pas voulu commettre d'impair.

— Ne te tracasse pas pour ça, Billy est en paix avec lui-même et avec son sort. Il a une grande spiritualité, tu comprends ? Il s'apitoie plus sur les autres que sur lui-même. Je ne me souviens pas de l'avoir vu déprimé un seul instant, au cours de ces dernières années. Tous ceux qui viennent ici en se plaignant de leurs problèmes personnels, si peu que ce soit, ont honte de leur attitude après avoir parlé à Billy. En plus de ça, c'est un merveilleux poète, publié dans plusieurs magazines littéraires. Nous lui demanderons de te lire quelque chose, dans la soirée. Comme il te l'a dit lui-même...

Fanny m'entoura les épaules de son bras.

— ... tout finira par s'arranger, Melody.

Je me contentai de hocher la tête. Mes récentes découvertes, les décisions prises au pied levé, le voyage et le choc éprouvé à la vue de New York, tout cela m'accabla brutalement d'une immense fatigue. Je sentis mon corps chavirer, mes paupières s'alourdir. J'avais les jambes en coton.

— Repose-toi un peu, me conseilla Fanny, fort à propos.

À peine était-elle sortie que j'avais déjà la tête sur l'oreiller.

*
* *

Un son cristallin m'éveilla et, pendant quelques secondes, je me demandai où j'étais. Le soleil avait disparu, la chambre baignait dans la pénombre : quelqu'un était entré pendant mon sommeil et avait éteint la lampe de chevet. Je me dressai sur mon séant et me frottai les yeux. La fenêtre était entrouverte, et la brise agitait légèrement le carillon éolien, ce qui expliquait le tintement que j'avais entendu. À présent, on frappait discrètement à la porte.

— Oui ?

Fanny, vêtue d'une robe jaune et le front ceint d'un bandeau jaune et vert, passa la tête dans l'embrasure ; ses pendants d'oreilles en argent et cristal dansèrent sur ses épaules.

— Tu as dormi longtemps, mon chou. Tu as faim ?

— Oui, avouai-je.

— Tant mieux. J'ai parlé à ma sœur Dorothy, tout est arrangé. Dès que nous connaîtrons l'heure d'arrivée de ton vol, je lui téléphonerai et elle viendra te chercher à l'aéroport. Je t'ai parlé de cette amie qui travaille dans une agence de voyages, tu te souviens ? Elle s'occupe de ton billet. Elle doit rappeler d'ici à une heure et Billy a préparé un vrai festin. Fais un brin de toilette et viens dès que tu es prête.

— Merci, Fanny.

— Pas de quoi, ma douce. Oh, à propos... J'ai aussi parlé à Kenneth. Il t'envoie ses amitiés et te souhaite bonne chance.

Je crus discerner, dans ses derniers mots, un léger changement de ton.

— Quelque chose ne va pas ? m'informai-je avec inquiétude.

— Il m'a semblé un peu déprimé, c'est tout. Peut-être que nous lui manquons... surtout toi, j'imagine.

— Il doit travailler vingt heures par jour, au moins.

— Vingt ? Dis plutôt vingt-deux ! s'écria-t-elle en pouffant de rire.

Quand elle eut refermé la porte, je me levai, ouvris ma valise et en tirai de quoi m'habiller pour dîner. Puis, une fois changée, coiffée, rafraîchie, je quittai ma chambre pour gagner la cuisine. Le fumet qui s'en échappait me faisait venir l'eau à la bouche.

Fanny était au magasin, avec un client. Je trouvai Billy penché sur un plan de travail assez bas, manifestement ajusté pour qu'il puisse y accéder commodément. Il se retourna quand je poussai la porte.

— Comment te sens-tu, Melody ?

— Bien mieux, après cette sieste. Je ne pensais pas dormir aussi longtemps. En quoi puis-je t'aider ?

— Tout est prêt, annonça-t-il en désignant la table où le couvert était mis. Fanny va fermer le magasin dans dix minutes et nous pourrons dîner. Ah, les bougies ! J'adore dîner dans une pièce à peine éclairée. Le goût est rehaussé quand les autres sens sont mis en sourdine, tu savais ça ?

— Non.

— C'est pourtant vrai, confirma-t-il, amusé par mon scepticisme. Tu n'as jamais remarqué que la nourriture a meilleur goût dans un éclairage tamisé ? La bonne cuisine, évidemment, ajouta-t-il en allumant les bougies.

Puis, cela fait, il retourna vers sa table de travail.

— Depuis combien de temps fais-tu la cuisine, Billy ?

— Depuis que je suis devenu végétarien. C'est bien plus facile qu'on ne croit, très agréable, et d'ailleurs la cuisine est un art. La plupart des gens pensent que c'est une corvée, simplement parce qu'ils ne tirent aucune fierté de leur travail. Tout leur pèse, dans la vie. Ils ne sont jamais à l'aise et ne prennent aucun plaisir à faire ce qu'ils font. Ils passent toutes leurs journées dans le stress et l'énergie négative.

« Mais je dois t'ennuyer, avec tous mes discours, s'excusa Billy en se retournant. Une fois lancé, je ne peux plus m'arrêter.

— Tu ne m'ennuies pas, je t'assure. Pourquoi es-tu végétarien ?

Il interrompit ses préparatifs et fit pivoter son fauteuil pour me faire face.

— Je me conforme à certaines traditions bouddhistes, et je considère la vie de tous les animaux comme sacrée. Mais d'autres religions pensaient de même. Les moines catholiques trappistes, par exemple, et certains protestants comme les Adventistes du Septième Jour. Je trouve que tuer des animaux est cruel, que ce n'est pas nécessaire, et peut même conduire à mépriser la vie humaine. C'est aussi beaucoup plus sain, tant qu'on veille à ne pas manquer de protéines. Allons, me voilà reparti !

Billy sourit, comme pour se moquer de lui-même.

— Tu dois me trouver un peu timbré, non ?

— Pas du tout. Mais je connais beaucoup de gens, au Cap Cod, qui seraient bien malheureux s'ils ne pouvaient plus manger de poisson.

— Oh, pour ça, je veux bien faire une exception, accorda Billy avec un clin d'œil. Je mange à l'occasion du poisson pêché au filet, quand je suis sûr qu'il n'est pas traité avec des produits chimiques.

— En tout cas, il y a quelque chose qui sent rudement bon !

Billy se redressa dans son fauteuil.

— Notre menu pour ce soir, annonça-t-il avec emphase. Nous commencerons par un velouté au yaourt, suivi d'une salade de laitue à l'orange et aux noisettes. Ensuite, nous aurons des escalopes végétales au riz, aux carottes, champignons et noix de pécan, servies sur des tranches de pain aux sept céréales grillées. Comme dessert, j'ai prévu un gâteau aux caroubes avec glaçage fruité, une spécialité en ton honneur.

Devant mon silence ébahi, Billy sourit jusqu'aux oreilles.

— Tu te demandes ce qui t'attend, je parie ?

— Ma foi... tout cela me paraît... intéressant.

Du coup, il éclata de rire.

— Que se passe-t-il ? s'enquit vivement Fanny qui revenait du magasin.

— Je présentais le menu à Melody, qui l'a trouvé « intéressant ». Voilà ce qui s'appelle de la diplomatie, non ?

— Je vois. Ne t'en fais pas, Melody, tu vas avoir une merveilleuse surprise.

— Tu as fermé ? voulut savoir Billy.

Fanny fit signe que oui.

— Alors, que le festin commence ! déclara-t-il en tapant dans ses mains.

Une fois de plus, je lui offris mon aide, mais il insista sur ma qualité d'invitée d'honneur et s'activa dans la cuisine, avec une aisance et une rapidité surprenantes. Puis Fanny éteignit les lumières et nous prîmes place à table.

Je trouvai le potage délicieux, la salade aussi. Mais

ce qui me surprit le plus furent les escalopes végétales, parce qu'on aurait vraiment cru manger de la viande. Elles en avaient la consistance et même la saveur.

— Comment fais-tu ça ? demandai-je, la première bouchée avalée.

— Il a des mains magiques, répondit Fanny en guise d'explication.

Billy me posa quantité de questions sur le Cap, sur ma vie là-bas, et sur celle que je menais avant, à Sewell. Il m'écoutait avec attention, curieux des moindres détails. Et, aux regards qu'ils échangeaient de temps à autre, Fanny et lui, je devinai qu'ils avaient longuement parlé de moi et de ma situation.

— Tu dois comprendre, commença-t-il quand j'eus exposé les raisons de mon voyage, que les gens changent selon le lieu où ils vivent. Nous réagissons à notre environnement, à nos proches, au climat, et surtout à l'énergie spécifique de l'endroit. Même si cette femme est ta mère, elle pourrait te paraître plus étrangère que tu ne le souhaiterais.

— J'espère que non.

— Il vaut mieux t'y préparer, au cas où.

— Je ne vois pas comment on peut se préparer à une chose pareille !

— Je pourrais peut-être t'y aider, suggéra-t-il, en attachant sur moi un regard intense.

Le téléphone sonna, Fanny alla répondre : c'était son amie de l'agence de voyages. Quand elle raccrocha, elle m'apprit que mon vol était réservé pour le surlendemain.

— Tu seras à Los Angeles vers onze heures du matin, heure de la côte Ouest. J'appelle Dorothy pour la prévenir, ajouta-t-elle en reprenant le combiné.

Mon cœur se mit à cogner dans ma poitrine. Mes plans devenaient réalité, maintenant, c'était du sérieux. Billy m'adressa un sourire compréhensif, plein de sollicitude, et je me sentis aussitôt plus détendue.

Cette fois-ci, quand Fanny revint, elle secoua la tête.

— Ah, cette Dorothy ! Je suis sûre qu'elle va t'emmener déjeuner dans un restaurant de Beverly Hills, où vous aurez droit à un bol de pâtes et une branche de céleri, tout ça pour cent dollars. Los Angeles n'est qu'une sorte de Disneyland pour adultes, au fond.

— Laisse-la se faire une opinion par elle-même, intervint charitablement Billy. Elle pourrait aimer ce monde-là, qu'en savons-nous ?

— Aucun risque, elle est bien trop réaliste pour ça. Écoute-moi bien, Melody : tu ne fais qu'un aller-retour. Trouve ce que tu es venue chercher si loin, et si ce n'est pas ce que tu croyais, ou que tu espérais, saute dans le premier avion. Tu peux revenir ici avant de retourner au Cap Cod, si tu veux. Un dernier conseil : ignore les neuf dixièmes de ce que dira ma sœur, et sois très méfiante quant au dixième qui reste.

Pour la troisième fois, le téléphone sonna et Fanny alla décrocher. En revenant, elle annonça qu'elle devait s'absenter un moment.

— Je dois aller faire une lecture de thème astrologique chez quelqu'un, je l'avais promis depuis longtemps. Je suis désolée de te laisser comme ça pour ton premier soir ici, Melody, mais…

— Tout ira bien, promit Billy. Je m'occuperai d'elle.

— Tu lui liras un de tes poèmes ?

— Si elle y tient.

— J'aimerais beaucoup, affirmai-je avec chaleur, mais j'insiste pour faire la vaisselle.

— Pas de problème. Comme tous les cordons-bleus, je laisse la vaisselle aux autres.

Ils éclatèrent de rire tous les deux et je souris sans contrainte. Je n'étais à New York que depuis quelques heures, mais je me sentais déjà plus chez moi que dans ma propre famille, ou soi-disant telle. Billy avait sans doute raison. Peut-être l'énergie positive existait-elle pour de bon, et peut-être pourrait-il m'en donner assez pour aller jusqu'au bout de ma route. Une route périlleuse, je le savais. Mais verrais-je luire la lumière au bout du chemin ? Là était la question.

*
* *

Quand j'eus tout remis en ordre dans la cuisine, je m'arrêtai près du petit séjour-salon où Billy s'était retiré, un gros cahier sur les genoux. Il me fit signe de m'approcher.

— Entre, Melody. Je réfléchissais au poème qui conviendrait le mieux à ta situation, et cela m'a ramené en arrière, jusqu'à ma renaissance.

— Ta renaissance ?

Il hocha la tête, écarta quelques mèches de son front et je vis reparaître son lumineux sourire. Ses traits prenaient vraiment une douceur angélique, quand il souriait ainsi. Je n'avais jamais vu personne qui fût à ce point en paix avec lui-même. Il évoquait pour moi le calme avant l'orage, quand le monde entier semble retenir son souffle. Cary appelait cela une traîtrise de la nature, qui nous laissait croire que tout allait bien, alors qu'elle s'apprêtait à déchaîner sur nous toutes ses furies.

— Oui, ma renaissance, répéta Billy. J'étais mort à tant de choses avant... de mourir. J'étais comme la plupart des gens, aveugle, sourd, ne recherchant que des satisfactions matérielles, vivant au plus bas niveau d'existence et n'entendant jamais le chant.

— Le chant ?

— Le chant spirituel, la voix qui est présente au plus profond de nous, tous autant que nous sommes. Qui nous lie les uns aux autres, à tous les êtres vivants et même aux choses inanimées. Même l'homme qui m'a tiré dessus fait partie de ce tout, cette essence spirituelle toute pénétrante, et dans un certain sens nous faisons partie l'un de l'autre, pour toujours.

— Est-ce qu'il a été pris ?

— Non, mais c'est sans importance. Il s'est tiré dessus lui-même en tirant sur moi. Cet acte nous lie l'un à l'autre pour l'éternité.

Je ne pus dissimuler ma surprise.

— Tu veux dire... que tu pourrais lui pardonner ?

— Bien sûr. Il n'y a rien à pardonner. Ce qu'il faut, c'est le libérer de l'énergie négative qui est en lui et qui l'enferme. Il en est prisonnier, comme j'ai été moi-même fait prisonnier, pendant un certain temps, par la balle qui m'a broyé la moelle épinière.

Cette fois, je me sentis complètement dépassée.

— Comment peux-tu être aussi positif ?

— C'est bien simple. Un jour, j'étais sur mon lit d'hôpital, à broyer du noir et à m'apitoyer sur moi-même, commença-t-il. Je passais en revue toutes les choses que je ne pourrais plus jamais faire, je me lamentais sur ma dépendance. En fait... je voulais mourir. Et voilà que Fanny s'arrête près de mon lit, avec son gourou, un vieil hindou aux yeux étincelants comme des cristaux. Ils se faisaient un devoir de visiter les malades et les infirmes, et de leur rendre l'espoir.

« Dès le début, j'ai ressenti quelque chose en face de cet homme. Une sorte de force intérieure qu'il pouvait m'insuffler, partager avec moi. Il m'a appris à méditer, à ouvrir les portes à l'être neuf qui voulait naître, mon nouveau moi. C'est à lui que j'ai dédié mon premier poème. À présent, il est retourné en Inde.

« Après cela, Fanny m'a offert de travailler dans son magasin, j'ai dit oui, et j'y suis toujours. Mais voyons ce que j'ai là...

Il feuilleta lentement son cahier.

— Ah oui, ce poème-là date de mes débuts. C'est mon tout premier. J'avais lu de la poésie dans une revue de Greenwich Village et l'idée m'est venue de noter mes pensées. Tu veux que je te le lise ?

— Cela me ferait grand plaisir.

Billy resta un long moment silencieux, contemplant gravement les pages, puis commença d'une voix basse et contenue :

*J'avais atteint la fin du jour
et me trouvais devant la porte des ténèbres.
Mais quand je touchai mon visage,
je m'aperçus que j'avais les yeux fermés,
la peau glacée.
Tout ce que j'avais cru aimer,
tout ce je croyais si nécessaire avait disparu,
et j'étais nu, tremblant dans ma misère.
On prenait déjà les mesures de mon cercueil.
Soudain, du fond de moi-même une voix monta.
Je regardai derrière moi,
autour de moi, au fond de moi
et je vis une simple chandelle.
Elle m'attira, toujours plus près,
jusqu'à ce que mes doigts touchent sa flamme.
Sans hâte, avec le plus grand soin,
je brûlai mon corps mort.
Et quand il n'en resta plus rien,
je découvris que je n'étais plus nu.*

Billy se tut et leva lentement les yeux.

— C'est très beau, murmurai-je. Mais je ne suis pas certaine de tout comprendre.

— J'ai dû m'extirper de mon ancien corps, atteint d'infirmité à présent, et le brûler parce qu'il m'emprisonnait. En découvrant la lumière intérieure, la spiritualité, je suis devenu capable de dépasser le corps physique et d'atteindre une région plus haute. Toi aussi, un jour, tu pourras. Tout ce que tu aimes et dont tu crois avoir besoin te semble perdu. Tu es en quête parce que tu te sens nue, sans rien qui ait une signification, sans espoir. Mais tu découvriras que tu as tout ce qui t'est nécessaire en toi-même, et que tu n'avais pas besoin d'aller le chercher ailleurs.

Je ne dis rien et nous échangeâmes un long regard. Billy sourit.

— J'ai déjà vu cette expression dans tes yeux, Melody. Tu penses que je suis complètement givré, c'est ça ?

— Pas du tout. En fait, j'espère que ce que tu dis est vrai.

— C'est vrai, mais chacun doit faire ces découvertes par lui-même. Je peux simplement t'indiquer la direction à suivre.

— Alors quand Fanny dit que tu es le meilleur guide de la galaxie, c'est pour ça ?

— Exactement, approuva-t-il en riant. Mais assez de leçons pour ce soir. Une petite promenade, ça te tenterait ?

— Une promenade ?

Ma stupéfaction l'amusa.

— C'est toi qui marches, et tu pousses mon fauteuil.

— Oh, bien sûr ! acquiesçai-je, espérant ne pas l'avoir blessé en montrant ma surprise.

— Inutile de prendre une veste, il fait très bon.

Sans la moindre hésitation, Billy roula hors du salon, traversa la cuisine, le magasin, et je dus presque courir pour rester à sa hauteur. Dehors, il s'arrêta le temps de fermer la porte à clef, puis me demanda de le pousser. Nous traversâmes au coin pour prendre une autre rue et passâmes devant des magasins, quelques restaurants et un petit théâtre. Il y avait foule sur les trottoirs. Ce défilé de gens élégants, à la fois si actifs et si soucieux de plaire, me distrayait énormément. C'était un vrai spectacle. Quand nous arrivâmes au campus de l'université, la N.Y.U., Billy m'invita à faire halte pour écouter les orateurs publics. Les uns tenaient des discours politiques, d'autres prophétisaient la fin du monde. À l'un des coins, un homme jouait de la guitare en chantant des airs folkloriques, son chapeau devant lui, posé sur le trottoir. Je vis qu'il se remplissait déjà de pièces de monnaie.

Un peu plus loin, nous dépassâmes des jeunes gens qui chantaient des negro spirituals, des sans-logis tendant la main, puis un clochard qui haranguait un arbre. Je vis même un enfant tout seul, qui jouait du bongo. Je ne lui donnai pas plus de douze ans.

— Je comprends pourquoi Fanny dit que New York est le Carnaval de la vie, observai-je.

Billy rit et me demanda de le pousser vers un banc, où nous serions un peu plus au calme. Je m'y assis et nous regardâmes tranquillement la circulation, les touristes et le va-et-vient des citadins vaquant à leurs affaires.

— C'était ici, dit soudain Billy. À ce carrefour.

— De quoi parles-tu ?

— C'est ici que c'est arrivé. Je courais dans cette direction. (Il tendit le bras vers la gauche.) Il était deux heures du matin. J'étais étudiant ici, tu comprends.

— Oh! Ça ne t'ennuie pas de revenir à cet endroit?

— Non, ça m'intrigue plutôt. Laisse-moi te donner un conseil, Melody Logan...

Ici, la voix de Billy se fit grave, au point de me provoquer le frisson.

— Saisis l'instant qui passe. Affronte ce qui te fait peur et cherche jusqu'à ce que tu trouves un moyen de t'en sortir. Ne te laisse jamais enfermer par rien. Où que tu ailles, quoi que tu puisses voir, quand tu auras le plus peur, pense à ce coin de rue. Pense à moi, assis là et me contemplant moi-même à travers le temps, voyant l'homme tirer, entendant la détonation, me voyant m'effondrer sur ce trottoir; et soudain, me relever plus grand et plus droit que jamais.

Billy se pencha en avant, saisit ma main, et je sentis son courage et sa force d'âme passer en moi. Je souris.

— Merci, Billy.

— C'est toi que tu dois remercier. Aime-toi, et ne laisse personne te rabaisser.

Sur ces mots, Billy se laissa aller contre le dossier de son fauteuil. Il semblait exténué, tout à coup, comme s'il m'avait donné toute son énergie.

— Peut-être devrions-nous rentrer ? suggérai-je.

Sur un signe de lui, nous reprîmes le chemin du magasin. Fanny n'était pas encore là quand nous y arrivâmes.

— Puis-je t'être utile en quoi que ce soit, Billy ?

— Merci, je vais très bien, répondit-il avec son désarmant sourire.

Puis il se propulsa dans le couloir, en direction de la salle de bains, et j'allai me préparer pour la nuit. En revenant vers sa chambre, Billy s'arrêta devant ma porte.

— Bonne nuit, Melody.

— Bonne nuit, Billy, lançai-je en réponse.

Il s'éloigna et je m'émerveillai de son courage, de son entrain, de la force avec laquelle il avait su chasser loin de lui les ombres de la solitude.

Je n'étais pas dans ma chambre depuis cinq minutes que ces ombres-là commençaient à se rapprocher de moi. Je me retrouvais en un lieu inconnu, loin de ceux que j'aimais ou qui m'aimaient, telle une vagabonde qui aurait perdu tout sens de la direction et ne retrouverait plus le chemin du foyer.

À quelle source de foi Billy Maxwell puisait-il une force pareille ?

Allongée dans le noir, je pensai à Cary, je me remémorai son rire, ses sourires furtifs, son regard enjôleur et même sa petite grimace moqueuse. Évoquer tout cela me fit du bien. Je fermai les yeux et me concentrai sur le souvenir de l'océan, son grondement, l'image de la marée déferlant sur le rivage.

Bientôt, les ombres de la solitude s'éloignèrent et, pareil à la marée montante, le sommeil déferla sur moi.

En m'éveillant, le lendemain, j'eus honte d'avoir dormi si longtemps. Je sautai à bas du lit, me débarbouillai et m'habillai en toute hâte. Fanny et Billy avaient déjà ouvert le magasin et servaient quelques clients.

— Désolée de me lever si tard, dis-je quand le dernier fut parti.

Fanny me rassura gentiment.

— Ne t'inquiète pas pour ça, mon chou. Tu devais être à bout de forces. Billy m'a dit que vous aviez fait une grande promenade.

— Ce doit être l'excitation d'être à New York qui m'a fatiguée.

— Je vais lui préparer de quoi manger un morceau, annonça Billy, qui se dirigeait déjà vers la cuisine.

— Je vous cause vraiment beaucoup d'embarras, Fanny. Je m'en veux.

— Mais tu ne déranges personne, voyons! Dès que tu auras mangé quelque chose nous irons chercher ton billet, ensuite je te montrerai un peu New York. Qu'aimerais-tu voir en premier?

— Ma foi... je ne sais pas trop.

Toutes les images glanées dans les livres, à la télévision, dans mes conversations avec Alice à Sewell, se bousculaient sous mon crâne. J'étais incapable de choisir.

— J'aimerais voir l'Empire State Building, Broadway, la statue de la Liberté, le Museum d'Histoire naturelle et...

— Nous n'avons qu'une journée! s'exclama Fanny en riant.

— Je tâcherai de lui en montrer le plus possible, lança Billy de la cuisine. Melody, les céréales, les fruits, le jus d'orange et le café n'attendent plus que toi.

— Tu vas me faire visiter la ville, dis-tu?

Mon air ébahi les fit sourire, et Fanny m'expliqua:

— Billy circule aussi bien que n'importe qui, tu sais.

Il a un van spécialement aménagé pour lui, avec plate-forme élévatrice. Un vrai petit ascenseur.

— Un cadeau de mes parents, précisa Billy.

Et je m'avisai, un peu étonnée, qu'il n'avait jamais parlé d'eux jusque-là.

— Tu ne vas quand même pas abandonner le magasin pour moi ? protestai-je, bien qu'un peu tard.

— Pas du tout, Fanny me doit une journée de congé. N'est-ce pas, Fanny ?

— Et même plus d'une ! confirma-t-elle. Alors dépêche-toi de manger, Melody, et cesse de te tracasser pour rien. Plus vite tu auras terminé, plus vite vous sortirez.

Je passai aussitôt dans la cuisine. Mon petit déjeuner avalé, Fanny et moi nous rendîmes à l'agence de voyages où travaillait son amie et je retirai mes billets d'avion. Mais quand je les vis dans ma main, avec la destination inscrite en toutes lettres, la peur me prit. Allais-je vraiment monter à bord de cet avion le lendemain, traverser le pays pour séjourner chez des inconnus, explorer l'une des plus grandes villes des États-Unis... et tout ça, pour quoi ? Pour une mère qui n'avait peut-être pas du tout envie de me voir !

Quand nous revînmes, le van était garé devant le magasin. Billy me montra comment fonctionnait l'ascenseur, puis il s'installa au volant et je pris place à ses côtés. Fanny nous adressa de grands signes d'adieu quand nous démarrâmes pour ma visite de New York. Billy semblait aussi emballé que moi.

— J'ai toujours aimé voir les choses familières à travers des yeux neufs, m'expliqua-t-il. Cela nous les rend plus appréciables.

Voir l'Empire State Building de loin était une chose, mais se trouver tout en bas et le contempler du trottoir en était une autre.

— Tu veux monter ? proposa Billy.

— C'est possible ?

— Bien sûr. Je vais me garer dans ce parking et nous prendrons l'ascenseur. C'est une journée magnifique pour grimper là-haut. On verra probablement jusqu'au Canada.

— C'est vrai ?

— Non, me détrompa-t-il en riant.

Je fis la grimace.

— Tu dois me prendre pour une paysanne qui débarque de sa prairie, je suppose.

— Pas du tout, et même si c'était le cas ? Ce serait tout ce qu'il y a de plus rafraîchissant, je trouve.

Une fois de plus, je me surpris à l'admirer. Il savait si bien transformer le négatif en positif ! Une telle perfection dépassait ma compréhension.

Billy circulait dans New York avec la même aisance que si nous avions été à Sewell. La masse mouvante des piétons sillonnant les trottoirs, le flot de voitures, le bruit et l'agitation, tout cela semblait ne pas exister pour lui. Il se dirigeait dans ce tumulte comme s'il ne voyait rien, alors que je dévorais goulûment chaque détail du regard.

La montée en ascenseur jusqu'au sommet de l'Empire State Building m'enchanta, et quand nous débouchâmes sur la plate-forme, je poussai un cri d'émerveillement. J'avais l'impression d'être sur le toit du monde. Billy rit de bon cœur et me donna un peu de monnaie, pour le télescope. Et si je ne vis pas le Canada, je pus contempler à loisir l'île de New Jersey, de l'autre côté de l'Hudson.

Après cela, nous allâmes à Broadway. Nous passâmes devant les théâtres, les immenses panneaux publicitaires au néon, et nous traversâmes l'endroit fabuleux que j'avais si souvent vu à la télévision : Times Square ! Mon cœur sautait de joie dans ma poitrine, j'étais follement impatiente d'écrire à Alice. Billy décida que nous irions déjeuner à Chinatown, où il m'acheta un ravissant éventail peint à la main. Je le laissai choisir pour nous son plat de légumes préféré, dont le nom m'échappa mais que je trouvai savoureux. Puis, le repas fini, nous partîmes pour la statue de la Liberté. Le ciel était toujours bleu, une brise fraîche soufflait dans le port. Le spectacle était impressionnant. Mais quand nous regagnâmes la rive, je m'aperçus que Billy était plus fatigué qu'il ne voulait l'avouer. Je demandai donc à rentrer, en me déclarant épuisée moi-même. Ce n'était pas le cas, loin de là. New York m'insufflait une énergie incroyable. Les lieux, la foule, les choses, tout ce qu'il y avait à voir et à faire me captivait, et cela m'aidait à oublier mes problèmes.

De retour au magasin, quand nous fûmes réunis autour d'un thé copieux, je me livrai à des commentaires enthousiastes sur cette mémorable journée. Puis, quand Billy se fut retiré dans sa chambre pour méditer, j'allai aider Fanny à tenir la boutique. Cela me fascinait de voir combien de gens s'intéressaient à ses pierres et à ses cristaux, et à quel point ils désiraient croire en leur pouvoir. Hommes et femmes, jeunes et vieux, de très nombreux clients venaient s'enquérir des prix et acheter quelque chose. Certains étaient des habitués, et beaucoup d'entre eux affirmaient que les pierres de Fanny possédaient bel et bien les qualités annoncées.

Billy était tout revigoré quand il émergea de sa chambre : il semblait avoir fait peau neuve. Une fois de plus, je lui offris mon aide, et une fois de plus il la refusa sous prétexte que j'étais l'invitée. Fanny ferma le magasin, et nous allâmes toutes deux nous asseoir au salon tandis que Billy s'affairait à ses fourneaux. Je parlai à Fanny du poème qu'il m'avait lu, et de ce qu'il m'avait expliqué ensuite.

— C'est un garçon merveilleux, affirma-t-elle. Je suis très heureuse de travailler avec lui.

— Ce sont ses parents qui lui ont offert le van, mais

il ne m'a pas dit grand-chose à leur sujet. Où habitent-ils ?

Fanny fit la grimace.

— Dans l'intérieur du pays, et ils sont bien contents que Billy ne vive pas là-bas. Ils n'approuvent pas son mode de vie actuel : son père le traite de hippie.

— Quel dommage !

— Ça n'enchante pas tellement Billy, mais il s'est résigné. Il accepte les choses.

— A-t-il des frères et sœurs ?

— Un frère aîné, qui est avoué. Il l'appelle de temps en temps quand il vient à New York, mais pas chaque fois. Pas très souvent, en fait. Il voulait que Billy retourne vivre avec eux. Mais Billy ne veut pas être traité comme un handicapé, tu as dû le remarquer.

— C'est quelqu'un de fabuleux, déclarai-je avec conviction. Il est carrément... inspirant.

Fanny hocha la tête en souriant, puis son expression changea. Ce fut d'un ton assez grave qu'elle annonça :

— J'ai travaillé sur ton thème astral, Melody. Maintenant que j'en sais plus sur toi et sur les circonstances, je peux voir les choses plus clairement.

— Et alors ?

— Je ne crois pas que tu trouveras ce que tu désires, dit-elle avec douceur. Peut-être devrais-tu t'en retourner, vers la vie que tu connais, les gens que tu aimes et sur qui tu peux compter.

Ses paroles me firent l'effet d'un coup de tonnerre. Je réprimai un hoquet de surprise.

— Tu sais que je ne peux pas, murmurai-je en me forçant à sourire. Mais maintenant je connais Billy, j'ai appris certaines choses avec lui, et j'ai moins peur qu'avant.

— Tant mieux.

— Je te suis très reconnaissante pour l'aide que tu m'as apportée, Fanny. Sans toi, je ne sais pas si j'aurais eu le courage de faire tout ça. Merci.

Cette fois, elle ne sourit pas.
— J'espère que j'ai eu raison d'agir ainsi, Melody.
Qu'avait-elle vu dans les étoiles, pour douter ainsi d'elle-même ?
Je préférai ne pas le demander.

2

Une proie facile

Le lendemain matin, Billy sortit sur le trottoir pour assister à notre départ. Quand j'eus chargé mes bagages dans le coffre, je me retournai pour lui dire au revoir et il serra longuement ma main dans les siennes.

— Parfois, commença-t-il en plongeant son regard dans le mien, le plus souvent devrais-je dire, les gens se croisent comme des navires dans la nuit. Nous partageons si peu d'instants précieux, les uns et les autres. C'est à peine si nous prenons la peine de nous connaître. Mais avec toi, je n'ai pas éprouvé cela, Melody. Tu as été assez généreuse et assez confiante pour m'ouvrir ton cœur. Merci pour ce partage.

Je ne pus retenir un sourire.

— Ce partage ? Qu'ai-je donc partagé avec toi, Billy ? Mes problèmes ?

— Tes problèmes sont une partie de ce que tu es, Melody, mais nous n'avons pas seulement partagé cela. J'ai pu voir ta joie, ressentir ton énergie, et cela m'a donné de la force.

Je le dévisageai, les yeux ronds. Je pouvais donner de la force à quelqu'un, moi qui en cet instant tremblais sur le trottoir, épouvantée par ce qui m'attendait ?

Il pencha la tête, détacha la chaîne qu'il portait au cou et me la tendit.

— Tiens, cette pierre est un lapis-lazuli, j'aimerais que tu la portes. Elle aide à soulager la tension et l'angoisse. Mais le plus important, c'est qu'elle favorise la communication avec notre être supérieur. Elle m'a été d'un grand secours.

— Alors il faut que tu la gardes, voyons !

— Non, c'est très bien ainsi. Je veux que tu l'aies. Je t'en prie, insista-t-il.

Je compris qu'il ne serait pas satisfait tant que je n'aurais pas accepté son présent, et je passai la chaîne à mon cou. Il eut son merveilleux sourire.

— Merci, Billy, dis-je en l'embrassant sur la joue.

Il rougit comme une écrevisse et je m'engouffrai dans la voiture.

— Surveille la galaxie pendant mon absence ! lui cria Fanny en démarrant.

Il éclata de rire et nous adressa de grands gestes d'adieu auxquels je répondis, tant qu'il fut visible. C'est-à-dire jusqu'au coin de la rue.

— C'est curieux, observai-je quand il eut disparu de notre vue. Je n'ai passé que deux jours ici, mais c'est comme si je connaissais Billy depuis toujours.

— C'est l'effet qu'il produit sur tout le monde. Je suis contente que tu aies pu passer un peu de temps avec lui, avant ton départ pour la Californie.

La Californie ! J'eus soudain l'impression qu'il s'agissait d'une autre planète. Ce fut plus fort que moi, je serrai les genoux et me tordis nerveusement les mains. Calme-toi, me répétais-je pendant que nous roulions vers l'aéroport. Pense à quelque chose d'agréable.

Fanny entreprit de me donner plus de détails sur sa sœur, mais dut reconnaître qu'elles ne s'étaient pas vues depuis près d'un an.

— Je ne vais jamais là-bas, expliqua-t-elle. Et quand Dorothy vient à New York, j'ai l'impression de lui faire honte. Elle a sept ans de plus que moi, cela fait presque une génération de différence. Nous n'avons pas grand-chose en commun, mais dans le fond, elle a très bon cœur.

— C'est très gentil de sa part de faire tout ça pour moi, une parfaite inconnue.

— Dorothy adore se montrer généreuse, ça lui donne l'impression d'être une reine. Au fait, ajouta Fanny en exhibant un minuscule paquet, j'ai quelque chose à te confier pour elle. C'est un bracelet composé d'améthystes ; et ce dessin sur le papier d'emballage, c'est le signe du Bélier, celui de ma sœur. Les pierres bénéfiques pour le Bélier sont le diamant et l'améthyste, en fait, mais Dorothy a bien assez de diamants comme ça, tu verras.

Je glissai aussitôt le paquet dans mon sac.

— Je le lui remettrai en arrivant, sois tranquille.

— Merci. Nous y sommes presque, annonça Fanny comme nous arrivions en vue des hangars de l'aéroport.

Mon cœur se mit à cogner comme un fou quand je vis l'effervescence qui régnait aux abords du terminal ; les voitures, les cars, les gens qui couraient en tous sens, les employés chargeant les bagages... un vrai carrousel emballé. Des avertisseurs hurlaient, des agents de police vociféraient en gesticulant, à l'intention des chauffeurs et des piétons. Des avions passaient en vrombissant au-dessus de nos têtes. Comment ferais-je pour me diriger dans toute cette agitation ? Tout le monde semblait savoir où il allait, et s'y rendait en toute hâte. J'avais l'impression d'être ballottée dans tout ce flot comme un bouchon dans la tempête.

— Ne t'affole pas, me rassura Fanny, devinant ma panique. Dès que nous approcherons, un employé prendra nos bagages, nous donnera un ticket d'enregistrement et nous indiquera la porte de la salle d'embarquement. Les directions à prendre sont clairement affichées dans tout l'aéroport. Et si tu as des questions à poser, il y aura toujours un membre du personnel à proximité.

J'inspirai profondément. Cette fois, ça y était, je partais pour de bon. Fanny se rangea le long du trottoir et nous descendîmes. Immédiatement, le préposé s'empara de mes bagages et agrafa les reçus à mon billet.

— Porte quarante et un, marmonna-t-il.
— Quarante et un ?

Je tentai de lui faire répéter le numéro, mais il s'occupait déjà de quelqu'un d'autre. Je me retournai vers Fanny.

— Je ne peux pas rester garée là, expliqua-t-elle. On vous laisse juste le temps de déposer quelqu'un. Tu trouveras toutes les indications nécessaires à l'intérieur, sur un écran de télévision. Le numéro de ton vol, celui de la porte, et l'heure de départ de ton avion.

— Merci pour tout, Fanny.
— Appelle-moi quand tu veux, dit-elle en me prenant dans ses bras. Je t'appellerai aussi.

Je la serrai contre moi, de toutes mes forces, comme si elle était la bouée qui me maintenait au-dessus de cette multitude bourdonnante et enfiévrée.

Puis elle se détourna et, avec un dernier sourire à mon adresse, monta dans sa voiture. Je la regardai partir et agitai la main sans la quitter des yeux, tant que ce fut possible... puis elle disparut. Cette fois, j'étais vraiment seule.

Deux vieilles dames me bousculèrent, sans s'apercevoir qu'elles avaient failli me renverser avec leurs valises. Je n'étais pas au bon endroit. Serrant mon sac à main contre moi, je me hâtai de rentrer dans le hall avant de me faire piétiner dans la cohue.

Ce n'était pas très différent à l'intérieur. Les gens se hâtaient, poussaient des chariots, s'interpellaient. Au guichet, un homme discutait aigrement avec l'employé, provoquant l'humeur et la colère des passagers de la file derrière lui. La vue de leurs visages maussades et hargneux me fit sourire. Comme ils auraient eu besoin d'appliquer les conseils de Billy, tous autant qu'ils étaient! Quelques minutes de méditation ne leur auraient pas fait de mal.

— Qu'y a-t-il de si drôle?

La question m'était adressée par un homme en complet gris, d'allure jeune, aux cheveux blonds et aux yeux noisette pétillants d'humour.

— Pardon? Oh, je regardais ces gens, c'est tout. Je me disais que s'ils continuaient à s'énerver, on verrait de la fumée leur sortir par les oreilles.

Mon voisin eut un regard amusé pour la file impatiente.

— Je vois. Vous êtes une grande voyageuse, on dirait.

— Moi? Pas du tout. C'est la première fois que je prends l'avion.

— Vraiment? s'étonna-t-il. Eh bien, on ne dirait pas. Vous n'iriez pas à Los Angeles, par hasard?

— Si. Je dois prendre la porte quarante et un.

— Moi aussi, justement. Venez, c'est par ici, sur la gauche.

Je ne bougeai pas d'un pouce.

— Eh bien? ajouta mon cicérone après avoir fait quelques pas. Venez donc, je ne mords pas.

Je me décidai enfin à le suivre.

— Je m'appelle Jérôme Fonsworth, annonça-t-il en pressant le pas, comme tout le monde autour de nous. Et *je* suis un grand voyageur, malheureusement pour moi. Chambres d'hôtel, taxis, aéroports, voilà ma vie. Drôle de vie.

Je dus presque courir pour ne pas me laisser distancer.

— Pourquoi voyagez-vous tellement?

— Je suis banquier, ou enfin presque. Je dois fréquemment me rendre à New York ou à Boston, à Chicago ou à Denver... Aujourd'hui, c'est Los Angeles. Toujours sur la brèche, soupira-t-il en balançant son attaché-case. On s'use vite, à ce train-là. Tenez, regardez-moi...

Il s'arrêta brusquement et me fit face.

— Quel âge me donnez-vous ?

J'hésitai un moment.

— Je ne sais pas, moi... dans les trente-cinq ans ?

— Vous voyez ? C'est le stress qui veut ça. J'en ai vingt-huit. Comment vous appelez-vous, m'avez-vous dit ?

— Je ne vous ai pas dit mon nom, mais c'est Melody. Melody Logan.

— Melody ? (Jérôme Fonsworth haussa un sourcil ironique.) Ne me dites pas que vous êtes chanteuse et que vous allez à Los Angeles pour devenir star !

— Sûrement pas.

Sans paraître prêter attention à ma réponse, il m'entraîna vers l'escalator.

— Par ici, m'indiqua-t-il. Vous allez devoir présenter votre sac au contrôle. Si vous avez un revolver, c'est le moment de le sortir.

— Un revolver !

— Je plaisantais, voyons.

Au moment où il posait sa mallette sur la table, je m'avisai que les douaniers observaient un écran : on passait les bagages aux rayons X. Je plaçai mon sac sur le tapis roulant et franchis la porte de la salle. Un signal sonore se déclencha, et l'une des surveillantes s'approcha de moi.

— Avez-vous des pièces de monnaie ou des clefs, dans vos poches ?

— Non, madame.

— Alors c'est sans doute ce collier. Mettez-le dans le panier, m'ordonna-t-elle.

Je détachai le collier que Billy m'avait donné, le déposai dans le panier et repassai la porte. Sans déclencher l'alarme, cette fois-ci.

— J'aurais dû vous prévenir, dit Jérôme Fonsworth avec un sourire amusé. Je suis toujours obligé d'enlever ma montre.

Il rattacha son bracelet, jeta un coup d'œil au cadran et s'informa :

— Vous prenez le vol cent deux, vous aussi ?
— Oui.
— Nous avons presque une heure à perdre. Je vous offre un café ou quelque chose ? proposa-t-il en désignant la cafétéria.
— Je boirais volontiers un thé, merci.

Il me guida jusqu'au comptoir et commanda un café, un beignet, et un thé pour moi.

— Merci beaucoup, dis-je comme il insistait pour payer.
— Ce n'est vraiment pas grand-chose. Je travaille pour la banque de mon père, vous savez ? Je n'ai qu'à me baisser pour ramasser l'argent, ajouta-t-il en me pilotant vers une table libre.

Et, quand j'y eus pris place, il posa mon thé devant moi.

— Détestez-vous votre métier autant que vous le prétendez ? demandai-je.
— Détester mon métier... peut-être pas, reconnut-il. Disons que je m'y suis habitué. Je vais d'un endroit à l'autre, je fais ce que j'ai à faire et je rentre chez moi.
— Et où est-ce, chez vous ?
— À Boston. Je vous l'ai dit mais vous n'écoutiez pas, Melody Logan. Vous voyez, j'ai retenu votre nom. Et laissez-moi vous donner un conseil : en voyage, faites attention à tout, et à tout le monde.

Il mordit dans son beignet et me le tendit ensuite. Je refusai poliment.

— Non, merci.
— Nerveuse ? Vous vous sentirez plus calme une fois en vol, vous verrez. L'avion est vraiment la meilleure façon de voyager, c'est un spécialiste qui vous le dit. On met ses écouteurs aux oreilles et on s'endort. Mon problème, c'est que j'ai souvent de la paperasse à mettre à jour, malheureusement.

— En quoi consiste votre travail, au juste ?

— Je m'occupe d'emprunts commerciaux, rien à voir avec tout ce qu'on peut faire de passionnant à Hollywood. Pourquoi allez-vous là-bas, au fait ? Pour des vacances ?

Sa question posée, Jérôme Fonsworth regarda autour de lui, comme s'il ne se souciait pas de la réponse ou qu'il cherchait quelqu'un des yeux.

— Non, je vais voir ma mère.

Cette fois, il m'accorda son attention.

— Ah bon ? Vos parents sont divorcés, je suppose, et vous vivez chez votre père ?

— Pas exactement, répondis-je évasivement.

— Vous n'êtes pas obligée de me raconter votre vie, vous savez. Je pose toutes ces questions pour passer le temps, c'est tout. Donc vous vous appelez Melody, mais vous ne chantez pas, c'est ça ?

— Je joue du violon.

— Tiens, tiens ! Vous donnez des récitals ?

— Oh, non ! Pas du tout. Je joue seulement de ce petit violon campagnard, qui sert toujours dans les bals de village. J'ai grandi en Virginie-Occidentale, et cet instrument est très populaire, là-bas.

— Voilà d'où vient cette petite pointe d'accent ! Je me disais aussi...

Jérôme Fonsworth parut méditer l'information, en même temps qu'il achevait d'engloutir son beignet.

— J'ai une faim d'ogre, constata-t-il d'un air confus. Je crois que je vais en reprendre un.

— Laissez-moi vous l'offrir, alors. Vous avez payé mon thé.

— Une femme indépendante, je vois. Ça me plaît. Alors un beignet au chocolat, cette fois-ci.

Je me levai pour aller au comptoir. Quand j'en revins, je rencontrai à nouveau le regard amusé de mon compagnon.

— Je n'ai pas l'habitude que les femmes paient pour moi, déclara-t-il avec autorité. Partageons.

Il rompit le beignet en deux, et nous mangeâmes en silence.

— J'ai passé deux mois à Los Angeles, pour une convention, annonça-t-il ensuite, quand nous eûmes avalé chacun notre moitié.

— Vous avez aimé ?

— Beaucoup. J'étais au Hilton de Beverly Hills. Chauffeurs, grands restaurants... la bonne façon de prendre la vie, quoi ! Je n'en connais pas d'autre. Où habite votre mère ?

Je débitai l'adresse, que j'avais apprise par cœur.

— Hollywood Ouest, observa Jérôme Fonsworth. Pas mal du tout. Comment se fait-il que vous ne soyez jamais allée là-bas ?

— Il n'y a pas très longtemps que ma mère s'y est installée.

Mon expression trahissait une certaine réticence, mais mon compagnon eut le tact de ne pas insister. À nouveau, il regarda autour de lui comme s'il cherchait quelqu'un.

— Je viens juste de me rappeler que je dois passer un coup de fil, déclara-t-il brusquement. Vous voulez bien surveiller ma mallette ? Je reviens tout de suite.

Je n'eus pas le temps de répondre : il avait bondi de sa chaise et s'éloignait déjà dans le hall, presque au pas de course. Je me renversai en arrière et observai le va-et-vient des voyageurs, les enfants accrochés à leurs parents, les couples qui déambulaient en se tenant la main. Où allaient tous ces gens ? me demandai-je. Y en avait-il d'autres qui prenaient l'avion pour la première fois, comme moi ?

Brusquement, Jérôme Fonsworth réapparut, tout essoufflé.

— J'ai une affaire urgente à régler, annonça-t-il. Ici, à New York.

— Oh ! Je suis désolée.

— Il faut que je retourne en ville. Tout de suite.

Il reprit sa mallette et soudain, s'immobilisa.

— Le problème, c'est que ces papiers devaient être à Los Angeles aujourd'hui. Écoutez, pourriez-vous me rendre un service ? Je vous paierais pour le dérangement, bien sûr.

— Quel service ?

— Il y aura un homme à la porte du hall, quand vous débarquerez. Il tiendra une pancarte au nom de Fonsworth. Vous n'aurez qu'à lui donner la mallette. Je vais l'appeler pour lui dire de vous attendre. Ça vous va ?

— Je n'aurai qu'à lui donner la mallette, c'est tout ?

— C'est tout. Alors, c'est entendu ? Tenez, ajouta Jérôme Fonsworth en tirant un billet de son portefeuille. Pour vous.

C'était une coupure de cinquante dollars !

— Vous n'avez pas à me payer pour si peu de chose, me récriai-je.

— J'insiste.

— Dans ce cas, je refuse la commission. Si on ne peut plus se rendre service de temps en temps...

— Ah, merci ! s'exclama-t-il en souriant. Vous savez, dès que je vous ai vue, j'ai senti que c'était mon jour de chance. Si nos chemins se croisent à nouveau, je vous promets de vous offrir une autre tasse de thé, Melody Logan.

« N'oubliez pas, un homme avec une pancarte Fonsworth, me rappela-t-il en poussant la mallette vers moi. Vous n'aurez aucun mal à le trouver.

Sur ce, il s'éloigna précipitamment et se fondit dans la foule.

Je finis mon thé, me levai et pris la mallette. Elle était un peu plus lourde que je n'aurais cru, mais pas trop. Je gagnai la porte quarante et un, vers laquelle se pressaient déjà beaucoup de gens, et demandai à l'hôtesse d'accueil ce que je devais faire ensuite.

— On vous donnera votre carte d'embarquement au guichet, me renseigna-t-elle, et je pris place dans la file.

Dix minutes plus tard, j'atteignais le guichet et tendais mon billet à l'employée. Elle me remit ma carte d'embarquement, et j'allai m'asseoir avec tout le monde pour attendre.

Mon cœur se remit à battre à grands coups quand on annonça l'embarquement immédiat. Puis j'entendis appeler le numéro de ma place, je me levai pour rejoindre la file qui se reformait et me dirigeai vers l'avion. L'hôtesse de l'air m'accueillit d'un sourire chaleureux et m'indiqua l'allée de droite.

— Vous avez le côté couloir, mademoiselle.

Je trouvai mon fauteuil sans difficulté. Un homme d'un certain âge occupait déjà la place voisine, près du hublot. Je m'assis à la mienne, casai la mallette sous mon siège et attachai ma ceinture, sous le regard bienveillant de mon voisin.

— Vous rentrez au bercail? s'informa-t-il aimablement.

— Non, c'est la première fois que je vais à Los Angeles. Et vous?

— Je rentre chez moi. Je reviens de chez mon frère, à Brooklyn. Il est trop vieux pour voyager, à présent.

— Quel âge a-t-il?

— Quatre-vingt-quatorze ans. Deux ans de plus que moi.

J'en restai pantoise.

— Vous avez quatre-vingt-douze ans, dites-vous?

— Je rajeunis avec l'âge, répliqua-t-il avec un sourire serein. Si vous vous voyez vous-même comme vieux, vous êtes vieux.

Je le dévisageai plus attentivement. Il avait le regard vif, les cheveux plus fournis que l'on aurait pu s'y attendre, et malgré les rides qui creusaient son visage, il ne paraissait pas tellement marqué par les ans. Il était maigre, mais son allure n'annonçait rien de faible ou de fragile.

— Il faudra que vous me donniez votre secret, murmurai-je en lui rendant son sourire.
— Le secret pour garder la forme, vous voulez dire ? C'est simple : faites toujours ce qui vous plaît, et laissez les corvées aux autres ! Et vous, jeune fille, que faites-vous dans la vie ? Vous êtes à l'université, je suppose ?
— Non, pas encore.
Je me sentais en confiance avec ce sympathique vieillard, je lui en dis un peu plus sur ma vie. Il portait une prothèse auditive qui devait remarquablement fonctionner, car il ne semblait pas perdre une seule de mes paroles. Je parlai beaucoup, sans voir les minutes passer, jusqu'au moment où l'hôtesse annonça que nous allions décoller. Reprenant brusquement conscience du temps, je m'appuyai au dossier de mon siège et retins mon souffle.
— C'est votre premier voyage en avion, jeune fille ?
— Oui, monsieur.
— N'oubliez pas mon conseil, dit-il avec un clin d'œil amical. Laissez les corvées aux autres.
Là-dessus, il se renversa en arrière et ferma les yeux, l'air tout à fait détendu. Je m'estimai heureuse de voyager en sa compagnie. Sa présence exerçait sur moi un effet apaisant. Pouvais-je être nerveuse, alors qu'un homme de cet âge se montrait si calme ?
Une fois en vol, il me raconta sa vie de long en large. Il se souvenait de la guerre hispano-américaine, ainsi que des deux guerres mondiales, bien sûr. C'était ahurissant de penser à tous les changements auxquels il avait assisté ! Il avait fait toutes sortes de métiers avant de devenir agent d'assurances, de se marier et de s'installer en Californie. J'appris tout sur ses succès dans l'immobilier, son veuvage, ses enfants et petits-enfants, et fus tout étonnée lorsqu'il fut l'heure de déjeuner. Après le repas, mon voisin fit une sieste et je me plongeai dans un magazine. Mais je ne tardai pas à avoir

sommeil, moi aussi. Je m'endormis et ne me réveillai qu'à la voix du pilote, annonçant que nous approchions de Los Angeles.

Mon voisin posa la main sur la mienne.

— N'oubliez pas, insista-t-il encore. Le stress et l'ennui vous font vieillir avant l'âge. Le temps ne sert qu'à une chose : nous rappeler que nous ne sommes pas ici pour toujours.

Après cela, tout alla très vite. Atterrir, dire au revoir à mon compagnon de voyage, rassembler mes affaires, quitter l'avion... Allais-je reconnaître la sœur de Fanny, dans toute cette précipitation ? J'en défaillais d'angoisse. Et si elle n'était tout simplement pas là ?

Elle était là, juste à la porte du grand hall et impossible à confondre avec qui que ce soit. Une élégante beauté blonde en robe de soie blanche et mantelet de dentelle, capeline blanche assortie à ses gants, avec de gros diamants aux oreilles.

Je savais par Fanny que sa sœur Dorothy avait subi plusieurs interventions de chirurgie esthétique. L'ombre d'une ride la mettait dans tous ses états, et elle se précipitait au téléphone pour appeler son praticien. Sa peau avait été si souvent tirée que son visage évoquait un masque, mais elle avait les yeux noisette de Fanny, pleins de jeunesse et de vie. Je devais apprendre plus tard que, si ses lèvres étaient un peu plus pleines que celles de sa sœur, elle le devait également à la chirurgie.

Près d'elle se tenait son chauffeur en uniforme, un homme d'allure très jeune, blond comme les blés, au menton volontaire fendu d'une fossette. Un sourire amusé retroussait le coin de sa lèvre tandis qu'il me regardait approcher, terrifiée par toute cette agitation.

Dorothy était grande, mais son chauffeur la dépassait d'une bonne demi-tête. Impeccablement soigné, bronzé, bichonné comme une star de l'écran, c'était un pur produit de Hollywood. Son teint caramel faisait merveilleusement valoir le vert marin de ses yeux.

Dorothy agita la main et je remarquai les deux policiers qui les encadraient, son chauffeur et elle. Ils observaient avec attention chaque passager qui sortait de l'avion.

J'agitai la main à mon tour et pressai le pas.

— Melody ?

— C'est moi.

— J'en étais sûre, n'est-ce pas, Spike ?

— On vous avait fourni une excellente description, commenta le dénommé Spike, dont le sourire s'élargit encore.

— Mais quel amour ! C'est la plus jolie petite chose que j'aie jamais vue, n'est-ce pas, Spike ?

— Oui, madame, approuva Spike d'un air convaincu, en me dévorant des yeux.

— Bienvenue à Los Angeles, Melody. Ma sœur m'a beaucoup parlé de toi, mais je préfère voir par moi-même. Je suis sûre que la moitié de ce qu'elle raconte est exagéré, ou sorti tout droit de son imagination. Spike, occupez-vous de ses bagages, s'il vous plaît. Mais...

Les sourcils de Dorothy devinrent deux accents circonflexes. Elle venait d'apercevoir la mallette.

— Quelle horreur ! Ma sœur aurait pu te trouver quelque chose de plus élégant, tout de même. De plus... féminin.

— Ce n'est pas à moi, expliquai-je, tout en cherchant des yeux l'homme à la pancarte. C'est un service que je rends à quelqu'un.

— Un service ?

— À New York, j'ai rencontré quelqu'un à l'aéroport, un banquier en voyage d'affaires. Il devait prendre le même vol que moi, mais il a dû rentrer en ville de toute urgence et m'a confié cette mallette. Je dois la remettre à quelqu'un qui aura un écriteau à son nom : Fonsworth. Mais j'ai beau regarder, je ne vois pas ce monsieur.

— Quel toupet ! s'indigna Dorothy. Oser demander ça à une jeune fille qui prend l'avion pour la première fois !

Elle se tourna vers Spike, dont le sourire s'était envolé, subitement. Il jeta un bref regard aux deux policiers, derrière moi, et m'arracha pratiquement la mallette des mains. J'allais protester – ce bagage était sous ma responsabilité, après tout –, mais il s'éloignait déjà précipitamment. Dorothy reporta son attention sur moi.

— Tu as fait bon voyage, au moins ? Personnellement, je ne supporte que la première classe, en avion. C'est un peu moins inconfortable. Mais je veux tout savoir sur toi, sur ta grande aventure, et sur ma petite sœur aussi, naturellement. Je t'emmène déjeuner, décida-t-elle sans me laisser l'occasion d'ouvrir la bouche. Dès que Spike aura été retirer tes bagages.

Pour le moment, Spike marchait à quelques pas devant nous.

— Je dois d'abord remettre cette mallette à son destinataire, déclarai-je. J'ai promis de le faire.

— Naturellement, ma chère. Spike ?

Il se retourna au moment où nous arrivions dans le couloir.

— Le monsieur à la pancarte doit se trouver près du tapis à bagages, suggéra-t-elle. Vous ne croyez pas ?

Il s'arrêta, jeta un coup d'œil derrière nous puis essaya d'ouvrir l'attaché-case, mais il était fermé à clef.

— Vous ne devriez pas faire ça, protestai-je.

Mais au lieu de me répondre, il fila vers les toilettes des hommes en lançant à Dorothy :

— Je reviens tout de suite.

J'étais abasourdie.

— Mais... qu'est-ce qui lui prend ? Pourquoi ne m'a-t-il pas laissée m'occuper de cette mallette ?

— Aucune idée. C'est un acteur, que veux-tu, il est imprévisible. Tout le monde veut travailler dans le spectacle ou l'immobilier, à Los Angeles. Mais oublions Spike, déclara Dorothy en haussant les épaules. C'est toi qui m'intéresses. Où as-tu rencontré ma sœur ?

Je parlai de ma vie à Provincetown, de Kenneth, puis décrivis l'arrivée de Fanny et la façon dont nous étions devenues amies.

— Elle conduit toujours cette espèce de caravane de cirque ?

— Oui, acquiesçai-je en riant, au souvenir des couleurs flamboyantes de la camionnette.

— À huit ans, elle s'est fait percer les oreilles par un ami à elle, tu savais ça ? Il a fallu l'emmener chez le médecin pour stopper l'infection. Mon père était furieux.

Dorothy n'eut pas le temps d'en dire plus : Spike revenait, mais sans la mallette. Je protestai de plus belle.

— Où est l'attaché-case de M. Fonsworth ?

— Dans la poubelle, dit-il en regardant Dorothy. Allons-nous-en d'ici.

— Quoi ! (À mon tour, ce fut à Dorothy que je m'adressai.) Mais pourquoi a-t-il fait ça ?

— Taisez-vous ! grogna Spike à mi-voix.

— Non, attendez une minute…

Je tenais absolument à l'obliger à s'expliquer. À ma grande surprise, il me saisit rudement par le coude, me poussa en avant, et cette fois je n'eus pas le temps de protester.

— Drogue, souffla-t-il à l'intention de Dorothy.

— Bonté divine !

— Quoi ?

— Cette mallette était bourrée d'une substance appelée cocaïne, renvoya Spike, sarcastique. Jamais entendu parler ? C'est probablement pour ça que la police était là. Ils ont dû être prévenus, mais le gars de New York aussi, et il a refilé la camelote à la petite, expliqua-t-il rapidement à Dorothy.

Puis il se retourna vers moi.

— S'ils vous avaient prise avec ça, vous risquiez de gros ennuis, croyez-moi. Et nous aussi, je suppose.

— Mais... c'était un homme si correct ! Un banquier, en plus. C'est sûrement une erreur.

Spike secoua la tête avec commisération.

— Il l'a vue venir de loin, confia-t-il à Dorothy.

Je me libérai brusquement de sa poigne et m'efforçai d'avaler ma salive.

— C'est impossible ! Comment pouvait-il savoir que j'accepterais, d'abord ?

— Si vous aviez refusé, il aurait cherché quelqu'un d'autre, ou abandonné pour aujourd'hui. Vous avez transporté un chargement de cocaïne à travers tout le pays, reprit sévèrement Spike. Et pour un peu, vous ameniez ça chez M. et Mme Livingston.

Je me sentis faiblir, j'étais sur le point de pleurer. Dorothy regarda son chauffeur d'un air de reproche.

— Ne soyez pas trop dur avec elle, Spike. Elle ne savait pas. Ce n'est rien, ajouta-t-elle en me tapotant gentiment l'épaule. Ce sont des choses qui arrivent dans ce monde détraqué, mais ne nous tracassons pas pour ça maintenant. Récupérons ses bagages et partons, Spike. Je meurs de faim. Nous irons directement au *Vine*, sur Beverly Drive. Attends d'avoir goûté leur salade au chèvre chaud, Melody. Tu m'en diras des nouvelles.

Rien que de penser au guêpier dans lequel je m'étais fourrée, mon voyage à peine commencé, j'en avais la gorge nouée. Je respirai un grand coup et jetai à Spike un regard contrit. Dire que je m'étais emportée contre lui, alors qu'il ne faisait que nous protéger tous. Il garda le silence, jusqu'à ce que nous arrivions en vue du tapis roulant où l'on reprenait les bagages. Et là, je repérai un homme qui brandissait une pancarte au nom de Fonsworth.

— Ne le regardez pas, m'ordonna Spike.

Nous le dépassâmes rapidement. Mais tout en guettant mes valises, je ne pouvais pas m'empêcher de l'observer de temps à autre, à la dérobée. Quand la foule se fut dispersée, il tourna les talons et quitta rapidement le terminal.

— Je suis désolée, m'excusai-je auprès de Dorothy. Je n'avais aucune idée de ce que cet homme m'avait donné.

— C'est fini, mon chou, n'y pense plus. Les choses désagréables me sapent le moral. Quand un incident déplaisant se produit, je vais m'acheter quelque chose de neuf à me mettre sur le dos et je me sens tout de suite mieux. À ce propos...

Elle me toisa d'un œil connaisseur.

— C'est ce que nous allons devoir faire pour toi, un peu plus tard. Je suis sûre que tu n'as pas la garde-robe appropriée. Il faut que tu sois tout à fait dans le vent si tu veux te montrer dans Beverly Hills.

— Mais... je ne peux pas vous demander de faire ça pour moi, quand même !

— Bien sûr que non. Mais ça ne m'empêche pas de le faire, acheva Dorothy dans un éclat de rire.

J'aperçus l'une de mes valises et Spike la happa au passage.

— Au fait, j'allais oublier ! m'exclamai-je en fouillant dans mon sac. Fanny m'a donné ça pour vous.

Je lui tendis le petit paquet, dont le papier d'emballage arborait le signe du Bélier. Dorothy leva les yeux au ciel.

— Oh, non ! Quelle espèce de talisman m'a-t-elle encore envoyé ?

Sans même lui accorder un second regard, elle enfouit le cadeau de sa sœur dans son sac.

Je fus sur le point de lui dire que Fanny aurait été très déçue, mais ma seconde valise arrivait et je la montrai à Spike. Nous présentâmes mes tickets d'enregistrement à la sortie et le chauffeur porta mes bagages jusqu'à la limousine. C'était une longue Mercedes noire capitonnée de cuir souple, avec un bar et un petit poste de télévision à l'arrière. Spike ouvrit la porte et nous prîmes place l'une à côté de l'autre.

— Je suis vraiment désolée pour ce qui s'est passé, m'excusai-je une fois de plus.

Plus j'y pensais, plus j'avais honte d'avoir fait courir un tel risque à des gens qui se montraient si bons pour moi. J'en étais malade.

— Je t'ai prévenue, me rappela Dorothy. Je deviens sourde quand cela m'arrange, alors ne perds pas ton temps avec cette histoire. La tienne m'intéresse bien plus. Parle-moi un peu de cette petite ville minière, et raconte-moi comment tu t'es retrouvée à Provincetown. J'adore le Cap, mais nous n'allons qu'à Hyannis, nous. C'est là qu'habitent les Kennedy, tu sais ? Spike ! lança-t-elle au chauffeur qui se glissait au volant, au *Vine* par le plus court chemin, s'il vous plaît. Je vais m'évanouir de faim.

— Bien, madame.

Spike m'adressa un bref clin d'œil, démarra et quitta rapidement l'aire de stationnement.

Avec tout ce qui venait d'arriver, je n'avais même pas levé les yeux sur le magnifique ciel bleu. Nous nous faufilâmes dans le flot des voitures et, quelques minutes plus tard, nous roulions sur l'une des fameuses autoroutes sans péage de Californie.

J'y étais, pour de bon ! Et quelque part, pas très loin de moi, maman était peut-être là, elle aussi. Maman, pensai-je en soupirant. Maman...

Si jamais j'avais eu besoin d'elle, c'était bien maintenant.

3

C'était trop beau

La traversée de Los Angeles était tout autre chose que celle de New York. La plupart des immeubles étaient nettement moins hauts et plus espacés, même si les rues paraissaient plus nombreuses. Malgré tout, Spike s'y retrouvait manifestement très bien ; il ne tarda pas à quitter l'autoroute encombrée pour s'insinuer, par une bretelle, dans le dédale des rues de la ville. D'après Dorothy, le quartier que nous traversions était un des plus pauvres de Los Angeles, mais tout m'y paraissait brillant et splendide. D'immenses affiches au néon se suivaient presque sans interruption, annonçant la sortie de nouveaux films. Mais sur les trottoirs, je vis beaucoup moins de piétons qu'à New York. Ici, tout le monde avait sa voiture, apparemment. Au bout de quelques minutes, Dorothy me désigna un panneau routier signalant en grandes lettres : Ville de Beverly Hills.

— Enfin chez nous ! soupira-t-elle avec soulagement, comme si Beverly Hills était une île, qui l'aurait protégée du reste du monde.

Spike mit le cap sur le *Vine*, un restaurant aux murs palissés de treillis vert, croulant sous la vigne vierge et les bougainvillées. Dehors, la terrasse paraissait déjà pleine. Garçons et serveurs en uniforme, pantalon noir et chemise blanche, circulaient adroitement parmi les tables, dont les occupants ne semblaient pas les voir. De toute évidence, pour cette clientèle de gens riches et importants, les domestiques n'existaient pas.

À peine Spike nous avait-il ouvert la portière que le groom accourait pour nous offrir ses services.

— *Merci*, laissa tomber Dorothy en français en agitant négligemment son gant.

Quand Spike regagna la voiture, je me demandai où il allait déjeuner, mais je n'eus pas le temps de poser la question. Dorothy se dirigeait déjà vers la terrasse, où une séduisante hôtesse accueillait les arrivants.

— Madame Livingston! s'exclama-t-elle avec un sourire de publicité pour dentifrice. Comment allez-vous?

— Je meurs de faim, Lana. Voici Melody, une amie de ma sœur, qui arrive tout droit de New York. C'est son premier séjour à Los Angeles, et j'ai tenu à lui montrer le *Vine* avant tout le reste. Alors trouvez-nous une bonne table, n'est-ce pas?

Lana pivota pour examiner la terrasse.

— La douze est libre, annonça-t-elle comme si c'était une performance.

Je ne voyais pas en quoi une place importait plus qu'une autre, mais Dorothy eut l'air enchantée.

— *Bellissimo*, approuva-t-elle, en italien cette fois-ci.

Nous suivîmes Lana jusqu'à une table située pratiquement au centre de la terrasse. Dorothy rayonnait de satisfaction. Nous nous assîmes et Lana nous tendit à chacune un menu, somptueusement relié en cuir vert.

— Aujourd'hui, je vous recommande les cheveux d'ange aux poivrons et aux champignons, madame Livingston.

— Ce sera parfait, *merci*.

Dès que Lana se fut éloignée, Dorothy se pencha vers moi.

— C'est la table qu'on réserve d'habitude aux stars de cinéma, m'informa-t-elle. D'ici, tout le monde peut vous voir.

— Ah bon?

Pourquoi tenait-elle à être tellement en vue ? me demandai-je. Personnellement, cela me mettait plutôt mal à l'aise.

J'ouvris le menu et la seule vue des prix me scandalisa. Une salade verte coûtait aussi cher qu'un repas normal.

— Ne t'inquiète pas pour les prix, déclara Dorothy, prévoyant ma réaction. Mon mari sait jongler avec les notes de frais. Il dit que puisque j'apporte une aide si active à l'économie du pays, c'est normal que le gouvernement me fasse une faveur.

— Dans quelle branche est-il, déjà ?

Fanny avait dû me le dire, mais je n'en gardais pas le moindre souvenir.

— Il est expert-comptable et conseiller financier de clients très haut placés. Mais... (Une joie presque enfantine éclaira les traits de Dorothy.) Regarde un peu par là ! s'écria-t-elle avec un geste discret vers sa droite. Quelqu'un vient d'arriver.

— Quelqu'un ?

— Une star du petit écran, il me semble. Qu'en penses-tu ?

— J'avoue que je n'en sais rien.

— J'en suis pratiquement sûre. Bon, que décidons-nous ? reprit-elle en se penchant sur le menu. Je suis tentée par les cheveux d'ange aux poivrons, après la salade au fromage de chèvre chaud. Tu aimes le thé glacé ? Ils le préparent avec un soupçon de menthe. Ça te va ?

— Oui, madame.

Dorothy regarda autour d'elle d'un air ennuyé, comme pour s'assurer que personne n'avait entendu.

— Je t'en prie, pas de « madame » entre nous. J'ai l'impression d'être vieille, quand j'entends ça. Pour toi, je suis Dorothy, d'accord ?

— Oui, ma... Dorothy.

Elle eut un sourire approbateur, et sur ces entrefaites

un garçon vint prendre notre commande. Il parlait avec un accent espagnol prononcé, je le comprenais à peine, mais cela ne semblait pas du tout gêner Dorothy. J'avais déjà remarqué qu'elle émaillait ses propos de mots français ou italiens. Cette fois, ce fut de l'espagnol. Elle expédia rapidement notre commande, avec un *por favor* jeté d'un air détaché, puis s'enquit avec sollicitude :

— Si nous en venions à tes problèmes ? Si j'ai bien compris…

Elle s'interrompit, le temps qu'un serveur pose notre thé glacé sur la table, et reprit dès qu'il se fut éloigné :

— Tu es ici pour savoir si cette femme, qui est venue à Hollywood pour devenir star de cinéma, est bien ta mère. On vous a dit qu'elle était morte dans un accident de la route, et ses restes seraient enterrés à Provincetown, c'est bien ça ?

— Oui.

— Cela paraît vraiment très compliqué. J'en ai discuté avec Philip, et nous sommes du même avis : le mieux serait d'engager un détective privé. Pourquoi serait-ce à une jeune fille de mener une enquête pareille ?

— Oh, non, pas ça ! C'est moi qui dois m'en charger, insistai-je. Merci beaucoup pour votre offre, mais c'est à moi de faire ça.

— Tu es sûre ? (Dorothy me dévisagea longuement, puis leva les yeux au ciel.) Enfin, j'imagine que tu peux toujours essayer ! Spike t'accompagnera dans tes démarches. Il est très débrouillard dans les cas épineux, comme tu as pu t'en apercevoir. Mais il faudra l'écouter, tu m'entends ? Je ne voudrais pas qu'il t'arrive quoi que ce soit.

— Je vous remercie, Dorothy. Croyez que j'apprécie votre sollicitude et tout ce que vous faites pour moi.

— Oublions ça, veux-tu, sinon je vais redevenir sourde. Parlons plutôt de ma chère petite sœur. Est-ce que cet infirme vit toujours avec elle, au fin fond de ce trou à rats qu'elle appelle un magasin ?

— Je ne vois pas du tout Billy comme un infirme, déclarai-je, avant de lui décrire tout ce que nous avions fait ensemble à New York, lui et moi.

Dorothy m'écoutait, un petit sourire aux lèvres. J'eus l'impression qu'elle m'étudiait, sans prêter grande attention à mes paroles.

— C'est si merveilleux d'être jeune et impressionnable ! soupira-t-elle. C'est presque une honte de te laisser affronter les dures réalités de la vie. Fanny n'a jamais voulu y faire face. Elle vit comme une hippie, une espèce de bohémienne. Et dire qu'elle est si jolie et si brillante quand elle veut s'en donner la peine ! Je pourrais lui trouver un mari adéquat en un tournemain, si elle me laissait faire. Mais bon... *que sera, sera*.

J'allais prendre la défense de Fanny, expliquer qu'elle était heureuse en menant la vie qui lui convenait, mais nos salades arrivèrent. Elles étaient délicieuses, mais la taille des portions me laissa perplexe. Quelques coups de fourchette suffiraient à vider nos assiettes. Je me sentis coupable de laisser Dorothy payer pour moi, et ne pus m'empêcher de le lui dire.

— C'est payer bien cher pour bien peu de chose, non ?

— Qu'est-ce que tu racontes ? C'est plus qu'assez ! Regarde toutes ces femmes, autour de toi. Allez, insista-t-elle.

Je compris qu'il ne s'agissait pas d'une façon de parler : elle voulait vraiment que j'observe les femmes présentes. Un peu gênée, je promenai un regard discret sur la terrasse. Je vis beaucoup de femmes ravissantes, élégantes, coiffées avec un chic fou. De toute évidence, cet endroit était un des hauts lieux de la richesse et de la beauté.

— Tout le monde surveille sa ligne, insista Dorothy.

Chaque femme est en compétition avec toutes les autres.

— En compétition ? Mais pourquoi ?

— Pourquoi ? (Elle éclata de rire.) Pour les beaux yeux d'un homme, quelle idée ! La plupart de ces femmes désirent être vues ou photographiées aux côtés d'un homme important. Ne t'inquiète pas, je t'expliquerai tout ça plus tard. D'après ce que je sais de toi, tu as beaucoup à apprendre et j'adore aider une autre femme à devenir... sophistiquée.

« Un conseil, ajouta-t-elle. Ne mange pas trop vite, si tu ne veux pas avoir l'air de débarquer du Midwest. En plus, c'est la meilleure table. Nous sommes sous les projecteurs, ma chère, c'est le moment d'en profiter. Tiens, regarde ! Les gens sont déjà en train de se demander qui nous sommes.

Dorothy avait raison, de nombreuses personnes regardaient ouvertement de notre côté. Elle rectifia l'inclinaison de son chapeau et sourit à quelqu'un.

— Tu peux te montrer aimable, reprit-elle, souriant toujours à la cantonade, mais ne parle jamais la première à quelqu'un. Attends toujours que les gens s'adressent à toi, et n'en dis pas trop, surtout. Plus tu parais mystérieuse, plus ta cote monte. Tu apprendras, ne t'en fais pas. Ce ne sera pas long.

— Je ne suis pas venue pour tout ça, Dorothy. Je cherche à obtenir des renseignements au sujet de ma mère, c'est tout.

— Je sais, mais comme tout le monde ici tu ne tarderas pas à tomber amoureuse.

— Amoureuse ? De qui, ou de quoi ?

— Mais de toi, ma chère ! s'exclama-t-elle en riant. Et je suis sûre que c'est exactement ce qui est arrivé à ta mère.

*
* *

Après ce qui s'avéra le plus long déjeuner de ma vie, suivi d'un cappuccino et d'un dessert, nous partîmes enfin. Spike avait avancé la limousine et nous attendait. J'eus l'impression d'être quelqu'un de très important quand il nous ouvrit la portière. Les passants s'arrêtaient pour nous regarder monter en voiture, le personnel multipliait les courbettes. Dorothy buvait tous ces sourires de commande, qui selon moi lui profitaient plus que les misérables portions de nourriture du *Vine*. Un coup d'œil sur la note m'avait suffi pour m'en assurer : Fanny n'avait pas exagéré au sujet des dépenses de sa sœur. Notre semblant de repas venait de lui coûter une somme astronomique.

Nous remontâmes Monica Boulevard, en direction de ce que Dorothy annonça comme « Rodeo Drive, célèbre dans le monde entier ».

— Je t'amènerai ici demain, mon chou, ajouta-t-elle aussitôt. Il faut que nous te trouvions des vêtements un peu plus... dans la note.

Spike tourna à droite et nous passâmes devant de grandes et belles maisons, plus impressionnantes les unes que les autres, avec leurs colonnes classiques et leurs hautes haies. Dorothy déroulait la liste des personnages célèbres qui y habitaient, acteurs, chanteurs ou danseurs que j'avais vus au cinéma. Elle connaissait également le nom de nombreux producteurs et metteurs en scène, tous des clients de son mari, Philip.

Nous ralentîmes enfin devant une grande maison à deux étages, avec un toit en pente aiguë, d'étroites fenêtres à croisillons et une haute cheminée. Le revêtement de bois créait un contraste sobre et plaisant avec la brique des murs. C'était une parfaite imitation de la demeure anglaise de style Tudor, comme je n'en avais vu que sur des couvertures de romans d'amour.

Spike s'engagea dans l'allée de brique pilée, bordée de lampadaires à vitraux Tiffany. Sur la gauche, un énorme saule pleureur balayait le gazon, si parfaitement tondu qu'on eût dit un tapis de velours émeraude. À droite, un chêne majestueux dominait fièrement les massifs de fleurs, le jardin de rocaille et les bougainvillées roses, jaunes et blanches qui grimpaient aux barrières de bois.

— Quelle grande maison ! m'écriai-je, émerveillée. Je n'aurais jamais cru qu'on puisse disposer d'un tel espace en ville. C'est un véritable manoir !

— Je crois qu'on peut dire ça, opina Dorothy d'un air satisfait. En fait, nous avons vingt pièces, en comptant les chambres du personnel, le bureau de Philip, son gymnase...

— Un gymnase ! Vingt pièces !

— Et Philip se plaint sans arrêt de manquer de place, figure-toi ! Surtout quand je tiens mes réunions de clubs féminins.

Un garage prévu pour trois voitures était accolé au bâtiment, sans créer de rupture apparente. Son entrée latérale, et le fait qu'il était surmonté de fenêtres ne faisaient que prolonger pour l'œil la longueur de la façade.

Spike se gara devant l'entrée voûtée, puis se hâta de venir ouvrir la porte du côté de Dorothy. À peine était-elle sortie que, contournant la voiture à une vitesse éclair, il ouvrait déjà la mienne. Je me sentais un peu bête de laisser quelqu'un d'autre faire les choses les plus simples à ma place, mais je redoutais de commettre un impair.

— Montez ses bagages dans la chambre rose, Spike, s'il vous plaît, ordonna Dorothy.

Et, à mon intention, elle ajouta :

— Nous avons beaucoup de chambres d'amis, mais je crois que tu préféreras celle-ci. Elle convient très bien aux jeunes.

Spike me décocha un sourire fugitif et alla aussitôt ouvrir le coffre.

— Laisse-moi te présenter ta nouvelle demeure, avant que tu ne t'installes pour un repos bien mérité, reprit Dorothy.

Je la suivis jusqu'à la porte d'entrée, qui s'ouvrit devant nous comme par enchantement.

Un petit homme râblé, en complet bleu marine et cravate assortie, se tenait devant nous. Il était chauve comme un œuf, avec des sourcils gris en broussaille, et un teint laiteux parsemé de taches rousses. Il en avait même sur le crâne.

— Bonjour, Alec. Voici Melody, qui va séjourner quelque temps chez nous.

Le majordome hocha imperceptiblement la tête.

— Fort bien, madame, énonça-t-il d'une voix brève.

D'un seul regard de ses yeux gris, je me sentis photographiée, ou plutôt j'eus l'impression de subir une inspection. Puis il s'effaça devant nous.

Le hall était dallé de carreaux bruns, dont la teinte flambée créait une harmonie chaleureuse avec les lambris de cyprès. Sur nos têtes, un lustre étincelait de toutes ses larmes de cristal. Dans un angle, l'escalier circulaire déroulait sa rampe d'acajou sculptée avec une incroyable finesse, si bien astiquée qu'elle brillait comme un miroir.

Spike monta mes valises, Alec sur ses talons, tandis que je suivais Dorothy plus avant dans la maison.

Sur la droite s'ouvrait un vaste living-room, où une vieille horloge de parquet sonnait précisément trois heures. Tout me parut démesuré dans cet espace immense, où dominaient les tons bleus. Rideaux de satin bleu ciel, coussins assortis, tapis persans à motifs bleus disséminés sur les dalles de marbre. Je ne pus que secouer la tête devant la dimension des tableaux qui décoraient les murs. Je reconnus des vues de Paris et de Londres, à côté de grandioses perspectives de jardins, toutes ces peintures présentées dans des cadres dorés surchargés d'ornements. Et où que je tourne mon regard, je ne voyais que bibelots de verre, porcelaines, chandeliers d'or et d'argent impossibles à dénombrer. Comment pouvait-on être aussi riche ?

— C'est intime, n'est-ce pas ? observa Dorothy avec orgueil.

Intime ? C'était le genre de pièce qu'on fait visiter aux touristes, pensai-je, pas un endroit pour la détente. Mais je me gardai bien d'exprimer mon opinion.

Nous visitâmes ce que Dorothy présenta comme le studio, petit salon aux sièges moelleux capitonnés de cuir, le bureau de Philip, la salle à manger avec sa table gigantesque ; et enfin la cuisine, assez vaste pour être celle d'un restaurant, estimai-je. Dorothy se montra particulièrement fière de ses fours, tout en précisant qu'elle savait à peine faire cuire un œuf.

— C'est le domaine de Selena, déclara-t-elle en me présentant sa cuisinière, petite Péruvienne rondelette aux yeux de jais. Selena loge à la maison, mais ma femme de chambre personnelle, Christina, vit dans le quartier ouest de Los Angeles. Elle arrive à sept heures du matin et s'en va généralement vers huit heures, après le dîner. Philip ne les déclare pas, murmura-t-elle à mon oreille.

— Vous dites ?

— Ce sont des choses que font les comptables pour échapper aux dents avides du fisc, ma chère. Bon, allons t'installer. Je suis sûre que tu as besoin d'une bonne douche, après ce voyage.

— Effectivement. Et après ça, j'aimerais bien aller là-bas.

— Là-bas ?

— À l'adresse qu'on m'a indiquée, qui pourrait être celle de ma mère, expliquai-je.

Dorothy fit la grimace.

— Tout de suite ? Cela peut sûrement attendre demain !

— J'aimerais m'y rendre le plus tôt possible. C'est pour cela que je suis venue, vous savez bien.

— J'oublie toujours que les jeunes disposent d'une énergie fabuleuse, soupira-t-elle. Très bien, si tu y tiens. Spike sera prêt à t'emmener dans une heure.

— Merci, Dorothy. Et merci également de m'avoir fait visiter la maison. Elle est magnifique.

Elle sourit jusqu'aux oreilles.

— Je l'ai pratiquement décorée moi-même... avec l'aide de quelques professionnels, bien entendu. Fanny n'est venue ici qu'une fois, tu te rends compte ? Je crois qu'elle n'ose pas revenir, en fait. Cela risquerait de trop lui plaire, je pense que c'est ça qui lui fait peur.

Quant à cela, j'en doutais. Fanny s'intéressait plus au spirituel qu'au matériel, et je fus sur le point de le dire. Mais je gardai mes réflexions pour moi et suivis Dorothy à l'étage.

Alec avait déjà défait mes valises et réparti mes effets entre la commode et la penderie. J'en éprouvai une certaine gêne, surtout à l'idée qu'il avait manipulé mes sous-vêtements. Mais la vue de la pièce me causa une telle stupéfaction que j'en oubliai mon embarras. Ce n'était pas une chambre, c'était l'appartement d'une princesse ! Les murs étaient tendus de soie damassée, d'un délicieux rose framboise, légèrement plus soutenu que celui du tapis ; un tapis si épais que je crus fouler une pelouse. Le grand lit à baldaquin était en pin clair spécialement traité, de façon à paraître veiné de rose. La penderie elle-même était immense : plus grande que toutes les chambres dans lesquelles j'avais dormi jusque-là. Il y avait des étagères à chaussures, une table de toilette, un miroir mural. Et même, sur le mur du fond, une coiffeuse encadrée de deux commodes, assorties à celles de la chambre.

Dans la salle de bains, je retins de justesse un cri

d'admiration. Elle était carrelée de blanc, avec un bain bouillonnant, une cabine de douche en panneaux de verre, et tous les accessoires en cuivre doré. De tous côtés, des miroirs me renvoyaient mon regard ébahi. Et ce n'était qu'une chambre d'amis ! À quoi devait donc ressembler la chambre de maître, alors ? Une fois de plus, j'exprimai ma surprise.

— Votre maison est tellement belle que je n'en crois pas mes yeux, Dorothy.

— Je suis heureuse que tu t'y sentes à l'aise.

— À l'aise ? Mais c'est un palais ! Comment pourrait-on ne pas s'y sentir à l'aise ?

Elle éclata d'un rire léger.

— Tu es vraiment si pressée d'aller rôder dans les rues de Hollywood Ouest, Melody ? Donne-toi le temps de te pomponner, mon chou. Prélasse-toi dans un bain bouillonnant, repose-toi, regarde un moment la télévision dans ta chambre. Nous grignoterons quelques hors-d'œuvre avant le retour de Philip, puis nous dînerons tranquillement et…

— C'est très tentant, Dorothy, l'interrompis-je avec ménagement, mais j'aurais des remords. Je ne suis pas ici pour prendre du bon temps, vous le savez bien. Je suis venue pour retrouver ma mère.

Elle haussa les épaules en soupirant.

— Tout le monde est toujours si pressé, à présent ! Eh bien, c'est entendu. Spike sera prêt en temps voulu.

— Merci, répétai-je. Merci pour tout.

Elle répondit par un sourire et me laissa à ma toilette. J'étais exténuée, mais l'excitation du changement et le fait d'être sans doute si près de maman l'emportaient sur ma fatigue. Je pris une longue douche, me séchai rapidement, enfilai un jean et mon plus beau chemisier, puis je me brossai les cheveux. Cela fait, je m'assis, fermai les yeux et respirai profondément, en pensant à Billy et à Fanny. Je les imaginai tous les deux assis près de moi, me montrant comment garder mon calme et rassembler mon énergie, une énergie dont je n'avais jamais eu autant besoin.

Puis je me levai pour partir à la recherche de ma mère.

*
* *

Penser au temps qui s'était écoulé, depuis que maman m'avait laissée à Provincetown, dans la famille de mon beau-père, réveillait mes craintes les plus folles. Avais-je pu changer au point qu'elle ne me reconnaisse pas, surtout si elle était atteinte d'une forme d'amnésie ? Cela ne faisait pas si longtemps, à vrai dire, mais je me sentais si différente ! Quand je me retrouverais en face d'elle, comment l'aborderais-je ? Pouvais-je m'approcher d'elle en disant simplement : « Bonjour, tu te souviens de moi ? Je suis ta fille » ? Ridicule ! Si d'autres personnes assistaient à la scène, elles penseraient sûrement que je n'avais plus toute ma tête.

Tout en descendant l'escalier, puis en traversant le hall, j'eus la sensation bizarre de me rétrécir à chaque pas. C'était une illusion, bien sûr, due au gigantisme des lieux, et plus encore à l'énormité de la tâche qui m'attendait. Je respirai un grand coup et ouvris la porte d'entrée.

Spike, appuyé contre la limousine et plongé dans la lecture de *Variety*, leva les yeux et me sourit. Puis il replia son journal, m'ouvrit la porte et recula d'un mouvement gracieux, dans une révérence délibérément théâtrale.

— Madame...

— Merci, murmurai-je avec embarras.

Sur le point de monter dans la voiture, je tirai de mon sac le papier dont pouvait dépendre tout mon avenir.

— Au fait, voici l'adresse, dis-je en tendant le feuillet à Spike. Est-ce que c'est loin ?

— Rien n'est vraiment loin, dans cette ville, sauf le succès, commenta-t-il pendant que je prenais place sur le siège arrière.

Puis il ferma la porte et, contournant rapidement la voiture, se glissa derrière le volant.

— Tenez, proposa-t-il en me tendant *Variety*. Si ça vous tente…

— Non, merci.

— À votre aise. Je voulais seulement vous montrer à quoi ressemblent les journaux de Hollywood. Ils sont bourrés de nouvelles relatives aux acteurs et aux actrices, et vous n'en avez sûrement jamais lu.

— Non. Je n'avais aucune raison de le faire.

Il mit le moteur en marche avec un petit sourire condescendant qui me poussa à ajouter :

— Je n'essaie pas de devenir actrice, vous savez.

— Toutes les femmes sont comédiennes, et elles rêvent toutes de tourner dans un film.

— Eh bien, pas moi ! Et toutes les femmes ne sont pas comédiennes, lui renvoyai-je avec un rien d'acidité.

Son petit sourire protecteur commençait à me taper sur les nerfs : je crus bon de mettre les points sur les i.

— J'ai l'intention de poursuivre mes études, et de faire bien d'autres choses encore, figurez-vous.

— Votre mère est bien venue ici pour être actrice, n'est-ce pas ? demanda-t-il comme nous quittions l'allée pour rejoindre la route.

Je me raidis et ripostai du tac au tac :

— Et vous ? Si vous avez l'intention d'être acteur, pourquoi êtes-vous chauffeur ?

Comme pour s'assurer que j'avais parlé sérieusement, Spike tourna la tête avant de répondre.

— Parce que c'est très long. Il faut travailler dur, frapper à beaucoup de portes, passer des milliers d'auditions avant d'avoir cette chance. Et à moins d'être né avec une cuiller en argent dans la bouche, ou d'avoir quelques amis riches et influents, il faut bien prendre un job pour se loger et se nourrir. Je ne me plains pas du mien. Mme Livingston me laisse pas mal de liberté. Quand j'ai une audition, elle me permet d'y aller, même si ça doit l'obliger à prendre un taxi.

— Depuis combien de temps essayez-vous de percer dans le métier, Spike ?

— Trois ans, et en m'accrochant sérieusement.

— Avez-vous déjà tourné dans un film ?

— Par-ci, par-là. J'ai ma carte du syndicat des acteurs, et ce n'est déjà pas si mal. Tout le monde ne peut pas en dire autant. Il y a six mois, j'ai tourné dans un film qui a tenu l'affiche un mois entier.

— Alors vous devez avoir du talent, dis-je avec conviction.

Il se retourna, rayonnant.

— J'en ai. Il faut simplement que j'amène la personne qu'il faut, je veux dire quelqu'un d'important, à s'en apercevoir. Après un certain temps, ça n'est plus qu'une question de chance, en fait. Il faut se trouver au bon endroit au bon moment.

— C'est donc tellement important pour vous, Spike ?

Pour la troisième fois, il se retourna et me dévisagea comme si je débarquais d'une autre planète. Puis il sourit de toutes ses dents.

— Au bout d'un moment, vous comprendrez. C'est dans l'air.

— J'espère ne pas rester aussi longtemps que ça, marmonnai-je entre haut et bas.

Spike continuait à m'observer dans le rétroviseur. Je croisai brièvement son regard, puis me détournai, feignant de m'absorber dans la contemplation du paysage. Je ne pouvais pas m'empêcher de redouter ce qui allait se passer, dans quelques minutes à peine, à présent. J'en avais l'estomac noué. Spike s'en aperçut et finit par me prendre en pitié.

— Il y a longtemps que vous n'avez pas vu votre mère ? s'enquit-il avec douceur.

— Oui.

— Et vous n'êtes même pas certaine qu'il s'agisse d'elle ?

— Non. Mais tout laisse à penser que c'est bien elle, en tout cas.

Il eut un long soupir compréhensif.

— Quelle histoire ! Vous savez ce que c'est, cette adresse ? Un grand ensemble bon marché, où la plupart des propriétaires sous-louent à des gens qui cherchent à percer dans le bizness.

— Le bizness ?

— À Hollywood, quoi. Le show-biz, ou le biz comme nous disons dans notre jargon.

— On se croirait en pays étranger, grommelai-je entre mes dents, assez haut toutefois pour être entendue.

Cette fois, Spike éclata de rire.

— Vous êtes certaine de ne pas vouloir faire votre trou dans le show-biz ? Je parie que vous avez un talent quelconque.

— Je joue du violon, répondis-je sans détourner les yeux de la vitre. Il y a même des gens qui trouvent que je joue bien.

— Là, vous voyez bien ! Des tas de stars de country music sont devenues acteurs de cinéma.

— Je suis loin d'être une star de country music, croyez-moi.

Comme ce devait être facile de tomber dans le piège et de se mettre à croire à ses fantasmes, pensai-je avec tristesse. Était-ce cela qui était arrivé à maman ?

Spike reprit sa péroraison.

— Il faut vous voir de façon positive, vous savez ? Tenez, moi, par exemple. Je me présente à une dizaine d'auditions par semaine, quand ce n'est pas vingt, et la plupart du temps on ne prend même pas la peine de me rappeler. Mais vous croyez que je me laisse décourager ? Non. Je continue à me présenter, et tôt ou tard... tôt ou tard...

Je me détournai de la fenêtre et posai sur lui un regard pensif. De nous deux, méditai-je, qui méritait le plus d'être pris en pitié ? Lui ou moi ?

— C'est ici, annonça-t-il enfin, après un virage à droite. Juste au bout de la rue.

Mon cœur manqua un battement, puis se mit à cogner et à cogner dans ma poitrine, comme si l'on frappait du poing contre une porte. Je retins mon souffle tandis que Spike ralentissait.

— Nous y voilà, gloussa-t-il : « Les Jardins d'Égypte », non mais je vous demande un peu ! J'adore les noms qu'ils donnent à ce genre d'endroits.

Je coulai un regard curieux par la fenêtre. De hautes haies cernaient le complexe de stuc rose, déployé autour de la piscine en forme de L. Aucun des bâtiments ne dépassait les cinq étages, et chaque appartement possédait son petit balcon, avec sa table de jardin et ses chaises. Mais les immeubles avaient triste mine, malgré le rose vif des stores ; l'enduit délavé s'écaillait par endroits, et les jardins ne valaient guère mieux. Le gazon pelait par plaques et de nombreux buissons se desséchaient, la plupart de leurs branches cassées ou privées de fleurs. Près de la grille d'entrée, j'aperçus un panneau qui devait être le répertoire des résidents. Il était surmonté d'une banderole affichant, en lettres noires, le nom de l'endroit : « Les Jardins d'Égypte ». Spike avait raison, rien n'y évoquait l'Égypte, ni de près ni de loin ; et comme lui, je me demandai pourquoi on l'avait affublé d'un nom pareil. J'en étais là de mes réflexions quand il vint m'ouvrir la porte. Pendant un instant, je crus que mes jambes n'allaient pas me porter, mais je m'obligeai à sortir de la voiture. Spike m'informa aussitôt qu'il m'attendrait sur place.

— Je ne bouge pas d'ici, soyez sans crainte.

— Merci, dis-je, ou du moins je crus le dire, car je n'étais pas certaine d'avoir proféré un son.

— Vous êtes sûre que ça va ?

Je hochai la tête et m'approchai du portail. À l'entrée, je parcourus la liste des noms, jusqu'à ce que je trouve celui que je cherchais : Gina Simon. Quand je poussai le bouton de l'interphone, ma main trembla.

— Pas la peine ! cria derrière moi une voix féminine.

Je me retournai pour voir une jeune et jolie blonde, en débardeur cerise et short blanc, me rejoindre en faisant du jogging. Une fois près de moi, elle continua de sauter sur place.

— Ils devaient réparer le système la semaine dernière, annonça-t-elle en haletant, mais ils ne sont jamais pressés. Vous cherchez qui ?

— Gina Simon.

— Oh, Gina ! Elle habite juste en face de chez moi, au 4-C. Ce n'est pas fermé, m'apprit-elle en poussant la grille. La sécurité, ici, c'est comme le reste ! Suivez-moi.

Elle me précéda dans l'allée, si vite que je dus presque courir pour rester à sa hauteur, et ne s'arrêta qu'une fois au bord de la piscine. Trois jeunes femmes en bikini se doraient au soleil, étendues dans des chaises longues. D'un coup d'œil, je m'assurai que maman ne se trouvait pas dans les parages et vis, non sans soulagement, qu'il n'en était rien. Je n'aurais pas aimé la retrouver au milieu de tous ces gens.

— Salut, Sandy ! appela un grand jeune homme assis sur le plongeoir, en s'adressant à la jeune femme qui m'avait fait entrer. Contente de ta promenade ?

— Couci-couça. J'ai failli me faire renverser par un idiot en vélomoteur.

Une des trois beautés qui prenaient le soleil, ravissante brune aux cheveux d'acajou, se haussa sur un coude et arbora un sourire suave.

— Alors, tu as fini par les perdre, ces trois kilos ?

— Ça vient, ça vient, répliqua la dénommée Sandy.

Et, pivotant vers moi, elle ajouta sans cesser de sauter :

— Allons, venez avant qu'elles ne vous mangent toute crue !

Les trois autres gloussèrent et elle s'enfuit à petites foulées rapides, m'entraînant dans son sillage. Elle me fit faire le tour de la piscine, suivre une autre allée jusqu'à un second petit immeuble, et ne cessa son jogging qu'une fois à l'intérieur.

— J'essaie de perdre du poids pour une audition, me confia-t-elle alors. C'est pour une série de photos, et la caméra vous grossit toujours, je ne vous apprends rien. L'ascenseur est par là, m'indiqua-t-elle en prenant le couloir de gauche. Je m'appelle Sandra Glucker, mais mon pseudonyme est Sandy Glee.

— Melody, me présentai-je.

Elle hocha vigoureusement la tête.

— Très chouette, comme nom, j'adore. Actrice, danseuse, chanteuse ?

— Non.

— Non ? Vous écrivez, alors ?

Je me mordis la lèvre pour ne pas sourire.

— Non plus. Je ne suis pas dans le bizness.

— Oh ! fit Sandy, s'arrêtant brusquement pour me dévisager, comme si elle découvrait une nouvelle espèce humaine. Pourtant, vous êtes assez jolie pour ça.

— Merci.

— Et vous venez voir Gina Simon. Comment connaissez-vous Gina ? Non, vous n'êtes pas obligée de me répondre. Je suis une accro du papotage, il faut m'excuser. Mais il y a des vices plus sérieux que celui-là, par ici !

Nous entrâmes dans l'ascenseur et Sandy pressa le bouton du quatrième étage.

67

— Nous nous sommes connues dans un autre endroit, finis-je par dire, en espérant que cela lui suffirait.

— Un autre endroit ? Il en existe donc ? demanda-t-elle, riant de sa propre plaisanterie. Vous êtes de l'Ohio ?

— De l'Ohio ?

— C'est de là que vient Gina. D'un petit trou près de Columbus, je crois. Vous vous êtes connues à l'école, je parie ?

La porte de la cabine s'ouvrit et nous descendîmes.

— À l'école ? Non.

Quel âge Sandy me donnait-elle ? Et surtout, quel âge s'imaginait-elle qu'avait Gina Simon ?

— Eh bien, quoi, c'est top secret ? Par ici, dit Sandy en indiquant le bout du couloir. 4-C.

Mais au lieu de rentrer dans son appartement, elle me suivit des yeux jusqu'à ce que j'atteigne la porte 4-C. Je me retournai, lui adressai un sourire nerveux et inspirai une grande bouffée d'air. Puis je frappai à la porte.

— La sonnette marche, me prévint Sandy. En tout cas, elle devrait.

— Oh ! Merci.

Je pressai le bouton et attendis. Elle aussi. Personne ne vint ouvrir. J'appuyai une seconde fois, attendis encore. Les secondes s'étiraient, interminables.

— Elle a dû sortir. Pour une audition, si ça se trouve. Vous n'avez pas appelé avant de venir ?

— Non, avouai-je, la voix morne.

— Dommage. À L.A., il faut toujours prévenir. Je la verrai certainement un peu plus tard. Vous voulez que je lui fasse une commission de votre part ?

— Non, répondis-je aussitôt.

Puis, consciente d'avoir parlé un peu trop vite, j'ajoutai en souriant :

— Je voulais lui faire une surprise.

— Ah, j'adore les surprises ! Gina aussi, j'en suis sûre. J'y suis ! (Sandy fit claquer ses doigts.) Vous ne seriez pas sa sœur, par hasard ? Elle m'a parlé d'une jeune sœur. Alors c'est toi ? On peut se tutoyer, du coup, enchaîna-t-elle sans me laisser le temps de répondre. C'est génial ! Gina va être folle de joie. Sa famille lui manque tellement !

— Vraiment ?

— Bien sûr. Au fond d'elle-même, malgré ses airs sophistiqués, Gina est une fille toute simple. C'est pour ça que tout le monde l'adore. Tu veux l'attendre chez moi ?

J'eus une seconde d'hésitation.

— Heu... non, merci, je reviendrai plus tard.

— Tu es sûre ? Parce que...

— Non, merci, répétai-je, le cœur battant à tout rompre.

Je courus jusqu'à l'ascenseur, m'engouffrai dans la cabine et pressai le bouton du rez-de-chaussée. Au moment où les portes se fermaient, Sandy s'avança et me jeta un dernier regard, totalement déconcertée.

À la seconde où les portes s'ouvrirent, je bondis au-dehors. Puis je redescendis l'allée au pas de course, dépassai la piscine où tout le monde leva les yeux sur moi, franchis le portail sans ralentir et courus jusqu'à la voiture. Spike en jaillit aussitôt pour m'ouvrir la porte.

— Que se passe-t-il ? s'informa-t-il avec sollicitude.

— Elle n'était pas là, et... et...

— Et quoi ?

Les mots qui m'étranglaient fusèrent dans un cri de désespoir :

— Je ne crois pas que ce soit ma mère !

4

Un autre univers

— Je vous ramène à la maison ?
— Ça m'est égal, répondis-je à Spike, la voix plaintive.

Je me blottis dans un coin de la banquette, les mains plaquées sur le visage. J'étais donc venue de si loin pour rien, finalement. Pour un simple rêve, un rêve d'enfant ! J'aurais dû écouter la suggestion de Dorothy : engager un détective privé, au moins pour les travaux d'approche. Mais même cette idée-là me semblait stupide. Où aurais-je trouvé l'argent ? Grandma Olivia ne m'en aurait jamais donné pour cela. Que maman fût en vie ou pas ne signifiait rien pour elle, sauf si cela pouvait m'éloigner d'elle, de Provincetown et de sa précieuse famille.

— Je suis navré de vous voir si déçue, reprit Spike, mais à L.A., c'est toujours comme ça. Il faut apprendre à vivre avec la déception.

— Je ne veux pas vivre à Los Angeles !

— Mais si, répliqua-t-il. Vous n'avez pas encore vu ses meilleurs côtés, c'est tout. Tenez, regardez ces maisons, sur la colline. C'est Hollywood Hills. La vue est fantastique de là-haut. Mais quand la terre tremble, ceux qui habitent là doivent avoir la chair de poule, vous ne croyez pas ?

Ce fut plus fort que moi, je coulai un regard curieux entre mes doigts. Impassible, Spike poursuivit son discours tentateur.

— Et on est tellement près de la mer, en plus ! Si vous voulez vous détendre ou prendre un bain de soleil, hop ! Un coup de volant et vous y êtes. Je vous montrerai, promit-il en amorçant un virage vers l'ouest.

« Bon, imaginons que vous sortez du travail, après une journée d'enfer, et que vous avez envie de vous changer un peu les idées avant de rentrer. Si vous vivez dans la cambrousse, vous vous retrouvez dans un bistrot minable à broyer du noir. Mais ici...

« Tenez, regardez un peu par là ! Vous voyez cette bâtisse ? C'est celle qu'on voit sur les affiches d'*Autant en emporte le vent*. C'est *Tara* !

Je collai le nez à la vitre.

— C'est un studio de cinéma, précisa Spike.

Quelques minutes plus tard, il me conseilla de regarder droit devant moi... et je le vis. Là, sous mes yeux : l'océan Pacifique. La seule vue des vagues et de cette étendue d'eau mouvante, bleu et argent, me remua le cœur. Je songeai à Cary et à May. Je me revis courant sur la grève avec Ulysse, le labrador de Kenneth. Je me souvins du vent dans mes cheveux, de l'odeur des embruns, du cri des mouettes et de cette sensation, si merveilleuse et vivifiante, de faire partie de la nature.

Spike avait dit vrai. Quelques virages plus tard, il garait la limousine sur un promontoire escarpé d'où l'on dominait une longue étendue de plage.

— Marchons jusqu'à la rambarde, suggéra-t-il. Nous aurons une vue plongeante sur l'autoroute du Pacifique.

Il sortit, vint m'ouvrir la porte et, après avoir pris une grande inspiration, je sortis à mon tour. Nous nous avançâmes sur la pelouse jalonnée de bancs de repos. Plusieurs personnes âgées avaient apporté des tables pliantes et jouaient tranquillement aux cartes.

— C'est Santa Monica, m'expliqua Spike. Une grande communauté centrée sur une petite plage, qui groupe autant de touristes européens que de gens du coin. Vous voyez la grande roue ? Il y a un manège, aussi. On s'amuse beaucoup. Et là, tenez !

Il me désigna du geste le front de mer, juste au-dessous de nous. Des voitures passaient comme l'éclair et, dans le lointain, juste au-dessus de l'horizon, le soleil semblait suspendu entre deux nuages.

— C'est Malibu, reprit Spike, intarissable. Rudement joli, non ? Quelquefois, quand une audition n'a rien donné, je m'arrête ici, juste pour regarder la mer. Ça me fait voir les choses d'un autre œil et ça me remonte le moral, si vous voyez ce que je veux dire.

— Je vois. J'ai vécu au Cap Cod. Je connais le pouvoir de la mer.

— Ah oui, c'est vrai ! J'oubliais. Je ne sais pas pourquoi, je vous associe toujours à une petite ville de Virginie-Occidentale. Ce doit être cet accent, me taquina-t-il. Un accent adorable, entre parenthèses. Je parie que des tas de cinéastes en seraient fous.

Je me mordis la lèvre, assaillie par les souvenirs, et Spike dut s'en apercevoir. Il se hâta de changer de sujet. Pour me détourner des images du passé, il ne trouva pas mieux que d'évoquer le sien.

— Mes parents étaient assez âgés quand ils m'ont eu, hasarda-t-il après un silence. Ma mère avait près de quarante ans et mon père, plus de cinquante.

Je saisis avec gratitude la perche qu'il me tendait.

— Et où êtes-vous né, Spike ?

— À Phoenix. Mon père est mort, mais ma mère y vit toujours avec sa sœur, dans une communauté pour personnes âgées. C'est une fana de golf. Chaque fois que je l'appelle, elle me parle de son dernier score. C'est tout ce qui l'intéresse, conclut-il avec un rire sans joie.

Nous restâmes un moment accoudés à la balustrade, contemplant tous les deux l'océan. Des voiliers glissaient sur l'horizon bleu, qui s'assombrissait peu à peu.

Plus loin encore, un bateau qui devait être un paquebot faisait route au sud-ouest.

— Si un jour vous avez envie d'aller à la plage, proposa Spike, je serai très heureux de vous y emmener.

— Je vous remercie, mais je ne pense pas rester assez longtemps pour ça.

— Et pourquoi pas ? Cela ne dérangerait pas du tout les Livingston que vous restiez, vous savez.

— Je ne veux pas profiter de leur hospitalité, répliquai-je. Et d'ailleurs, j'ai des gens qui m'attendent à Provincetown.

Un éclair malicieux traversa les yeux de Spike.

— Des gens ? Un petit ami, sans doute ?

— Exactement.

— Qu'est-ce qu'il fait dans la vie ?

— Pour le moment, il seconde son père à la pêche au homard. En automne, il fera la récolte des airelles.

— Hum ! Ça m'a l'air… très intéressant, affirma Spike.

Mais il tournait la tête, si bien que je ne pus déchiffrer son expression. Était-il sincère ? Aspirait-il vraiment à quelque chose de plus solide qu'une carrière d'acteur, une course au succès, ou s'amusait-il simplement à mes dépens ?

— *C'est* très intéressant, ripostai-je, sur la défensive.

Il me décocha un regard furtif, un mince sourire aux lèvres.

— Vous êtes trop jeune pour ramasser vos jetons et vous ranger, Melody. Regardez autour de vous. C'est un univers sans limites, fabuleux à explorer. Il y a tant de choses à faire et à voir.

Nos regards se croisèrent. Et s'il n'était pas sincère, pensai-je à cet instant, c'est qu'il était vraiment bon comédien.

— Alors, finit-il par demander, qu'est-ce qui vous a convaincue que cette femme n'était pas votre mère ?

— Elle vient de l'Ohio, et il semble qu'elle soit beaucoup plus jeune que ma mère.

— Mais elle lui ressemble, d'après ce catalogue ?

— Énormément. À part la couleur des cheveux, mais cela ne signifie rien.

Spike eut une moue dubitative.

— Vous savez, tout le monde triche sur son âge, à Hollywood. C'est l'endroit qui veut ça. Il faut être jeune pour vivre ici, surtout si on est une femme. Et encore plus si cette femme veut devenir actrice ou modèle.

— C'est vrai ?

— Absolument.

— Mais cette femme-là prétend avoir une jeune sœur, et ma mère est fille unique.

Spike balaya l'argument d'un haussement d'épaules.

— Et alors ? Les gens trafiquent leur passé, ici. C'est comme s'ils sortaient tout droit d'un film qu'ils auraient mis en scène eux-mêmes. À votre place, j'essaierais encore avant d'abandonner. Pourquoi ne pas rappeler un peu plus tard ?

— Je n'ai pas de numéro de téléphone, voilà pourquoi.

— Elle en a forcément un, surtout si elle veut devenir actrice ou modèle. Elle a besoin qu'on puisse la joindre facilement.

J'acquiesçai d'un signe de tête. Cela tenait debout.

— Je crois que nous ferions mieux de rentrer, déclarai-je, un peu rassurée. Dorothy n'était pas spécialement contente de me voir partir si vite.

— C'est aussi mon avis.

Spike me gratifia d'un de ses sourires éblouissants, me prit par la main et me ramena à la limousine. Quand il m'ouvrit la porte, les joueurs de cartes relevèrent la tête, et les conducteurs ralentirent pour nous accorder un regard. Ici, tout le monde cherchait avidement à repérer une célébrité, pensai-je avec amusement. Et, pour la première fois depuis mon arrivée, je me surpris à souhaiter d'en être une. Est-ce que j'avais attrapé le virus, moi aussi ?

75

Quand je regagnai la maison des Livingston, Dorothy traversa le hall en courant pour m'accueillir.

— Que s'est-il passé? J'étais sur des charbons ardents. J'aurais dû demander à Spike de m'appeler de la voiture. Alors?

— Eh bien... je ne suis toujours sûre de rien, commençai-je, avant de lui raconter ma visite et d'exposer les raisons de mes doutes.

— Mon pauvre chou! Faire tout ce chemin pour aller au-devant d'une telle déception. Pourquoi cette femme n'était-elle pas chez elle, d'abord?

— Spike pense que je devrais la rappeler.

— Ah oui? (Dorothy réfléchit à la suggestion.) Ma foi... c'est une idée. Mais nous dînons dans une demi-heure et Philip est déjà en train de s'habiller.

— De s'habiller?

— Nous nous habillons toujours pour dîner, ma chère. Mais ne t'inquiète pas. Mets ce que tu as de mieux, ça ira très bien. Demain je t'emmène dans Rodeo Drive, pour t'acheter quelque chose de chic.

— Oh, je ne crois pas que ce soit...

— Rappelle-toi, m'interrompit-elle. Je deviens sourde.

Je capitulai de bonne grâce.

— Merci, Dorothy.

— Mon illuminée de sœur – pardonne-moi l'expression – vient d'appeler pour avoir de tes nouvelles. Je lui ai répondu qu'avec ses dons d'extralucide, elle ne devrait pas avoir besoin de le demander, pouffa Dorothy, ravie de sa trouvaille.

Je souris en imaginant la réaction de Fanny.

— J'avais complètement oublié le cadeau que tu m'as remis de sa part, poursuivit sa sœur. J'ai dû prétendre que je l'avais regardé, ce que je viens juste de faire. Comment peut-elle penser que je vais porter des trucs pareils? Enfin, j'ai promis que tu la rappellerais demain. Ce soir, elle sortait pour aller pratiquer je ne sais pas quel rituel. Un truc genre vaudou, quelque chose comme ça.

— Merci, dis-je en prenant le chemin de l'escalier. Je redescends tout de suite.

— Ne te tracasse pas trop pour cette femme, mon chou. Qu'elle soit ta mère ou non, tu peux rester ici autant que tu veux pour profiter de la ville, n'oublie pas.

— Merci ! lançai-je par-dessus mon épaule.

Et, grimpant les marches en toute hâte, je me précipitai vers le refuge de ma chambre.

Ce ne fut qu'en me laissant tomber sur mon lit que je pris conscience de ma fatigue. Jeune ou pas, je commençais à ressentir les effets du décalage horaire. J'avais trois heures d'avance sur tout le monde, après tout. Je pouvais bien m'accorder quelques minutes de repos.

Je roulai sur le dos et fermai les yeux, mais un coup sec frappé à la porte m'éveilla instantanément. Je me redressai d'un bond en position assise.

— Oui ? Qu'est-ce que c'est ?

Alec ouvrit la porte, posa les yeux sur moi et annonça :

— M. et Mme Livingston vous attendent à la salle à manger, mademoiselle.

— Oh, non ! Je me suis endormie ! Je descends tout de suite, m'écriai-je en sautant du lit.

Sans mot dire, le maître d'hôtel pinça les lèvres et referma la porte.

Je m'aspergeai le visage d'eau froide, arrachai littéralement mon jean et mon chemisier, enfilai une robe à la hâte. Puis, après un dernier coup de brosse, je quittai ma chambre et me précipitai dans l'escalier.

Les Livingston étaient assis à l'autre extrémité de la longue table, M. Livingston occupant la place du bout. Il portait un costume sport de teinte sombre, avec une cravate bleu marine. Une raie bien nette séparait sur le côté ses cheveux bruns, soigneusement tirés, qui commençaient à s'éclaircir. Il avait le nez osseux, la bouche mince, une légère moustache raide et bien taillée. Autant de traits qui contrastaient, comme pour la démentir, avec la douceur inattendue d'un petit menton arrondi.

Ses yeux noisette se posèrent un instant sur moi et s'abaissèrent aussitôt.

— Bonsoir, mon chou. Laisse-moi te présenter Philip. Philip, voici la jeune amie de Fanny, Melody.

— Bonsoir, dit rapidement Philip, avec un filet de sourire aussi bref qu'un clin d'œil.

Assise à la droite de son mari, Dorothy arborait une robe noire à manches bouffantes, dont le décolleté carré s'ornait de ruches froufroutantes. Comme bijoux, elle ne portait que des diamants : aux bras, au cou, aux oreilles. Et au moins deux bagues de plus que lorsque je l'avais vue pour la première fois de la journée, à l'aéroport.

— Assieds-toi, dit-elle en me désignant la chaise qui faisait face à la sienne.

J'y avais à peine pris place que Philip adressait un signe imperceptible au majordome. Silencieux et rapide, Alec commença aussitôt à servir.

— J'ai raconté à Philip ta petite aventure de cet après-midi, reprit Dorothy, et il a fait une suggestion géniale. Dis-lui toi-même, Philip.

— Tu t'en tires très bien, éluda Philip, lorgnant le potage que servait Alec.

Un bouillon de poulet aux carottes et au riz, me sembla-t-il. Philip empoigna sa cuiller, laissant à sa femme le soin de m'informer.

— Voilà l'idée, poursuivit-elle. Cette femme a forcément un numéro de Sécurité sociale, tout le monde en a un. Philip appellera le directeur commercial de la revue qui a publié sa photo, et saura si elle est inscrite sous le nom de Simon ou sous celui de ta mère. Génial, non ?

— Simple question de bon sens, marmonna Philip entre deux cuillerées de potage.

Puis il leva la tête et acheva d'un ton placide :

— Évidemment, certaines personnes falsifient leurs numéros d'immatriculation, mais bon… nous verrons bien.

— Et donc, tu n'as plus besoin de perdre ton temps à courir après cette femme. Détends-toi et profite tranquillement de ton séjour, c'est ce que tu as de mieux à faire, me conseilla Dorothy.

Philip approuva d'une moue sagace l'avis de sa femme.

— Surtout que je ne vais pas trouver ça du jour au lendemain, vous pensez !

— Je comprends très bien, déclarai-je avec fermeté, mais j'ai toujours l'intention de rencontrer cette femme.

— Philip estime que cela pourrait être dangereux.

— Je n'ai pas dit : dangereux, ma chère, j'ai dit : déplaisant.

— Cela revient au même, insista Dorothy.

Philip soupira, reposa sa cuiller et, instantanément, Alec se précipita pour ôter son assiette de potage. J'avais à peine goûté au mien, mais Alec le retira quand même, et il en fit autant pour celui de Dorothy, qui n'en avait pris que deux cuillerées. Après le potage vint une macédoine, servie avec des tranches de pain si fines qu'elles s'effritaient sous les doigts. Le plat de résistance arriva enfin.

C'étaient des escalopes de veau à la sauce au citron, avec des haricots verts et une purée aux épices dont je ne pus identifier la saveur. Tout était délicieux, et je mangeais de bon appétit quand je surpris le regard de Dorothy fixé sur moi. Me souvenant de ses avertissements, je reposai ma fourchette.

Philip ne participa que très peu à la conversation. Mais il s'intéressa beaucoup à ma description de la pêche au homard, et à l'exploitation du tourisme à Provincetown. Il expliqua que certains de ses amis envisageaient de lancer une chaîne hôtelière au Cap Cod, ce qui ne l'enthousiasmait guère.

Je ne fus pas fâchée de voir arriver le dessert : une crème renversée, que suivit un café servi dans une somptueuse argenterie. En fin de compte, malgré la retenue imposée par Dorothy, j'avais trouvé ce dîner savoureux et je remerciai mes hôtes.

— Demain, peut-être devrions-nous demander à Selena de préparer du homard, en l'honneur de Melody, suggéra Dorothy.

Philip grommela dans sa moustache :

— Le homard est hors de prix, ces temps-ci.

Je n'en crus pas mes oreilles. Comment un homme aussi riche pouvait-il s'inquiéter du prix d'un homard ?

— Ne sois pas ridicule ! protesta sa femme.

Mais il insista, obstiné :

— Je ne peux pas me régaler en mangeant quelque chose que j'ai payé au-dessus de son prix, c'est tout.

— Je n'ai pas besoin de homard, Dorothy, me hâtai-je d'intervenir.

Ce que Philip approuva d'un vigoureux hochement de tête.

— Bien sûr qu'elle n'en a pas besoin ! Elle le paie dix fois moins cher au Cap, et il est bien meilleur qu'ici. Trouve autre chose, Dorothy. Et maintenant, je vous laisse, annonça-t-il en se levant. (Je pus voir alors qu'il était légèrement plus petit que sa femme.) J'ai un travail à finir dans mon bureau. Heureux d'avoir fait votre connaissance, Melody, ajouta-t-il avant de quitter la pièce.

Dorothy eut un sourire indulgent.

— Philip est l'homme le plus capable que je connaisse, tu sais ? Chaque mois, il vérifie les comptes de la maison et fait une brillante suggestion pour économiser de l'argent. Il le fait bien pour ses clients, alors pourquoi pas à son profit ? C'est toujours ce qu'il dit. Après tout... c'est son affaire !

D'un geste désinvolte, elle écarta cet ennuyeux sujet.

— Bon, que puis-je te proposer ce soir ? Si tu veux quelque chose à lire, tu peux jeter un coup d'œil dans la bibliothèque. J'essaie de me tenir au courant de tout ce qui sort en librairie. Je suis abonnée à trois clubs de lecture, pas moins.

— J'aimerais d'abord essayer d'appeler Gina Simon, si vous voulez bien ?

— Je vois. Eh bien, va téléphoner du salon, dans ce cas. Tu y seras plus tranquille.

— Je vous remercie, dis-je en essayant de me rappeler où pouvait bien être le salon, dans cette maison gigantesque.

Dorothy dut lire dans mes pensées : elle vint aussitôt à mon secours.

— Troisième porte sur ta gauche dans le couloir, mon chou. Tu trouveras un annuaire sur l'étagère, près de la petite table.

— Merci beaucoup.

— Il n'y a pas de quoi. Je te rejoins dans un moment, et nous irons dans le studio regarder la télévision, si ça te tente. On donne *Vies perdues*, ce soir. Tu le regardes ? Philip prétend que c'est un feuilleton à l'eau de rose, mais pas du tout. En fait c'est... bien plus que ça. Bien plus.

— Je n'en ai jamais entendu parler, avouai-je.

— Jamais entendu parler ? Incroyable ! Eh bien, peut-être que ça te plaira, on ne sait jamais.

Je me rendis au salon, repérai l'annuaire et découvris trois Gina Simon, mais l'adresse m'indiqua la bonne. Je soulevai le combiné d'une main tremblante. L'appareil était d'un modèle ancien, tout en cuivre et en ivoire, et mon premier essai fut maladroit. Je composai un faux numéro. Je m'y pris mieux la fois suivante, mais au bout de trois sonneries un répondeur se mit en marche.

— Vous êtes bien chez Gina Simon. Je regrette de ne pouvoir vous répondre pour l'instant. Veuillez indiquer vos coordonnées, l'heure de votre appel et laisser un bref message après le bip. Merci.

J'écoutai attentivement la voix. On aurait dit celle de maman, mais j'y décelai une affectation, une application à soigner la diction que je ne reconnus pas. J'attendis un moment et renouvelai mon appel, juste pour entendre à nouveau cette voix. On dirait vraiment que c'est elle, décidai-je. C'est forcément elle.

Je venais de raccrocher quand Dorothy entra, un chaton angora tout blanc serré contre sa poitrine.

— Je te présente ma petite Pluche, annonça-t-elle. Une vraie beauté, non ?

— En effet.

— Philip ne veut pas la voir dans les pièces à vivre, elle reste toute la journée avec Selena. Il est tellement maniaque ! Il prétend qu'elle laisse des poils partout, se plaignit-elle en s'asseyant dans un fauteuil, juste en face de moi.

Ce fut seulement quand la chatte se mit à ronronner sur ses genoux qu'elle parut se souvenir de la raison qui l'amenait.

— Alors ? Tu as appelé cette femme ?

— Je suis tombée sur un répondeur, mais il m'a bien semblé que c'était la voix de ma mère.

— Tu as laissé un message ?

— Non. Je ne savais pas trop quoi dire.

Dorothy hocha la tête d'un air pensif.

— Elle pouvait très bien être là et écouter, ici les gens font souvent ça. Ils attendent pour voir si c'est quelqu'un d'important, avant de décrocher. Sinon, ils laissent le correspondant s'expliquer avec le répondeur. Ces machines sont des moyens de pouvoir, comme dit toujours Philip.

— Des moyens de pouvoir ?

— Mais oui. Elles servent à faire sentir aux gens qu'on ne parle pas à n'importe qui. Cela diminuerait votre propre importance.

— J'imagine mal ma mère en train d'agir comme ça !

— Et pourtant, si cette femme veut se faire une place au soleil, c'est le seul moyen pour elle d'y arriver, affirma Dorothy. Tu peux me croire sur parole, j'ai rencontré beaucoup de gens de cette espèce.

Ses paroles me firent réfléchir. Que m'avait dit Billy Maxwell, déjà, juste avant de quitter New York ? De m'attendre à trouver une femme très différente, même si c'était bien ma mère. Peut-être avait-il vu juste.

Dorothy aussi semblait songeuse. Tout en caressant sa chatte blanche, elle murmura, le regard absent :

— Si seulement les gens de notre milieu n'étaient pas toujours à l'affût de la moindre petite chose à critiquer ! Philip attend de moi que je sois parfaite, et que je le reste. Si j'ai un cheveu qui dépasse l'autre, il me demande pourquoi je ne suis pas allée chez le coiffeur.

— Je ne l'aurais pas cru comme ça, répondis-je, surprise par son accent désabusé.

Elle perdit son air lointain et haussa les sourcils.

— C'est un homme, non ? Ils sont tous les mêmes. Toujours en train de vous observer à la loupe, de chercher la moindre ride, la moindre tache de vieillesse, le moindre gramme de graisse en trop.

« J'ai un entraîneur sportif personnel, qui vient trois fois par semaine, expliqua-t-elle. C'est d'un ennui ! Mais je le supporte, pour Philip. Et pour mon bien aussi, je suppose. Enfin ! Une femme doit se battre du mieux qu'elle peut, n'est-ce pas ?

— Ma foi... je n'en sais rien. Je n'ai jamais réfléchi à la question.

— Évidemment, tu es encore jeune et jolie ! Pour toi, tout va tout seul, pour l'instant. Mais crois-moi, un beau matin tu te regarderas dans ton miroir et tu te trouveras une ride par-ci, une légère bouffissure par-là... et tu comprendras qu'il faut savoir se donner du mal pour rester belle.

Comme je ne faisais aucun commentaire, Dorothy reprit l'exposé de son art de vivre.

— Évidemment, si tu es assez dégourdie, tu n'épouseras pas le premier venu. Tu prendras un mari assez riche pour pouvoir t'offrir le fin du fin en matière de chirurgie esthétique.

— De chirurgie ?

Dorothy me décocha un petit sourire de connivence.

— Allons, pas de flatteries entre nous ! Ne me dis pas que tu n'as pas vu comme j'ai le fessier ferme pour une femme de mon âge ? Tu as forcément pensé que j'avais fait quelque chose pour ça.

Je crus que j'avais mal entendu. De la chirurgie esthétique... à cet endroit-là ?

— Je n'avais rien remarqué, mais...

— Ce n'est pas plus compliqué que de se faire retendre le ventre, ou le contour des yeux. Je serais incapable de te dire combien de fois je l'ai fait. Ah, il y a des gens qui ont de la chance ! Ils restent jeunes sans se donner la moindre peine pour ça, tout naturellement. La mère de Philip, par exemple, et Philip aussi. Mais pour les hommes, c'est encore différent : les rides leur donnent l'air distingué. Tandis que nous, les femmes...

Dorothy soupira et je crus qu'elle allait en rester là, mais j'étais loin du compte. Ses joues rosirent et elle reprit avec un regain d'animation :

— Crois-tu vraiment que notre vie sexuelle serait aussi intense si je ne savais pas rester attirante ? J'ai lu un article là-dessus, dans le dernier numéro de *Vénus*. Selon une étude scientifique, la moyenne des rapports sexuels entre époux devrait être d'environ cinq fois par mois, même à notre âge. J'en ai parlé à Philip, qui a fait son enquête et trouvé à peu près les mêmes résultats. Nous tenons un calendrier, tu sais ? Tu pourras le voir près de notre lit. Philip a toujours été très méthodique.

Cette confidence me laissa bouche bée, mais Dorothy ne parut même pas s'en apercevoir. Le sujet l'inspirait.

— Oh, je sais ce que font les hommes qui ont des femmes affreuses, poursuivit-elle sur sa lancée. Surtout dans cette ville! Une femme doit se donner du mal pour réussir sa relation de couple. C'est son travail. Et je n'ai pas peur de dire que, dans ce domaine, je me défends plutôt bien. Tu as vu comme les serveurs me regardaient, au *Vine*?

Elle battit des cils d'un air provocant.

— Ils n'ont aucune idée de mon âge et ils ne le sauront jamais, déclara-t-elle, catégorique. Ne révèle jamais ton âge à un homme, c'est ton secret. Ou si tu en parles... rajeunis-toi systématiquement de cinq ou six ans, sinon plus.

Je me demandais si ces confidences allaient finir un jour, quand Dorothy bondit soudain de son fauteuil.

— Oh, non! *Vies perdues* a déjà commencé! Dépêchons-nous, ordonna-t-elle fébrilement.

Et, déposant la petite Pluche sur le fauteuil, elle sortit précipitamment.

Je restai un moment immobile, essayant d'assimiler toutes les choses qu'elle venait de me dire. C'était si loin de mon univers que pour moi, cela confinait à l'absurde.

— Viens vite, mon chou! appela-t-elle avec impatience.

Je me levai enfin et la rejoignis dans le hall. Elle s'engouffra dans le studio, alla droit au poste de télévision et l'alluma. Puis elle se laissa tomber dans son fauteuil rembourré, replia les genoux sous elle et riva son regard au téléviseur. On aurait juré une adolescente en admiration devant son idole. Je m'assis sur le canapé, non loin d'elle, et l'écoutai gémir et se pâmer devant les jeunes mâles qui défilaient sur l'écran.

Mais la fatigue ne tarda pas à réclamer ses droits, je la sentis monter comme le mercure dans un thermomètre. Mes paupières s'alourdissaient, il m'arriva même de somnoler, chaque fois réveillée par les éclats de voix de Dorothy. Elle s'exclamait, soupirait, et commentait les faits et gestes des acteurs comme s'ils pouvaient réellement l'entendre.

Elle s'indignait parfois, me prenait à témoin et je hochais vaguement la tête, sans avoir la moindre idée de ce qui la mettait dans cet état. Après m'être assoupie une fois de plus, je sursautai en l'entendant s'écrier :

— C'est insupportable cette façon de vous laisser en haleine à la fin de chaque épisode. J'ai horreur de ça !

Puis, changeant brusquement d'humeur, elle déclara en riant :

— Et comme dit Philip, c'est un bon moyen de nous forcer à ingurgiter leur pub et à acheter tous leurs produits. Mais tu as l'air épuisée, mon chou. C'est vrai que pour toi, il est très tard. Tu devrais aller te coucher.

— Oui, admis-je sans me faire prier, cette fois je crois que l'heure m'a rattrapée. Merci pour tout ce que vous avez fait pour moi, Dorothy.

— Ne parlons pas de ça, tu veux ? Demain, nous allons à Rodeo Drive t'acheter quelque chose de convenable.

J'ouvris la bouche pour protester, mais elle ne m'en laissa pas le temps. Elle plaqua vivement les mains sur ses oreilles.

— Non, pas un mot, s'il te plaît. Philip et moi n'avons pas d'enfant. Il ne supporte pas la marmaille et je n'ai jamais été très tentée par la grossesse. Par contre, nous adorons nous occuper des jeunes et leur faire plaisir, de temps en temps. Quand ils le méritent, bien entendu. Comme toi. Bonne nuit, Melody. Repose-toi bien.

— Merci, répétai-je, trop lasse pour songer à discuter.

Puis je m'éloignai vers l'escalier d'un pas lourd et gravis les marches avec une lenteur somnambulique.

J'étais à bout de forces. Et pourtant, juste avant d'éteindre la lumière et de me glisser sous les couvertures, je décrochai le téléphone et composai le numéro de Gina Simon. La sonnerie retentit, retentit encore, jusqu'à ce que le répondeur se mette en marche, une fois de plus. Et une fois de plus j'écoutai attentivement la voix, de plus en plus convaincue que c'était celle de maman. Mais était-ce bien elle, ou voulais-je seulement le croire ?

Et pourquoi ne décrochait-elle pas ? Est-ce qu'elle s'était absentée ? Il pouvait s'écouler des jours, des semaines, des mois peut-être, avant que je ne me retrouve face à face avec elle.

Je me renversai sur l'oreiller moelleux et fermai les yeux. J'étais trop fatiguée pour réfléchir, et c'était un soulagement, mais l'appréhension me tenaillait toujours. Qu'allait m'apporter la journée du lendemain ?

5

Je tombe de haut

Cette fois encore, je fus réveillée par un coup frappé à la porte ; mais celui-ci n'eut rien de rude, et une femme d'allure aimable, aux cheveux bruns striés de blanc, entra en portant mon petit déjeuner sur un plateau. Œufs au bacon, café, croissant, beurre et confiture, tout était servi dans de l'argenterie, à part le grand verre de jus d'orange. Et, dans un vase étroit, une unique rose rouge apportait sa note de fraîcheur.

— Bonjour, me salua aimablement la femme de chambre, avec un sourire qui fit rayonner ses yeux bleus.

Pas très grande, robuste et trapue, elle était un tantinet trop rondelette selon les critères de Dorothy ; mais elle avait de jolies petites mains fines. Elle se présenta aussitôt :

— Je suis Christina, la femme de chambre de Mme Livingston. Madame m'a demandé de vous servir au lit ce matin.

Je m'assis dans mon lit en me frottant les yeux.

— Oh, vous n'auriez pas dû ! Quelle heure peut-il être ?

Un regard à la pendule – une mouette en céramique dont le ventre bleuté abritait un cadran – m'arracha un cri désolé.

— Mon Dieu, je n'ai jamais dormi si tard !

— Ne vous inquiétez pas pour ça, me rassura Christina en allant prendre une petite table de lit dans la penderie.

Elle la plaça commodément devant moi et y déposa le plateau.

— Vos œufs sont mollets, deux minutes et demie de cuisson, annonça-t-elle en soulevant le couvercle du plat. Désirez-vous autre chose ? Des céréales, d'autres jus de fruits ? J'ai du raisin et de la prune tout frais pressés, si vous voulez.

— Non, merci, c'est très bien comme ça. Mais j'aurais pu descendre, insistai-je, confuse de causer tant de dérangement.

Christina devina ma gêne et sourit.

— M. Livingston est le seul à descendre à heure fixe, vous savez. Il lit les journaux en mangeant, ça ne le dérange pas du tout de prendre le petit déjeuner tout seul. Madame prend toujours le sien au lit. Rien ne vous manque, dans la salle de bains ? (Elle alla y jeter un coup d'œil.) Vous avez assez de serviettes ?

— J'ai tout ce qu'il me faut pour le moment, affirmai-je en buvant une gorgée de jus d'orange. Merci beaucoup.

Elle eut un signe de tête approbateur et me regarda grignoter mon croissant.

— J'ai appris que vous arriviez de la côte Est et que vous n'étiez jamais venue en Californie ?

— C'est vrai.

— Je ne connais pas New York, mais j'espère bien y aller un de ces jours. J'ai une fille à peu près de votre âge, vous savez ? Elle s'appelle Stacy, et elle vient d'entrer à l'université, en premier cycle. Elle travaille dans un grand magasin, en fait, et suit quelques cours. Elle voudrait devenir institutrice.

— C'est un beau projet, commentai-je avec chaleur. Je parie qu'elle adore s'occuper des enfants.

— Oui, et elle m'aide beaucoup avec les autres. Nous aimerions pouvoir lui offrir des études à plein temps, mais ce n'est pas dans nos moyens... enfin, pour le moment.

— Combien d'enfants avez-vous ?
— Quatre, répondit-elle simplement.

Quatre ! Je n'en revenais pas. Comment parvenait-elle à élever quatre enfants, à travailler à l'extérieur et à rester si sereine et souriante ?

— Le plus jeune a six ans, m'apprit-elle en s'éloignant déjà vers la porte.

Au moment de sortir, elle se retourna pour ajouter :
— Vous n'aurez qu'à laisser tout ça près du lit, je monterai m'en occuper plus tard. Surtout, faites-moi savoir s'il vous manque quoi que ce soit, insista-t-elle encore.

Et là-dessus, elle me laissa.

C'était plus fort que moi, je me sentais coupable d'être dorlotée de cette façon, alors que je n'avais pas encore vu maman. J'expédiai mon petit déjeuner, pris ma douche et m'habillai, en consacrant toutefois plus de temps que d'habitude à ma coiffure. Dorothy m'avait rendue tellement consciente de mon apparence physique ! J'avais peur qu'elle ne fronce les sourcils et ne m'envoie chez le coiffeur, si elle ne me trouvait pas assez jolie et soignée pour la Californie.

J'arrivai au bas de l'escalier au moment précis où M. Livingston allait sortir, tiré à quatre épingles dans un complet brun. Il se retourna sur le seuil.

— Bonjour, Melody.
— Bonjour, murmurai-je, intimidée par sa mine sévère.

Il n'avait pas eu un sourire, et ne se dérida pas davantage pour ajouter :
— J'espère que vous avez passé une bonne nuit.
— Très bonne, merci.
— Eh bien, je vous souhaite une bonne journée.

Il paraissait gêné de me parler en tête à tête. Il fouilla dans son attaché-case, le referma et sortit précipitamment.

Je fus tentée de rappeler Gina Simon, mais l'idée de tomber une fois de plus sur le répondeur m'en dissuada. Mieux valait me rendre là-bas en personne. Il fallait que je sache si Sandy Glee avait annoncé ma visite à maman ; et, si c'était le cas, si elle lui avait fait ma description.

— Excusez-moi, mademoiselle, fit Alec, surgissant comme par enchantement. On vous demande au téléphone.

— Moi ?

— Vous vous nommez bien Melody, non ? rétorqua-t-il d'un ton acerbe.

— Oui.

— Alors on vous demande au téléphone. Vous pouvez prendre l'appel au salon, daigna préciser Alec en me désignant la bonne porte du geste.

— Merci.

Je me hâtai d'aller décrocher.

— Allô ?

— Salut, toi ! lança la voix de Fanny. Je t'ai manquée hier, mais j'avais une consultation d'astrologie. Après, c'était trop tard pour rappeler.

— Ce n'est pas grave.

— Alors, comment ça se passe ? Tu as rencontré la femme du catalogue ? Kenneth a téléphoné ce matin pour prendre de tes nouvelles.

Je racontai ma visite aux Jardins d'Égypte, et ce que m'avait appris Sandy sur Gina Simon.

— Tout ça ne me dit rien qui vaille, Melody. Je ne ressens pas de bonnes vibrations. N'oublie pas ce que je t'ai dit. Si les choses ne sont pas comme tu l'espérais, fais tes valises et rentre à New York.

— C'est promis.

— Bon. (La voix de Fanny exprima un net soulagement.) Et Dorothy, comment te traite-t-elle ?

— Royalement.

Je décrivis ma chambre, mon petit déjeuner au lit, et Fanny éclata de rire.

— Je vois ça d'ici. C'est un numéro, ma grande sœur,

non ? Et Philip, a-t-il prononcé plus de deux mots ?

— Au moins sept ou huit, répondis-je en riant à mon tour.

C'était si bon d'entendre la voix de Fanny, sincère, amicale et chaleureuse. Cela me fit un bien fou.

— C'est vraiment gentil d'avoir appelé, Fanny. Et surtout de t'inquiéter pour moi.

— Tu n'en ferais pas autant, à ma place ? Billy aussi se préoccupe de toi, il t'envoie toutes ses amitiés.

— Dis-lui bonjour de ma part et que je vous appelle dès que... dès que j'ai tiré les choses au clair.

— Entendu. Sois prudente, Melody. Et ne laisse pas ma sœur te convaincre de te faire un lifting, ajouta Fanny avant de raccrocher.

J'avais à peine reposé le combiné sur sa fourche que Dorothy entrait dans la pièce.

— Ah, tu es levée, constata-t-elle avec satisfaction. C'est parfait, les magasins viennent juste d'ouvrir.

— Je suis désolée d'avoir dormi si tard. Je me lève beaucoup plus tôt que ça, d'habitude.

— Si tard ? Qu'est-ce que tu me chantes là ? Une femme a besoin de dormir son compte pour être belle, nos grands-mères savaient déjà ça. Si tu ne laisses pas ta peau se reposer, elle vieillit plus vite. Je ne me lève jamais plus tôt que ça moi-même, sauf pour une raison importante.

« D'ailleurs j'ai déjà fait demander la voiture. Le temps de donner mes ordres à Selena pour le dîner, et en route pour la tournée des boutiques !

Je fis une dernière tentative pour la détourner de son projet.

— Dorothy, vraiment ! Je veux seulement retourner aux Jardins d'Égypte, voir Gina Simon et...

— Pas avant de t'être acheté des vêtements décents, décréta-t-elle. Rodeo Drive d'abord, Gina Simon ensuite.

— Mais puisque je vous dis...

— Et voilà ! m'interrompit-elle en secouant la tête,

les mains plaquées sur les oreilles. Je suis sourde. On se retrouve dehors dans un instant, lança-t-elle en s'éloignant vers la cuisine. Spike est allé chercher la voiture.

Je me résignai donc. Que pouvais-je faire, sinon la laisser se montrer généreuse, et me rendre ensuite aux Jardins d'Égypte ?

D'ailleurs, je dus bien m'avouer que Rodeo Drive exerçait sur moi une certaine fascination. Quand nous habitions Sewell, Papa George et Mama Arlène me racontaient souvent que leurs grands-parents, en arrivant en Amérique, s'imaginaient que les rues étaient pavées d'or. C'était une chimère, bien sûr. Mais à mon avis, Rodeo Drive était ce qu'on pouvait trouver de plus approchant. Les boutiques de mode avec leurs mannequins fastueusement vêtus, les galeries d'art et les antiquaires, les grands restaurants, les bijouteries... tout y respirait le luxe et l'argent. On ne voyait partout que limousines avec chauffeurs en uniforme, ouvrant la porte à des gens qui semblaient tous en compétition pour un grand prix d'élégance.

— Arrêtez-vous ici, Spike, ordonna soudain Dorothy.

Puis elle ajouta en se tournant vers moi :

— Je connais très bien cette boutique. Ils ont le genre de vêtements que les jeunes d'aujourd'hui adorent. Tu verras ça toi-même.

Ce que je remarquai surtout, en entrant dans le magasin, c'est qu'il avait l'air d'être en rupture de stock : seuls de très rares modèles y étaient exposés. Mais ceux-là étaient présentés comme de véritables œuvres d'art. Au fond de la boutique un barman officiait derrière son comptoir, préparant des cappuccinos et autres boissons pour les clients. La première vendeuse reconnut immédiatement Dorothy et accourut aussitôt, ses talons aiguilles sonnant sur le dallage.

— Enchantée de vous voir, madame Livingston. Comment allez-vous ?

Elle avait le visage enduit de fond de teint, d'une couleur imitant un bronzage intensif, du moins entre le front et le corsage. À la base du cou, une fine ligne blanche suivait le tracé de son col. Elle tendit une main molle, alourdie d'un pesant bracelet d'or, que Dorothy ne fit qu'effleurer du bout des doigts.

— Très bien, Farma, je vous remercie. Je viens pour cette jeune fille, une amie de ma sœur qui arrive de la côte Est. Elle a dû partir en hâte et n'a pas eu le temps de faire convenablement ses valises. J'ai pensé que vous nous trouveriez quelque chose de frais pour la journée, ainsi qu'une jolie toilette pour le soir.

Je crus voir le symbole du dollar clignoter dans les prunelles de Farma.

— Quelle chance, minauda-t-elle avec un sourire éblouissant. Nous venons juste de recevoir une délicieuse création italienne. Un ensemble pantalon dont la couleur devrait tout à fait convenir à...

— Melody, avança Dorothy. J'étais sûre que vous auriez ce que nous cherchions !

Farma m'enveloppa d'un regard connaisseur, prenant déjà mentalement mes mesures.

— Quelle ravissante silhouette vous avez ! Veuillez me suivre, mademoiselle Melody. Par ici...

Je n'avais jamais rien touché d'aussi soyeux que le tissu de cet ensemble. Il était d'un blanc crémeux, parsemé de volutes roses, et il m'allait à la perfection. Quand je me regardai dans le miroir, je sentis monter en moi une bouffée de vanité. Puis j'aperçus l'étiquette qui pendait à l'une des manches et je crus m'évanouir. Cette petite merveille coûtait mille quatre cents dollars.

— Elle a une allure folle ! s'extasia Dorothy. Ce sera parfait pour le jour. Et que nous proposez-vous pour le soir ? enchaîna-t-elle, sans même s'informer du prix. Je compte l'emmener dîner en ville demain soir, et on ne sait jamais qui on peut rencontrer.

— Oh, j'ai une délicieuse robe noire qui vient d'arriver de Paris, madame Livingston. Je vais la chercher.

Farma partie, je pivotai vers Dorothy.

— Vous avez vu ce que ça coûte ! m'exclamai-je en brandissant l'étiquette.

Elle n'y jeta qu'un coup d'œil indifférent.

— Et alors ? C'est comme ça, de nos jours, mon chou. Si on veut s'habiller correctement, il faut y mettre le prix.

— Mais ce...

— Ah non, je t'en prie ! (Elle haussa les sourcils en manière d'avertissement.) Je connais tout le monde, ici, ne me fais pas honte. Mais comme c'est chou ! s'écria-t-elle en voyant Farma revenir, portant à bout de bras une robe noire à fines bretelles.

Je l'essayai à contrecœur, pour m'apercevoir qu'elle aussi m'allait très bien. Elle flattait beaucoup ma silhouette... mais ne coûtait pas moins de mille huit cents dollars ! J'avalai ma salive de travers quand Dorothy dit à Farma de l'emballer.

— Melody garde l'ensemble sur elle, annonça-t-elle.

— Très bien, madame Livingston.

— Mais, Dorothy...

Elle se rapprocha de moi afin de pouvoir baisser la voix.

— Si je ne dépense pas mon argent, Philip va l'investir dans l'un de ces odieux placements, et il sera bloqué pour des années. Je ne dépense même pas ma pension mensuelle, en fait.

— Philip vous verse une pension ? m'effarai-je.

— Naturellement. Et si je ne la dépense pas, je ne peux pas lui demander de l'augmenter, n'est-ce pas ? Il est bien trop malin. Il verra tout de suite que je n'ai pas vraiment besoin d'un supplément. Toutes mes amies reçoivent une pension de leur mari, en fait, mais il se trouve que c'est moi qui détiens le record. Et je n'ai pas l'intention de le perdre !

« D'ailleurs, ajouta Dorothy avec une mimique enjouée, dépenser mon argent pour les bonnes œuvres n'est pas ma distraction préférée. J'aime beaucoup mieux m'en servir pour gâter une jolie jeune fille. Cela me donne l'impression d'être jeune moi-même, si tu vois ce que je veux dire. J'avais à peu près ta silhouette, autrefois, et sans avoir d'effort à faire. Bon, dépêche-toi d'enfiler cet ensemble. Nous déjeunons dans un endroit très spécial, plusieurs de mes amies s'y trouveront sûrement. Et quand Spike te ramènera dans cette résidence...

Elle afficha un sourire triomphant.

— On fera plus attention à toi et on te prendra plus au sérieux, crois-moi. Ici, les gens sont d'abord impressionnés par les vêtements et les voitures, et ensuite ils regardent les personnes qui sont dedans. Tu apprendras.

— J'aurais dû demander un passeport, avant de prendre mon billet pour la côte Ouest ! répliquai-je impulsivement.

Dorothy rit de si bon cœur que Farma voulut savoir pourquoi. Et quand elle lui eut répété ma repartie, elles en rirent toutes les deux ensemble.

Le temps que je me change, Dorothy s'acheta deux jupes et trois chemisiers. Le montant de la note me fit frémir. À Sewell, cette somme aurait suffi à faire vivre une famille de quatre personnes pendant six mois, loyer compris, calculai-je. Mais cette fois, je gardai mes réflexions pour moi.

Et je fis bien car la tournée de courses n'était pas terminée. Avant le déjeuner, Dorothy m'acheta encore deux paires de chaussures, une pour aller avec mon ensemble et une pour le soir, assorties à ma robe. Puis Spike nous conduisit à ce fameux endroit spécial, un petit café de Rodeo Drive où un sandwich coûtait aussi cher qu'un repas complet n'importe où ailleurs. Dorothy semblait y connaître tout le monde, et me présenta comme la meilleure amie de sa sœur. J'écoutai toutes ces dames papoter, parler toilettes et bijoux, énumérer leurs achats de la matinée. Chacune s'arrangeait pour en faire connaître le prix, comme si plus la somme était élévée, plus l'acquisition était justifiée.

Ce tourbillon de dépenses m'étourdissait. La tête me tournait quand Spike nous ramena enfin à la maison. Alec fut chargé de monter mes paquets dans ma chambre, et je fus enfin autorisée à me rendre à la résidence qu'habitait Gina Simon.

Ma nouvelle tenue me valut les compliments de Spike.

— Vous êtes fantastique ! Vous êtes vraiment faite pour porter ce genre de choses.

— Personne n'est fait pour porter des vêtements si coûteux, Spike. C'est scandaleux.

— C'est voulu, rétorqua-t-il en riant. C'est ça, Hollywood. Je vous conduirai au *Grauman's Chinese Theater*, un de ces jours. Vous pourrez voir les empreintes de pieds et de mains des stars.

— J'aimerais mieux voir celles de ma mère, marmonnai-je en m'adossant aux coussins.

J'espérais de tout mon cœur que, cette fois, j'aurais plus de succès qu'à ma précédente visite.

*
* *

Sachant que la sonnette ne marchait pas, je poussai simplement la grille et suivis le chemin qui passait devant la piscine. Une demi-douzaine de jeunes femmes et de jeunes gens prenaient le soleil, étendus dans les chaises longues, et cette fois-ci personne ne m'interpella. Je ne vis pas trace non plus de Sandy Glee. Mais comme j'approchais de l'immeuble où habitait Gina Simon, un rire sonore et familier retentit à mes oreilles. Une femme – dont je sus tout de suite que c'était maman – sortit par la grande porte aux côtés d'un petit homme poussif, lippu et grisonnant, au nez bulbeux et au crâne dégarni. Les verres épais de ses lunettes lui faisaient des yeux de poisson mort.

Je sus que c'était maman à la façon dont elle réagit à ma vue : elle eut un hoquet de surprise, porta la main à sa gorge et s'arrêta. Son compagnon lui jeta un regard étonné, puis m'adressa le même. Elle respira un grand coup et parvint à lui sourire.

— Quelque chose qui ne va pas ? s'enquit-il brièvement.

J'attendis, le cœur battant. Et comme elle ne disait rien, il insista :

— Vous avez oublié quelque chose ?

— Non. Non, rien du tout, répondit-elle un peu trop vite. Ça va très bien.

— Alors dépêchons-nous. Gerry Spindier est le genre de producteur qui n'aime pas attendre. Quand il auditionne, c'est lui qui fait attendre les gens. Non que j'aie le moindre doute en ce qui vous concerne, mon chou. Il faudrait qu'il soit de bois pour ne pas sauter sur une occasion comme vous !

Tout fier de sa remarque – horriblement déplacée pour mon goût –, le gros homme eut un rire épais qui fit tressauter ses bajoues. Maman continua d'avancer, les yeux fixés sur moi.

— Maman ! m'écriai-je quand elle ne fut plus qu'à quelques pas.

— Je vous demande pardon ?

Elle ne dit rien de plus et poursuivit son chemin, mais le gros poussah tourna la tête en arrière.

— Maman, que se passe-t-il ? Alice a trouvé ta photo dans un catalogue. Elle me l'a envoyée à Provincetown, et Kenneth a découvert qui tu étais et où tu étais, débitai-je d'une seule traite. Grandma Olivia m'a donné de l'argent pour le voyage. Maman, tu ne me reconnais pas ?

99

— Quoi ? fit-elle dans un éclat de rire.

Et son compagnon bedonnant s'informa :

— Qui est-ce ?

— Aucune idée, renvoya maman, les yeux aussi durs que des cailloux.

— C'est moi, maman. Melody ! Tu ne me reconnais pas ? Vraiment pas ?

La voix de maman monta d'un ton et se fit aussi dure que son regard. Ce n'était plus la voix que j'avais connue.

— D'abord, mon petit, je ne vois pas comment je pourrais être votre mère… à moins de vous avoir eue à l'âge de six ans ! (Le gros petit homme rugit de rire.) Et ensuite, je ne vous ai jamais vue de ma vie.

« J'espère qu'ils vont finir par réparer ce satané système de sécurité, ajouta-t-elle à l'intention de son compagnon. Rendez-vous compte ! N'importe quelle fille des rues peut s'introduire ici.

— Ouais, fit-il en me regardant d'un peu plus près.

— Maman…

Les larmes aux yeux, je fis un effort pour continuer, mais ma voix s'étrangla. Le petit gros se retourna vers maman.

— C'est peut-être une espèce de plaisanterie, suggéra-t-il. Mais pour le système de sécurité, pas besoin de vous en faire. Dès que vous aurez décroché ce boulot, vous pourrez déménager dans un endroit chic, mon chou. Et M. Marlin aussi.

Finalement, je retrouvai la parole.

— Je t'en prie, maman, écoute-moi…

Elle me décocha un regard furtif et, d'un mouvement de la tête, rejeta en arrière une mèche qui lui tombait sur les yeux. Ce fut comme si, du même coup, elle en avait balayé toute trace de sentiment, toute expression, si radicalement que j'en éprouvai un véritable choc. Resserrant la main sur le bras de son nabot poussif, elle poursuivit son chemin comme si je n'existais pas.

Je restai là, pétrifiée sur place, à les regarder s'éloigner. Elle rit d'une chose que l'homme avait dite et tous deux se retournèrent, pour me jeter un dernier regard dédaigneux avant de disparaître au tournant de l'allée. Heureusement pour moi, il y avait un banc tout près de là. Je m'y laissai tomber comme une pierre qui coule à pic, glacée jusqu'au fond de l'âme. Malgré le chaud soleil californien, je tremblais de tous mes membres.

Maman ne souffrait pas d'amnésie, je savais qu'elle m'avait reconnue ; je l'avais lu dans ses yeux. Mais j'y avais lu également, et tout aussi clair qu'un message écrit, un ordre terrible : « Va-t'en. Je t'interdis de reparaître dans ma vie. Surtout pas maintenant. »

Comment pouvait-elle se rajeunir à ce point ? Elle ne paraissait pas beaucoup plus de vingt ans, c'est vrai, mais elle savait bien qu'il n'en était rien. Et comment pouvait-elle m'infliger un tel choc et me laisser plantée là, toute seule, moi qui étais venue de si loin ?

J'enfouis mon visage entre mes mains et j'éclatai en sanglots. J'avais fait tout ce chemin pour être rejetée par ma propre mère, moi qui espérais que la joie de me voir lui rendrait la mémoire ! J'en étais malade. Je respirai plusieurs fois de suite, profondément, et me renversai sur le dossier du banc, luttant contre la nausée. Les larmes ruisselaient sur mes joues et mon menton, roulaient dans mon cou, mais je n'essayai même pas de les essuyer.

Un beau garçon brun et une jeune femme blonde remontèrent l'allée, me jetèrent un regard en passant et sourirent. Comme si voir quelqu'un sangloter sur un banc était un spectacle on ne peut plus ordinaire, pour eux ; une scène banale de la vie quotidienne. Ils rentrèrent dans l'immeuble en riant. Puis une fenêtre s'ouvrit au-dessus de moi, un flot de musique sud-américaine au rythme entraînant s'en échappa. Cet endroit n'était pas fait pour la tristesse, décidai-je en me levant.

Mais je vacillai, tout se mit à tourner autour de moi. Je m'aggripai au dossier du banc et attendis que le vertige passe, mais il persista, aussi tenace qu'une crampe.

— Eh bien, qu'est-ce qui vous arrive ? (Je me retournai à la voix de Spike.) Ça ne va pas ?

— Non, larmoyai-je.

— Que s'est-il passé ? Je vous ai attendue et attendue, si bien qu'à la fin j'ai préféré venir voir moi-même si je vous trouvais. Hé là ! s'exclama-t-il en se précipitant vers moi, juste à temps pour m'empêcher de m'affaler sur le sol.

Quelques minutes plus tard, je m'éveillai dans ses bras. Assis sur le banc, il m'y avait étendue, la tête sur ses genoux, et me soutenait contre lui en me tapotant gentiment la joue.

— Melody... Melody ?

Mes paupières battirent et le monde réapparut autour de moi.

— Que m'est-il arrivé ?

— Vous vous êtes évanouie.

— Oh, je suis désolée, m'excusai-je, affreusement gênée.

Heureusement, personne n'était là pour assister à la scène. Nous étions toujours seuls. Spike m'aida doucement à me redresser.

— Ça va mieux ? Respirez à fond... oui, c'est ça. Maintenant racontez-moi, dit-il quand un peu de couleur me revint aux joues.

— Je l'ai vue, Spike. Ici même. Elle est sortie de l'immeuble avec un homme et nous étions à moins d'un mètre l'une de l'autre.

— Et alors ?

— C'était ma mère, mais elle a fait semblant de ne pas me connaître. Elle a dit qu'elle était bien trop jeune pour avoir une fille de mon âge et elle... (je recommençai à sangloter)... elle m'a ri au nez. Elle a dit à l'homme qui l'accompagnait que j'étais une fille des rues. Et qu'il fallait réparer d'urgence le système de sécurité, pour que je ne puisse plus entrer !

— Allons, allons, intervint doucement Spike en m'entourant les épaules de son bras. Calmez-vous. C'était sans doute un petit numéro qu'elle jouait pour cet homme, sans plus.

— Mais pourquoi ? Qu'est-ce qui pouvait compter plus que moi ? J'ai traversé tout le pays pour la voir, et il y avait si longtemps que je ne l'avais pas vue ! Pourquoi ?

Spike haussa les épaules.

— Elle avait probablement une audition, ou un truc dans ce genre. Ce gars était peut-être un producteur, je n'en sais rien, moi. C'est ça, Hollywood.

— Vous n'arrêtez pas de répéter ça, comme si cela justifiait tout ce qui peut se passer ici, rétorquai-je avec humeur. Hollywood ou pas, ça m'est égal. Ça ne devrait pas empêcher les gens de rester corrects entre eux, surtout les mères envers leurs filles.

Spike eut un petit sourire ambigu.

— Vous savez quoi ? Vous feriez une excellente actrice, Melody. Vous avez la sincérité, la conviction nécessaires. Vous pourriez communiquer aux gens toutes les émotions possibles et faire vibrer votre public.

Cette fois-ci, j'explosai.

— Je ne veux pas devenir actrice ! Je ne veux pas vivre à Hollywood ! Et je ne fais pas semblant d'être malheureuse. Je *suis* malheureuse. Je veux que ma mère me reconnaisse et m'explique pourquoi elle a fait une chose aussi horrible.

— Peut-être le fera-t-elle un jour, répliqua-t-il tranquillement. Mais de toute évidence, le moment est mal choisi. Venez, sortons d'ici. J'ai horreur de ces ensembles locatifs, bourrés de gens qui cherchent à percer dans le show-biz. C'est déprimant. Allons, insista-t-il en se levant, la main tendue pour m'aider.

Je la pris et me levai à mon tour.
— Ça va, Melody ? Vous pourrez marcher ?
— Je crois que oui.
— Parfait.

Un bras toujours posé sur mon épaule, Spike m'entraîna le long de l'allée. La vue d'un chauffeur enlaçant une jeune femme en toilette ultrachic ne passa pas inaperçue aux abords de la piscine. Si je n'avais pas eu le cœur aussi lourd, j'en aurais ri. Mais je ne pouvais penser qu'au regard dur et froid de maman, à sa voix coupante qui m'avait littéralement transpercée.

Spike m'installa dans la limousine et, une fois en route, continua de trouver des excuses à maman.

— Si cette femme est bien votre mère, elle se comportera tout autrement quand vous serez seules, vous verrez. Vous l'avez prise au dépourvu, c'est tout.

— C'est bien ma mère, affirmai-je, catégorique. Dès que je l'ai vue, je l'ai reconnue, et elle aussi m'a reconnue. Elle s'est donné une allure complètement différente, voilà.

— C'est ça, Holl...

— Non, ne le dites pas, surtout !

Spike sourit de ma réaction.

— Il suffit de prendre un peu de recul, Melody. Soufflez un peu et essayez encore. Vous découvrirez le fin mot de l'histoire, j'en suis certain.

Je ne répondis pas. Je fixais d'un regard absent le décor qui défilait sous mes yeux, indifférente aux somptueuses pelouses et aux parterres en fleurs, aux magasins luxueux, aux panneaux d'affichage tapageurs. Je n'aurais jamais dû venir ici, cet endroit n'était pas fait pour moi. Je fermai les yeux et m'imaginai sur la plage de Race Point, marchant au bord de l'océan. Je me concentrai aussi fort que possible, jusqu'à ce que j'entende le bruit du ressac et voie scintiller la crête blanche des vagues, sous le soleil de Nouvelle-Angleterre. J'en souris de plaisir.

— Tout va bien ? s'enquit Spike, qui m'observait dans le rétroviseur.

— Oui, tout à fait bien.

— À la bonne heure ! Au fait, est-ce que je vous ai dit que j'avais une chance de décrocher un vrai rôle, demain ?

— Non.

— C'est un rôle récurrent. Vous savez ce que c'est ?

— Non.

— Si je suis pris, je jouerai dans cet épisode et le scénariste m'introduira dans les autres, expliqua-t-il. J'aurai un travail régulier, ce sera une occasion de me montrer, et à partir de là tous les espoirs sont permis. Ce n'est pas un rôle très important, pour commencer, juste une trentaine de répliques, mais ce qui compte, c'est l'effet produit. Je peux vous montrer le script, vous pourriez m'aider à répéter ?

— Vous aider à répéter, moi ? Que faudra-t-il faire ?

— Je dirai mon texte et vous me donnerez la réplique. J'aimerais que vous m'entendiez. Vous avez une oreille toute neuve et vous remarquerez plus facilement les erreurs.

— Je ne connais rien à l'art dramatique, Spike.

— Justement, répondit-il en riant. Cela fait de vous une experte, par ici. Allons, Melody ! Vous n'avez pas envie de rester dans le giron de Dorothy toute la sainte journée, quand même ?

— Pas vraiment, dus-je admettre.

Ce n'était sans doute pas très gentil de parler ainsi d'une personne qui s'était montrée si généreuse pour moi, et pourtant... c'était comme ça. Je n'étais pas d'humeur à écouter des papotages sur la haute couture et les instituts de beauté.

J'aurais tant voulu me retrouver en compagnie de Fanny et de Billy ! Ou monter l'échelle du grenier de Cary, son refuge secret, et courir me jeter à son cou... Si seulement ils n'étaient pas si loin de moi !

Mais j'étais ici, parmi des étrangers, ma propre mère étant la plus étrangère de tous.

— Vous voudrez bien ? S'il vous plaît, Melody.

— D'accord, acquiesçai-je.

— Magnifique ! J'apprécie votre geste, croyez-le.

En arrivant à la maison des Livingston, Spike ne s'arrêta pas devant l'entrée mais conduisit la limousine derrière le garage. Il vint m'ouvrir, puis me pilota vers une petite porte latérale menant à son appartement. Je grimpai l'escalier à sa suite et il entra le premier.

— Ne faites pas attention au désordre, me prévint-il en jetant quelques vêtements derrière le canapé. Entre mon travail de chauffeur et la préparation de mes auditions, il ne me reste pas beaucoup de temps pour le ménage. Ça sent un peu le renfermé, observa-t-il en ouvrant une fenêtre.

Des scénarios jonchaient les coussins du canapé, il s'empressa de les écarter pour me faire de la place.

— Je vous offre quelque chose à boire ? Bière, jus de fruits, soda ?

— De l'eau, merci.

— Je vous amène ça tout de suite.

Spike se précipita dans la cuisine et j'en profitai pour examiner les lieux. Ils manquaient de charme, c'était le moins qu'on puisse dire. Les murs étaient nus et, à part les piles de scénarios, les vêtements et les assiettes dispersés un peu partout, rien n'y évoquait la personnalité d'un occupant. La pièce me rappelait ces motels minables où nous avions passé quelques nuits, maman, Archie Marlin et moi, en nous rendant à Provincetown. Cela me semblait si loin, à présent ! J'avais peine à croire qu'il s'agissait de la même femme, celle que je venais juste de rencontrer, mais c'était bien elle. Et rien que d'y penser je me sentais bouillonner de fureur.

— Ouaoh ! Vous en faites, une tête ! s'exclama Spike en revenant, un verre d'eau à la main.

Il me le tendit et je bus quelques gorgées.

— Elle n'avait pas le droit de me traiter comme ça, bougonnai-je. Et je me moque bien de savoir qui se trouvait avec elle !

— Vous aurez l'occasion de le lui dire, j'en suis certain. Et vous savez quoi ?

Il recula légèrement et me toisa d'un œil appréciateur.

— Vous êtes très excitante avec les joues en feu et les yeux qui jettent des étincelles. La colère vous va bien.

Joignant l'extrémité de ses pouces et de ses index, il forma une petite fenêtre par laquelle il me regarda, et se mit à tourner autour de moi comme un metteur en scène. Je secouai la tête en riant.

— Vous vous croyez toujours dans un film, Spike.

— Mais c'est ça, la vie : du cinéma. J'essaie de jouer dans de bons films, c'est tout.

Il se versa un verre de bière et me tendit un script dont il avait marqué certaines pages au crayon.

— *Vies perdues* ? m'étonnai-je en consultant la couverture. C'est le feuilleton favori de Dorothy.

— Je sais. Je ne lui ai pas encore dit que j'allais jouer dedans, elle me ferait perdre mes moyens. Alors voilà le topo. Je suis Trent Winfield, qui a une petite amie, mais s'aperçoit tout d'un coup qu'il est plus amoureux de sa sœur. Celle de sa petite amie, je veux dire. Elle s'appelle Arizona.

Je repérai rapidement le nom sur la page.

— Arizona ? Mais c'est un État, pas un prénom !

— Justement. Ses parents ont un ranch de plusieurs millions de dollars en Arizona, c'est pour ça qu'ils l'ont baptisée comme ça. Dans cette scène, Trent décide de révéler ses véritables sentiments à Arizona. Le problème, c'est qu'il est étudiant de troisième cycle, et elle en première année d'université. Le père d'Arizona est fou de rage.

— Et elle ? demandai-je en parcourant le texte. Qu'est-ce qu'elle éprouve pour Trent ?

— Elle a toujours eu le béguin pour lui, sans même

oser rêver qu'il puisse y avoir quelque chose entre eux. Elle est bouleversée, tentée, excitée. C'est un rêve qui se réalise. Bon, vous êtes prête ?

— Je crois que oui.

— En haut de la page, indiqua brièvement Spike en se campant devant moi.

Puis il baissa la tête et la releva, lentement, à mesure que ses traits changeaient d'expression et que son regard se chargeait d'émotion.

— Personne ne sait que je suis revenu, commença-t-il. Je suis venu directement chez toi.

Là, il tomba subitement à mes genoux, ce qui me prit par surprise et me laissa sans voix.

— À vous, me souffla-t-il du coin de la bouche.

Je revins aussitôt à mon texte.

— Pourquoi, Trent ? Pourquoi es-tu d'abord venu ici ?

— Parce que les choses que je t'ai dites juste avant de partir... (Spike s'empara vivement de ma main.) Ce que je t'ai dit sur mes sentiments pour toi, tout cela n'a pas cessé de m'obséder. Je ne pouvais plus travailler. Je ne parlais plus à personne. Je ne pouvais plus rien faire, sinon penser à toi. Chaque fois que je regarde une autre fille, elle a ton visage, Arizona, dit-il en se rapprochant de moi.

Je lus la réplique suivante.

— Si tu te moques de moi, c'est cruel, Trent.

— Ce serait me moquer de moi-même, être cruel envers moi-même, renvoya-t-il. Je sais que c'est goûter au fruit défendu, Arizona. Mais pour un baiser de toi, je courrais le risque d'être chassé du paradis.

J'allais de nouveau consulter le script quand Spike glissa la main sous mon menton et se pencha sur moi, de façon à m'embrasser sur les lèvres. J'ouvris des yeux ronds.

— Arizona, murmura-t-il, ton nom est gravé au fer rouge dans ma mémoire.

Il m'embrassa encore, en posant les mains sur mes

épaules cette fois-ci, pour m'attirer à lui et rendre son baiser beaucoup plus insistant. Pénétrant, pour tout dire. Stupéfaite, je me rejetai en arrière. Cela ne freina pas l'ardeur de Spike.

— Je savais que tu partageais mon amour, murmura-t-il en promenant fébrilement ses lèvres sur mon visage, puis dans mon cou.

Et pendant ce temps-là, ses mains s'égaraient sur ma taille.

— Spike !

— Trent, répliqua-t-il en reprenant mes lèvres, tout en me renversant sur le canapé.

Sa main droite quitta ma taille et rampa jusqu'à ma poitrine. Je poussai un cri.

— Hé, attendez !

— Nous n'avons pas le temps d'attendre, rétorqua-t-il, toujours dans son rôle.

Mais moi, je parlais en mon nom. Je n'étais pas en train de lire un texte. En fait, le cahier m'était tombé des mains. Toujours occupé à m'embrasser, Spike m'étendit sur les coussins, passa les doigts sous la ceinture de mon blouson qu'il sépara du pantalon, et glissa la paume sous mon chemisier de soie. Quand il s'attaqua à mon soutien-gorge et tenta de le dégrafer, je me contorsionnai sous lui pour me libérer.

— N'aie pas peur, chuchota-t-il contre mon oreille. C'est ainsi que les adultes font l'amour.

— Ça suffit, Spike !

Il avait déjà soulevé mon soutien-gorge, le bout de ses doigts taquinait la pointe de mes seins. De l'autre main, il maintenait ma tête, essayant de me contraindre à lui rendre ses baisers.

Je relevai les genoux et, de toutes mes forces, le repoussai d'une bonne détente dans l'estomac qui l'envoya rouler au sol. Je ne lui laissai pas la moindre chance de récupérer. Levée d'un bond, je rajustai rapidement mes vêtements.

— Vous êtes devenu fou, Spike, ou quoi ?

Il se redressa gauchement, arborant un sourire hébété.

— Je jouais ma scène, c'est tout. Pourquoi vous énerver comme ça ?

— Cela ne fait pas partie de la scène.

— C'est ce que nous appelons de l'improvisation, ma chère. C'est juste un moyen de se mettre en forme, de rentrer dans la peau du personnage. Venez, insista-t-il en tapotant les coussins près de lui. Faisons un autre essai. Quand vous serez rentrée dans le rôle...

— Je n'ai pas l'intention de rentrer dans quoi que ce soit, figurez-vous. Et si c'est ça le métier d'acteur, j'aimerais encore mieux laver le linge sale des autres !

Spike s'esclaffa sans retenue.

— Melody, vraiment...

— Merci pour la leçon d'art dramatique, lançai-je en gagnant la porte. Vous méritez de réussir. Bonne chance !

Sur ce, je me ruai dans l'escalier, dégringolai les marches et me retrouvai au grand soleil, encore sous le choc. Décidément, les gens avaient tous un grain, ici. Spike était sans doute dans le vrai, quand il disait que tout le monde vivait comme dans un film, en jouant le rôle qu'il s'était choisi. En tout cas, c'est bien ce que maman semblait faire.

Au lieu de rentrer directement dans la maison, je suivis l'allée jusqu'à la rue. Le ciel était brumeux, à présent, et bien qu'il fît encore très chaud, une brise fraîche commençait à souffler. Devant les somptueuses résidences, des jardiniers taillaient les haies, balayant soigneusement les feuilles et les débris de branches.

La circulation était fluide, les conducteurs me jetaient au passage un regard curieux. Je marchais lentement, les bras croisés sur la poitrine, encore tout émue par ce qui venait de m'arriver, quand une scène retint mon attention. Je fis halte pour l'observer.

Une petite fille aux couettes blondes venait de sortir

d'une voiture, portée par une jeune femme qui devait être sa mère. Littéralement accrochée à elle, en un geste d'amour possessif, elle me regarda par-dessus son épaule. Et parce qu'elle se sentait protégée, pleinement heureuse, elle me sourit en agitant la main, comme si nous nous connaissions.

Je lui rendis son salut, et pendant un instant j'eus l'impression de me saluer moi-même, à travers le temps, quand j'avais à peu près son âge et que mon beau-père vivait encore. À cette époque, j'ignorais qu'il n'était que mon beau-père, bien sûr. Je croyais qu'il était mon vrai père. Il ne m'aurait pas aimée davantage s'il l'avait été.

La jeune femme emporta sa petite fille dans la grande et belle maison où elle serait en sécurité, où l'idée même de la moindre chose déplaisante ne pourrait pas l'atteindre. Et je restai là, souriant toute seule en songeant à elle. Combien de temps je m'attardai à cet endroit, je l'ignore ; mais je m'aperçus tout à coup qu'une voiture avait stoppé à ma hauteur et que quelqu'un m'observait.

C'était M. Livingston. Il m'adressa un signe de la main.
— Tout va bien ? s'informa-t-il, l'air inquiet.
— Oui, merci. Je faisais juste une petite promenade.
— À Beverly Hills, c'est une chose qui paraît bizarre, vous savez. N'allez pas trop loin, me recommanda-t-il en remontant la glace.

Je le regardai s'engager dans l'allée, puis je revins sur mes pas. Il avait sans doute raison. Cela pouvait sembler curieux d'être seule et de réfléchir, dans un endroit pareil.

En un instant, mon parti fut pris. Je suivrais le conseil de Spike. Je retournerais voir maman, en espérant bien la trouver seule, cette fois-ci. Et si j'obtenais le même résultat, je m'embarquerais dans le premier avion pour New York, laissant maman et mon passé derrière moi.

6

Un pacte avec le diable

En rentrant, je fus accueillie par un Alec plus raide et rébarbatif que jamais. D'une voix officielle et guindée, il m'informa que M. et Mme Livingston désiraient me voir immédiatement au salon.

— Melody, mon chou! s'exclama Dorothy dès qu'elle m'aperçut. Où étais-tu passée?

Assise sur le canapé, elle faisait face à Philip, raide comme la justice dans son grand fauteuil capitonné. À leur mine grave, on devinait qu'ils venaient d'avoir une conversation très importante.

— Philip m'apprend qu'il t'a trouvée en train d'errer sans but dans Beverly Hills, ma chérie. Pourquoi n'es-tu pas venue tout de suite me raconter ta seconde visite à cet endroit au nom bizarre. Quelque chose d'égyptien, je crois?

— J'avais simplement besoin d'être seule un moment, alléguai-je. (En me gardant bien de mentionner ma mésaventure avec Spike, naturellement.) Et je n'errais pas sans but, je savais parfaitement où j'allais. On ne se promène donc jamais, ici? Alors à quoi servent les trottoirs?

Dorothy tapota le coussin à côté d'elle.

— Mon pauvre petit! Viens t'asseoir et raconte-nous ce qui s'est passé là-bas. En détail, insista-t-elle.

Les doigts joints par les extrémités, formant une espèce de toit pointu, Philip attachait sur moi un regard désapprobateur. J'allai m'asseoir et pris une grande inspiration pour me donner du courage.

— Je l'ai vue, commençai-je d'une voix qui sonna lugubrement à mes oreilles, et elle a fait semblant de ne pas me connaître.

Philip hocha la tête et décocha un bref coup d'œil à sa femme.

— Qu'est-ce que je t'avais dit ? Je l'avais prévu, en me basant uniquement sur le peu que je sais de cette étrange affaire. Dorothy...

— S'il te plaît, Philip, pas maintenant. Nous résoudrons ce problème nous-mêmes, affirma-t-elle.

Il n'eut pas l'air plus rassuré pour autant.

— Il ne s'agit pas de tes mondanités habituelles, Dorothy. Dès que j'ai entendu parler de tout ça, je t'ai dit ce que j'en pensais. Melody...

Il tourna vers moi un visage sévère.

— Nous compatissons à votre situation, mais nous ne sommes certainement pas de taille à la résoudre, contrairement à ce que Dorothy laisse entendre. Pour moi, cette histoire concerne la police. Quelqu'un est en train de commettre une escroquerie, peut-être aux dépens d'une compagnie d'assurances. Il n'est pas question que je sois mêlé à cela. J'ai de grandes responsabilités envers mes clients, qui sont tous des gens en vue, et je ne puis pas me permettre ce genre de publicité négative. Vous êtes une jeune femme intelligente, vous devez le comprendre.

— Oui, monsieur. Je suis désolée. Je m'en irai demain.

— Tu n'as pas besoin de partir si vite, protesta Dorothy.

Mais sans la chaleur qu'elle mettait d'ordinaire dans ses propos, c'était indéniable. Philip lui jeta un regard de reproche et reprit à mon intention :

— Je ne voudrais pas vous donner l'impression que nous vous jetons dehors, Melody. Vous êtes une amie de ma belle-sœur, et Dorothy a fait certaines promesses à sa sœur. Vous pouvez rester quelque temps, pourvu que rien de tout cela ne franchisse le seuil de notre maison. Mais le meilleur conseil que je puisse vous donner, vu les circonstances, c'est de retourner à l'endroit que vous appelez votre foyer, parmi les gens qui se soucient vraiment de vous.

— Oui, monsieur, acquiesçai-je, d'une petite voix qui se fêlait.

— Vous pouvez informer les autorités compétentes de ce que vous avez appris, afin qu'elles prennent les mesures nécessaires. Je pourrai vous y aider, si vous le souhaitez.

Les larmes s'amassaient sous mes paupières, mais je réussis à les contenir.

— Ce n'est pas pour cela que je suis venue ici. Tout ça m'est bien égal. Je voulais découvrir ce qui est réellement arrivé à ma mère, et savoir si elle avait besoin de moi.

— Je vois. Eh bien, s'il vous faut de l'argent pour rentrer chez vous…

— Je n'ai besoin de rien, monsieur. Merci.

— Parfait. Je compatis à vos ennuis, croyez-le. Vous êtes une jeune fille sympathique. Je suis certain que vous retomberez sur vos pieds, et que vous ferez quelque chose d'intéressant dans la vie.

— Oh, elle fera beaucoup mieux que ça, commenta Dorothy. C'est une jeune fille tout à fait remarquable.

— En effet. Bon, eh bien, il est temps de m'habiller pour le dîner. Quant à toi, Dorothy… ne donne pas aux gens de conseils que tu ferais mieux de ne pas leur donner.

— Je crois savoir ce que je dois ou ne dois pas dire, mon cher.

— Je l'espère, grommela Philip en se levant.

Sur ce, il me gratifia d'un dernier regard d'avertissement et quitta dignement la pièce.

— Je suis navrée de vous causer tant d'ennuis, m'excusai-je, au comble de la gêne. Je ferais peut-être mieux de partir tout de suite. Je peux très bien dormir dans un motel, en attendant d'avoir réglé toutes les formalités pour mon retour.

— Certainement pas ! s'indigna Dorothy. Ne fais pas attention à ce que dit Philip, il est simplement... simplement Philip Livingston, acheva-t-elle, comme si cela expliquait ou justifiait tout. Maintenant, raconte-moi ce qui s'est passé là-bas. Tout, de A jusqu'à Z, insista-t-elle en se penchant vers moi, les yeux avides.

Pendant un instant, j'eus l'impression que nous n'étions pour elle, mes problèmes et moi, qu'un nouvel épisode de son feuilleton favori. Malgré cela, je lui décrivis en détail tout ce qui s'était passé, en omettant l'intermède avec Spike, toutefois. Quand j'eus terminé, elle libéra un interminable soupir.

— Philip a sans doute raison, mon chou. Peut-être vaudrait-il mieux que tu retournes chez toi, vivre ta propre vie. Non que je veuille te chasser, mais...

— Ma mère fait partie de ma vie, Dorothy.

Elle me dévisagea en secouant la tête, comme si je tenais des propos insensés.

— La famille peut être un tel fardeau, quelquefois ! Regarde ce que je dois supporter avec Fanny, par exemple.

— Fanny est très heureuse, elle a beaucoup d'amis et connaît des tas de gens intéressants, rétorquai-je, sur la défensive. Je ne connais personne qui se soit montré aussi gentil pour moi.

— Oh, elle a un cœur d'or, surtout quand il s'agit d'aider les gens. Mais tu crois qu'elle s'aiderait elle-même ? Non, pas Fanny ! Elle a toujours été comme ça, planant sur son nuage. J'ai souvent essayé de la ramener sur terre, de la pousser à faire quelque chose de sa vie. Tu es capable de tellement de choses, toi aussi. Suis le conseil de Philip, retourne à ta vraie vie, à ton univers. Il sait toujours quel est le meilleur parti à prendre, vois-tu? Quelquefois, j'ai l'impression qu'il est plus mon père que mon mari. Mais toi...

Dorothy eut un sourire plein de sollicitude.

— Tu es sûre que ça va, mon chou? Il n'y a rien d'autre que tu souhaites me dire?

Et si j'avais parlé, m'aurait-elle entendue? Elle était si occupée d'elle-même. Tout ce qui risquait de lui être désagréable, elle l'écartait systématiquement.

— Je suis fatiguée, Dorothy. J'aimerais monter me reposer un moment.

— Mais bien sûr! Prends un bain bouillonnant, ça te remontera le moral. Quand je me sens déprimée, je vais à la station thermale, je prends un bain de boue et je me fais masser. À quoi servirait l'argent, si on ne le dépensait pas pour se sentir en forme et chasser les idées noires?

Elle eut un petit rire léger, qui me rappela notre tournée dans les boutiques et le prix de ses cadeaux. J'étais certaine à présent, et malgré tout ce qu'elle avait pu me dire, que Philip serait furieux quand il découvrirait quelle somme elle avait dépensée pour moi. Je tentai de limiter les dégâts.

— J'aimerais rapporter cette robe noire à la boutique, Dorothy. Je n'en aurai pas besoin et...

— Bien sûr que si! Tu ne vas donc jamais dans des soirées chics, sur la côte Est? Imagine la tête que feront les autres jeunes femmes, en te voyant dans une robe de grand couturier.

J'ouvris des yeux ronds, trop lasse pour discuter. Dorothy agita une sonnette et, dans les secondes qui suivirent, Christina se montra sur le seuil de la pièce.

— Christina, voulez-vous faire couler un bain bouillonnant pour Melody?

— Je peux très bien le faire moi-même, Dorothy!

Elle arqua un sourcil autoritaire.

— Occupez-vous de ça tout de suite, Christina.

— Oui, madame Livingston, acquiesça la femme de chambre en se retirant.

Sur quoi, j'eus droit à ma petite leçon de savoir-vivre.

— Franchement, ma chère ! Il faut laisser les domestiques faire leur travail, sinon...

Dorothy eut son petit sourire condescendant.

— Sinon nous n'aurions plus de domestiques, ils n'auraient plus de travail, et sans travail Christina ne pourrait pas vivre. Elle a toute une marmaille à nourrir. Profite bien de ton bain, mon chou. Alec montera t'avertir quand il sera temps de descendre dîner.

« J'aimerais que tu puisses rester davantage, ajouta-t-elle en se levant. J'ai tellement de choses à t'apprendre !

Et sur ces mots, accompagnés d'une mimique apitoyée, Dorothy quitta la pièce.

Tellement de choses à m'apprendre, vraiment ? Je promenai un regard pensif sur ce palais où deux personnes vivaient dans un luxe inouï, tout en paraissant étrangères l'une à l'autre. Je ne tenais pas à apprendre comment obtenir la meilleure table dans un grand restaurant, ni comment se préserver des rides. Non, ce que je souhaitais savoir était bien plus important, plus profond. Je voulais savoir où était ma vraie place. Mais cela, même en restant des années ici, je n'étais pas sûre d'amener Dorothy Livingston à le comprendre.

Je gravis l'escalier avec des jambes de plomb. Au-dehors, il faisait le même temps radieux que la veille, mais mon cœur était sombre comme un jour sans soleil. Le désespoir m'oppressait. Lorsque j'approchai de ma chambre, la voix de Christina me parvint de la salle de bains. Elle chantait.

— J'ai mis des sels parfumés dans l'eau, annonça-t-elle en m'entendant entrer.

— Merci.

Elle me regarda plus attentivement.

— Vous avez passé une mauvaise journée, on dirait.

Je voulus secouer la tête, mais mon menton tremblait. Je dus me mordre profondément les lèvres pour ne pas éclater en sanglots. Christina s'avança vers moi.

— Mon pauvre petit...

Cette fois-ci, ce fut plus fort que moi. Je fondis en larmes. Spontanément, elle m'enveloppa de ses bras, me serra contre elle et se mit à me caresser les cheveux.

— Allons, allons, rien ne peut être aussi grave que ça.

— Mais si! me lamentai-je. Ma propre mère a refusé de me reconnaître, aujourd'hui. Elle s'est sauvée en me laissant à des parents éloignés, sur la côte Est, et elle a fait croire qu'elle était morte pour se débarrasser de moi pour toujours, débitai-je tout d'une haleine.

Christina parut d'abord très choquée, puis je la vis serrer les lèvres, l'air très sûre d'elle.

— Si une femme renie son enfant comme ça, c'est qu'elle a de graves ennuis, affirma-t-elle avec conviction. C'est contre nature, et elle doit beaucoup en souffrir.

Je m'essuyai les yeux du revers de la main.

— Vous le croyez vraiment ?

— Oh oui! Quand vous deviendrez mère, vous comprendrez. Votre enfant fait partie de vous, il reste toujours votre bébé. On souffre de les voir grandir, parce qu'on sait qu'une fois grands ils nous quitteront, mais c'est différent. Cette séparation-là est une chose naturelle et bienfaisante.

« Je suis sûre que votre mère prendra contact avec vous, acheva Christina en pressant doucement ma main.

— Mais elle ne sait même pas où j'habite !

— Alors elle espère que vous allez revenir. J'en suis certaine.

— Je n'en sais rien, murmurai-je, toute songeuse.

J'aurais voulus partager l'optimisme de Christina,

voir les choses sous un jour favorable, me dire que l'arc-en-ciel brille toujours après l'orage. Mais j'avais déjà été si souvent déçue! Elle devina ma détresse.

— Il faut être plus confiante, ma chère petite. Détendez-vous, faites un bon repas, passez une bonne nuit et demain… demain vous paraîtra bien plus prometteur, vous verrez.

Son sourire était comme un rayon de soleil après la pluie, je ne pus m'empêcher de lui sourire en retour.

— Merci, Christina. Vos enfants ont bien de la chance d'avoir une mère comme vous.

— C'est ce que je n'arrête pas de leur répéter, répliqua-t-elle en riant.

Une fois de plus, je fus obligée de sourire. Et pendant un instant je redevins celle que j'étais autrefois, le cœur plein de joie et de lumière.

Je me prélassai avec délices dans mon bain, et j'en profitai pour méditer. Je pensai à Billy Maxwell, à la façon dont il avait surmonté son malheur personnel, ce qui l'avait rendu encore plus fort. Je finis même par avoir faim et à guetter l'heure du dîner.

À peine avais-je fini de m'habiller qu'on heurtait discrètement à la porte. Christina passa la tête à l'intérieur.

— Tout va bien?
— Oui, Christina. Merci beaucoup.
— On vous demande au téléphone, annonça-t-elle. Laissez la salle de bains comme ça. Je remonterai avant de partir et je m'occuperai de tout.

Elle se retira en fermant soigneusement la porte, pour me laisser prendre l'appel en toute intimité. C'était sans doute Fanny qui rappelait, supposai-je en m'approchant du téléphone. Dorothy lui avait sans doute transmis les propos de Philip, et elle voulait que je rentre à New York. Je soulevai vivement le combiné.

— Allô?
— Melody, fit la voix de Cary, à ma profonde surprise.

— Cary! Comment as-tu...
— J'ai appelé Fanny et elle m'a donné le numéro de sa sœur. Tu vas bien ? Comment s'est passé le voyage ?

Je résumai hâtivement les événements, à commencer par l'aventure de l'aéroport. Il m'écouta jusqu'au bout, en silence. Et je m'avisai tout à coup qu'il devait être très tard là-bas, sur la côte Est.

— On dirait que ça n'a pas été très drôle pour toi, depuis que tu as quitté New York, observa-t-il quand j'eus terminé.

— Mais toi, Cary, comment vas-tu ?

— Les choses ne sont pas très brillantes ici, Melody. En fait, je t'appelle de l'hôpital.

— De l'hôpital ! Qu'est-ce qui t'est arrivé ?

— À moi, rien. C'est papa. On l'a remis en soins intensifs, il a eu une autre attaque. Je crois que c'est sa faute, cette fois. Il n'arrêtait pas de se plaindre qu'on l'empêchait de vivre, et de vouloir en faire plus qu'il n'aurait dû.

— Oh, Cary ! Je suis désolée. Comment va tante Sarah ?

— Tu connais Ma. Elle se tue au travail, ça l'empêche de penser à tout ça.

— Et May ?

— Ça ne va pas fort. Tu lui manques beaucoup, et à moi largement deux fois plus. Mais je comprends pourquoi il fallait que tu partes, se hâta-t-il d'ajouter.

— Tu me manques beaucoup à moi aussi, Cary.

Il eut une imperceptible hésitation.

— Qu'est-ce que tu vas faire, maintenant ?

— Je ne suis pas encore fixée. Je t'appellerai dès que je saurai, je te le promets. Si tu peux, dis à l'oncle Jacob que je lui souhaite un prompt rétablissement.

— Je le ferai.

— Et prends bien soin de toi, Cary. Tu ne peux pas tout faire pour tout le monde.

Il éclata de rire.

— Et c'est toi qui me dis ça ? Qu'est-ce qu'il ne faut pas entendre ! Devine qui j'ai vu ce matin à l'hôpital ? ajouta-t-il, nettement détendu. Grandma Olivia. Elle n'a pas pu s'en empêcher : il a fallu qu'elle me demande de tes nouvelles. Je lui ai dit que je t'appelais ce soir, et elle m'a fait promettre de la tenir au courant.

— Elle espère simplement que son argent est bien placé, répondis-je avec sécheresse. Et que je ne reviendrai jamais.

Cette fois, il n'y eut aucune gaieté dans le rire de Cary. Je sentis qu'il était tendu.

— Mais elle va être bien déçue, n'est-ce pas ?

— Pour le moment, c'est plutôt moi qui suis déçue, Cary, me lamentai-je.

Il s'empressa de parler d'autre chose.

— J'ai aperçu Kenneth en ville, cet après-midi. Juste au moment où il remontait en voiture, nous ne nous sommes pas parlé. Il m'a semblé plus débraillé que jamais, si c'est possible. Je ne crois pas qu'il prenne grand soin de lui-même.

— Quel dommage ! J'avais peur que ce genre de chose n'arrive, justement.

— Tout va de travers quand tu n'es pas là, Melody. Tout le monde s'effondre.

— Oh, Cary !

— Je ne te l'ai peut-être pas dit assez pour que tu le croies, mais...

Je perçus un soupir, aussi léger qu'un souffle.

— ... je t'aime, Melody. Pour de bon.

— Je te crois, Cary. Et tu me manques beaucoup.

— Prends bien soin de toi, et ne tombe pas amoureuse d'une star de cinéma, surtout !

— Sois tranquille, répliquai-je en riant.

Son adieu me laissa rêveuse et, bien après qu'il eut raccroché, sa voix résonnait encore à mes oreilles. Je gardai longtemps le combiné en main avant de le reposer sur sa fourche ; comme s'il me reliait réellement à

Cary, à sa chaude présence et à la douceur des souvenirs.

Quand je descendis pour dîner, l'atmosphère me parut encore plus pesante que d'ordinaire, en admettant que ce fût possible. Philip ne parla pratiquement pas et engloutit son repas en regardant droit devant lui, comme s'il était seul à table. Dorothy fit une tentative de conversation, en me racontant sa dernière découverte. Un produit de beauté qui vous faisait une peau de bébé, paraît-il. Puis, le sujet s'épuisant de lui-même, elle se rabattit sur le repas et la cuisine mexicaine. Nous dégustions justement un plat nommé *fajita*, un vrai délice.

— La cuisine mexicaine est très répandue à Los Angeles, crut-elle devoir expliquer. C'est normal, les Mexicains y sont nombreux et ils sont si bons cuisiniers !

Ce sujet aussi s'épuisa, et sitôt le dîner fini elle me proposa de regarder la télévision en sa compagnie. Philip et elle ne faisaient jamais rien ensemble dans la soirée, apparemment. Il allait presque toujours travailler dans son bureau, ou bien se plongeait dans un livre. Je savais par Dorothy qu'il détestait la télévision, à part les comptes rendus de la Bourse, qu'elle trouvait horriblement ennuyeux. À vrai dire, leur couple m'intriguait. Qu'est-ce qui avait bien pu conduire à l'autel deux êtres si dissemblables, pour se jurer un amour et un dévouement sans faille, jusqu'à ce que la mort les sépare ? La seule touche de romantisme, dans la vie de Dorothy, semblait se limiter aux feuilletons sirupeux qu'elle contemplait dévotement sur son petit écran.

Je songeai aux paroles de Christina, à Cary et à May, à Kenneth et à tous les gens qui m'attendaient là-bas, à Provincetown. Perdre mon temps ici me semblait criminel, et je me jurai de ne plus m'attarder.

— Je retourne une dernière fois aux Jardins d'Égypte, annonçai-je après le repas, réveillant brusquement l'intérêt chez Philip. Et je ne partirai pas de là sans avoir obtenu de réponses valables.

— Ce soir ? s'effara Dorothy.

— Oui. Tout de suite.

— Franchement, Melody... (Dorothy quêta d'un regard le soutien de son mari.) Tu crois que c'est raisonnable, surtout à une heure pareille ?

Philip vint aussitôt à la rescousse.

— Je ne le vous conseillerais pas, ma chère. Compte tenu de ce que vous savez déjà, ce ne serait pas très intelligent.

— Quelquefois, il faut savoir oublier la raison pour écouter son cœur !

— Ce qui vous conduit droit au désastre, rétorqua-t-il.

Je n'en dis pas plus, mais ils avaient compris. Tous deux savaient que j'irais.

— J'aimerais autant que notre voiture ne soit pas mêlée à ça, précisa Philip en se levant.

— Je sais. J'appellerai un taxi. Vous avez été très bons pour moi, tous les deux. Je vous remercie de votre hospitalité.

— Ce n'est pas la première fois que ma belle-sœur me place dans une situation difficile, vous savez.

Dorothy semblait au supplice.

— Pourquoi ne pas attendre jusqu'à demain matin, Melody ? Peut-être que les choses te paraîtront...

— De jour ou de nuit, je refuse que notre limousine soit mêlée à ça, répéta l'aimable Philip, un ton plus haut.

Dorothy se rejeta en arrière comme s'il l'avait giflée. Je me levai brusquement.

— Je vais chercher un taxi.

— On ne va pas chercher un taxi, à Los Angeles. On l'appelle pour qu'il vienne vous chercher. Je veillerai à ce qu'Alec se charge de cela, conclut Philip en quittant la pièce.

Dorothy reprit un peu contenance.

— Sois très prudente, mon chou, je t'en prie.
— Je ferai attention.

Je montai quatre à quatre chercher mon sac. Je n'étais pas fâchée de ne pas avoir recours à Spike pour m'emmener. Après ce qui s'était passé dans son appartement, je n'étais pas trop sûre d'oser encore le regarder en face.

Le taxi arriva au moment même où je sortais de la maison. Je m'y engouffrai, donnai l'adresse au chauffeur et m'adossai aux coussins. Et voilà ! J'étais en route pour ce qui serait, je me l'étais juré, ma dernière tentative pour renouer avec maman. Si j'échouais, dès le lendemain matin je m'envolerais pour la côte Est.

*
* *

Les Jardins d'Égypte semblaient, chose improbable, encore plus minables le soir que dans la journée. Le long de l'allée, plusieurs des réverbères ne donnaient plus de lumière et, à l'entrée aussi, des ampoules manquaient. À ces endroits-là, les ombres étaient plus longues, plus denses, plus noires. La grille grinça quand je la poussai. Devant moi, près de la piscine, deux jeunes gens qui tenaient de grands verres à la main se retournèrent sur mon passage.

Je me dirigeais vers l'immeuble de maman quand j'en vis sortir un homme, qui s'arrêta pour allumer une cigarette. La flamme d'une allumette dansa sur son visage, et je reculai vivement dans l'ombre. C'était Archie Marlin. Je l'aurais reconnu n'importe où.

C'étaient bien ses cheveux rouges coupés court, sa face blême semée de taches de son. À Sewell, les gens disaient toujours qu'il paraissait dix ans plus jeune qu'il n'était en réalité, mais tout le monde ignorait son âge exact. En fait, on ne savait pas grand-chose sur Archie Marlin. Il ne répondait jamais franchement aux questions qui le concernaient. Il plaisantait, haussait les épaules et disait quelque chose d'idiot. Mais il avait si bien étourdi maman de belles promesses qu'elle avait tout quitté pour le suivre.

Je retins ma respiration quand il passa devant moi, un mince sourire aux lèvres. Il descendit l'allée, tourna le coin, et seulement alors je relâchai mon souffle. Je ne voulais pas me trouver face à face avec lui, en tout cas pas encore, et surtout pas maintenant. Mais sa présence était la preuve indubitable que la femme qui se tenait là-haut, dans cet immeuble, était bien ma mère.

Mes jambes flageolaient, aussi molles que celles d'un épouvantail bourré de paille, lorsque je m'engageai dans le couloir en direction de l'ascenseur. Quand les portes s'ouvrirent, j'entrai précipitamment dans la cabine et pressai le bouton du quatrième. Le cœur me battait dans la gorge. Quelle pitié, pensais-je, quelle pitié d'en être réduite à trembler d'angoisse alors que j'allais retrouver ma propre mère. Quelques secondes plus tard, j'étais debout devant sa porte, hésitante, la main sur la sonnette. Finalement, j'enfonçai le bouton et attendis.

La porte s'ouvrit brutalement et maman fut là, en peignoir de bain, les cheveux en bataille, sans maquillage et l'œil vitreux. Elle parla sans même avoir vu qui se tenait sur le seuil.

— Qu'est-ce que tu as encore oublié, Richard? demanda-t-elle d'une voix maussade.

Puis elle me vit et se figea. Un éclair de joie passa dans son regard, aussitôt remplacé par une expression d'ennui.

— Encore vous?
— Maman...

Elle me dévisagea un instant, puis se pencha pour inspecter le couloir, dans les deux sens.

— Je vois que je ne me débarrasserai pas de toi si facilement. Entre vite! m'ordonna-t-elle en me tirant à l'intérieur.

Puis elle ferma vivement la porte, me jeta un regard noir et traversa la salle de séjour en me tournant le dos. J'écrasai rapidement une larme.

— Pourquoi fais-tu semblant de ne pas me connaître, maman ?

— Parce que je ne te connais pas. Je ne connais plus personne de cette vie-là. Je ne peux pas, je ne peux pas ! cria-t-elle en pivotant vers moi. Pourquoi es-tu venue ici ? Comment m'as-tu trouvée ?

— Alice a vu ta photo dans un catalogue et me l'a envoyée. Je l'ai montrée à Kenneth pour avoir son avis, et il a eu la certitude que c'était toi. Il a appelé un de ses amis de Boston, qui m'a aidée à retrouver ta trace.

— Kenneth ?

Elle se laissa aller à sourire, puis se rendit compte de tout ce qu'elle venait implicitement d'admettre et se raidit. Ses yeux retrouvèrent leur dureté minérale.

— Je ne connais pas de Kenneth. Retourne là-bas. Dis-leur... qu'il y a erreur sur la personne et que...

— Mais pourquoi, maman ?

— Ce sera mieux pour tout le monde.

Elle croisa les bras et rejeta les épaules en arrière, renforçant sa détermination, dans un geste de refus si brutal que je ne pus retenir mes larmes.

— Arrête ! m'ordonna-t-elle. Tu ne vois pas que tu gâches tout, que tu débarques juste au moment où j'allais m'en sortir ? Je pourrais avoir un bon rôle dans un film, et un meilleur emploi comme mannequin. Je rencontre des gens importants. Et au moment où tout s'arrange, tu tombes du ciel et tu viens me mettre des bâtons dans les roues !

J'inspirai une grande goulée d'air et raffermis ma voix.

— Je ne comprends pas, maman. Comment as-tu pu faire ça ? Tout le monde t'a crue morte. Il y avait un corps dans la voiture. Tu es enterrée dans la concession familiale, à Provincetown.

Elle éclata de rire, se pencha vers une boîte en imitation d'ivoire, posée sur la table poisseuse, et y prit une cigarette.

— Tu veux dire qu'Olivia Logan a permis que ces pauvres restes soient inhumés dans la sacro-sainte concession familiale, même en croyant que c'étaient les miens ?

Maman rit de plus belle, dénicha une boîte d'allumettes et alluma sa cigarette. Puis elle s'affala dans le fauteuil de cretonne fatigué, me dévisagea longuement et aspira une bouffée de fumée.

— Tu as bonne mine, Melody. Tu t'es beaucoup développée. Jacob ne t'a pas jetée sur le pavé, à ce que je vois.

— Il va très mal, maman. Il a eu une attaque et il a failli mourir. Il a dû retourner à l'hôpital.

— Ça ne m'étonne pas. Il ressemble trop à sa mère pour profiter de la vie ou laisser les autres en profiter. Il a fini par s'empoisonner le cœur lui-même, si ça se trouve.

Maman tira sur sa cigarette, puis laissa dériver son regard vers l'étroite porte-fenêtre du balcon.

— Non, décidément non. Je ne peux pas avoir une fille de ton âge, Melody. Pas ici. Je n'aurais plus aucune chance de trouver du travail.

— Mais pourquoi ?

— Parce que c'est comme ça, voilà tout. Les jeunes obtiennent tout ce qu'ils veulent, ici, surtout les femmes. Franchement, ma chérie, qu'est-ce que tu ferais avec moi ? Je ne suis pas une bonne mère. Je ne l'ai jamais été et je ne le serai jamais. C'est ma nature.

— Mais pourquoi ? m'obstinai-je. Pourquoi, maman ?

— Parce que... parce que je suis trop égocentrique. Chester avait raison, là-dessus. Tu ne te souviens pas ? C'était toujours lui qui faisais les choses importantes, pour toi. Pas moi. Et tu as passé presque toute ton enfance chez nos voisins, Arlène et George.

— Papa George est mort, maman, annonçai-je avec tristesse.

— Ah? Ça ne me surprend pas vraiment. Il était déjà mal en point quand nous sommes partis, je me doutais qu'il ne ferait pas de vieux os. Alors tu vois bien...

Maman chercha mon regard, et je lus dans le sien qu'elle avait peur.

— Tu vois comme la vie est courte, comme nos chances de faire quoi que ce soit passent vite? Cet endroit est ma dernière chance, Melody. Je n'en aurai pas d'autre. C'est pourquoi j'ai accepté la suggestion d'Archie, quand l'accident s'est produit.

— Je n'y comprends plus rien, maman. Qu'est-ce qui s'est passé?

Elle agita nerveusement sa cigarette.

— Archie a vraiment eu un accident. Il revenait d'une soirée quelconque, où il était censé rencontrer des producteurs et d'autres agents. Il avait une de ses plus jeunes clientes avec lui. Une fille vraiment très jeune, mais qui avait réussi à tromper tout le monde sur son âge, sauf Archie, bien sûr. Quoi qu'il en soit, il m'avait demandé mes papiers d'identité pour la soirée. En revenant, Richard – tu sais qu'on l'appelle Richard, maintenant –, Richard a perdu le contrôle de la voiture; et dès la collision, elle a pris feu. Il a été éjecté, mais la fille est restée coincée. Elle est morte.

« Quand la police a trouvé mes papiers d'identité, nous avons discuté, Archie et moi, et décidé de profiter de l'occasion. C'était le meilleur moyen de rompre définitivement avec la famille. J'ai donc changé d'identité, je suis devenue Gina Simon. Gina Simon, tu m'entends? Ici, tout le monde me croit beaucoup plus jeune que je ne le suis, ajouta maman pour se justifier. Si je ne m'étais pas rajeunie, je n'aurais pu aller nulle part, alors je l'ai fait.

« Et ne me regarde pas comme ça! s'emporta-t-elle. Je savais que tu allais bien et que tu avais une famille.

Ce n'est pas comme si je t'avais abandonnée n'importe où.

Je sentis mes traits se crisper de rage.

— Une famille, dis-tu ? Des gens qui ne t'aimaient pas, tu le savais, et c'est chez eux que tu m'as laissée !

— Oui, mais tu n'es pas moi. J'ai pensé qu'ils finiraient par s'en apercevoir, qu'ils ne voudraient pas te punir d'être ma fille. Et ils sont tous très à leur aise, même Jacob.

— Plus maintenant. Ses affaires battent de l'aile, tout devient très difficile, et depuis qu'il est si malade...

— Tu ne peux pas vivre avec moi, m'interrompit maman. Qu'est-ce que tu ferais, ici ? Et qu'est-ce que je ferais de toi ? Retourne là-bas, attends que j'aie une position stable et de l'argent, et alors je te ferai venir. Va-t'en vite, avant qu'on ne découvre qui tu es. Mais au fait...

Elle venait de se rendre compte, je le lus dans ses yeux, que quelqu'un pouvait déjà être au courant de ma présence.

— Où habites-tu ? s'enquit-elle avec une hâte inquiète.

— Chez la sœur de Fanny Brooks, Dorothy Livingston. Mais seulement jusqu'à demain matin.

— Fanny Brooks ? releva maman. Ce nom me dit quelque chose.

— C'est une amie de Kenneth.

— Ah oui, je vois. Elle vit avec lui ?

— Non, elle habite New York. Elle a été très gentille avec moi, et m'a aidée à venir ici.

Tout cela ne rassurait pas maman, c'était flagrant.

— Et cette Dorothy, que sait-elle de nous ?

— Simplement ce que je lui ai dit : que tu avais fait semblant de ne pas me connaître.

— Bon. Retourne là-bas, explique-lui que tu es revenue et que tu t'étais trompée. Ensuite, retourne chez Jacob et Sarah.

— Je ne peux pas retourner chez eux, maman. Si je

rentre à Provincetown, je vivrai chez Grandma Olivia.

— Chez Olivia ? s'ébahit maman. Mais pourquoi ?

Je m'assis sur le canapé, en face d'elle, et lui racontai toutes mes découvertes. Comment j'avais rencontré sa mère, ma grand-mère Belinda, et appris que son père était en réalité le juge Childs.

— J'ai enfin compris pourquoi Kenneth ne peut pas s'entendre avec son père. Il ne lui pardonne pas de t'avoir perdue par sa faute.

Maman sourit.

— Kenneth, murmura-t-elle, toute à la douceur des souvenirs. Je suppose que si les choses avaient été différentes, nous nous serions mariés. Il était si beau, si brillant, tu ne peux pas savoir ! Toutes mes amies en étaient folles. Il était toujours différent, c'était passionnant d'être avec lui. Mais quand j'ai appris la vérité...

Le sourire de maman s'évanouit.

— Quand je la lui ai dite... C'est comme si je lui avais laissé tomber une pierre sur la tête.

« Ils étaient si respectables en apparence, tous ces gens distingués qui me rabaissaient sans arrêt. J'étais la pauvre petite paria, l'enfant trouvée qui devait tout à la générosité d'Olivia. Elle n'a jamais cessé de me le faire sentir. Si elle m'a prise avec elle, c'est pour éviter le scandale, uniquement. Mais elle n'a jamais supporté ma vue, et elle a appris à ses fils à me considérer comme une pouilleuse.

« Mais je lui ai joué un bon tour, pas vrai ? Je lui ai pris Chester, et à cause de ça elle me haïra toujours. Est-ce qu'elle souriait à mon enterrement ? J'aurais voulu être là pour voir leurs grimaces ! gloussa maman en exhalant une bouffée de fumée.

— Non, elle ne souriait pas. Elle a montré beaucoup de dignité. C'étaient de belles funérailles, maman. Kenneth était là, lui aussi.

— Pauvre Kenneth. Était-il très abattu ?

— Très.

131

Elle s'adossa aux coussins, la mine satisfaite.

— Ce n'est pas si mal de se faire enterrer, finalement, surtout si on enterre le passé en même temps. Tout ça est terminé, Melody, tu m'entends ? Tu ne peux pas me déterrer, ce ne serait pas juste. Je me suis libérée de tout ça, j'ai une chance de tout recommencer, j'ai de nouveaux amis...

Elle balaya du regard le sinistre décor.

— Tout ça n'est que provisoire, bien sûr. Après mes prochains engagements, j'habiterai dans un immeuble de luxe, à Brentwood peut-être bien. Archie me l'a promis.

Je baissai les yeux, le cœur si lourd qu'il me semblait avoir une pierre dans la poitrine.

— Pourquoi Olivia veut-elle que tu habites chez elle, maintenant ? s'enquit maman.

— Parce que l'oncle Jacob va très mal, et aussi pour étouffer toute rumeur de scandale. Je lui ai dit que je voulais vivre avec Kenneth, puisqu'il est mon oncle. Mais elle pense que cela ne ferait qu'alimenter les commérages.

— Pour ça, elle a raison. Elle connaît bien son territoire. Ce n'est pas une si mauvaise idée, d'ailleurs. La maison est magnifique. Je m'y plaisais, quand elle n'était pas sur mon dos, à me faire des reproches pour un oui ou pour un non.

— Elle veut que je poursuive mes études dans un pensionnat chic, maman, et elle dit que j'hériterai de ma grand-mère Belinda. La moitié de la fortune des Gordon, en fait.

Cette nouvelle parut lui causer un certain soulagement.

— C'est magnifique ! Alors tu vois bien, il vaut mieux que tu rentres tout de suite.

— Mais... ce n'est pas de l'argent que je veux, maman, ni me retrouver au milieu de pimbêches de la bonne société. Olivia n'est même pas ma vraie grand-mère. J'ai peur de vivre avec elle. Peur qu'elle ne me rende aussi malheureuse que toi.

— Ce n'était pas entièrement sa faute, avoua maman. Je dois reconnaître que j'y ai mis du mien. J'étais furieuse contre eux, tous en bloc, et je voulais les faire payer. Les rendre aussi malheureux que moi.

Je la comprenais, mais cela n'arrangeait rien.

— C'est toujours toi qu'ils voient en moi, maman. C'est comme ça pour Olivia, pour l'oncle Jacob aussi, j'en suis sûre. Et même pour Kenneth.

— Ah oui ? (L'intérêt de maman s'accrut de façon sensible.)

— Il m'a demandé de poser pour lui, exactement comme tu avais posé toi-même.

Ses yeux s'arrondirent de surprise.

— Vraiment ? Et tu l'as fait ?

— Oui. Il a sculpté une nouvelle statue. *La Fille de Neptune*, et il dit que ce sera son chef-d'œuvre. Mais le visage ressemble beaucoup plus au tien qu'au mien, ajoutai-je, ce qui parut lui plaire.

— Lève-toi, m'ordonna-t-elle à brûle-pourpoint.

J'obéis, et elle m'examina d'un œil scrutateur.

— Tu t'es beaucoup développée, je vois. Tu es vraiment un beau brin de fille. Je me demande...

Elle hésita un instant, comme plongée dans ses pensées.

— Tu t'es attachée à quelqu'un, là-bas ?

— Cary est très gentil avec moi, je l'aime beaucoup et May aussi, mais tu m'as manqué, maman. Vraiment beaucoup. Je n'aime pas être... abandonnée. Ce n'est pas juste.

Elle écrasa sa cigarette.

— Cela m'a beaucoup ennuyée de te quitter, de te mentir. Peut-être pas autant que tu aurais pu le souhaiter, mais cela m'a coûté, je t'assure. J'étais malheureuse de te laisser là-bas, mais c'était la seule solution pour moi. Tu comprends ça ?

Je fis signe que oui, bien que ce ne fût pas vraiment le cas.

— J'ai suivi les conseils d'Archie, allégua maman pour sa défense. Il a tellement plus d'expérience pour ces choses-là. Et maintenant, qu'allons-nous faire ?

— S'il te plaît, maman. Laisse-moi rester avec toi.

Elle m'enveloppa d'un regard attendri.

— Tu as toujours eu une bonne influence sur moi, pas vrai ? À Sewell, quand je rentrais tard à la maison après avoir bu quelques verres au bar de Frankie, je n'avais qu'à te regarder pour me sentir bourrelée de remords. Tout mon entrain tombait d'un coup, et je t'en voulais pour ça, je l'avoue. Mais après, je t'aimais encore plus. Autant que j'étais capable d'aimer un enfant, je suppose, acheva-t-elle en soupirant.

Puis elle se redressa dans son fauteuil.

— Je n'ai pas encore gagné grand-chose, ici. Cela représente une goutte d'eau dans l'océan, par rapport à ce qu'Olivia peut t'offrir.

— Ce n'est pas ça qui compte pour moi, maman. Au moins, je serais avec toi.

— Mais tu ne peux pas rester, gémit-elle d'une voix enfantine. Je ne peux pas avoir une fille de ton âge.

Je n'avais pas oublié ce que m'avait dit son amie Sandy. Je réfléchis rapidement et suggérai, tout aussi rapidement :

— Je pourrais être ta sœur, non ? Tu as dit aux gens que tu en avais une.

— Comment sais-tu ça ?

— J'ai rencontré une jeune femme, la première fois que je suis venue. Elle s'appelle Sandy. Elle a cru que j'étais ta sœur qui voulait te faire une surprise.

Maman sourit.

— Et elle a réussi. Mais c'est vrai que nous avons l'air d'être sœurs. Je veux dire... je parais assez jeune pour être la tienne, non ?

— Oui, maman.

— Tu vois bien ! s'exclama-t-elle en pointant sur moi son index tendu. C'est ça, le problème : tu ne peux pas m'appeler maman.

— Je ne le ferai jamais.

— Tu oublieras.

— Je te promets que non, insistai-je.

Elle se détendit et prit le temps de peser le pour et le contre.

— Si j'avais une jeune sœur ici, les gens me croiraient certainement plus facilement, réfléchit-elle à haute voix.

— Ça, c'est certain.

— Tu pourrais m'appeler Gina, ou même Sis. Ça se porte beaucoup, Sis, pour « petite sœur ». Mais pas question d'oublier, et de te mettre à m'appeler Hellie.

— Je ne l'ai jamais fait, maman.

— *Maman !*

Je rattrapai de mon mieux ma bévue.

— Il n'y a personne, ce n'est pas grave.

— Archie ne va pas aimer ça, marmonna-t-elle en secouant la tête. Il va être furieux contre moi.

— Il n'a aucune raison de l'être, ni aucun droit. Tu as fait tout ce qu'il te demandait, non ?

Elle retrouva le sourire.

— Oui, je l'ai fait. Il ne devrait pas être fâché quand je lui annoncerai qu'il a une nouvelle cliente de choix.

— Une nouvelle cliente de choix ?

— Toi, grande idiote ! Tu es ravissante. Tu peux devenir mannequin ou actrice, toi aussi. Nous raconterons à tout le monde que je t'ai fait venir pour te lancer, toi aussi. Et nous serons vraiment comme des sœurs ! s'exclama-t-elle avec enthousiasme. Et qui sait ? Ensemble, nous arriverons peut-être à quelque chose, finalement.

Ce nouveau projet me laissa perplexe.

— Je ne pourrai jamais...

— Bien sûr que si. C'est si facile ! Tu souris quand on te le demande, tu bats des cils au bon moment. Et avant d'avoir eu le temps de dire « ouf », tu décroches un engagement et on te paie des centaines de dollars l'heure, juste pour poser.

Tout ce que m'avait raconté Spike sur le show-biz me revint soudain à l'esprit.

— Je ne sais vraiment pas si je pourrai faire ça.

— Tu pourras, crois-moi, décréta-t-elle. Bon, tu peux prendre la seconde chambre et on fait un essai. Mais si ça ne marche pas, il faut que tu me promettes de retourner au Cap et de reprendre tes études. Alors ? Tu voulais vivre avec moi, c'est le seul moyen. Décide-toi.

Pendant un moment, je fus incapable de parler. Pouvais-je refuser une chance de me retrouver près de maman ? D'attendre l'occasion favorable pour découvrir l'identité de mon vrai père ? Avant que j'aie eu le temps de réfléchir sérieusement à la question, la sonnette grésilla.

— Qui diable peut venir aussi tard ? grogna maman, tout en se levant pour aller ouvrir.

C'était Sandy Glee.

— Je t'ai vue arriver ! me lança-t-elle par-dessus l'épaule de maman. J'étais sur mon balcon. Alors, Gina, tu me présentes à ta surprise ?

Maman m'adressa une grimace moqueuse.

— Qu'est-ce que je te disais ? Personne ne peut avoir de secrets, ici. Tout le monde espionne tout le monde. C'est ma petite sœur, annonça-t-elle sans me quitter des yeux.

Sandy battit des mains.

— Je le savais, je l'avais deviné !

— Elle vient à Hollywood pour tenter sa chance, comme nous toutes, pauvres gourdes que nous sommes.

— C'est aussi Richard qui va être son agent ?

— Absolument.

Sandy m'adressa un petit salut amical.

— Tant mieux, et bienvenue dans l'arène. Je réunis

des copains demain soir, pour un petit dîner à la fortune du pot. Si tu veux en profiter pour la présenter à tout le monde, Gina, c'est vers sept heures.

— Nous y serons, promit maman.

— À plus tard, Sis, sourit Sandy en agitant la main.

Dès qu'elle fut partie, maman pivota vers moi, rayonnante.

— Ça a marché, j'en étais sûre ! Je parais assez jeune pour passer pour ta sœur. Tout le monde avale les bobards des autres, dans cette ville. C'est l'endroit rêvé pour les menteurs.

« Bienvenue à la maison, Melody ! s'écria-t-elle dans un élan sincère. Je peux enfin te prendre dans mes bras.

Pourtant, quand elle me serra sur sa poitrine, m'offrant toute l'affection dont j'avais si désespérément besoin, je n'en menais pas large.

Dans quelle galère avais-je trouvé le moyen de m'embarquer ?

7

Nouveau départ

Maman nous fit du café, puis nous nous assîmes à la table de la minuscule cuisine pour bavarder. Nous avions tant de choses à nous raconter l'une et l'autre, depuis ce fameux jour où elle m'avait laissée à Provincetown !

— J'ai été horriblement malheureuse de ne pas pouvoir t'emmener, affirma-t-elle. Tu te rappelles comme j'ai eu du mal à te quitter ? Je crois que j'ai pleuré pendant tout le trajet de Provincetown à New York. Mais Archie, Richard je veux dire, a eu raison de me conseiller de ne pas t'emmener. Le voyage a été un enfer, en fait.

« Tout le long du chemin il a fallu se démener pour trouver du travail, essayer de rencontrer des gens importants dans les grandes villes, aller d'un motel bon marché à l'autre. Quelquefois, nous n'avions même pas de quoi manger. Tu aurais détesté ça. Et le soir, tu serais restée souvent seule dans une chambre sinistre, parfois même sans la télévision.

« Entre ça et vivre au bord de l'océan, profiter de l'air marin, aller dans un bon lycée, manger à sa faim... il n'y a aucune comparaison. Tu comprends pourquoi je ne pouvais pas t'imposer une existence pareille, n'est-ce pas, ma chérie ? Tu ne m'en veux plus ? implora maman d'une voix tremblante.

Je détournai les yeux, pour ne pas lui laisser voir combien j'avais été blessée. Kenneth m'avait dit un jour que j'étais transparente, tellement il était facile de lire en moi. Et pourtant, pouvais-je tricher avec ma mère ou lui mentir, maintenant que je l'avais retrouvée ? J'optai pour la vérité.

— Je t'ai longtemps haïe pour ça, maman. Je restais assise dans la chambre de Laura et je tendais l'oreille, en guettant la sonnerie du téléphone à travers les murs. Et tu n'appelais pas, et je te détestais pour ça, pour m'avoir fait des promesses que tu ne tenais pas.

— Je sais. Pour moi aussi, c'était difficile. Mais Richard disait toujours : « Si tu l'appelles tout le temps et que tu ne la fais pas venir, ce sera encore plus cruel. » Il avait raison.

— Non. Il avait tort. J'avais besoin d'entendre ta voix.

Maman reposa si brutalement sa tasse que celle-ci faillit s'écraser sur la table.

— Arrête de me faire des reproches, Melody, geignit-elle, je dois à tout prix éviter le stress, ça vous vieillit prématurément. On a des rides, une mine affreuse et on ne trouve pas de travail. La caméra détecte les moindres détails, et si tu n'es pas bien en gros plan on ne veut plus de toi. Richard ne le supportera pas, de toute façon. Il ne voudra pas de toi ici, je te préviens.

Je regardai autour de moi, prenant conscience de ce que je venais d'entendre.

— Il habite ici, lui aussi ?

— Qu'est-ce que tu crois ? Tu ne sais pas ce que ça coûte de vivre à Los Angeles, et les appartements comme celui-là sont durs à trouver. À quoi bon payer deux loyers ?

Mon souffle se bloqua dans ma gorge.

— Est-ce que vous êtes... mariés ?

— Non. Et je ne me remarierai pas de sitôt. Mais Richard est... plus que mon impresario. Il est mon directeur financier. C'est lui qui prend soin de tous nos besoins matériels. Il fait ça pour toutes ses clientes, d'ailleurs.

— Et combien en a-t-il ?

— Une demi-douzaine, mais en ce moment c'est moi qui gagne le plus. Tu vois pourquoi il est si important que tout se passe bien, souligna-t-elle. Alors plus la moindre allusion au passé, d'accord ?

Elle eut un geste bref qui semblait faire table rase de tous nos souvenirs communs.

— Je ne veux plus entendre parler de ta souffrance, ni de ce que j'ai pu faire quand je vivais là-bas. Ne me pose plus de questions sur aucun des membres de cette famille, et ne prononce jamais leur nom devant moi. C'est la règle du jeu si tu veux vivre ici, c'est compris ?

« Je suis sérieuse, Melody, ajouta maman, le regard dur. Je ne veux plus jamais entendre parler d'eux.

— Même pas de Kenneth ?

— Non, même pas de Kenneth. De personne. Je te l'interdis. Je n'ai pas eu de vie avant celle-ci, c'est comme ça que je veux voir les choses à partir de maintenant. C'est Richard qui m'a donné ce conseil. Il faut savoir prendre certaines décisions, dans notre propre intérêt. Je ne voudrais pas paraître égoïste, mais c'est le meilleur moyen de réussir.

— Et lui, maman ? Pourquoi a-t-il été obligé de changer de nom ? m'informai-je prudemment. Archie n'est pas un surnom, je n'ai jamais cru à cette histoire.

— Tu as raison, il ne s'est jamais appelé Archie. C'était le nom de son frère aîné. Il l'a pris quand il est parti de chez lui, pour qu'on le croie plus âgé. Un jeune homme aime bien se vieillir un peu, on le prend plus au sérieux. Tandis que pour les femmes, c'est différent. L'âge est une véritable punition pour nous.

— Et donc, Archie ?

Maman libéra un long soupir.

— J'allais y venir. Son frère s'est attiré des ennuis, pour une histoire de dettes, et dès que Richard l'a su il a lâché ce nom pour ne pas payer les pots cassés. C'est pour ça qu'il ne parle jamais de sa famille. Il en a honte. Son père ne valait pas mieux que son frère. Mais ne t'avise pas d'y faire allusion devant lui, surtout. Il serait fou de rage. Il est très chatouilleux sur ce sujet.

— Je ne dirai rien, affirmai-je, tout en ne croyant pas un mot de cette histoire-là non plus.

— Bon. Aussi longtemps que tu feras ce qu'on te dit, tout ira bien. Enfin j'espère, ajouta maman, pas encore très rassurée.

Une fois de plus, elle me jeta un regard dur et froid, puis son expression s'adoucit.

— J'adore ton ensemble, Melody.

— C'est un cadeau de Dorothy Livingston.

— Ah oui? Nous sommes à peu près de la même taille, toi et moi, nous pourrons échanger nos affaires. Mais il faudra prendre grand soin de celles que je te prêterai, d'accord? La plupart sont des commandes spéciales. Pour passer des auditions, précisa fièrement maman. As-tu amené beaucoup de vêtements?

— Non, pas beaucoup.

— Et où sont tes bagages?

— Chez les Livingston.

— Bon, il va falloir que tu ailles les chercher. Ne leur donne pas trop de détails, quand tu iras là-bas. Tu n'auras qu'à dire...

Maman réfléchit quelques secondes.

— Dis-leur que tu retournes à Provincetown, voilà! Tu ne les reverras sans doute jamais, de toute façon. Et comme ça, si on lui pose des questions, Dorothy Livingston racontera aux gens que tu es repartie.

— Pourquoi ne pas lui dire la vérité, tout simplement?

Maman éclata de rire.

— Ne dis jamais la vérité à moins d'y être obligée, ma chérie. C'est une chose à garder précieusement à l'abri, en cas de besoin. Crois-en mon expérience, Melody. J'en ai vu de dures et je sais de quoi je parle.

Moins tu racontes de choses aux gens, mieux tu t'en trouves plus tard. Il vient toujours un moment où on doit se sortir d'un mauvais pas quelconque, et la vérité peut te boucher certaines issues. C'est une leçon que Richard m'a fait rentrer dans la tête, je peux te l'affirmer. Bien ! conclut-elle en se levant. Allons voir l'endroit où tu vas dormir.

Je la suivis jusqu'à la seconde chambre, et elle appuya sur le commutateur. Une lumière jaunâtre et morne s'échappa du plafonnier crasseux.

— Ce sera ta chambre, annonça maman. Nous n'avons qu'une salle de bains, alors tâche de ne pas l'accaparer. Tu pourras m'aider pour le ménage, c'est trop lourd pour une femme qui travaille dehors. Surtout quand on doit toujours être en beauté, prête à se présenter à une audition sur un simple appel. C'est pour ça que c'est un peu en désordre pour l'instant, s'excusa-t-elle.

Mais elle n'avait jamais été une bonne maîtresse de maison, je m'en souvenais très bien. Dans notre caravane, à Sewell, c'était mon beau-père Chester et moi qui faisions le plus gros du ménage.

J'examinai l'espace étroit qui allait être mon chez-moi. Les murs d'un rose déteint étaient zébrés d'égratignures et tout écaillés. Même la modeste chambre d'amis de Fanny, à New York, était plus accueillante que cette pièce poussiéreuse, avec son lit couvert de vêtements, de cartons bourrés de dossiers, de vieilles revues de cinéma et de piles de lettres à en-tête. Le tapis élimé s'éraillait par endroits ; les rideaux des deux fenêtres pendaient mollement, alourdis de poussière et décolorés par le soleil. Et de grandes toiles d'araignée festonnaient les coins du plafond.

Dans l'un des angles, je remarquai une pile de boîtes plates qui ressemblaient à des attachés-cases.

— Il faudra que tu nettoies un peu, observa maman ; mais surtout, ne perds rien.

— Qu'est-ce qu'il y a là dans le coin ?

— Oh, ça ? N'y touche pas, surtout. Ce sont les montres de Richard. Des montres anciennes, qu'il revend pour arrondir ses revenus. Un de ses amis l'a introduit dans la filière, et il a déjà gagné pas mal d'argent avec ça.

— Il vend des montres ? Je croyais qu'il était l'agent artistique d'une demi-douzaine de personnes.

— Tous ceux qui s'efforcent de percer dans le show-biz ont besoin de revenus parallèles, Melody. La plupart des gens qui vivent ici sont serveurs, vendeurs, gardiens de parking ou même livreurs d'épicerie. Tout est bon pour faire bouillir la marmite, en attendant de gagner le gros lot.

— Je sais. Le chauffeur de Dorothy est acteur. Il m'a dit qu'il avait joué dans quelques films.

L'intérêt de maman s'éveilla.

— Comment s'appelle-t-il ? s'informa-t-elle vivement.

— Spike. J'ai oublié son nom de famille.

— Spike ! répéta-t-elle avec un petit rire moqueur. Je connais au moins une dizaine de Spike !

Au bruit de la porte qui s'ouvrait, nous nous retournâmes toutes les deux : Archie Marlin entra. Dès qu'il m'aperçut, son visage crayeux vira au rouge sous l'effet de la surprise, puis de la colère.

Claquant brutalement la porte, il se campa devant nous, mains aux hanches et cigarette au coin de la lèvre.

— Par exemple ! Comment est-elle arrivée là ? vociféra-t-il, arrachant sa cigarette de sa bouche pour la pointer sur moi. Tu l'as prévenue derrière mon dos, hein ?

— Non, Richard. Une de ses amies de Sewell a vu ma photo dans *En Vogue* et lui a envoyé le catalogue. Melody l'a montré à quelqu'un qui travaille dans la publicité, il a fait des recherches et elle est venue d'elle-même à Los Angeles.

Avec une moue de dégoût prononcé, Archie-Richard écarta les bras d'un geste théâtral.

— Ça c'est le bouquet ! Il ne nous manquait plus que ça : ta fille.

— Mais personne ne sait qu'elle m'a retrouvée, n'est-ce pas, chérie ?

Je secouai la tête sans mot dire.

— Encore une chance. Qu'est-ce qu'on va faire d'elle, maintenant ? ricana-t-il, comme s'il parlait d'un petit chien qu'il aurait trouvé sur le paillasson. Et juste quand j'avais persuadé toute la production que tu étais assez jeune pour les rôles qu'ils offrent.

— Ce ne sera pas un problème, Richard. Nous avons déjà la solution.

Il se laissa tomber dans le fauteuil, éparpillant des cendres sur son pantalon et sur les coussins. Ce dont il ne parut même pas s'apercevoir, d'ailleurs.

— Ah oui ? Comment ça ?

— Sandy a cru que c'était ma petite sœur. Tu te souviens de l'histoire que tu m'avais dit de répandre ? Ma sœur qui était restée dans le Midwest ? insista maman. Tu te souviens bien ?

Pas étonnant qu'ils aient du mal à se retrouver dans leurs mensonges, pensai-je en les observant. Ils avaient dû en semer une quantité impressionnante, entre la Virginie-Occidentale et la Californie !

— Mmoui, je me souviens. Et alors ?

— Tu ne vois pas ? (Maman se retourna vers moi.) Melody est venue me rejoindre, pour chercher à faire carrière dans le spectacle, comme moi.

Richard se pencha en avant, le cou tendu. Dans le regard qu'il posa sur moi, je vis luire une soudaine lueur d'intérêt.

— Une jeune sœur qui cherche à faire carrière, hein ? Approche un peu, toi, que je te voie mieux.

— Vas-y, mon chou, m'encouragea maman, tout sourires. Richard ne mord pas.

Je fis quelques pas vers lui et il leva sur moi ses yeux verts au regard salace, si appuyé que j'eus l'impression d'être nue. Un rictus retroussa ses lèvres humides.

— Oui, oui, oui... c'est devenu un beau petit lot, pas vrai ? Quel âge as-tu, déjà ? Aucune importance. À partir d'aujourd'hui, tu as vingt et un ans, compris ?

— Vingt et un ? (Je regardai maman, mais elle ne fit qu'approuver de la tête, et je me retournai vers Richard.) Personne ne croira jamais ça !

— Bien sûr que si, on le croira. D'ailleurs personne ne se soucie de savoir qui ment ou pas, ici, c'est ça qui compte. Oui, oui, oui, répéta-t-il avec une œillade lascive qui traversa littéralement mes vêtements. Je crois que je pourrais te trouver un travail.

— J'aimerais mieux m'en occuper moi-même, répliquai-je.

Il se redressa, brusquement raidi.

— Tu as de l'argent sur toi ?

— Oui. Grandma Olivia m'en a donné pour le voyage.

— Ça n'ira pas loin. Tout coûte cher, ici. Le loyer, la nourriture, les déplacements... tout. Si tu veux rester avec nous, il faudra payer ton écot. D'accord, Gina ?

Je battis des paupières, interloquée. Pendant un moment, j'avais oublié le pseudonyme que maman s'était choisi. Puis, la mémoire me revint.

— Il a raison, Melody. Tu es assez grande pour te débrouiller seule, maintenant. D'ailleurs, Richard pourrait t'aider à faire une carrière de star, toi aussi.

— Je pourrais, admit-il avec complaisance. Je l'ai toujours trouvée jolie, et c'est normal : c'est ta fille.

Il sourit à maman, qui s'épanouit comme une fleur au soleil, et reprit à mon intention :

— Tu as vu la photo de ta mère dans *En Vogue*, n'est-ce pas ? Eh bien, c'est moi qui lui ai trouvé ce travail, et nous en avons retiré une somme rondelette. Pas vrai, Gina ?

— Si, Richard. C'est bien vrai.

— Évidemment, nous avons tout dépensé, mais je lui ai trouvé un autre emploi hier. Je viens juste d'enlever l'affaire, chérie.

Maman poussa un cri aigu de ravissement.

— Oh, c'est fantastique ! Tu vois, Melody ? Je suis lancée ! Et c'est quoi, comme travail, Richard ?

— Tu présentes un nouveau parfum au Beverly Center, et ensuite tu sers de mannequin pour les démonstrations de maquillage, annonça-t-il.

Le sourire de maman resta plaqué sur ses lèvres, mais il perdit tout son éclat.

— Et ce fameux rôle dans un film, Richard ? demanda-t-elle d'une voix éteinte.

— On verra. Ils pensent toujours à toi, en fait. Ils devraient te rappeler demain.

Le sourire de maman retrouva sa chaleur.

— Bon, j'aime mieux ça. Maintenant, il serait temps que Melody aille chercher ses affaires.

— Ah oui. Et où es-tu descendue ? me demanda-t-il.

— Chez la sœur d'une amie, à Beverly Hills.

— Beverly Hills ? Tiens, tiens, tiens ! Mais c'est qu'on se pousse dans le monde ! s'esclaffa bruyamment Richard. Tu es sûre de vouloir t'abaisser à venir vivre ici, avec le commun des mortels ?

— J'allais partir demain, de toute façon. Mme Livingston a simplement voulu obliger sa sœur en me rendant service.

— Entendu. Je t'emmène chercher tes affaires. J'adore me balader à Beverly Hills, ça me donne une chance de choisir la maison que j'habiterai un jour.

— Oh, c'est si gentil, Richard ! s'extasia maman. Tu vois, ma chérie ? Tout ira bien tant que tu feras ce qu'on te dit, n'est-ce pas, Richard ?

— Exactement, souligna-t-il en dardant sur moi un

regard menaçant. Tant que tu sauras qui commande ici et que tu obéiras sans discuter.

— Il sait ce qui est le mieux pour nous, Melody.

Mon regard passa de maman à Richard, à ses yeux luisants d'autosatisfaction, et je me souvins des paroles de Christina. Maman avait besoin de moi, en ce moment plus que jamais. Je ne savais pas quand ni comment mais, je me le jurai, je la délivrerais de l'emprise qu'exerçait sur elle ce répugnant personnage.

Comme s'il avait senti le défi que je venais de lui lancer, il se leva et pointa le menton vers la porte.

— Allons-y. J'ai des choses importantes à faire.

— Merci, Richard, murmura humblement maman. C'est très gentil à toi.

Il haussa les épaules.

— Tant qu'elle paiera honnêtement sa part, ça ira. Mais si jamais elle oubliait qu'elle est ta sœur et non ta fille…

— Elle n'oubliera pas. À bientôt, Sis! pouffa maman.

Richard m'observait, assez tendu à présent.

— Alors? J'attends ta réponse?

La mimique de maman me suppliait de le satisfaire.

— À bientôt… Gina, proférai-je avec effort.

Les mots avaient failli me rester dans la gorge. Mais Richard Marlin rugit de rire, ouvrit la porte et s'effaça devant moi.

— Mademoiselle Simon, susurra-t-il en plongeant dans une révérence exagérée, si nous allions chercher vos bagages?

Je passai devant lui, le cœur battant mais l'échine aussi raide que celle de Grandma Olivia, quand elle relevait un défi. Peut-être avait-elle raison, finalement. Peut-être lui ressemblais-je beaucoup plus que je n'étais prête à l'admettre.

*
* *

— Alors, comment ça va depuis que nous t'avons laissée au Cap ? demanda Richard en quittant le parking.

Il n'avait plus la même voiture. Celle-ci était plus vieille, rayée, toute cabossée, avec une grande fissure dans la lunette arrière. Et à l'avant, une belle déchirure sur le siège du passager.

— Tu as plutôt bonne mine, observa-t-il en me coulant un regard en coin. Apparemment, ils ne t'ont pas fait travailler trop dur et t'ont bien nourrie.

— J'ai réussi à m'entendre avec eux.

Il éclata d'un gros rire goguenard.

— Je parie que ça te plaisait de vivre avec ces ramasseurs de palourdes !

— Ce ne sont pas des ramasseurs de palourdes. Ce sont des pêcheurs de homards, et ils récoltent aussi des airelles. La pêche est un travail très dur. Il faut connaître la mer, et...

— Ça va, ça va ! C'est sûrement génial, quand on aime se lever avec les poules et se casser les reins chaque jour que Dieu fait. Mais ce n'est pas pour Richard Marlin, se vanta-t-il en bombant le torse. Je veux mener la grande vie, moi, et ça ne va pas traîner. Je m'en tire déjà pas si mal, ici. Mieux que tout un tas d'autres, en tout cas.

Ça, c'était sa version. D'après ce que je voyais, il vivait nettement mieux quand il était barman à Sewell.

— Qu'est-il arrivé à votre voiture ? m'enquis-je innocemment. Elle était bien mieux que celle-ci !

— Quoi ? Oh... je ne tiens pas à me ruiner pour conduire en ville. Les gens n'arrêtent pas de vous rentrer dedans, et quand on a une voiture trop luxueuse, on vous la vole pour revendre les pièces détachées. Des tas de grands acteurs et de producteurs circulent dans des vieilles guimbardes comme celle-ci, affirma-t-il. Comme ça, on ne les reconnaît pas. Dès qu'on est reconnu comme agent ou impresario, les gens s'accrochent à vos basques pour que vous les preniez comme clients.

Je manifestai clairement mon incrédulité.

— Vous avez peur d'avoir trop de clients ?

— Pour l'instant, j'en ai plus qu'il ne m'en faut. Nous sommes sur le point de réussir, ta mère et moi. Tu es sûre de vouloir rester avec nous, au moins ? Décide-toi vite, nous n'avons pas le temps de faire du baby-sitting. Los Angeles est un endroit pour adultes responsables, capables d'affronter les réalités de la vie.

— Ah bon ? D'après ce que j'ai pu voir, on dirait plutôt le pays du faux-semblant, ou une espèce de bac à sable géant.

Richard me jeta un regard de côté, à la fois perplexe et amusé.

— Peut-être que tu trouveras ta place ici, finalement.

Nous arrivions près de la résidence des Livingston, et Richard siffla entre ses dents.

— Bigre ! s'exclama-t-il en remontant l'allée. Qu'est-ce qu'il te prend de vouloir quitter un endroit pareil ? Tu ne pouvais pas attendre qu'ils te jettent dehors ?

— C'est à cause de la profession de M. Livingston, répondis-je, évasive.

Et comme il mettait déjà un pied dehors, j'ajoutai :

— Je crois que vous feriez mieux de rester dans la voiture.

— Et ça veut dire quoi, ça ? Je te fais honte, peut-être ? Tu es trop distinguée pour te montrer avec moi ? Tu crois que ces gens-là valent mieux que moi ?

— Non, mais si Dorothy Livingston vous voit, elle pourrait vous décrire à sa sœur, qui pourrait parler de vous à des gens de Provincetown. Des gens suffisamment furieux contre vous pour avertir la police de ce que vous avez fait, maman et vous. On a enterré une inconnue dans la concession familiale des Logan, et Olivia Logan n'est pas femme à laisser passer ça. Elle a des amis très haut placés. Elle pourrait même mettre le F.B.I. à vos trousses, conclus-je pour faire bonne mesure.

L'argument porta. Le pseudo-Richard contempla pensivement la maison puis retomba sur son siège.

— Ouais, bien vu. Tu as la tête sur les épaules, toi, au moins. Tant mieux. J'en ai assez d'être celui qui pense pour tout le monde. Vas-y, et fais vite, m'ordonna-t-il rudement. J'ai des choses à faire.

Je sortis dans la même seconde et hâtai le pas vers l'entrée principale. J'avais à peine pressé le bouton de la sonnette qu'Alec ouvrait la porte. Il jeta un regard à la voiture et s'effaça devant moi, arborant sa grimace de désapprobation coutumière.

Dorothy et Philip apparurent dans le hall, venant tous deux du studio. Alec referma la porte et, tandis qu'ils s'approchaient de moi, se retira sans un mot.

— Que s'est-il passé ? demanda vivement Dorothy. Je me suis fait un sang d'encre, et Philip aussi.

Philip, inquiet ? Un bref regard dans sa direction me fit comprendre que, s'il était soucieux, c'était surtout pour sa précieuse réputation. Je me souvins des conseils de maman, à propos de la vérité, et je décidai qu'elle avait tort. Je n'allais pas me laisser entortiller dans leurs écheveaux de mensonges.

— Je l'ai revue et je vais habiter chez elle, annonçai-je précipitamment. Elle a besoin de moi.

Les traits de Philip trahirent un étonnement non simulé.

— Vous voulez dire qu'elle a reconnu sa véritable identité ?

— Oui.

— Mais pourquoi a-t-elle fait une chose aussi horrible ? gémit Dorothy. Comment a-t-elle pu refuser de reconnaître sa propre fille ?

— Elle avait ses raisons, mais tout est éclairci, à présent. Je suis juste revenue chercher mes affaires.

J'étais déjà dans l'escalier quand Dorothy s'écria :

— Tu es sûre que tout ira bien, au moins ?
— Je crois qu'elle sait très bien ce qu'elle fait, Dorothy, intervint sévèrement Philip. Elle est assez grande.
— Non, elle ne l'est pas. C'est encore une...
— Dorothy !

Elle se mordit la lèvre et me suivit des yeux jusqu'au palier. Je me ruai dans ma chambre et me hâtai de rassembler mes vêtements. La robe noire était toujours dans sa boîte, et je décidai de la laisser. Dorothy serait bien forcée d'aller la rendre.

— Je ne la rendrai pas, dit-elle au même instant derrière moi, comme si elle avait lu dans mes pensées. (Je me retournai, pour la voir campée sur le seuil.) Tu ferais aussi bien de l'emporter, Melody. Sinon, elle va prendre la poussière dans la penderie, et c'est tout.

— Je ne voudrais pas paraître ingrate, Dorothy. Vous avez été merveilleuse avec moi, très bonne, très généreuse, mais...

— Pas de mais, ni de si ni de peut-être. Je tiens seulement à te dire que je te souhaite le meilleur de la vie, Melody. Tu es une jeune fille délicieuse. En fait...

Elle s'avança dans la chambre et se laissa tomber sur le lit.

— Je voudrais pouvoir faire quelque chose de significatif pour ma sœur, mais elle et moi n'avons jamais eu... la même vision des choses. Oh, nous nous aimons autant que deux sœurs peuvent s'aimer, j'imagine. Mais Fanny croit que je n'ai aucun but dans la vie, à part satisfaire mes désirs.

« Elle ne sait pas qui je suis, ajouta-t-elle, les larmes aux yeux. Moi aussi j'ai ma croix à porter.

Je lui souris avec sympathie.

— Je suis sûre que Fanny sait cela, Dorothy. Vous comptez beaucoup pour elle, et elle pense beaucoup de bien de vous. Elle m'a dit que vous seriez très gentille pour moi, et elle avait raison. Merci beaucoup.

Je pris la boîte et elle me rendit mon sourire.

— Bonne chance, mon chou. Et surtout, surtout n'hésite pas à m'appeler si tu as besoin de quelqu'un. Ne t'inquiète pas pour Philip. Il ne peut pas s'empêcher de grogner, mais il finit toujours par faire ce qu'il faut.

Je fis signe que j'avais compris et elle me serra dans ses bras.

— J'aurais voulu avoir une fille comme toi, tu sais ? Je voudrais tant avoir quelqu'un d'autre à la maison, quelqu'un qui ait besoin de moi ! Philip n'a jamais besoin de personne, lui. C'est pourtant si bon de se sentir nécessaire, d'être utile, de pouvoir aider quelqu'un au bon moment.

— Je sais. C'est pour ça que je veux être près de ma mère.

— Elle a beaucoup de chance ! soupira-t-elle. Je suis sûre qu'elle ne te mérite pas.

Elle me suivit dans l'escalier, puis dans le hall, et une fois devant la porte nous échangeâmes une étreinte affectueuse. Philip n'était nulle part en vue. Ce n'était pas le genre d'homme à aimer les adieux, pour ce que j'en savais. Demain, il aurait oublié jusqu'à mes traits.

Je courus jusqu'à la voiture, et ne me retournai qu'une fois pour faire signe à Dorothy. Elle répondit à mon geste, garda un moment la main à hauteur de l'épaule, puis referma doucement la porte. La solitude n'avait rien à voir avec la richesse ou le bien-être, méditai-je. En telle matière, ce n'était pas l'argent qui décidait : c'était le cœur.

Quand je montai dans la voiture, le premier regard de Richard fut pour la boîte.

— Qu'est-ce que tu as là ? Un cadeau d'adieu ?

— Mme Livingston a été très généreuse envers moi. Elle m'a acheté quelques vêtements.

Richard loucha sur la boîte et nota l'adresse du magasin.

— Bigre ! Ce n'est pas n'importe quelle boutique de

Beverly Hills ! Drôlement classe ! s'exclama-t-il en démarrant. C'est quoi, au juste ?

— Une robe du soir.

— Ah bon ? Maintenant tu ne vas plus avoir besoin de trucs aussi chers, je suppose ?

— Elle tenait à me l'offrir, répliquai-je sèchement.

Il quitta l'allée pour la route et tourna la tête de mon côté.

— J'ai des relations qui t'échangeraient une robe comme ça contre un bon petit paquet de liquide, ce qui nous serait bien utile. Surtout si elle n'a pas été portée. Tu as laissé les étiquettes ?

— Oui.

— Parfait.

— Je ne veux pas vendre cette robe, ripostai-je. C'est un cadeau, j'y tiens beaucoup.

— Pas possible ? Tu te crois millionnaire ? Qui va payer nos six premiers mois de loyer ? Toi, peut-être ? Et l'épicerie, les notes de gaz et d'électricité ? Et l'assurance de ma voiture ? C'est moi qui vous trimbale à travers la ville pour vos auditions et vos petits boulots, vous, les filles ! Ça coûte de l'essence, des frais d'entretien.

« Tout est cher, ici, se lamenta Richard. Si tu veux ta chance, il faut payer ta part. Combien t'a donné la vieille dame de Provincetown, pour ton voyage ?

— Elle a acheté mes billets et m'a donné... cinq cents dollars, annonçai-je prudemment.

En fait, c'étaient deux mille, mais j'avais déjà compris où Richard voulait en venir.

— Eh bien, où est cet argent ?

— J'ai pratiquement tout dépensé ici.

— Et il reste combien ?

— Cent dollars.

— C'est tout ? Très bien, passe-m'en soixante-quinze et garde le reste comme argent de poche, ordonna-t-il. Comme ça, je ne serai pas obligé de te renflouer toutes les cinq minutes. Allez, donne-moi ça tout de suite. J'en aurai besoin pour te chercher un travail.

J'ouvris mon sac et lui remis les soixante-quinze dollars, sans lui laisser voir combien il me restait réellement. Il prit les billets et les fourra dans sa poche, sans un mot de remerciement.

— C'est bon, je te trouverai du travail, dit-il simplement.

Je me blottis dans l'angle de la banquette et, le nez à la fenêtre, je regardai Beverly Hills disparaître derrière nous.

— Voilà ma maison! clama soudain Richard en désignant une demeure de style classique, avec sa galerie à colonnes grecques. Ce n'est qu'une question de temps, fanfaronna-t-il. Quelques années, tout au plus.

Quelques siècles, rectifiai-je pour moi-même, en me gardant bien d'exprimer ma pensée tout haut. Silencieusement, je renouvelai mon serment. Je ne savais pas encore comment, mais je devais tirer maman de tout ce gâchis. Et je n'avais pas l'intention d'attendre longtemps.

Dès que nous arrivâmes à l'appartement, Richard parla à maman de ma robe du soir et du prix qu'il pourrait en tirer. Mais quand elle la vit, elle voulut l'essayer tout de suite, et je dus m'avouer qu'elle avait une allure folle. Elle supplia et cajola Richard pour qu'il nous laisse garder cette merveille.

— Je vais avoir un travail pour lequel j'aurai besoin de ce genre de robe, n'est-ce pas? demanda-t-elle en pirouettant devant le miroir. Comme ça, pas besoin de louer quelque chose pour l'occasion, j'aurai ce qu'il faut. Et toutes ces soirées où tu m'as promis de m'emmener bientôt? Tu ne voudrais pas que je te fasse honte, quand même? Je t'en prie, laisse-nous la garder, implora-t-elle.

À coups d'arguments, je volai à son secours.

— Les gens seront impressionnés de voir maman

porter quelque chose d'aussi cher, et la toilette compte beaucoup dans ce métier, non ?

Richard me foudroya du regard.

— Qu'est-ce que tu y connais, d'abord ?

— J'ai rencontré un acteur, qui m'a expliqué comment ça se passe dans le show-biz.

— Tu as rencontré un acteur, voyez-vous ça ! Tu es bien avancée.

— Mais elle a raison, Richard, plaida maman. Tu m'as dit la même chose. C'est bien pour ça qu'il te fallait tant d'argent pour t'acheter des costumes, n'est-ce pas ?

Il s'agita dans son fauteuil.

— Nous pourrions tirer une jolie somme de cette robe, Gina.

— Maman a du travail, me rebiffai-je. Et vous avez dit que vous alliez m'en trouver.

De fureur, Richard devint aussi rouge que ses cheveux.

— Tu continues à l'appeler maman ! Tu vas mettre les pieds dans le plat devant tout le monde, c'est sûr et certain.

— Non, pas devant les gens. Je ferai attention.

— Tu devrais commencer à m'appeler Gina ou Sis quand nous sommes seules, Melody, me conseilla maman. Juste pour t'habituer.

— D'accord, je vais le faire. Tu es ravissante dans cette robe, Gina, dis-je à titre d'exercice.

Et la mine allongée de Richard, qui voyait s'éloigner l'argent de ma robe, me procura un plaisir délectable.

Maman reprit ses supplications.

— S'il te plaît, Richard... Il y a si longtemps que j'attends de m'acheter quelque chose d'aussi joli.

— Ça va, ça va, concéda-t-il. Pour une fois, je veux bien changer d'avis, mais la prochaine fois que je déciderai quelque chose...

— Nous t'obéirons, Richard. C'est promis.

Il fit la grimace, me jeta un regard soupçonneux et alla s'installer devant la télévision, tandis que maman et moi passions dans ma chambre. Maman était encore sous le charme de la robe.

— Les Livingston doivent être fabuleusement riches, Melody. Tu te rends compte, des cadeaux pareils ! Mais bientôt je pourrai m'acheter de jolies choses, moi aussi. Je me ferai conduire dans ma Rolls à Beverly Hills et j'entrerai dans les boutiques les plus chères, tu verras.

Elle, en tout cas, s'y voyait déjà. Elle arpentait ma misérable chambre comme si elle paradait dans une maison de couture. Je m'assis sur le lit et la regardai jouer son rôle puéril.

— Les vendeuses accourront pour m'offrir leurs services, toutes plus pressées les unes que les autres de me montrer les dernières créations.

Elle s'arrêta, comme si elle venait de remarquer une robe, et reprit en minaudant :

— Oui, celle-ci pourrait aller. Mais que vois-je ? Cinq mille dollars, seulement ! Elle est en solde, ou quoi ?

Elle éclata de rire et pivota une dernière fois pour s'admirer dans ma robe.

— Quelle merveille ! soupira-t-elle en me couvant d'un regard éloquent. Et dire qu'elle est à toi...

— Non, maman. Elle est à toi. Je tiens à te la donner.

— C'est vrai ? Oh, merci, ma chérie ! Mais, s'il te plaît, ajouta-t-elle en baissant la voix, un œil sur la porte de communication, essaie de m'appeler Sis ou Gina, surtout quand il est là.

J'acquiesçai en silence et elle me serra furtivement contre elle, avant d'aller rejoindre Richard.

Cette première nuit dans leur appartement me causa une impression bizarre. Cela me rappelait tellement notre voyage de Sewell au Cap Cod, et les nuits dans ces motels sinistres où je dormais tout près d'eux, comme ce soir. En ces moments-là, je ne pouvais que penser à mon beau-père, et m'étonner. Comment maman pouvait-elle, si peu de temps après la mort de mon beau-père, serrer un autre homme dans ses bras ? Peut-être avait-elle peur de la solitude, si peur qu'elle s'accrochait à n'importe quel homme pour y échapper, même à un Archie Marlin. Il avait su profiter de sa vulnérabilité, en remplaçant ses craintes par des chimères. Avait-elle été, en ces heures terribles, accablée de chagrin au point de ne pouvoir s'en rendre compte ? Mais maintenant ? Quelle excuse avait-elle pour le laisser régir sa vie ?

Je me sentais bien seule et bien faible moi-même, dans cette minable petite chambre. Si maman n'avait toujours pas compris quelle sorte d'homme était Archie Marlin, comment allais-je m'y prendre pour lui ouvrir les yeux, à présent ? Il ne cessait de lui promettre une vie fascinante, le succès, la fortune et la respectabilité. Que pouvais-je mettre en balance avec tout cela ? Rien, sinon la vérité. Et pour maman, la vérité était une pilule trop amère à avaler.

Si impossibles et mensongers qu'ils fussent, les rêves étaient tout ce qu'elle aurait, comme tant d'autres à Los Angeles. Mais au moins, je l'avais trouvée, me rassurai-je. Et au moins, maintenant, il y avait une chance.

Je me levai la première, le lendemain matin. Je fis du café, beurrai quelques tranches de pain rassis et dus m'en tenir là : ils n'avaient rien d'autre. Néanmoins, l'arôme du café frais les attira hors de la chambre.

— Ah, voilà qui est mieux ! approuva Richard. D'habitude, il faut que j'aille prendre un café dehors. Ta sœur est trop vaseuse le matin pour mettre de l'eau à bouillir.

— Oh, Richard !

— Eh bien quoi ? s'esclaffa-t-il. Elle te connaît, je ne lui apprends rien.

— Nous avons besoin de quelques provisions, observai-je.

Il fronça les sourcils.

— Et alors ? Il te reste quelques billets, non ? P[en]dant que nous irons au centre commercial pour le j[our] de ta sœur, tu pourras faire quelques courses.

Je ne répondis rien, mais c'était bien mon inten[-]tion.

— Quand on sera partis, tu nettoieras notre chambre, m'ordonna-t-il. J'en ai marre de vivre dans une porcherie. Et jusqu'à ce que tu ramènes de l'argent à la maison, ce sera comme ça.

— Je vous ai déjà donné de l'argent, rappelez-vous.

Il rougit jusqu'aux oreilles, et maman demanda aussitôt :

— Quel argent ?

— Juste un peu de son argent de poche, pas grand-chose, mais j'en ai besoin pour toi. Pour te trimbaler partout et te trouver du travail, tu es bien d'accord ? Eh bien ? J'en ai besoin oui ou non ?

— Oui, je suppose que oui, s'empressa-t-elle d'admettre.

Apparemment, il pouvait lui faire dire, et même croire, absolument tout ce qu'il voulait.

Ils prirent leur café, grignotèrent quelques toasts et allèrent s'habiller. Je n'étais pas fâchée de les voir partir. Une fois seule, j'appelai Fanny, lui dis où je me trouvais et lui racontai tout ce qui s'était passé.

— Alors tu as décidé de rester, si je comprends bien ?

— Oui.

Je me gardai bien d'évoquer l'empressement de Philip à se débarrasser de moi. Je dis simplement à Fanny combien sa sœur m'avait semblé triste.

— Et tous les achats qu'elle fait n'y changent rien, ajoutai-je. Ce n'est pas ça qui remplira le vide.

— Je sais. Nous avons déjà parlé de ça ensemble. Peut-être que je vais faire un saut chez elle, un de ces jours.

— J'espère que tu pourras, Fanny. Tu lui manques.

bien de toi ! Tu ne penses qu'à aider les [...] s que ton propre avenir est si incertain. Ne [...] pas de fardeaux trop lourds pour toi, ma [...] appelle-moi si tu as besoin de moi.

[...] st promis. Merci, Fanny.

[...]que j'eus raccroché, j'appelai Cary, en souhaitant [...]tes mes forces qu'il fût à la maison. Il n'y était pas, [...] tante Sarah n'attendait qu'une occasion de parler.

— Jacob va très mal, m'apprit-elle. Son état a encore [em]piré. En plus de ça, je me fais du souci pour Cary, [m]aintenant. C'est à peine s'il a le temps de se reposer, entre la pêche, la vente du poisson et les visites à l'hôpital. J'allais justement y aller moi-même.

— Je suis désolée d'apprendre tout ça, tante Sarah. Je voudrais être là pour t'aider.

— Tu vas bien, au moins ? s'inquiéta-t-elle. Excuse-moi, ma chérie, je ne t'ai même pas demandé si tes recherches aboutissaient.

— Ce n'est pas grave, tu as bien assez de soucis toi-même. Donne mon numéro à Cary, s'il te plaît, mais qu'il m'appelle seulement s'il a un moment de libre. Il n'y a rien d'urgent.

— J'ai bien peur que si, répondit-elle d'une petite voix désolée. Nous essayons tous d'être forts pour soutenir Jacob, mais cela devient vraiment difficile de garder courage.

Je l'entendis étouffer un sanglot puis, balbutiant une excuse à peine audible, elle raccrocha. Je m'en voulais à mort d'être aussi loin d'eux quand tout allait si mal. Je me sentais littéralement écartelée. Maman aussi avait besoin de moi, mais selon toute évidence, elle avait choisi son sort. Cary, tante Sarah et May, eux, n'avaient pas le choix.

Où était ma véritable place, dans tout ça ? Mon foyer, ma vraie famille ?

Il me semblait l'avoir cherchée depuis toujours. Et maintenant que je croyais l'avoir enfin trouvée...

8

Une étoile se lève

Sitôt habillée, je descendis et demandai à un homme à tout faire qui travaillait dehors de m'indiquer l'épicerie la plus proche. Il parlait un anglais mitigé d'espagnol, mais je parvins à communiquer avec lui ; je n'avais pas tout à fait oublié les cours d'espagnol du collège. Le supermarché se trouvait trois pâtés de maisons plus loin. Quand j'y arrivai, la bonne mine des produits me tenta et j'en aurais volontiers rempli mon chariot. Mais il faisait déjà chaud et moite, seuls quelques rares petits nuages dérivaient mollement à l'horizon. Un temps parfait pour une promenade, sans doute ; mais sûrement pas pour parcourir une longue distance les bras chargés de provisions.

Au moment où je passais à la caisse, un beau garçon brun en train d'ôter sa blouse de travail me jeta un regard appuyé. Je venais de sortir, soutenant avec précaution mes deux sacs en papier, quand une voix lança derrière moi :

— Vous auriez bien besoin d'une main supplémentaire, on dirait !

Je me retournai, pour voir le beau jeune homme du magasin. Ses cheveux bruns prenaient des reflets cuivrés dans le soleil, et ses longs yeux noisette me souriaient. Bien qu'il fût remarquablement mince et souple de silhouette, il avait un visage énergique, et en particulier une bouche au dessin ferme et viril.

— Je peux porter un de ces sacs pour vous, proposa-t-il.

Et, devant mon hésitation, il ajouta :

— N'ayez pas peur, je ne vous volerai pas vos provisions.

— Comment savez-vous où je vais ?

— Aux Jardins d'Égypte, non ? Je vous y ai vue, hier. J'étais à la piscine quand vous êtes passée. C'est là que j'habite, moi aussi. Comme je rentrais justement chez moi, nous allons du même côté. Ah ! Les feux changent.

— Pardon ?

— C'est à nous de passer, dépêchons-nous. Ce feu vert est un des plus brefs de Los Angeles.

Il me prit par le coude et nous traversâmes rapidement, sans échanger un mot jusqu'à ce que nous ayons atteint l'autre trottoir.

— Je ne vous blâme pas d'hésiter à accepter mon offre, observa-t-il avec son sourire taquin. Moi non plus je ne confie pas mes provisions aux étrangers. Des inconnues n'arrêtent pas de me proposer leur aide pour porter mes sacs.

— Très drôle.

— Je m'appelle Mel Jensen, et vous ?

— Melody... Simon.

— Et voilà. Nous ne sommes plus des inconnus l'un pour l'autre, s'égaya-t-il. J'ai le droit de porter vos sacs.

— Le fait d'avoir échangé nos noms ne signifie pas grand-chose. Nous ne nous connaissons pas plus pour ça.

— Vous avez raison, admit-il, reprenant brusquement son sérieux. D'ailleurs, ici, on ne sait jamais si les gens vous donnent leur nom véritable.

Je me sentis devenir cramoisie, mais heureusement pour moi il regardait devant lui et ne remarqua rien.

— Mais moi, c'est mon vrai nom, reprit-il, et j'ai l'intention de le rendre célèbre dans tous les foyers et chaumières.

— Qu'est-ce que vous vendez ?

Il éclata de rire et la lueur espiègle reparut dans ses yeux, plus vive que jamais. Puis, voyant que je ne plaisantais pas, il cessa de rire.

— Vous êtes sérieuse ? Vous m'avez vraiment pris pour un commerçant ?

— Vous avez parlé de foyers et de chaumières, j'ai cru comprendre...

Il me dévisagea, brusquement soupçonneux.

— Que faites-vous à Los Angeles, exactement ?

— Je suis venue rendre visite à ma sœur.

— Votre sœur ? (Il réfléchit un instant, le front plissé.) Simon... oh, vous êtes la sœur de Gina Simon ?

— Oui.

Je n'avais jamais su mentir, et je doutais fort de parvenir à donner le change aux gens, comme le souhaitaient Archie Marlin et maman. J'étais sûre qu'ils percevraient mon hésitation et, rien qu'au son de ma voix, devineraient que je mentais. Mais si Mel Jensen soupçonna ma petite feinte, il n'en montra rien.

— Bien sûr, observa-t-il en hochant la tête, il y a un air de famille très net. Je suppose que vous voulez devenir actrice ou mannequin, vous aussi ?

— Pas vraiment, mais l'impresario de ma sœur pense que c'est possible. Il dit qu'il va profiter de mon séjour pour me chercher un emploi dans le métier.

— N'importe quoi peut arriver, ici, vous savez. Le portier des Quatre Saisons a décroché un bout d'essai dans une présérie pour la télévision. Le projet a été retenu, et on lui a donné un rôle récurrent dans la série. Maintenant, c'est un acteur qui va aux Quatre Saisons en Mercedes et devant qui on ouvre les portes.

Je sentis ma curiosité s'éveiller.

— Vous êtes acteur, vous aussi ?

— Non, je suis danseur, joueur de jazz, interprète... ce genre de choses. Si on faisait toujours des comédies musicales comme au temps de Gene Kelly et de Fred

Astaire, j'aurais des rôles, affirma-t-il. Quant à ce travail au supermarché, c'est juste pour avoir un toit sur la tête en attendant. Je partage un appartement avec deux copains, qui sont acteurs tous les deux. Vous êtes du Midwest, si j'ai bien compris ?

J'ignorais quels mensonges avaient pu répandre Archie et ma mère à leur propos, et j'eus un frisson d'appréhension.

— Oui, répondis-je un peu trop vite, en espérant qu'il ne me demande pas plus de détails.

— Moi, je suis de Portland.

Nous arrivions aux Jardins d'Égypte, et je m'arrêtai pour reprendre mon deuxième sac de provisions.

— Ce n'est pas la peine, je peux très bien le monter jusque chez vous. J'ai tout mon temps. J'ai une audition demain matin, et après ça je vais tourner dans l'appartement comme un ours en cage en attendant un coup de fil, plaisanta Mel.

Nous nous engageâmes dans l'allée qui menait à l'immeuble de maman, et il reprit en riant de lui-même :

— Vous devriez nous voir, tous les trois, quand nous avons un projet en cours et que le téléphone sonne ! C'est une vraie mêlée. Nous avons eu pas mal de déboires ces temps-ci, toute la bande, mais ma chance va tourner. Je le sens.

— Je l'espère, Mel.

— Merci. Vous voyez que nous ne sommes plus des inconnus : vous me souhaitez déjà bonne chance.

Il monta dans l'ascenseur avec moi et m'accompagna jusqu'à la porte de l'appartement et me mit le deuxième sac dans les bras.

— Merci beaucoup, Mel. C'est très gentil à vous.

— Bof ! Ce n'est qu'un petit extra offert par la maison, répliqua-t-il avec son ensorcelant sourire. Et puisque nous ne sommes plus des inconnus, laissons tomber les chichis. Tout le monde se tutoie, ici. Que vas-tu faire du reste de ta journée ?

— Du nettoyage.
— Il ne fait pas un peu chaud pour ça ?
— Je dois le faire, insistai-je.
— Quand tu feras une pause, descends donc à la piscine. Je te présenterai aux autres résidents.

J'hésitai un court instant avant de répondre :
— C'est une idée. Cela me ferait plaisir.
— Alors à tout à l'heure, répondit-il en tournant les talons.

Je le regardai s'éloigner en direction de l'ascenseur. Qu'est-ce qu'il m'avait pris de dire que j'irais peut-être à la piscine ? Je n'avais même pas de maillot de bain ! Je rangeai les provisions et me mis à l'ouvrage.

À voir la quantité de poussière et de toiles d'araignée que je trouvai, maman et Archie n'avaient pas dû faire le ménage depuis leur entrée dans les lieux. L'eau du seau devint noire quand j'y plongeai le balai à franges, après seulement deux ou trois passages sur le carrelage de la cuisine. Les vitres étaient si crasseuses que, même par ce beau temps, on avait l'impression qu'il faisait gris.

La salle de bains était encore plus sale. Une moisissure tenace s'était installée dans chaque recoin et fissure ; et quand je soulevai le petit tapis de mousse, je fis un bond en arrière en voyant la taille des insectes qui détalèrent en tous sens.

Finalement, je m'attaquai aux chambres. Les moutons que je dénichai sous les lits étaient gros comme des balles de tennis, et il n'y avait pas d'aspirateur. Comme je ne pouvais pas tous les atteindre avec le balai, je dus en déloger un bon nombre à la main. Restaient les placards et la commode. J'ignorais si maman tenait à ce que j'ouvre leurs tiroirs, mais ses vêtements traînaient un peu partout, comme toujours. À Sewell, c'était presque toujours papa ou moi qui faisions la lessive et le repassage.

En rangeant l'un de ses tiroirs, je découvris un deux-pièces rose qui me rappela l'invitation de Mel Jensen. Il faisait toujours grand soleil, dehors. Je décidai que j'avais bien mérité une pause.

Mais quand j'essayai le maillot, je m'aperçus qu'il était on ne peut plus révélateur. J'allais l'ôter pour chercher quelque chose de plus décent, mais tout ce que je trouvai fut un autre bikini, encore plus succinct que le premier.

Je m'approchai du miroir et tournai sur moi-même, pour m'étudier sous toutes les coutures. J'avais un peu plus de poitrine que maman, le soutien-gorge me serrait légèrement. J'étais aussi un peu plus étroite de hanches, mais le maillot était neuf, il ne risquait pas de se détendre. Au bout du compte, je n'étais pas trop mécontente de ma silhouette. Je n'avais jamais aimé les filles qui s'exhibent, mais je ne voyais pas pourquoi j'aurais eu honte d'être bien bâtie. Un peu de lotion bronzante ne m'aurait pas fait de mal, pourtant. Aurais-je le toupet de descendre à la piscine dans cette tenue ? Je conjurai l'image de Mel Jensen et son sourire enjôleur. N'empêche, c'était tentant...

Pendant que je tergiversais ainsi, le téléphone sonna. C'était Cary.

— Je t'ai appelée un peu plus tôt, annonça-t-il, mais quand le répondeur s'est déclenché, j'ai décidé de ne pas laisser de message. Tu n'aurais pas su quand me rappeler, d'ailleurs. Je ne suis pratiquement jamais là.

— J'étais sortie pour faire quelques provisions.

Ma réponse déclencha une série de questions qu'il débita tout d'une haleine.

— Des provisions ? Où es-tu ? Qu'as-tu dit à Ma ? Elle n'arrive plus à se souvenir de rien, en ce moment. Que se passe-t-il ?

Je lui décrivis ma rencontre avec maman et résumai rapidement son histoire.

— Alors c'est une inconnue qu'on a enterrée à Provincetown ? Je ne peux pas le croire ! C'est illégal, non ?

— J'en ai bien peur.

— Et la femme qui est dans cette tombe, alors ? Personne ne la recherche ?

Je m'étais déjà posé cette question-là moi-même, et je ne détenais toujours pas la réponse.

— Je ne connais pas tous les détails, Cary, mais il y a des tas de gens qui ont quitté leur famille pour toujours. D'ailleurs, je crois que c'est surtout une initiative de Richard Marlin. Maman semble être... complètement sous son contrôle. Mais je vais la tirer de là, m'empressai-je d'ajouter.

Puis j'expliquai à Cary pourquoi je voulais rester à Los Angeles, tenter d'arracher maman aux griffes d'Archie-Richard Marlin. La sauver, en quelque sorte.

— Peut-être qu'elle ne veut pas être sauvée, Melody, commenta-t-il sombrement.

— Il faut que j'essaie, Cary.

— Pourquoi ? Elle ne s'est pas inquiétée de toi un seul instant ! Si ton amie de Sewell ne t'avait pas envoyé ce catalogue, tu crois qu'elle t'aurait donné de ses nouvelles ? C'est exactement comme pour ces gens dont tu parlais : elle a laissé sa famille derrière elle, définitivement.

Il cherchait avant tout à me faire rentrer à la maison, je le savais. Mais ce qu'il disait n'était pas faux.

— Je n'y peux rien, Cary. J'ai vu cette photo, j'ai trouvé maman et je sais qu'elle a besoin de moi. Un jour, elle se retrouvera toute seule, ici. Quand Richard ne pourra plus rien tirer d'elle, il la laissera en plan, purement et simplement.

— Elle aurait dû y penser avant, et ta place n'est pas là-bas, s'obstina-t-il. C'est criminel d'avoir envoyé le corps d'une étrangère en le faisant passer pour celui de ta mère. Grandma Olivia va être furieuse.

— Peut-être ferais-tu mieux de ne rien lui dire, du moins pour le moment.

— Et que suis-je censé faire quand elle me demandera des nouvelles ? Mentir ? C'est ça qu'on t'a appris à Los Angeles ?

— Non.

— Ta mère est un bon professeur, grommela-t-il. Nous le savons tous.

— Écoute, Cary. Elle a mal agi, d'accord, mais c'est toujours ma mère. Tu ferais la même chose à ma place.

— Non, répliqua-t-il aussitôt, avec une tristesse qui me serra le cœur.

— Comment va ton père, Cary ?

— Aucune amélioration. Il est toujours en soins intensifs. Ce matin, je n'ai pas pu sortir en mer, à cause du mauvais temps. Je ne peux plus compter que sur la récolte d'airelles pour tenir le coup toute l'année. Nous allons bientôt être surchargés de travail, ici.

— Je devrais peut-être rentrer pour vous aider à la récolte, hasardai-je.

— Et après ? Tu retournerais à L.A. ?

— Je n'en sais vraiment rien, Cary.

— Tu te plais sans doute mieux où tu es, à Hollywood ! C'est sûrement plus palpitant que de vivre dans une vieille maison et de récolter des airelles. Je ne te reproche rien, ajouta-t-il d'une voix infiniment lasse. Moi aussi, parfois, j'aimerais bien pouvoir échapper à mes responsabilités.

— Je ne suis pas en train de fuir mes responsabilités, Cary Logan. Je les assume. J'essaie d'aider ma mère, je tiens à ce que tu le comprennes.

— Oui, c'est ça. Eh bien, tu sais où je serai. Passe-moi un coup de fil de temps en temps, *si* tu as le temps, souligna-t-il, sans cacher sa déception ni sa colère.

— Oh, Cary ! Tu sais très bien que j'appellerai.

— Il faut que je retourne à l'hôpital, maintenant. J'ai laissé Ma là-bas, seule avec May. Au revoir, conclut-il en raccrochant.

Je gardai un moment le combiné en main, puis je le

reposai sur sa fourche, le cœur glacé. La tristesse et les difficultés avaient rendu Cary amer et sombre, il se repliait sur lui-même, comme une huître qui se ferme. C'est dans cet état que je l'avais trouvé, quand maman m'avait laissée chez oncle Jacob et tante Sarah. Et il m'avait fallu du temps et de la patience pour l'amadouer, l'amener à me dire quelques mots aimables. Je m'en voulais à mort de ne pas être à ses côtés quand il avait tellement besoin de moi.

Mais quand je contemplai une fois de plus le petit appartement, et que je pensai à l'emprise tyrannique exercée par Archie sur maman, je sus que je devais rester.

Un éclat de rire venu d'en bas m'attira sur le balcon, et je m'y penchai pour écouter. Deux jeunes femmes se dirigeaient vers la piscine, et leurs bikinis étaient encore plus exigus que le mien. Je décidai que j'avais besoin d'une pause. Juste un petit intermède, pour échapper à mes pensées moroses.

Pendant un moment, je ferais semblant de faire partie de la petite bande, histoire de me détendre. Ma seule crainte était que la folie qui les habitait tous fût contagieuse, et de voir les accusations de Cary devenir une réalité. De céder à la tentation de fuir mes responsabilités, pour me réfugier dans le rêve, moi aussi. Et, comme tout le monde ici, de perdre peu à peu tout contact avec la vérité.

Cette crainte ne m'empêcha pas de chercher et de trouver, au fond d'un placard, un drap de bain et une paire de sandales. Je finis aussi par dénicher le peignoir éponge de maman, taché de café, troué de brûlures de cigarettes, et je l'enfilai sur mon maillot. Puis je partis pour la piscine, en me disant que c'était seulement pour un moment. Quel mal y avait-il, après tout ?

*
* *

— Melody Simon, annonça Mel Jensen au garçon qui occupait le transat voisin du sien. Melody, voici Bobby Dee.

Le dénommé Bobby, un brun trapu qui tenait un réflecteur solaire sous son menton, releva légèrement la tête.

— Enchanté, marmonna-t-il d'une voix somnolente.

Et Mel ajouta pour ma gouverne :

— Bobby est le batteur de *Brutes Épaisses*, un groupe de rock qui a gravé son premier disque la semaine dernière.

— Ah bon ? Toutes mes félicitations.

Bobby Dee marmonna vaguement quelque chose et Mel approcha un transat du sien, m'invitant d'un sourire à m'installer près de lui. De l'autre côté de la piscine, Sandy Glee et deux de ses amies se doraient au soleil, encadrées par deux autres jeunes gens. Tout le monde me regarda quand j'ôtai le peignoir de maman et le posai sur le transat. Le sourire de Mel s'élargit.

— Tu ferais mieux de mettre un peu d'huile solaire, suggéra-t-il en me tendant son flacon.

— Merci, Mel.

Il me regarda étaler un peu de lotion sur mes bras et mes jambes et offrit avec empressement :

— Je peux t'en passer dans le dos, si tu veux.

— Ne l'écoute pas, grogna Bobby Dee. Ça commence par le dos, puis les bras, puis on arrive à…

— Tu vas te taire, mauvaise langue ?

Mel se leva, me reprit le flacon et se tint debout derrière moi. Je sentis ses paumes chaudes aller et venir le long de mon dos.

— L'homme à la main magique, commenta Bobby en abaissant son réflecteur, pour m'observer avec un nouvel intérêt. Dis donc, toi… tu ne chantes pas, par hasard ? Nous avons besoin d'une nouvelle chanteuse solo.

— Je chante quand je joue du violon, mais je ne suis

pas assez bonne pour faire partie d'un groupe. D'ailleurs ce n'est pas un violon de concert, que j'ai. C'est juste...

— Un de ces crincrins de village, tu veux dire ? Comme dans la country music ?

— Quelque chose comme ça, oui.

Mel continuait de m'enduire de lotion avec application, ses mains me massaient les épaules à présent. Je mis poliment fin à la séance.

— Merci, Mel.

J'avais l'impression qu'il aurait pu continuer comme ça tout l'après-midi. Son réflecteur toujours baissé, Bobby n'avait pas cessé de me dévisager.

— Les *Barbouseux* ont un violoneux dans leur orchestre, m'informa-t-il, et ils ont décroché un engagement à Ventura. Tu as entendu parler d'eux, je suppose ?

Mel vit mon embarras et vint à mon secours.

— Comment veux-tu qu'elle connaisse tout ça, Bobby ? Elle vient juste de débarquer !

— Vraiment ? fit Bobby, me scrutant plus attentivement encore.

Puis il replaça son réflecteur et parut nous oublier.

Sandy Glee et ses amis plongèrent pour nager vers nous, suivies de près par leurs compagnons.

— Re-bonjour, cria Sandy en m'adressant un signe de la main.

— Bonjour.

— Je vois que tu as fait la connaissance de Mel. Fais attention, il mord ! m'avertit-elle en riant.

Et, d'une poussée contre le bord, elle s'éloigna en glissant en arrière. Je me retournai vers Mel.

— Pourquoi tout le monde se croit-il obligé de mettre en garde contre toi ?

— Bof ! C'est de la jalousie. Une maladie très répandue, par ici. Tout le monde l'attrape. Le microbe qui rend le teint vert, tu connais ?

Bobby se racla bruyamment la gorge.

— Ça te va bien d'accuser les autres de jalousie, mon vieux. Je crois rêver.

— Parce que tu n'es peut-être pas jaloux des *Tire-au-Flanc*, peut-être ?

— Eux ? C'est un coup de chance s'ils nous ont soufflé ce contrat, rien de plus !

Mel m'adressa un clin d'œil pétillant de malice.

— Tu vois ? Qu'est-ce que je disais ?

Je lui souris, me renversai dans mon transat et fermai les yeux. Non loin de là, quelqu'un alluma une radio, la brise porta la musique jusqu'à nous. Des rires fusaient autour de moi. Je me sentais fondre au soleil. Il m'aurait été si facile d'oublier mes problèmes, de m'habituer à tout ceci ! Cette pensée m'emplit de honte.

— Tu vas à la fiesta de Sandy, ce soir ? me demanda Mel.

J'ouvris les yeux et tournai la tête de son côté.

— J'en ai l'intention, oui.

— Super ! Et si tu apportais ton violon ? suggéra-t-il.

— Je ne l'ai pas amené en Californie, Mel. Je ne pensais pas qu'entendre jouer de ce genre d'instrument puisse intéresser quelqu'un.

Mel ne se laissa pas décourager par ma réponse.

— Est-ce que Jerry n'a pas un violon ? demanda-t-il à Bobby.

— Si. On te le dénichera, ne t'en fais pas. Tu l'auras ce soir.

Je me sentis rougir.

— Non, surtout pas ! Je ne suis pas aussi bonne que ça.

— Et moi je suis certain que si, déclara Mel. En attendant, si on allait se tremper ?

Il se leva et piqua une tête dans l'eau, dans un élégant plongeon qui fit à peine une éclaboussure.

— Viens, m'appela-t-il quand il refit surface. L'eau est délicieuse.

Les filles l'entouraient déjà et l'arrosaient en riant,

ce qu'il s'empressa de leur rendre. Attirée par leur gaieté contagieuse, je quittai mon transat et allai m'asseoir au bord du bassin, les pieds dans l'eau. Mel m'avait vue approcher; il était déjà là.

— Viens donc, tu ne vas pas te noyer! lança-t-il en me prenant par les chevilles.

Sur quoi, d'une brève secousse, il me fit tomber à l'eau... et dans ses bras. Les filles vinrent à mon secours en l'éclaboussant si copieusement, cette fois-ci, qu'il s'enfonça sous l'eau pour leur échapper. Je rejoignais leur groupe, prête à rire avec elles, quand je vis soudain tous les yeux se fixer sur moi, surpris et choqués.

— Que se passe-t-il? m'inquiétai-je, complètement désarçonnée.

Sandy nagea rapidement vers moi.

— Ton maillot, Melody.

Je baissai les yeux. Le soutien-gorge du bikini – la seule moitié visible pour l'instant, heureusement –, était devenu complètement transparent. J'aurais aussi bien pu être nue. Avec un gémissement de détresse, j'enserrai mon buste dans mes bras croisés.

— Attends une seconde, me jeta Sandy en se hissant hors de l'eau.

Elle alla chercher ma serviette de bain sur le transat et revint aussitôt, puis la drapa autour de moi tandis que je grimpais sur le rebord du bassin. Tout le monde nous regardait, naturellement, et quelques jeunes hommes qui s'étaient approchés se délectaient du spectacle. Même Bobby Dee riait ouvertement.

J'étais morte de honte, le corps aussi cramoisi que le visage, à croire que je venais de prendre un coup de soleil.

— Merci, murmurai-je à Sandy. C'est un des maillots de ma mè... de ma sœur, je ne savais pas qu'il allait faire ça.

Sans un regard pour les autres, je happai les clefs de

l'appartement que j'avais posées sur une table et m'en allai sans demander mon reste.

À peine arrivée à l'appartement, je me campai devant le miroir. Ce maillot n'était certainement pas fait pour le bain, c'était visible. Je l'enlevai, m'essuyai et m'habillai en un éclair. Pendant que je me séchais les cheveux, le timbre de la porte grésilla. C'était Mel, apportant le reste de mes affaires.

— C'est ce qu'on appelle une sortie théâtrale ! s'exclama-t-il à l'instant où je lui ouvris. Tu es une actrice-née, aucun doute là-dessus. Tu as produit une très forte impression.

— Grand merci. J'aurais préféré passer inaperçue. Je ne pouvais pas deviner que ce deux-pièces n'était pas fait pour le bain. Je l'ai trouvé dans un des tiroirs de ma sœur.

— Tu n'as pas d'explication à me donner. J'ai plutôt apprécié.

— Je me demande bien pourquoi ! ripostai-je sur un ton acide, en prenant le peignoir et les sandales. Merci de m'avoir rapporté tout ça.

— Il n'y a pas de quoi. À ce soir chez Sandy, alors. Tu viens habillée ?

— Je ne vais plus oser me montrer ! me lamentai-je avec désespoir.

— Ce serait idiot. Ce genre de chose arrive régulièrement, ici.

— Pas à moi ! m'écriai-je en repoussant la porte sur Mel.

Mais j'avais eu le temps de le voir sourire.

Quand maman et Richard Marlin revinrent, je pris maman à part et lui racontai ce qui s'était passé.

— Oh, je ne suis encore jamais descendue à la piscine, dit-elle simplement. À mon âge, le soleil n'est pas bon pour la peau. Ça donne des rides.

— Mais c'était affreusement gênant, insistai-je ; ce qui parut l'amuser.

— Je parie que ça t'a rendue immédiatement populaire auprès des jeunes mâles présents, commenta-t-elle, non sans un infime soupçon de jalousie.

— Je me passerais de ce genre de popularité, crois-moi !

— Ça, c'est ce que tu dis, et tu as tort. Plus les hommes te regardent, plus tu es importante. Prends ton temps avant d'accorder ton attention à l'un d'eux en particulier. Tu as des années devant toi avant de faire ce que j'ai fait. T'enchaîner à un homme.

— C'est comme ça que ça s'est passé pour toi, maman ? Tu t'es sentie piégée tout le temps ?

— Oui, avoua-t-elle spontanément. Et rappelle-toi : tu ne dois pas m'appeler maman, ajouta-t-elle un ton plus bas.

Richard sortait justement de la cuisine, et j'eus droit à un regard approbateur.

— Tu as fait pas mal de courses, je vois. Pour une fois, il y a de quoi manger dans cette maison.

— De toute façon, nous n'avons pas à nous inquiéter pour le dîner, observa maman. Je te rappelle que nous allons chez Sandy.

— Je ne peux pas y aller, Sis. Pas après ce qui s'est passé cet après-midi.

— Qu'est-il arrivé cet après-midi ? s'informa aussitôt Richard.

Maman le lui dit, et il éclata de rire. Puis il me dévisagea beaucoup plus sérieusement.

— Je crois que je t'ai trouvé un travail, finalement. J'ai parlé de toi à ce producteur, et il veut te voir demain. Dès que j'aurai déposé Gina au centre commercial, je te conduirai au studio.

Maman parut sincèrement contente.

— Oh, Melody ! C'est fabuleux. Toutes les filles vont en être vertes de jalousie.

— Le microbe que tout le monde attrape, je sais,

commentai-je entre haut et bas. Et c'est quoi au juste, ce travail ? Quel produit devrai-je présenter ?

— Ne fais pas ta mijaurée, riposta Richard. Il s'agit d'un rôle, figure-toi. Dans une production indépendante.

Je regardai maman, qui rayonnait.

— Mais je n'ai jamais joué, objectai-je.

— Tu apprendras, voilà tout. (Richard promena autour de lui un regard satisfait.) Elle a fait du bon travail ici, en tout cas. Pas vrai, Gina ?

— Oui. Merci, ma chérie.

— Peut-être que ça va marcher, après tout, ajouta-t-il avec un mince sourire.

Un sourire torve, ambigu, qui me fit passer un frisson glacé le long de l'échine. J'eus brusquement l'impression de comprendre ce qu'éprouvait une souris prise au piège.

*
* *

Ma mésaventure de la piscine fit de moi une vedette à la soirée de Sandy. Notre entrée fut saluée par une ovation. J'en éprouvai une gêne immense, mais chacun se montra vraiment très gentil pour moi. Tout le monde était déjà très en train à notre arrivée, maman ayant passé un temps fou à se préparer. Elle n'en finissait pas de fignoler son maquillage et d'hésiter entre différentes coiffures.

— D'ailleurs, m'expliqua-t-elle, c'est très chic d'arriver en retard à Hollywood. Souviens-toi de ça.

Mel avait aidé Sandy pour le buffet, en lui apportant du supermarché des plats tout prêts. On avait commencé par passer des disques, mais quand un nouveau flot d'invités arriva, Bobby Dee et son orchestre se mirent à jouer. L'appartement de Sandy n'était pas beaucoup plus grand que le nôtre, et pourtant il me semblait que tous les habitants des Jardins d'Égypte étaient là. L'orchestre avait à peine entamé le premier morceau que tout le monde dansait, ou presque. Même les gens qui bavardaient debout se balançaient en rythme. La joie était littéralement contagieuse, pensai-je, incapable de résister à l'entrain général. Je dansais d'un pied sur l'autre, moi aussi, et je riais avec les autres, sans même savoir pourquoi.

Pratiquement toutes les conversations portaient sur les auditions, les bouts d'essai, les réalisateurs et les producteurs. Ce qui m'étonnait le plus, c'était que tous ces jeunes gens aient si facilement accepté maman comme une amie de leur âge. Mais en l'observant ce soir, je comprenais mieux. En minijupe et débardeur noir, les cheveux relevés en queue-de-cheval, c'est vrai qu'elle faisait jeune.

J'en étais là de mes réflexions quand Mel vint m'inviter à danser. J'aperçus Richard dans un coin, bavardant avec deux jolies femmes. Maman virevoltait déjà aux bras d'un dénommé Stingo, qui avait deux anneaux d'argent à l'oreille et les cheveux aussi longs que les miens. De temps en temps, elle me cherchait du regard et m'adressait un sourire. Elle semblait heureuse, comme si elle avait réellement rajeuni, et cela me rendit rêveuse. Pouvait-on vraiment remonter le temps, et retrouver sa jeunesse ?

Brusquement, l'orchestre cessa de jouer et Bobby annonça qu'un nouveau talent se trouvait parmi nous, « une voix juvénile et innocente », précisa-t-il. Je n'avais pas la moindre idée de qui cela pouvait bien être. Jusqu'au moment où, proclamant mon nom, il me tendit un violon. Maman fut aussi surprise que moi.

— Non, protestai-je avec énergie. Je t'ai dit que je n'étais pas aussi bonne que ça !

— Eh bien, laisse-nous en juger. Allez, viens ! Ne te fais pas prier.

— Mais je ne...

— Vas-y, m'encouragea Mel, ou il ne te lâchera pas de la soirée. Il est comme ça.

Je m'avançai à contrecœur, au milieu des cris et des bravos. Maman et Richard s'étaient rejoints et affichaient une expression de curiosité mêlée d'étonnement, mais Richard semblait plutôt content. Quant à maman, je lui trouvai un air bizarre. Si je ne l'avais pas mieux connue, j'aurais pu croire qu'elle était jalouse.

— C'est une chanson que m'a apprise un vieil ami, commençai-je en prenant le violon.

L'assistance devint silencieuse. Je m'efforçai de ne plus la voir, de ne plus rien voir, de ne penser à rien sinon à Papa George et à sa joie quand je jouais pour lui.

— C'est une vieille chanson des montagnes, repris-je avec un peu plus d'assurance. Elle parle d'une femme dont le mari est mort au cours d'une rixe. Elle a tant de chagrin que son cœur se change en oiseau et s'envole, pour rejoindre l'âme de son bien-aimé.

Quelqu'un pouffa, et aussitôt une voix s'éleva :

— Tais-toi, espèce d'idiot !

Je levai mon archet. Et je commençai à chanter, d'une voix sourde au début, puis de plus en plus forte et claire, en fermant les yeux. Je ne les rouvris que lorsque j'eus terminé. Il se fit un grand silence.

— C'était fantastique, dit Mel, assez haut pour que tout le monde entende.

Il y eut quelques murmures d'approbation, puis un tonnerre d'applaudissements et de vivats.

— On dirait que tu as déniché une cliente en or, Richard ! cria Bobby à travers la pièce.

— Je sais reconnaître un talent quand j'en vois un, oui ou non ?

— C'est une question ? hurla une voix d'homme, déclenchant une explosion de rires.

Bobby et son orchestre se remirent à jouer, et l'ambiance joyeuse et animée revint avec la musique. Maman se rapprocha de moi.

— C'était charmant, Melody. Tu n'as pas perdu de temps pour faire savoir à tout le monde que tu jouais du violon, je vois.

— Pas du tout. J'ai seulement...

— Mais je ne crois pas que ce genre de musique ait beaucoup de succès à Hollywood en ce moment, coupa-t-elle. Alors ne te fais pas trop d'illusions.

— Mais je ne compte pas sur le violon pour me rendre célèbre, enfin! Je ne voulais même pas jouer. Je ne suis pas venue ici pour ça.

— Qui sait? fit maman avec un sourire mi-figue, mi-raisin.

Et sans un mot de plus, elle saisit le bras d'un grand jeune homme brun et se remit à danser.

Comme je traversais la pièce, tout le monde me félicitait au passage et Sandy me donna une vigoureuse accolade.

— Tu es géniale, Melody. Tu vas y arriver.

— Y arriver? Arriver à quoi?

— Au succès, grande bécasse! gloussa-t-elle, avant de se remettre à danser.

Mel la remplaça aussitôt à mes côtés.

— Tu as fait un tabac, ma fille! Personne n'a jamais débarqué ici et obtenu un succès aussi fulgurant.

— Ce n'est pas ce que je cherche, pourtant.

— Ah bon? Alors qu'est-ce que tu cherches? Un job au supermarché? Pour ça, je peux t'aider, se moqua-t-il gentiment. Mais je crois quand même que tu veux plus que ça. Comme nous tous, d'ailleurs.

— Je t'assure que non, pourtant.

Je balayai du regard ce groupe de jeunes gens pleins d'espoir, croyant tous que des choses merveilleuses allaient leur arriver, pour peu qu'ils s'en donnent la peine. Ils venaient des quatre coins du pays, et tous attendaient leur chance, la grande percée qui les révélerait. L'ambition n'était pas une mauvaise chose, mais il existait une différence notable entre l'ambition et les illusions dangereuses, qui ne pouvaient vous apporter que souffrance et déboires. J'ignorais où se trouvait la ligne de démarcation, mais je ne ferais jamais partie de ceux qui la franchissent, je me le jurai. C'était si tentant de croire aux contes de fées ! Je le voyais autour de moi. Et je ne pouvais pas nier que les compliments et les encouragements m'avaient, un bref instant, fait rêver de succès, moi aussi.

Les paroles amères de Cary me revinrent en mémoire. *C'est sûrement plus palpitant que de vivre dans une vieille maison et de récolter des airelles. Je ne te reproche rien...*

— Je suis fatiguée, dis-je à Mel, revenant brusquement sur terre. J'ai eu une journée bien remplie.

Puis, comme maman s'approchait de moi en dansant, je lui saisis le bras.

— Je retourne à l'appartement, Sis. J'ai sommeil.

— Comme tu voudras, répondit-elle distraitement, toute au plaisir de danser.

J'étais presque à la porte quand Mel tenta de me retenir.

— Tu ne sais pas ce que tu manques, Melody. La vraie soirée n'a pas encore commencé.

— Il y en aura d'autres, m'excusai-je poliment. Merci quand même.

Il ne put dissimuler sa déception.

— Bon, quand tu voudras, grommela-t-il en tournant les talons.

Je me retirai aussitôt, le plus discrètement possible, et regagnai l'appartement. J'avais chaud, la brise tiède qui entrait par les fenêtres ne m'apportait aucun soulagement. J'allai m'asseoir sur le balcon et levai les yeux vers le ciel étoilé.

En ce moment même, à des milliers de kilomètres de là, Cary contemplait-il les mêmes constellations, lui aussi ? J'évoquai avec nostalgie les belles soirées du Cap où je les regardais scintiller sur l'océan, guettant le passage d'une étoile filante pour faire un vœu. L'océan était-il calme là-bas, ce soir ? Je désirais tellement entendre la voix de Cary ! Mais il était trop tard pour appeler, je le savais. Ils devaient tous dormir.

Dehors, une alarme se déclencha, déchirant la nuit comme un cri d'animal blessé. Cela dura au moins deux minutes, puis tout redevint à peu près calme. J'étais vraiment lasse, mes yeux se fermaient tout seuls. Je me levai et me préparai pour me mettre au lit. Je m'endormis dès que je posai la tête sur l'oreiller.

Mais quelques heures plus tard, je fus réveillée par les rires de maman et de Richard. Ils rentrèrent dans l'appartement, saouls tous les deux me sembla-t-il, sans s'inquiéter le moins du monde du bruit qu'ils faisaient. Maman ouvrit la porte de ma chambre. Elle cria :

— Où est ma brillante petite sœur, la vedette de la soirée ? Que penses-tu de tout ça, Richard ?

— J'adore, renvoya-t-il d'une voix avinée.

Je m'appliquais à faire semblant de dormir, mais j'ouvris les yeux et vis maman vaciller dans l'embrasure de la porte.

— Tout le monde a trouvé ça très bon, Melody. Faire sensation et quitter la soirée, c'était vraiment très fort. On dirait que tu as profité de mes leçons, mais attention. N'oublie pas qui est le professeur.

— Viens te coucher, Gina, brailla Richard.

— J'arrive !

Maman s'attarda une seconde encore sur le seuil et me jeta un regard noir. Je ne bougeai pas d'un cil.

— Dors bien, Sis ! lança-t-elle en pouffant de rire.

Puis elle s'éloigna en titubant. Quelque chose tomba en se brisant, un objet qu'elle avait dû heurter au passage, et je l'entendis jurer. Richard gloussa bruyamment.

— Viens te coucher avant de tout casser dans la baraque, Gina !

Maman jura encore puis passa dans l'autre chambre et claqua la porte. Tout l'appartement trembla.

Leurs voix me parvinrent à travers les murs, étouffées mais reconnaissables. Celle de maman monta d'un ton, Richard cria quelque chose, et après cela maman sanglota et gémit. Puis tout redevint calme.

Elle ne peut pas être heureuse ici, méditai-je. C'est impossible. Dès demain, je tâcherai de la décider à rentrer avec moi. Je lui rappellerai que je dois hériter, que nous serons bientôt riches ; qu'elle pourra faire tout ce qu'elle voudra... si seulement elle arrête de vouloir être ce qu'elle n'est pas.

J'avais l'impression de me trouver parmi des fantômes, chacun d'eux s'efforçant d'être quelqu'un d'autre, leurs êtres véritables errant autour d'eux en attendant de retrouver leurs corps perdus. Et cela, ironie du sort, c'était précisément ce que maman devait faire. Retrouver son corps, son nom, l'identité qu'elle avait enterrés dans cette tombe, à Provincetown.

Voudrait-elle un jour redevenir Hellie Logan ?

Je l'espérais, car Hellie Logan était ma mère.

9

Pleins feux

J'ouvris les yeux au bruit des mêmes criailleries que j'avais entendues la veille, juste avant de m'endormir. Mais le temps que je me lève, m'habille et mette le café en route, le calme était revenu. Richard apparut le premier, l'air furibond. Il se versa lui-même une tasse de café en marmonnant tout seul.

— Quelle calamité, quand elle s'y met ! On dirait que c'est elle qui me rend service, ma parole. On va bien voir qui rend service à qui ! vociféra-t-il en direction de la chambre.

— Qu'est-ce qui ne va pas ?

Richard se retourna d'un bloc.

— Ce qui ne va pas ? Mais tout va de travers ! Elle a trop bu, comme d'habitude, et j'ai eu droit à une de ses satanées crises de larmes. Je n'ai pas fermé l'œil de la nuit. Elle a fini par tomber comme une masse et maintenant, madame a mal aux cheveux. Tout ça par ta faute, merci beaucoup.

— Par ma faute ? répétai-je, éberluée.

Il ignora ma question.

— Elle pleurniche tant qu'elle peut, mais elle sait bien qu'elle doit avoir bonne mine, nom d'un chien ! C'est ma réputation qui est en jeu ! hurla-t-il à nouveau à l'intention de maman.

Elle finit par sortir de la chambre, affublée de lunettes de soleil et à petits pas précautionneux, comme si elle marchait sur des œufs. Elle alla droit à la cafetière.

— Tu ne peux pas garder ces lunettes noires toute la journée, Gina ! fulmina Richard. Combien de fois t'ai-je dit d'arrêter de boire, hier soir ? Eh bien ? Réponds !

— Tout se passera bien, ne t'en fais pas.

— Ben voyons ! Tu auras l'air d'un zombie, comme toujours, et une fois de plus c'est moi qui porterai le chapeau. Ça fera une nouvelle occasion de perdue pour moi et mes autres clientes.

— Tes autres clientes ?

Maman tenta de sourire, mais l'effort dut lui causer une douleur trop vive car elle porta aussitôt la main à son front. Je m'empressai de faire diversion.

— Quelqu'un veut manger quelque chose ?

Maman ne répondit pas, mais l'attention de Richard se reporta sur moi.

— Non, aboya-t-il, et dépêche-toi de t'habiller. Tu pars avec nous, je ne vais pas faire l'aller-retour exprès pour venir te rechercher. Ton rendez-vous est dans le quartier ouest.

— M'habiller ? Mais je suis habillée.

— Va mettre quelque chose de plus… sexy. Tu n'as pas une minijupe, ou un truc comme ça ?

— Non, je n'ai emporté que…

— Va voir dans les affaires de Gina, ordonna-t-il, ce qui me valut un sourire moqueur de maman.

— C'est ça, mon chou. Seulement cette fois-ci, ne prends pas un de mes maillots de bain.

Richard n'eut pas l'air d'apprécier le sarcasme.

— Très drôle, Gina. C'est moi qui assume toutes les responsabilités, ici, et qui prends tous les risques. Il serait temps qu'on apprécie mes mérites, tu ne crois pas ? Je suis sérieux, ajouta-t-il brutalement.

Maman remonta ses lunettes sur son front, révélant des yeux rougis et terriblement fatigués.

— Mais je les apprécie, Richard. Tu n'as pas le droit de prétendre le contraire.

— Possible. Mais si tu n'es pas au mieux de ta forme

quand je te déposerai là-bas, mon image de marque va en prendre un coup. Et toi ! s'emporta-t-il en se tournant vers moi. Je croyais t'avoir dit d'aller te changer ? On est déjà en retard, tellement j'ai eu de mal à la tirer du lit.

Maman rabaissa ses lunettes et porta sa tasse à ses lèvres. Elle ne m'avait même pas dit bonjour.

Je passai dans leur chambre, où régnait un désordre de champ de bataille. Les couvertures en tas, les draps froissés, un oreiller par terre. Et à côté, jetés n'importe comment sur ses chaussures, les vêtements que maman avait portés la veille. Dans son placard, je dénichai une minijupe, un chemisier assorti, et je me changeai rapidement.

— Cette fois c'est mieux, daigna commenter Richard. Vous, les femmes, vous devez vous montrer sous votre meilleur jour quand je vous emmène quelque part. Tâchez de vous mettre ça dans le crâne.

Maman émit un petit gloussement ironique.

— Ce n'est pas tellement notre crâne qui nous sert dans ces cas-là, il me semble !

— À mourir de rire, la rabroua Richard, pour la deuxième fois en dix minutes. Allez, on y va.

Il ne me laissa pas le temps de faire le moindre nettoyage, tout juste celui de débrancher la cafetière. Il nous précéda dans le couloir d'un pas rageur, pestant contre notre lenteur et notre retard.

— C'est un vrai négrier, déclara maman, assez haut pour qu'il puisse l'entendre. Mais il a raison. J'ai de la chance qu'il soit là pour prendre soin de moi.

— S'il prend si bien soin de toi, pourquoi t'a-t-il laissée boire autant, hier soir ?

Je sentis maman se raidir.

— Il ne m'a pas laissée boire, il te l'a dit lui-même. Il a essayé de m'en empêcher.

— Pourquoi l'as-tu fait, alors ?

— Parce que je n'ai pas été la reine de la soirée, moi !

Je ne suis pas aussi parfaite que toi, Melody. Bien qu'on puisse trouver pire que moi sans chercher loin, ajouta-t-elle en haussant la voix.

— Je ne suis pas parfaite non plus, mam... Sis. Et je n'ai pas cherché à être la reine de la soirée, je te le jure.

— Aucune importance. Qui se soucie de l'opinion de cette bande de ratés, de toute façon ? La plupart d'entre eux auront décampé dans six mois, tu verras ce que je te dis.

J'allai m'asseoir à l'arrière de la voiture et maman monta devant, à côté de Richard. Il jura tout le long du chemin contre les conducteurs, la circulation, les endroits que nous traversions, tout en affirmant qu'il habiterait bientôt un quartier digne de lui.

— Ça serait déjà fait, d'ailleurs, si je pouvais compter sur l'assistance dont j'ai besoin.

— Je suis désolée, Richard, s'excusa maman quand il se gara sur le parking du centre commercial. Je me suis mal conduite.

— Essaie de faire du bon travail ici, alors. Des gens importants viennent dans ce forum, et l'un d'eux pourrait te remarquer. Souviens-toi de ce que je t'ai dit : la présentation avant tout. Il faut savoir se mettre en valeur.

— Tu as raison, murmura-t-elle en se penchant pour l'embrasser. Je te demande pardon.

Ce gage de bonne volonté n'eut pas l'air de l'adoucir. Il resta tout raide sur son siège, le regard droit devant lui.

— Je passe te reprendre un peu plus tard, marmonna-t-il, ce qui semblait moins une promesse qu'une menace.

Maman se retourna enfin de mon côté.

— Bonne chance, mon chou. Écoute bien les recommandations de Richard.

— Mais je ne sais même pas ce que je vais faire, ni...

— File, Gina ! ordonna rudement Richard. Tu as déjà quelques minutes de retard.

— Voilà, voilà... j'y vais.

Elle se décida enfin à descendre, et je me préparai à passer sur le siège avant, quand Richard redémarra.

— Où allons-nous exactement ? lui demandai-je.

— Aux Studios Pleins Feux. Un de mes amis a eu la gentillesse de te donner une chance, pour me rendre service.

— Je ne comprends pas pourquoi. Comment pourrais-je jouer si je n'ai jamais pris de leçons ?

— Le metteur en scène donne les directives nécessaires aux acteurs sur le plateau. Et ça rapporte gros. Nous devrions pouvoir payer six mois de loyer avec ce cachet, si tu t'en tires bien.

— Six mois de loyer ?

Tant d'argent, et qui dépendait de mon seul travail ! C'était vraiment intimidant.

— Et ce n'est que le début, reprit Richard. On pourrait se faire une fortune avec ça, mais avec ses beuveries ta mère est hors service plus souvent qu'à son tour. J'en ai vu de dures avec elle, quoi que tu puisses croire.

— Peut-être qu'elle n'est pas heureuse ici, tout simplement. (J'attendis une réponse qui ne vint pas.) Pourquoi disiez-vous que c'était ma faute, si elle a bu hier soir ?

— Tu l'as éclipsée, ma chère, et elle a horreur de se faire damer le pion. Surtout par quelqu'un qui est censé être sa petite sœur.

— Éclipsée ? Mais je n'ai jamais eu l'intention de faire ça !

Richard eut un sourire oblique.

— C'est évident. Vous ne faites jamais rien exprès, vous, les femmes.

— C'est pourtant la vérité, figurez-vous !

Il ne répondit rien, et je concentrai mon attention sur le décor qui défilait. Un décor de plus en plus sinistre et minable, semblait-il. Où allions-nous ? Finalement, Richard tourna pour s'engager dans un passage étroit, mi-allée, mi-ruelle ; je vis, devant nous, une sorte d'entrepôt percé d'une vitrine affichant la mention : « Librairie pour adultes ».

L'allée contournait la bâtisse, derrière laquelle en apparut une autre que je pris d'abord pour un garage. Mais sur celle-ci, un écriteau proclamait : *Studios Pleins Feux*.

— Nous y sommes, annonça Richard.

— C'est un studio, ça ?

— La plupart ont cette allure-là, expliqua-t-il. Les gens qui ne connaissent pas Hollywood se font un tas d'idées mirobolantes et complètement fausses. Après tout, un studio n'est jamais qu'une usine comme une autre, où on débite du rêve au lieu de fabriquer des meubles ou des chaussures. C'est aussi simple que ça. Maintenant n'oublie pas, me rappela-t-il sévèrement. Tu as vingt et un ans. Oh, à propos...

Il eut l'air de se souvenir brusquement d'un détail.

— Je leur ai dit que tu avais déjà tourné dans un petit film, en Virginie.

— Quoi ?

— Ce n'est rien du tout, sois tranquille. Tout le monde invente sa petite histoire, ici. Le film s'appelait *Pivoine en fleur*. Tu jouais Pivoine.

— Quoi ?

— Arrête de répéter « quoi ? » comme une idiote, grogna-t-il en sortant de la voiture. Surtout, ne leur en dis pas plus qu'ils n'ont besoin d'en savoir à ton sujet. Et fais tout ce que te dira le metteur en scène, tout de suite et sans poser de questions, compris ? Tu vas passer presque toute la journée ici, je te reprends vers cinq heures. Allez, descends ! ordonna-t-il en ouvrant ma portière.

— Vous ne venez pas avec moi ?

— J'ai d'autres clientes et d'autres rendez-vous, imagine-toi. Je ne suis pas ta baby-sitter. Tu voulais faire du cinéma ? Eh bien, tu commences aujourd'hui. Ici.

Je contemplai la porte écaillée du bâtiment de stuc brunâtre, et remarquai qu'il ne comportait pas de fenêtres.

— Je n'ai pas la moindre envie d'être actrice de cinéma, objectai-je.

— Ah non ? Et tu ne veux pas non plus être riche et célèbre, je suppose ? Ce serait bien ma veine ! Allez, descends de là, je te reprends à cinq heures.

Lentement, bien trop lentement au gré de Richard, je me décidai à sortir. Il me tira brutalement par le bras.

— Tu arrives, oui ? Tout le monde doit y mettre du sien si on veut que ça marche. Tu veux vivre avec nous et payer ta part, oui ou non ? Qu'est-ce que tu vas encore inventer, maintenant ?

— Je vais me couvrir de ridicule, c'est tout.

— Et après ? D'ailleurs... (Il eut un petit sourire égrillard.) Quelque chose me dit que tu ne seras pas ridicule. En fait, tu as des chances de devenir une bien meilleure actrice que ta mère ne le sera jamais, et ce sera grâce à moi. Le directeur de la production s'appelle Parker, cria-t-il en regagnant sa place à toute allure. Lewis Parker.

Il fit rapidement le tour de l'arrière-cour et reprit l'allée en sens inverse, me laissant seule en face du studio. J'avais peur, j'étais complètement désemparée, mais je me dominai. Je pris une grande inspiration et marchai vers la porte.

Elle ouvrait sur un couloir étroit et sombre. À droite, un cabinet de travail exigu, avec un bureau encombré de paperasses, et des cahiers polycopiés – probablement des scripts –, éparpillés sur le sol. Au-dessus du bureau, une grande affiche montrait une femme en chemise de nuit diaphane, étendue comme si elle planait au-dessus d'un homme enchaîné par des menottes. SOMNAMBULE, ELLE ÉTAIT SON PLUS BEAU CAUCHEMAR, disait la légende. Je m'avançai jusqu'à une seconde porte, surmontée d'une ampoule éteinte.

À côté, un écriteau annonçait : Ne pas entrer quand la lumière est allumée. Je frappai, attendis, frappai encore. Il n'y avait peut-être personne, supposai-je. Tout semblait tellement désert...

Brusquement, la porte s'ouvrit et un jeune Noir en pantalon de treillis et T-shirt flottant s'encadra dans l'embrasure.

— Je peux vous aider ?

Ma voix chevrota quand je me présentai :

— Je suis Melody Simon.

— Ah oui, très bien. Parker, cria-t-il par-dessus son épaule, l'autre fille est là ! Je suis Harris, ajouta-t-il à mon intention. Suivez-moi.

— Amène-la ici ! hurla une voix derrière le jeune homme.

Il se retourna et m'adressa un sourire encourageant :

— Allez, venez.

J'entrai lentement dans la grande pièce. Je vis d'abord les fils qui traînaient partout, les innombrables lampes accrochées à des perches, puis les caméras. Trois d'entre elles étaient pointées sur ce qui ressemblait à une chambre à coucher, dont un cameraman réglait les éclairages. Une fille plantureuse aux cheveux blond platine, guère plus âgée que moi me sembla-t-il, était assise au bord du lit. Les bras tendus en arrière, appuyée sur ses mains, elle ne portait qu'une petite culotte absolument transparente. Un serpent tatoué jaillissait d'entre ses seins nus. Et elle mâchait du chewing-gum, soufflant d'énormes bulles roses qu'elle rattrapait d'un bref coup de langue. Je retins de justesse un cri de surprise.

Un petit homme chauve et grassouillet, assis dans un fauteuil pivotant, virevolta brusquement pour me faire face.

— Par ici, mon petit. Je suis Lewis Parker. C'est toi la fille que Marlin nous envoie ? C'est quoi, déjà, ton nom ?

Comme je secouais la tête, trop éberluée pour répondre, il s'impatienta :

— Hé, on n'a pas de temps à perdre ! J'ai encore quatre scènes à mettre en boîte et deux montages à faire, aujourd'hui.

Quand il se leva, je pus voir qu'il était vraiment très gros et je me demandai comment il pouvait tenir dans ce fauteuil. Roulant plutôt que marchant, il s'approcha de moi en me buvant des yeux, un sourire gourmand dégoulinant comme du beurre fondu sur sa face boursouflée. Ses yeux faisaient penser à deux pépins, noyés dans toute cette graisse.

— Marlin avait raison, constata-t-il, c'est un beau brin de fille. Une véritable affaire. Dolorès !

Une femme d'une cinquantaine d'années, aussi blonde que la fille au chewing-gum et barbouillée de maquillage, émergea de derrière un portant chargé de costumes.

— Habille-la et prépare-la, veux-tu ? Et surtout, qu'elle ait l'air innocente. J'adore.

— Entendu, Lewis. (La blonde oxygénée s'avança vers moi.) Bonjour, mon petit. Venez par ici, nous n'avons pas de vestiaire.

— Un vestiaire ? Pour quoi faire ? pouffa Lewis, provoquant l'hilarité de Harris et du cameraman. On est tous copains, ici !

Je reculai d'un pas.

— Je ne comprends pas. Qu'est-ce que ça signifie ? Quel genre de film tournez-vous, ici ?

La jeune fille à demi nue parut subitement s'intéresser à moi, et la dénommée Dolorès interrogea son patron du regard. Son sourire satisfait s'évapora. Et quand il m'adressa la parole, son ton avait changé du tout au tout.

— Qu'est-ce que ça signifie ? Quel genre de films tournons-nous ? répéta-t-il en singeant ma voix. Nous sommes aux Studios Pleins Feux, ici, et tu es... Melody

Quelque chose, c'est ça ? Tu as déjà tourné dans un film rose, un truc appelé… comment déjà, Harris ?

— *Pivoine en fleur*. C'est elle qui menait le jeu, précisa Harris.

— C'est ça. Donc tu sais ce qu'il faut faire, ma fille, et nous n'avons pas de temps à perdre.

Lewis Parker repartit vers son fauteuil. Le cameraman cessa de tripoter ses fils et regarda de mon côté. Je fis un nouveau pas en arrière.

— Non, je ne fais pas ce genre de choses. Je ne l'ai jamais fait.

Aussi vite que son poids le lui permettait, Lewis Parker pivota sur lui-même.

— Quoi ! Qu'est-ce que tu nous chantes là ?

— Je ne sais pas ce que Richard vous a dit, mais je ne fais pas ce genre de choses ! répétai-je, en criant cette fois-ci.

— Hé là !

Je me précipitai hors de la pièce, courus jusqu'à la porte d'entrée que j'ouvris en trombe et me retrouvai sur le parking. Pendant un instant, je restai plantée là, désemparée, ne sachant trop que faire, puis je m'élançai le long de la ruelle et ne m'arrêtai que sur le trottoir. Mon cœur battait à tout rompre et je regardai autour de moi, désorientée. Je voulus descendre du trottoir et une voiture me rasa en klaxonnant, m'obligeant à bondir en arrière. Les larmes roulaient sur mes joues, la panique me gagnait. Je fermai les yeux. Richard ne devait pas savoir quel genre de rôle il m'avait trouvé, il ne pouvait pas m'avoir délibérément envoyée dans cet endroit. Je refusais de le croire.

Reprends-toi, me dis-je en rouvrant les yeux. Et presque en face de moi, de l'autre côté de la rue, je vis une cabine téléphonique à côté d'une pompe à essence. Je pouvais appeler Dorothy, qui enverrait aussitôt Spike me chercher. J'étais sauvée.

Cette fois-ci, j'attendis que les feux changent. Puis je

courus jusqu'à la cabine et fouillai dans mon sac, d'où je finis par extraire quelques pièces de monnaie. Ce fut seulement quand je soulevai le combiné pour les introduire dans l'appareil que la mémoire me revint. Je ne pouvais pas appeler la sœur de Fanny. Son mari serait furieux, surtout si elle se trouvait mêlée à une histoire pareille. Après toute la gentillesse qu'elle m'avait témoignée, je ne pouvais pas lui faire ça.

Mais je ne savais pas où je me trouvais, je n'avais aucun moyen de regagner l'appartement. Je réfléchis un instant, composai le numéro des renseignements et demandai celui de Mel Jensen. Il y avait trois Mel Jensen, mais dès que je mentionnai les Jardins d'Égypte, j'obtins le bon sans erreur possible. On répondit à la première sonnerie.

— Allô! fit une voix fébrile.

— Je voudrais parler à Mel Jensen, s'il vous plaît.

L'ardeur impatiente de mon correspondant fit place à une déception manifeste.

— Oh! ne quittez pas. C'est pour toi, dit-il à quelqu'un qui ne devait pas être bien loin.

Une seconde plus tard, j'avais Mel au bout du fil.

— Je suis désolée de te déranger, mais je ne savais pas qui appeler. Ma sœur travaille dans un centre commercial et...

— Melody?

— Oui.

— Où es-tu? En pleine circulation, d'après ce que j'entends.

— Je suis à un carrefour et complètement perdue. Je ne sais pas comment revenir et j'ai pensé...

— Mais l'adresse? Dis-moi où tu es, au juste.

Je consultai la plaque à l'angle de la rue et lui fournis l'indication.

— D'accord, je vois où c'est. Ne bouge pas de là, j'arrive. Je serai là dans... disons vingt bonnes minutes.

— Merci.

Quand j'eus raccroché, j'éprouvai le besoin de m'asseoir mais il n'y avait pas le moindre banc à proximité. Je retraversai pour aller au café le plus proche, m'assis au comptoir et commandai un café. Mais je ne fis qu'en siroter quelques gorgées, les yeux fixés sur la pendule. Au bout d'un quart d'heure, je ressortis et me mis en faction au coin de la rue. Pendant que j'attendais, un homme qui aurait pu être Harris quitta le studio et disparut dans une allée voisine. Il s'écoula encore dix minutes, et je commençais à m'inquiéter, quand un grand coup de klaxon retentit tout près de moi. C'était Mel. Je n'avais jamais été aussi heureuse de voir quelqu'un.

Il ouvrit la portière et je m'engouffrai dans la voiture.

— Qu'est-ce que tu fabriques ici, bon sang ? fut sa première question.

Je fondis en larmes, repris mon souffle et lui débitai mon histoire.

— Marlin voulait te faire tourner dans un film classé X ? Le pourri ! Mais c'est vrai que ça paie bien, là-dessus il ne t'a pas menti. Est-ce que ta sœur est au courant ?

— Non. Alors tu crois que Richard savait de quel genre de travail il s'agissait ?

— Tu plaisantes ? C'est justement dans ces eaux-là que Marlin pêche. Tu as eu bien raison de filer, en tout cas. Ces choses-là peuvent vous coller à la peau quand on a réussi et qu'on est une star.

— Je n'ai pas l'intention de devenir star de cinéma, ni de quoi que ce soit d'autre, protestai-je. Ce n'est pas pour ça que je suis venue. Pourquoi est-ce que personne ne veut me croire ?

— Pourquoi es-tu venue, alors ?

— Pour voir ma sœur. Mais maintenant que je suis là, j'espère que je pourrai la décider à rentrer chez nous avec moi.

Mel éclata de rire.

— Je ne connais pas tellement ta sœur, mais à mon

avis elle est mordue, comme nous tous. Ne te fais pas trop d'illusions.

Maintenant que j'étais en sécurité dans la voiture, laissant derrière moi les Studios Pleins Feux, la panique me quittait. Mon cœur reprenait peu à peu son rythme normal.

— Merci d'être venu me chercher, Mel.

— Tu avais l'air terrifiée. J'ai emprunté la voiture de mon copain, moi je n'en ai pas.

— C'est gentil à lui de te l'avoir prêtée, en tout cas.

— Oui, c'est un brave gars. Au fait, je voulais te demander… pourquoi es-tu partie si vite, hier soir ?

— Je ne tenais plus debout. Tu n'imagines pas dans quel état j'ai trouvé l'appartement de ma sœur, et le travail que ça m'a donné !

Il eut un sourire indulgent.

— Je veux bien le croire. Ce n'est pas le genre fée du logis, j'ai l'impression ?

— Non. Et elle ne l'a jamais été.

— Pourquoi ? Tes parents l'ont trop gâtée ?

— C'est plutôt mon père, déclarai-je, décidant *in petto* que ce n'était pas ce qu'on pouvait appeler un mensonge. C'était toujours lui ou moi qui finissions par faire le travail, y compris la cuisine.

— Et ta mère ?

— Elle est morte quand nous étions encore très jeunes.

— Oh… je suis désolé.

Encore à moitié sous le choc, je laissai passer quelques instants avant de murmurer, comme si je me parlais à moi-même :

— Je n'arrive pas à croire que Richard voulait me faire faire ça…

— Moi, ça ne m'étonne pas. Pour un impresario ou un agent artistique, c'est de l'argent facile.

— Il va bien falloir que je trouve une autre façon de gagner ma vie, tant que je suis ici !

— Je peux toujours te trouver un job au supermarché, proposa Mel, mi-sérieux, mi-taquin.

— Tu pourrais faire ça?

— Et toi, tu es sûre que ça te plairait?

— Je ferais n'importe quoi, répliquai-je avec assurance. Tout, plutôt que ce que Richard voulait m'obliger à faire.

— Entendu, j'y penserai. J'aimerais bien t'emmener manger un morceau quelque part, mais il faut que j'aille travailler. Je suis de service d'après-midi, aujourd'hui.

— Tu as déjà fait assez pour moi comme ça, Mel.

— Et si tu venais dîner avec moi ce soir, pour me remercier?

Je ne pus m'empêcher de sourire.

— Me faire inviter à dîner, tu appelles ça te remercier?

— J'aime ta compagnie, répondit-il sans détour. Alors? Je sors à six heures et demie, nous pouvons nous retrouver vers sept heures. Tu aimes la cuisine italienne? Je connais un petit coin très chouette, à deux rues de chez nous.

— D'accord, acquiesçai-je. Mais c'est moi qui devrais t'inviter, je pense que c'est encore dans mes moyens.

— Ne t'inquiète pas pour ça. C'est moi qui régale.

Quand il me déposa aux Jardins d'Égypte, je remerciai une dernière fois Mel et regagnai l'appartement sans perdre une seconde. J'avais hâte de quitter les vêtements de maman, et je soupirai d'aise quand je me retrouvai dans les miens. Déjà un peu plus maîtresse de moi-même, je me préparai quelque chose pour déjeuner, ce qui acheva de me calmer. Je fis un peu de ménage, histoire de ne plus penser aux événements de la matinée, puis j'allai m'asseoir sur le balcon pour feuilleter les revues de maman. Un peu après cinq heures, je les entendis rentrer, Richard et elle, et je quittai ma chaise longue pour aller les accueillir.

Je trouvai Richard planté au milieu du salon, les

poings aux hanches et l'air furibond. Au regard noir qu'il me jeta, je compris que sa colère était dirigée contre moi. Presque aussi furieuse que lui, maman tenait les bras le long du corps, les poings serrés.

— Qu'as-tu fait, Melody ? s'enquit-elle d'une voix sourde. Qu'as-tu fait à Richard ?

Je n'eus pas l'opportunité de répondre : il s'avança rapidement vers moi.

— Ce qu'elle m'a fait ? Je vais te le dire, ce qu'elle m'a fait. Elle a planté un clou dans mon cercueil, oui ! Elle a ruiné ma réputation dans tout le secteur, et saccagé un marché en or. J'avais casé trois filles aux Studios Pleins Feux, et ils ont tout annulé. À cause de toi, c'est un gros paquet qui leur passe sous le nez, de l'argent dont elles avaient terriblement besoin. Sans compter ma commission ! acheva-t-il en grinçant des dents.

— Melody, comment as-tu pu faire ça ?

— Mais tu ne comprends pas, maman ! Il…

— Et voilà ! m'interrompit Richard, le doigt pointé sur moi. Elle a encore oublié. Elle finira par t'appeler maman devant tout le monde, et tu pourras dire adieu à ta carrière.

— Melody, voyons ! Combien de fois t'ai-je dit de ne pas m'appeler maman ?

— Je sais, je suis désolée. C'est l'énervement. Je n'oublierai plus, je te le jure. Mais il faut me croire, Sis. J'ai fait ce qu'il m'a dit. Je suis allée dans ce studio et là…

Je repris mon souffle avant d'aller plus loin.

— Il y avait une fille à moitié nue sur un lit, et ils voulaient que je… que je joue dans ce film !

— Et alors ? Richard t'a dit combien d'argent tu pouvais gagner. Je parie que c'était le double, sinon le triple de ce que te donnait Kenneth pour poser nue.

Mon cœur manqua un battement, je sentis le sang se retirer de mon visage. Je voulus parler, mais j'en fus incapable. La boule que j'avais dans la gorge m'étouffait, à croire que j'avais avalé un caillou.

La voix railleuse de Richard m'atteignit comme un coup de fouet.

— Quoi ? Tu te déshabilles devant certains hommes, quand ça te chante ? Mais quand je te trouve un travail qui te permettrait de nous aider, tu fais ta sainte-nitouche ? Tu quittes les studios en me faisant passer pour le roi des imbéciles ?

— Sis, je t'en prie, réussis-je enfin à articuler. Ce n'est pas du tout pareil. Ce que faisait Kenneth, c'était de l'art. Tu le sais, insistai-je, incapable de croire qu'elle ne voyait pas la différence.

— Des tas de gens pensent que ces choses-là sont aussi de l'art, Melody. Tu dois te montrer compréhensive, et ne pas agir comme une petite snob.

— Une snob ? Mais, Sis ! Ils voulaient que je me déshabille et que je me mette au lit avec cette femme, pour...

— Et après ? coupa maman. Je l'ai bien fait.

— Toi !

— Parfaitement. Tu sais ce que ça coûte, de vivre ici ? Comment crois-tu que nous avons payé les deux premiers mois de loyer, sans compter le reste ? J'ai gagné tout ça en deux jours de travail, conclut maman, toute fière.

Je refusais de croire ce que je venais d'entendre.

— Tu ne peux pas rester sans payer ta part, insista Richard. Ce n'est pas un foyer pour S.-D.F., ici !

— Je paierai mon écot, soyez tranquille. Mel Jensen pense qu'il peut m'avoir une place au supermarché.

— Le supermarché ? C'est là que tu veux travailler ?

— Oui. J'aimerais mieux laver les sols, ranger des conserves toute la journée... N'importe quoi, plutôt que de faire ce que cet homme voulait me forcer à faire, dans ce soi-disant studio de cinéma.

Richard tourna vers maman un visage grimaçant d'ironie.

— On peut dire que tu as bien élevé ta fille, grinçat-il. Le supermarché. Brillant. Vraiment génial, comme carrière. En même temps, ajouta-t-il à mon adresse, tu pourras toujours tenir la maison propre et t'occuper de notre linge. Si tu n'es pas capable d'être actrice de cinéma, sois au moins une bonne domestique.

Du regard, j'implorai maman de me soutenir, mais elle se contenta de hocher la tête.

— Richard a raison, ma chérie. Maintenant que nous serons trois, nous ne pourrons pas payer de femme de ménage ni faire blanchir le linge, si tu refuses de travailler comme il l'entend.

— Ça m'est égal de faire le ménage et la lessive, Sis.

Ce qui ne m'était pas égal, c'est ce qu'elle était en train de devenir. Se rendait-elle compte du tort que Richard lui faisait ? De ce qu'il m'aurait fait à moi, si je n'avais pas réagi ? C'étaient nous, les femmes, qui devions nous exhiber, nous abaisser, nous humilier, et c'était lui qui empochait tout l'argent. Je devais le lui faire comprendre. Et si je devais pour cela devenir une petite esclave, du moins pour un temps, eh bien, soit. Je le deviendrais.

— Parfait, acquiesça Richard en quittant la pièce pour passer dans la chambre.

Je n'avais attendu que cela.

— Sis, tu n'imagines pas comme cet endroit était horrible. Tu n'aurais jamais pu faire ce genre de choses.

— Ne sois pas stupide, Melody. Tu ne peux pas rester petite fille toute ta vie. Tu es ici, tâche d'en profiter au maximum. Tu as un excellent impresario sous la main. Sais-tu combien c'est difficile, pour un jeune talent, de se faire représenter ?

— Talent ? Quel sorte de talent faut-il pour se déshabiller et faire des gestes obscènes devant un cameraman lubrique ?

— Tu n'y connais rien, déclara maman. La caméra ne ment pas. Si tu n'es pas sincère en jouant, elle te trahit. Elle montre tout.

— Ça, pour montrer, elle montre, ironisai-je. Écoute, Sis...

J'allais en dire plus, mais Richard revint dans la pièce, les bras chargés de pantalons et de chemises. Quelques paires de chaussures couronnaient cette imposante pile.

— Tu vas me laver et me repasser tout ça, nous n'avons pas les moyens de payer la blanchisserie. Et que ces chaussures brillent, tu m'entends ? Je veux pouvoir me regarder dedans. Je dois être deux fois plus soigné, maintenant que tu as tout gâché, bougonna-t-il en jetant son ballot à mes pieds.

Je levai les yeux sur maman, mais elle se détourna et entra dans la chambre. Richard attendit qu'elle eût refermé la porte pour ajouter à voix basse :

— Naturellement, si tu veux retourner au Cap Cod...

Il arborait un petit sourire sûr de lui, qui acheva de m'exaspérer. Les larmes aux yeux, je me penchai pour ramasser le tas de vêtements.

— Pas encore, lançai-je, le regard flamboyant. Je n'ai pas terminé ce que je suis venue faire.

Le sourire satisfait de Richard s'envola. Ma détermination ne lui avait pas échappé.

— Attention ! Tu joues sans ton équipe, et sur mon terrain.

— Mais je ne joue pas, rétorquai-je en me relevant.

Et, sans ajouter un mot, j'emportai l'encombrant paquet dans ma chambre.

*
* *

Une heure plus tard, alors que je repassais les chemises de Richard, maman avança la tête par l'embrasure pour m'annoncer qu'ils allaient dîner.

— Nous ne pouvons pas t'emmener, mon chou, c'est au-dessus de nos moyens. Je suis sûre que tu trouveras quelque chose à grignoter ici.

— Ne t'inquiète pas, murmurai-je, penchée sur mon travail. Quelqu'un m'a déjà invitée.
— Ah bon ? Qui ça ?
— Mel Jensen.
Je relevai la tête et vis l'expression de surprise de maman.
— Mel Jensen, vraiment ? Eh bien, sois prudente, me recommanda-t-elle. Fais très attention à ce que tu lui dis. Les hommes ont le don de gagner votre confiance un peu trop vite.
— Tu es bien placée pour le savoir, j'imagine.
Maman se raidit, son regard se glaça.
— Ne sois pas insolente, Melody.
— Je ne voulais pas l'être. C'est juste que... Sis, quand pourrons-nous avoir une vraie conversation à cœur ouvert, toutes les deux ? Passer un bon moment ensemble, comme autrefois ?
— Je n'en sais rien, soupira-t-elle. Je ne sais même pas si ce serait une bonne chose. C'est pour ça qu'il aurait mieux valu... Il aurait mieux valu que tu ne cherches pas à me retrouver, Melody. Je suis désolée, je ne peux rien te promettre.

Un instant, nos regards se soudèrent, puis maman tourna les talons et je l'entendis sortir avec Richard. D'un seul coup, mon cœur pesa comme une pierre dans ma poitrine. Je m'assis au bord du lit et enfouis la tête entre mes mains, secouée de sanglots sans larmes.

Billy Maxwell avait bien raison de dire que les gens changeaient, selon l'endroit où ils se trouvaient et ce qu'ils y faisaient. Il m'avait avertie que maman pourrait être très différente de ce qu'elle était avant. Mais avait-elle vraiment changé ? Ou était-ce la même femme qu'autrefois, celle qu'elle avait toujours été mais que j'avais obstinément refusé de voir ? Je me redressai en soupirant, plus indécise que jamais. Devais-je laisser maman et partir, essayer d'oublier que j'avais une mère ? Ou rester, combattre ses chimères et son soi-disant chevalier protecteur ? Comment pourrais-je l'amener à écouter ce que j'avais à lui dire ?

J'étais si troublée que j'en oubliai complètement Mel, jusqu'à ce que je l'entende frapper à la porte.

— Prête ? s'enquit-il quand je vins lui ouvrir.

J'abaissai un regard consterné sur mon jean et mon tablier.

— Oh, Mel ! Je suis désolée, j'avais oublié. J'en ai pour une minute, pas plus. Entre.

Je courus dans ma chambre chercher de quoi me changer, puis je me ruai dans la salle de bains me brosser les cheveux et mettre un soupçon de rouge à lèvres. Assis sur le canapé, Mel assistait en riant à mes allées et venues.

— Prends ton temps, surtout, cria-t-il à travers la porte de la salle de bains. Je ne m'impatiente pas.

J'étais prête. Je respirai à pleins poumons et m'efforçai de regagner mon calme avant de reparaître devant lui.

— Magnifique ! s'exclama-t-il en se levant. Une vraie métamorphose. Tu es sensationnelle.

— Je ne me sens pas sensationnelle du tout, pourtant.

Il ouvrit la porte et s'effaça devant moi.

— Alors, comment Marlin a-t-il pris ton refus d'obéissance ? demanda-t-il tandis que nous marchions vers l'ascenseur.

— Il était fou furieux. Il a dit que j'avais fait du tort à sa réputation.

— Ça je veux bien le croire, sans parler de son porte-monnaie. Moi aussi, on m'a proposé ce genre de films.

— Vraiment ?

Nous arrivions dans le hall, et Mel ouvrit la porte devant moi.

— Eh oui ! Un tas de rêveurs s'imaginent que c'est la façon de percer à Hollywood, et malheureusement pour eux on en profite à leurs dépens. Los Angeles est un monstre cruel, dont les dents longues dévorent les cœurs purs.

— Alors pourquoi restes-tu, Mel ?

Il eut un haussement d'épaules fataliste.

— Parce que c'est là que ça se passe, dit-il en glissant son bras sous le mien. Et sans doute parce que je ne suis pas assez pur de cœur.

Nous marchâmes sans nous presser jusqu'au petit restaurant, qui n'était vraiment pas loin. Il n'était pas grand non plus, très accueillant, et la cuisine était délicieuse. Mel me parla de lui, de sa famille, de sa maison. Chaque fois qu'il me posait une question personnelle, je devais me surveiller pour ne pas risquer de trahir un des mensonges de maman, ou de Richard. Je m'efforçai de parler le moins possible. Jusqu'au moment où Mel se renversa sur son siège, pour m'observer en plissant les paupières.

— Essayer de te faire parler de toi, c'est pire que de t'arracher une dent, Melody ! On peut savoir pourquoi ?

— Je ne vois pas ce que tu veux dire, murmurai-je en baissant les yeux.

Mais loin d'abandonner, il continua de m'observer.

— Tu es sûre d'être venue en visite, Melody ? Tu ne t'es pas sauvée de chez toi, par hasard ?

— Sauvée ? Qu'est-ce qui te fait penser ça ?

— J'ai rencontré des tas de fugueurs, et ils se comportaient tous à peu près comme toi. Éludant les questions, ou ne fournissant qu'un minimum d'informations.

— Désolée de te décevoir, mais je suis simplement de passage, affirmai-je.

Ce qui me valut un sourire narquois, et je sentis monter en moi une bouffée de colère. Pourquoi fallait-il que tous les hommes que je rencontrais soient aussi exaspérants ? Ils croyaient tous me connaître mieux que je ne me connaissais moi-même.

Toujours plein de tact, Mel se hâta de changer de sujet.

— Ils ont des vins mousseux absolument divins, annonça-t-il, avant d'en commander pour nous.

Mon accès d'humeur fondit comme neige au soleil.

— Je n'aime pas te voir dépenser de l'argent pour moi, Mel, déclarai-je. Tu as bien assez de mal à le gagner.

— Ne t'en fais pas pour ça, tout va changer. En fait, j'ai deux bonnes raisons de t'inviter, ce soir. J'aime être avec toi, ça je te l'ai dit, et j'ai quelque chose à fêter. J'ai obtenu un rôle dans un spectacle qui commence dans deux mois. J'avais auditionné pour eux il y a si longtemps que je ne m'en souvenais plus, figure-toi. Et voilà que d'un seul coup, mon agent reçoit un appel. Il m'a prévenu juste avant que je vienne te chercher.

— C'est magnifique, Mel. Félicitations.

— Et félicitations à toi aussi, ma chère. Tu hérites de mon job au supermarché. J'avais déjà parlé de toi au gérant, au cas où, et il est d'accord pour t'embaucher. Tu pourras commencer dans trois jours, si tu n'as pas changé d'avis.

— Bonne nouvelle. Maintenant, Richard n'aura plus de raison de se plaindre de moi. Merci, Mel.

Une étrange petite lueur dansa dans son regard.

— À mon avis, tu devrais viser plus haut. Tu es belle, tu as du talent et un charme fou. Mais encore faut-il vouloir réussir, et le vouloir à tout prix.

— Mais je ne veux rien de tel, tu le sais !

— Oui, acquiesça-t-il avec son déconcertant sourire. C'est même ce qui m'intrigue le plus, chez toi.

— Quoi donc ?

— Ta capacité de résister à la tentation, ton absence d'ego. Tu possèdes tout ce qu'il faut pour réussir, justement. Tu as le profil idéal pour ça.

Je me contentai de lui rendre son regard, profondément perplexe. Pourquoi les autres voyaient-ils si bien en moi ce que je n'y avais jamais vu moi-même ?

Un peu plus tard, pendant que nous revenions vers

les Jardins d'Égypte, Mel me demanda si j'aimerais monter chez lui.

— Nous pourrions écouter de la musique. Mes copains sont de sortie, ce soir.

— Ma foi... je ne sais pas. J'ai promis à ma sœur de ne pas rentrer trop tard.

— Il n'est pas tard, insista-t-il. Et j'aimerais aussi danser pour toi.

— Danser?

— Bien sûr. Je te montrerai ce que j'ai présenté à mon audition, d'accord?

L'idée me séduisit, et j'acceptai de monter avec lui à son appartement.

— Ne t'affole pas pour le désordre, me prévint-il avant d'entrer. N'oublie pas que nous sommes trois garçons, ici.

Je m'attendais au pire, mais l'appartement était loin d'être aussi sale et encombré que celui de maman, avant que je ne m'y attaque. Je le dis à Mel, qui n'en parut pas plus surpris que ça.

— Je t'offre quelque chose à boire? proposa-t-il. Du vin, ça irait?

— Ce serait parfait.

Il remplit mon verre et disparut dans sa chambre, tandis que je m'asseyais dans un fauteuil pour l'attendre. Je n'attendis pas longtemps. Tout d'abord, j'entendis de la musique, puis Mel bondit littéralement dans la pièce, vêtu du maillot le plus collant que j'eusse jamais vu. Depuis le cou jusqu'aux orteils, aucun détail de son anatomie n'était laissé à l'imagination. Il pirouettait sur les pointes et lançait les jambes si haut que j'en avais le souffle coupé, surtout quand il faisait cela juste en face de moi.

Le volume de son augmenta, le tempo s'accéléra. Mel exécutait tantôt des pas de danse, tantôt des glissades et des virevoltes, à un rythme étourdissant. Finalement, il s'arrêta devant moi, haletant bruyamment et le visage

rouge d'excitation. Je me sentais assez excitée moi-même, autant par le vin que par sa performance.
— Alors ?
— Tu es merveilleux, Mel. Je ne peux pas imaginer que tu n'aies pas de succès.

Mel sourit de plaisir. La musique jouait plus lentement, maintenant, presque en sourdine. Il se rapprocha de moi, me prit la main et lui imprima une légère secousse. Je compris qu'il m'invitait à danser. J'ébauchai un geste de refus mais il tira plus fort, jusqu'à ce que je me lève et que nous dansions joue contre joue, son souffle rapide effleurant mon cou. Quand je surpris notre reflet, dans l'une des vitres, j'eus l'impression de danser avec un homme nu. Ma respiration s'accéléra, tandis que la sienne se calmait peu à peu. Il m'embrassa, très doucement, et je le sentis se durcir contre ma cuisse.

— Tu es si délicieuse, chuchota-t-il. Tu me plais vraiment, tu sais ?

Il m'embrassa encore, mais je ne laissai pas ses lèvres s'attarder sur les miennes. Je m'écartai d'un pas en baissant la tête. Mais quand je vis dans quel état d'excitation il se trouvait, mon cœur s'emballa et mon souffle se bloqua dans ma gorge.

— Il faut que je rentre, murmurai-je.
— Melody...
— Il le faut, Mel. Je t'en prie.
— Bien, bien, j'ai compris. Je ne m'impose à personne, mais j'espère quand même que je te plais ?
— Oui, Mel. Je t'aime bien, mais pas de cette façon-là, je suis désolée. Je suis sûre qu'il y a des tas de filles qui voudraient être ici en ce moment, avec toi.

Il grimaça un sourire.

— Des filles comme toi, sûrement pas des masses. Enfin, je pense qu'il faut du temps. Disons que c'était ma première audition, et peut-être que tu me rappelleras. D'accord ?

Je souris, tout en m'efforçant de détourner les yeux de son corps si insolemment exposé. Peine perdue. Ne trouvant de salut que dans la fuite, je happai mon sac posé sur un siège et pris le chemin de la porte.

— Si tu me laisses le temps de me changer, je te raccompagne, proposa Mel.

— Non, c'est inutile. Merci pour le dîner.

— Je t'appellerai pour le job du supermarché, compte sur moi.

— Merci pour ça aussi, Mel.

Je sortis en hâte et, quand je me retournai, il était toujours sur le seuil et me souriait. Je lui fis signe et m'élançai dans l'escalier, dévalant les marches quatre à quatre comme si j'avais des ailes aux pieds.

Mais qui fuyais-je ainsi ? Lui... ou moi ? Pour la première fois, l'idée me vint que c'était surtout de moi que j'avais peur. De ma faiblesse, de mes désirs. Los Angeles était un lieu où fourmillaient les tentations de toutes sortes. Et les Jardins d'Égypte, me dis-je en hâtant le pas vers notre immeuble, auraient pu aussi bien se nommer Jardin d'Éden. Je m'attendais presque à voir un serpent jaillir des buissons et me susurrer à l'oreille ses promesses mensongères.

Le téléphone sonnait quand j'entrai, et je courus décrocher. Mais après mon premier « allô », ce fut le silence, et je répétai mon appel. Nouveau silence, puis une respiration pesante, et enfin...

— Où étais-tu ? s'enquit abruptement Cary.

— J'étais sortie pour dîner. Qu'est-ce qui ne va pas, Cary ?

— Papa est mort. Il a eu une autre attaque en salle de soins intensifs et il est mort. C'est drôle, non ? (Il eut un étrange et glaçant petit rire.) Je ne savais pas qui appeler d'autre, et tu étais sortie pour dîner.

— Je suis désolée, Cary.

— Oui, bon. En tout cas, ce sera la bonne personne qui sera dans la bonne tombe, au moins !

— Cary...

— Je suis fatigué. Il est très tard, ici. Je suis descendu directement aux docks en arrivant à la maison. Et je suis resté là, planté devant l'océan, à me rappeler toutes les sorties que nous avions faites ensemble, Pa et moi. C'est curieux, non ? Maintenant nous sommes orphelins de père, tous les deux.

— Je rentrerai dès que ce me sera possible, Cary. Je te le promets.

— D'accord, dit-il d'une petite voix misérable.

Et il raccrocha brusquement, me laissant pleurer pour nous deux.

10

Révélations

Quand j'eus raccroché à mon tour, je m'affalai sur le canapé, dans le séjour sans lumière, et je laissai couler mes larmes. Je pensai à tante Sarah et à la petite May, à Cary, à l'épreuve qu'ils enduraient. Je me demandai comment Grandma Olivia et Grandpa Samuel supportaient la nouvelle de la mort de leur fils. Rien n'était plus affreux que la mort d'un enfant, pensai-je avec tristesse, quel que fût son âge, et même pour un cœur sec ou endurci.

L'oncle Jacob avait mal pris le fait que je vienne habiter sous son toit, mais je croyais comprendre pourquoi. Ma présence avait dû lui rendre la perte de sa fille, sa chère Laura, encore plus difficile à supporter. Dès le début, tante Sarah m'avait traitée comme si je leur avais été envoyée pour remplacer Laura, mais pas l'oncle Jacob. Pour lui, sa fille était irremplaçable. Il s'était montré dur, et parfois vraiment cruel envers moi. Mais je me rappelais aussi certains moments où il me regardait avec douceur, presque avec tendresse ; surtout quand je venais de chanter en jouant du violon, ou quand il ne se doutait pas que je l'observais.

C'était un travailleur acharné, qui faisait de son mieux pour assurer le bien-être des siens. Son zèle religieux l'avait rendu souvent désagréable et froid vis-à-vis de moi, mais Cary avait son avis là-dessus. Il soupçonnait son père d'être devenu plus rigide et plus dévot après la mort de Laura, comme s'il s'en jugeait responsable. Au cours de son premier séjour à l'hôpital, il m'avait fait appeler à son chevet pour me parler en tête à tête. Et parce qu'il se croyait sur le point de mourir, il m'avait avoué que ma mère et lui avaient commis ensemble une action coupable, quand ils étaient très jeunes. À l'entendre, c'était à cause de lui que ma mère s'était conduite de façon si déplorable, quelques années plus tard. Par la suite, il avait nié ces aveux. Honteux de ce qu'il m'avait confessé, il avait trouvé ma présence de plus en plus pénible. J'étais sûre qu'il avait été heureux quand j'avais décidé d'aller à la recherche de maman. Aussi heureux que Grandma Olivia, sa mère, avait dû l'être de me voir partir.

Je fermai les yeux et m'obligeai à respirer lentement, plusieurs fois de suite. Quelques minutes plus tard, je m'endormis, pour ne me réveiller qu'en entendant la porte s'ouvrir.

— Pourquoi fait-il si noir, là-dedans? brailla Richard en allumant le plafonnier.

Éblouie par la lumière, je me redressai brusquement et me frottai les yeux.

— Tiens, tiens, tiens! s'esclaffa bruyamment Richard. Regarde un peu qui nous attend!

Maman fronça les sourcils.

— Pourquoi es-tu encore debout et habillée, Melody? Comment s'est passé ce dîner? Tu n'as pas trop bu, au moins? Tu as fait monter Mel ici?

Elle balaya la pièce d'un regard inquisiteur, comme pour y chercher une preuve du passage de Mel. Puis, en vacillant un peu me sembla-t-il, elle fit un pas dans ma direction, parvint à fixer le regard sur moi et s'aperçut enfin que j'avais pleuré.

— Que se passe-t-il, Melody?

J'avalai péniblement ma salive.

— C'est... l'oncle Jacob.

— Mais encore ? Je serais surprise que n'importe quelle nouvelle de lui m'intéresse, dit-elle à Richard, qui daigna en rire. Alors ? Qu'est-ce qu'il a fait ?

— Il est mort. À l'hôpital. Son cœur a lâché.

Mes paroles lui firent quand même un certain effet : elle retrouva sa lucidité. Je vis tout un éventail d'émotions se refléter sur son visage : le choc, la tristesse, la colère et finalement, l'indifférence.

— Son cœur, comme tu dis, l'a lâché depuis longtemps. Je n'ai jamais souhaité de mal à personne, crois-moi, mais je ne peux pas dire que cette nouvelle me bouleverse.

— Mais tu as grandi avec papa et lui, pourtant ! Tu ne peux pas être indifférente à ce point.

— Tu ignores tout de ce que j'ai vécu en grandissant aux côtés de Jacob, mon soi-disant frère ! Et je n'oublierai jamais la façon dont il m'a traitée, quand nous avons eu tous ces problèmes, Chester et moi.

La colère qui flamboyait dans ses yeux me laissa sans voix. Richard en profita pour intervenir.

— Je n'aime pas qu'on apporte de mauvaises nouvelles à Gina, déclara-t-il, adoptant subitement un ton protecteur. Surtout pas des nouvelles de son passé, et encore moins la veille d'une audition.

Maman retrouva brusquement le sourire.

— C'est vrai, annonça-t-elle avec fierté. Je dois auditionner pour un rôle dans une comédie de mœurs, pour la télévision. Je dois me coucher de bonne heure, c'est pour ça que nous sommes rentrés si tôt.

Je consultai discrètement la pendule. Si tôt ? Il était un peu plus d'une heure du matin. Qu'appelaient-ils tard, à ce régime-là ?

— Tu ferais bien d'aller te coucher aussi, tu as du pain sur la planche ! ironisa Richard en prenant le chemin de leur chambre.

Seule avec moi, maman s'adoucit sensiblement.

— Je suis vraiment désolée pour Sarah et les enfants,

Melody, commença-t-elle d'une voix émue. Sarah a toujours été très bonne pour moi.

Elle soupira et rejeta vivement la tête en arrière, comme pour retenir quelques larmes égarées. Puis elle ébaucha un sourire timide.

— Si tu crois devoir aller à l'enterrement, c'est très bien, mais je n'ai plus rien à voir avec eux. Ce serait au-dessus de mes forces. Et même si je pleurais pour lui, ce serait toujours une larme de plus que n'en verserait sa mère. Tu peux me croire.

— Tu la détestes vraiment, n'est-ce pas ?

Maman pinça les lèvres, si fort que je les vis blanchir aux commissures.

— Oui. Je ne peux pas le nier. Je la déteste, et elle ne m'aime pas non plus, Melody.

Une lueur farouche passa dans ses yeux, puis elle retomba dans son humeur favorite : l'apitoiement sur elle-même.

— J'ai horreur d'aller me coucher avec des idées noires, gémit-elle en s'éloignant vers la chambre. J'aurais préféré que tu ne me parles pas de ça.

J'attendis qu'elle eût refermé la porte pour aller me coucher à mon tour, toute songeuse. Peut-être ferais-je mieux de retourner au Cap, finalement. Peut-être la mère que j'avais espéré retrouver était-elle enterrée là-bas, à Provincetown. Qu'était-il arrivé à maman, pour qu'elle soit devenue si égoïste ? Ou alors... avais-je été aveugle au point de ne pas la voir sous son vrai jour, telle qu'elle avait toujours été ?

Maman avait raison, pourtant : les idées noires ne valaient rien pour le sommeil. Elles pesaient comme un roc sur ma poitrine. Je passai la nuit à me retourner dans mon lit, sangloter, soupirer, obsédée par l'image de Cary. Ce fut en vain que je tentai de la chasser de mon esprit : ses yeux si tristes ne cessèrent pas de me hanter.

Je finis par m'endormir, juste avant le matin, si lourdement que je n'entendis même pas Richard et maman se lever. Ce fut la voix bougonne de Richard qui me réveilla.

— C'est un comble! vociféra-t-il, le café n'est même pas prêt. Drôle de bonne à tout faire que tu nous as trouvée, Gina! Elle est encore plus paresseuse que toi.

Je sautai à bas de mon lit, enfilai à la hâte un des peignoirs en coton léger de maman et passai dans la salle de séjour. Richard s'y trouvait, déjà prêt, et maman entra presque au même moment, habillée elle aussi. Je la trouvai très élégante.

— Je vais faire du café, annonçai-je en me dirigeant vers la cuisine. Ce ne sera pas long.

— Nous n'avons pas le temps, riposta Richard, qui ne m'avait pas quittée un instant des yeux.

Je m'aperçus tout à coup, non sans embarras, que je n'avais pas grand-chose sur le dos. Le saut-de-lit de maman était on ne peut plus vaporeux.

— Nous prendrons quelque chose au studio, décida-t-il en me déshabillant du regard. En notre absence, tu nettoieras notre chambre à fond. Je t'ai laissé des vêtements à repasser, ajouta-t-il en marchant vers la porte.

Maman me dévisageait, la mine sombre.

— Souhaite-moi bonne chance, dit-elle enfin.
— Bonne chance.
— Merci! lança-t-elle avec un grand sourire.

Et elle sortit dans le sillage de Richard.

J'écoutai le bruit de leurs pas décroître dans le couloir, puis j'allai dans la cuisine mettre un café en route. Je le sirotai lentement, tout en grignotant des toasts à la confiture, l'esprit ailleurs. Il ne fallut pas longtemps pour que je me retrouve plongée dans mes souvenirs. Je me revis avec Cary, sur la plage. Je pensai à Kenneth et à son chien, le brave Ulysse. J'évoquai ma première rencontre avec Fanny, et les bons moments passés avec elle, à bavarder comme deux sœurs.

Comment maman pouvait-elle désirer ce genre

d'existence ? me demandai-je. Malgré elle, malgré toutes ces choses dures qu'elle m'avait dites la veille, j'avais vu quelquefois ses yeux s'adoucir. Au fond de son cœur, j'en étais sûre, elle voulait rentrer à la maison. Il fallait simplement que je l'amène à s'en rendre compte.

Toujours en déshabillé du matin, je fis le ménage dans leur chambre et entrepris de repasser le linge de Richard. Je travaillais sans penser à rien, comme un automate, encore sous le choc de ces nouvelles tragiques. Un peu après midi, je m'accordai enfin une pause et passai dans la salle de bains pour prendre une douche. Je restai longtemps sous l'eau chaude, les yeux fermés, la laissant ruisseler sur ma tête et mon visage. Après de longues et délicieuses minutes de détente, je me décidai à fermer le robinet et à tirer le rideau de la cabine.

Pendant un moment, je n'en crus pas mes yeux. Je savais que j'avais apporté un drap de bain et des vêtements. Mais je ne vis qu'un gant de toilette sur le porte-serviettes, et pas trace du reste. Après quelques instants de perplexité, je crus trouver une explication. J'avais eu l'intention d'amener tout ça dans la salle de bains, raisonnai-je. Mais j'étais si absorbée par mes pensées que je ne l'avais pas fait. Encore toute dégoulinante, je courus de la salle de bains jusqu'à ma chambre. Je n'étais pas sitôt entrée que la porte claquait derrière moi, seulement voilà : ce n'était pas moi qui l'avais fermée. Richard était debout devant moi, le regard lubrique, aussi nu que je l'étais moi-même.

Le hurlement qui montait en moi s'étouffa dans ma gorge.

— Qu'est-ce qui vous prend ? Où est maman ? réussis-je enfin à crier, courant vers mon lit pour arracher le drap du dessus et m'y enrouler.

Le rire grinçant de Richard retentit comme du verre brisé. Sans faire le moindre effort pour cacher sa nudité, il s'avança vers moi.

— Je t'ai déjà interdit de l'appeler maman, rétorqua-t-il avec un affreux sourire.

— Où est-elle ? Qu'est-ce que vous faites ici ?

— Elle est à son audition, avec un tas d'autres postulantes. Alors je me suis dit : Pourquoi traîner dans le coin ? Je ferais mieux de chercher à me rendre utile. Et à propos de ça...

Il se rapprocha de moi, son hideux rictus aux lèvres.

— Je me suis demandé pourquoi tu avais gâché un job si facile et qui payait si bien, hier, en te sauvant du studio. Et j'ai compris : c'est parce que tu es trop innocente. Il faut que tu grandisses, ma fille, et en vitesse, sinon tu n'arriveras jamais à rien. Je vais faire ton éducation, disons que c'est un petit service que je te rends. Une bonne action si tu préfères, poursuivit-il, à présent si près de moi qu'il aurait pu me toucher. Mets ça sur le compte de ma générosité.

Son haleine empestait l'alcool, j'en avais la nausée. Je baissai la tête pour ne plus voir son visage.

— Allez, viens donc ! gouailla-t-il. Je sais que tu n'attends que ça.

— Laissez-moi tranquille !

Il posa une main sur mon épaule et l'autre sur ma taille, me forçant à me tourner vers lui.

— Détends-toi et laisse-toi faire, m'ordonna-t-il en approchant ses lèvres des miennes. Tu verras, ça va te plaire.

Je détournai la tête et tentai de me libérer, mais il resserra sa prise et sa bouche s'écrasa sur la mienne. Le dégoût me donna des forces. Je me dégageai en hoquetant, reculai d'un pas et lui envoyai un bon coup de genou entre les jambes. Grimaçant de douleur et de fureur, la face rouge et tuméfiée comme un ballon sur le point d'exploser, il se plia en deux, les mains au ventre.

Je ne perdis pas une seconde. Je le repoussai et bondis vers la porte, le drap toujours serré contre moi. Mais dans sa rage, il parvint à le saisir par un coin et le tira, me ramenant à lui, jusqu'à ce que je lâche prise et m'enfuie hors de la pièce, complètement nue. Je courus d'un trait jusqu'à la salle de bains et m'y enfermai à double tour.

Et je restai là un moment sans bouger, haletant, sanglotant, écoutant. Mon pouls battait si vite et si fort que je dus m'adosser à la porte, étreignant mes épaules. Le souvenir de la bouche puante de Richard me soulevait le cœur.

— Sale petite garce! l'entendis-je hurler derrière moi, en secouant brutalement la poignée. Ouvre immédiatement! Comment as-tu osé me faire ça! Je vais te laisser ici, tu m'entends?

Il heurta violemment la porte à coups de poing et je poussai un cri, puis il s'arrêta et le calme revint. Pendant un long moment, je n'entendis plus rien. J'essayai de retenir ma respiration pour écouter, mais l'air brûlait mes poumons dilatés, le sang me battait dans les oreilles. Finalement, la voix rauque de Richard s'infiltra entre le panneau de la porte et le chambranle.

— Tu le regretteras, petite garce! J'aurais pu t'apprendre des tas de choses, faire de toi une femme en un clin d'œil. Je t'aurais si bien déniaisée que tu aurais pu faire n'importe quoi. Mais on ne rembarre pas deux fois Richard Marlin, ma petite. Tant pis pour toi. Tu ne sais pas ce que tu perds!

Il se remit à cogner dans la porte et je m'en éloignai en étouffant un cri, à l'idée qu'il pourrait la casser ou l'enfoncer. Mais cette fois-ci, je n'entendis plus rien. Après plusieurs longues minutes de silence, je revins vers la porte et y collai l'oreille. J'entendis les pas de Richard se diriger vers la porte d'entrée. Prudente, je m'assis sur le rebord de la baignoire et attendis, les bras croisés, que mes sanglots s'apaisent et que mon pouls se calme. La porte d'entrée fut ouverte et fermée, le silence régna. Était-ce une ruse pour m'inciter à sortir de la salle de bains?

J'attendis encore et encore, l'oreille aux aguets, espérant que Richard se lasserait s'il était toujours là, mais je n'entendais toujours rien. Et brusquement, la sonnerie du téléphone retentit. Il sonna et sonna, insistant, exaspérant. Et ce fut ce qui me rendit confiance. Si Richard avait été là, il aurait certainement voulu savoir si l'appel était pour lui, âpre au gain comme il l'était. Il aurait répondu. Un peu plus confiante à présent, je tournai sans bruit la clef dans la serrure. Puis, millimètre par millimètre, guettant le moindre craquement révélateur, j'entrouvris suffisamment la porte pour pouvoir jeter un coup d'œil au-dehors.

Pas de Richard en vue, mais la porte de ma chambre était grande ouverte. Me guettait-il à l'intérieur, une fois de plus ? À nouveau, mon pouls s'accéléra et je m'efforçai en vain de me reprendre. L'agression brutale de Richard m'avait secouée. J'avais les jambes en coton, et je tremblais de tout mon corps quand je me risquai hors de la salle de bains. Au premier pas dans la pièce, je m'arrêtai, terrifiée à l'idée qu'il pourrait surgir et me sauter dessus. Ce ne fut pas le cas.

Reprenant courage, c'est presque sur la pointe des pieds que je parcourus la distance qui me séparait de ma chambre, pour m'arrêter sur le seuil et tendre l'oreille. Rien. Aucun bruit. Je m'avançai dans la pièce en serrant les poings, au cas où j'aurais à me défendre, mais l'ennemi ne se montra pas. Soulagée, je me hâtai de refermer la porte derrière moi quand, brusquement, le cœur me manqua. Et si Richard s'était caché dans mon placard ?

J'attendis encore, n'entendis toujours rien et me décidai à m'en approcher. Je l'ouvris d'un coup, si brutalement que le souffle fit osciller les vêtements sur leurs cintres. Mais, grâce à Dieu, aucun Richard Marlin n'en surgit pour me sauter dessus.

Je m'habillai à une vitesse record et, sachant quel risque je courais s'il me retrouvait ici, je m'enfuis comme si j'avais le diable aux trousses. Je ne regardai personne tandis que je courais le long de l'allée. Je franchis le portail comme si je faisais une course de fond et ne cessai de courir qu'en arrivant sur le trottoir. Mais je marchais vite. Je fonçais droit devant moi, évitant les piétons de justesse, ignorant les feux, bravant le flot des voitures. Cette hâte me faisait du bien, elle calmait le tremblement persistant de mon corps. Et plus je m'éloignais des Jardins d'Égypte, mieux je me sentais. Jusqu'au moment où, à bout de souffle et en sueur, je m'arrêtai à un carrefour en me demandant quelle direction prendre. Je cherchai des yeux la plaque indicatrice, pour découvrir que je me trouvais dans Melrose Avenue. Et pour la première fois, je regardai les gens qui m'entouraient.

Jusque-là, je n'avais prêté attention à rien ni à personne. J'avais marché à l'aveuglette, ne me souciant que d'échapper aux griffes de Richard. Et maintenant, je me retrouvais dans un endroit de la ville assez bizarre. Je croisais ou dépassais sans cesse des jeunes gens aux cheveux bleus, verts ou roses, presque tous en jean et en blouson de cuir noir. Certains avaient le buste et les bras tatoués. Je vis même deux filles avec des anneaux dans le nez! J'avais l'impression d'être tombée sur une autre planète.

Je fis halte, tournai sur moi-même et repartis en sens inverse. Tout le monde était fou dans cette ville, décidément. Les gens se comportaient vraiment comme s'ils jouaient un rôle dans un film, et je me demandais s'il fallait en rire ou en pleurer. Quand j'eus marché ainsi quelques minutes, le décor changea de nouveau et je ralentis le pas, pour m'apercevoir que j'étais bel et bien perdue. Une fois de plus, je m'arrêtai pour examiner les environs. C'est alors que je remarquai, sur ma gauche, une petite échoppe dont l'enseigne annonçait : *Madame Marlène, voyante*. J'entrevis des cristaux, des jeux de tarot, et en pensant à

Fanny et à Billy un sourire me vint aux lèvres. Impulsivement, sans doute parce qu'ils me manquaient terriblement en ces instants difficiles, j'entrai dans la boutique.

Une table et deux chaises en merisier occupaient le centre de la petite pièce. Les cristaux se trouvaient dans une vitrine, sur ma droite. Et, tout à fait comme dans le magasin de Fanny, un rideau de perles masquait la porte du fond. Mon entrée avait déclenché un carillon, et une femme d'un certain âge s'avança en écartant les perles. Brune de teint, les cheveux de jais, elle portait un châle blanc soyeux sur une robe d'un bleu sombre. Ses boucles d'oreilles en argent, ornées de cristaux scintillants, brillaient comme des diamants entre ses longues mèches éparses. Et le cerne de khôl entourant ses grands yeux noirs les faisait paraître immenses.

— Bonjour, je suis Madame Marlène, se présenta-t-elle aimablement. Désirez-vous que je vous lise les lignes de la main ?

— Heu... en fait... je voulais juste...

— Vous semblez bouleversée, mon petit. Je vous en prie, dit-elle en désignant un siège près de la table, reposez-vous un instant et parlez-moi de ce qui vous trouble.

— Je suis perdue. Il n'y a pas longtemps que je suis ici et je ne sais même plus comment retourner à l'endroit où j'habite.

La voyante eut un sourire plein de sollicitude.

— Quel endroit, mon enfant ?

— Les Jardins d'Égypte.

— Oh, vous n'êtes pas si perdue que ça. Continuez sur ce trottoir, tournez à gauche au deuxième carrefour et au bout de dix minutes, vous y serez. Mais vous avez sûrement une autre raison d'inquiétude, plus grave que ça, n'est-ce pas ?

Je hochai la tête et parcourus la pièce du regard.

— J'ai une amie à New York qui vend des cristaux et qui fait des horoscopes. Elle s'appelle Fanny.

— Intéressant, commenta Mme Marlène. Vous êtes donc bien entrée ici pour savoir quelque chose, je m'en doutais. C'est bien ça, n'est-ce pas ?

Je réfléchis un instant.

— Je voulais savoir si quelqu'un que j'aimais reviendrait près de moi, en fait.

Comme si elle avait toujours su que je franchirais le seuil de sa boutique, elle hocha la tête d'un air sagace.

— Asseyez-vous, je vous prie.

— J'ai quitté mon appartement en toute hâte, m'empressai-je d'expliquer. Je n'ai pas d'argent sur moi.

— Aucune importance. Vous m'enverrez ce que vous pourrez plus tard.

Elle prit place à la table, m'invitant du geste à m'asseoir en face d'elle, et dès que ce fut fait elle s'empara de ma main et ferma les yeux. Après quelques secondes, elle inclina la tête, comme s'adressant à elle-même, et contempla ma paume ouverte.

— Vous avez déjà parcouru un chemin difficile, commença-t-elle, avec beaucoup de détours et d'obstacles, des hauts et des bas. Je vois beaucoup de vallées sombres, mais quelques lieux très élevés. Vous avez perdu un être cher, on dirait ?

— Oui.

— Mais vous possédez une très grande énergie. Quel est votre nom ?

— Melody.

— Je vois de la musique, dans vos yeux. Cette personne, cet être aimé, il y a déjà un certain temps que vous l'avez perdue.

— Oui, confirmai-je.

Elle étudia ma paume encore un instant, puis tendit la main vers le pendentif que m'avait offert Billy Maxwell et le prit entre ses doigts.

— Un lapis-lazuli. Cette pierre vous vient de quelqu'un que vous aimez beaucoup, et qui vous aime aussi beaucoup.

— En effet.

— Vous êtes comme une comète. Quelque chose de très beau et plein d'énergie voguant à travers l'espace en quête du lieu auquel il appartient, son vrai foyer.

— C'est vrai ! m'écriai-je, tout émue de voir qu'elle savait tant de choses à mon propos.

Une fois encore, elle ferma les yeux.

— Quelqu'un que vous cherchez vient à vous, annonça-t-elle.

Aussitôt après, elle rouvrit les yeux, mais cette fois elle ne souriait plus.

— Là où vous cherchez l'amour, il n'y a pas d'amour. Il vous faudra changer de direction. Mais ne craignez rien : votre énergie est trop forte pour être vaincue. N'ayez pas peur de vous tourner vers l'obscurité. Car bien souvent, ce que nous prenons pour le soleil n'est que le reflet de notre propre lueur. Ne cherchez pas l'amour là où on le cherche d'ordinaire, conclut-elle en se renversant sur son siège.

On aurait dit que lire dans ma main, ressentir mon énergie, l'avait complètement épuisée. Je me levai, pas très sûre d'être capable de suivre ses conseils.

— Merci, madame.

— Il n'y a pas de quoi. C'est toujours un plaisir de lire dans un cœur aussi grand que le vôtre. Tenez, ajouta-t-elle en ouvrant un tiroir pour en tirer une petite carte. Voici mon adresse. En général, je demande vingt dollars mais vous n'aurez qu'à m'en envoyer quinze.

Je pris la carte dans sa main ridée, la remerciai une fois de plus et me dirigeai vers la porte.

— Votre pierre bleue vous portera bonheur, cria-t-elle derrière moi. Ne vous en séparez jamais.

— C'est promis. Au revoir !

Je me sentais tout autre en quittant sa boutique, à la fois plus calme et revigorée. Il me faudrait du temps pour comprendre tout ce qu'elle m'avait dit, mais j'y réfléchirais. Depuis que je connaissais Fanny et Billy, j'avais moins tendance à me moquer de tout ce qui me semblait nouveau ou un peu étrange. J'acceptais de m'ouvrir à de nouvelles idées, de nouvelles expériences. Mais il restait quand même certaines choses que j'étais toujours bien décidée à éviter.

Me retrouver seule avec Richard, par exemple. C'est avec cette crainte présente à l'esprit que je revins sur mes pas, en suivant les directives de Mme Marlène. Une petite demi-heure plus tard, le cœur battant la chamade, je franchissais la porte de l'immeuble et me dirigeais vers l'ascenseur.

Au moment d'entrer dans l'appartement, je m'arrêtai un instant, les sourcils froncés. Il fallait que je mette maman au courant de ce que Richard avait tenté de me faire, décidai-je. Tôt ou tard, elle aurait fini par le voir tel qu'il était. Autant que ce soit maintenant.

J'ouvris la porte et entrai, pour avoir la surprise de les trouver tous deux assis dans le séjour. Maman avait les yeux rouges et tuméfiés, le visage dégoulinant de maquillage fondu. On aurait dit qu'elle avait pleuré tout l'après-midi. Richard se prélassait tranquillement dans un fauteuil, les jambes croisées, un verre dans une main et une cigarette dans l'autre. Le sourire torve avec lequel il m'accueillit me fit froid dans le dos.

— Alors tu as décidé de revenir, finalement.
— Tu voulais te sauver, Melody ? C'est ça ?
— Oui, répondis-je en défiant Richard du regard. J'avais trop peur qu'il revienne et recommence sa tentative.

Il écrasa nerveusement sa cigarette dans le cendrier.
— Non mais, tu entends ça !
— Melody, comment as-tu pu ?

Mon regard alla de maman à Richard, puis de lui à maman, et je compris qu'il avait déjà forgé sa version de l'histoire.

— Comment j'ai pu quoi ? C'était lui, maman ! Et je n'ai pas peur de t'appeler maman, tant pis si ça le dérange. Il m'a agressée dans ma chambre. Il est venu dans la salle de bains pendant que je prenais une douche et...

— Menteuse ! Qu'est-ce que je te disais, Gina ? C'est une sale petite intrigante. Dis la vérité, pour une fois.

— La vérité ?

Il détourna les yeux des miens pour s'adresser à maman.

— J'étais tranquillement assis là, où tu me vois en ce moment, en train de réfléchir à quelques coups de fil importants. Et voilà que subitement, elle sort de la salle de bains après avoir pris une douche, complètement nue. Elle s'est approchée de moi en souriant, mine de rien, comme si elle était habillée. Allez, raconte, petite sournoise !

— Non, déclarai-je en secouant la tête. Ça ne s'est pas passé comme ça, maman. Il a enlevé tous mes vêtements de la salle de bains et quand je suis sortie pour aller dans ma chambre, il m'attendait là, entièrement nu !

— Et tu vas croire une histoire pareille, Gina ? Allons, Melody ! Depuis ton arrivée, tu n'as pas cessé de rivaliser avec Gina. Tu t'es donnée en spectacle à la piscine et tu as tout fait pour être la vedette de la soirée. Je t'ai trouvé un job, mais il n'est pas assez bon pour toi, naturellement. Tu aimerais mieux être à notre charge.

Un pareil toupet aurait dû me désarçonner, mais j'avais dépassé ce stade. Et je n'avais pas l'intention de me laisser faire.

— Écoute-moi, maman. Il était là, dans la chambre, en train de m'attendre. Il m'a dit qu'il voulait faire mon éducation. Il voulait...

— Ton éducation ? Ton histoire devient de plus en plus débile, ma pauvre petite ! Il faudra trouver mieux que ça si tu veux réussir à Hollywood.

— Je ne veux pas réussir à Hollywood ! Et toi non plus, maman. Il faut que tu rentres à la maison ! m'écriai-je avec véhémence. Tu ne peux pas rester ici.

Richard Marlin pointa sur moi un index accusateur.

— Tu l'entends, Gina ? C'est ça qu'elle mijotait, depuis le début. Tout gâcher ici pour que tu sois obligée de partir. Elle est jalouse de sa propre mère. J'ai vu ça cent fois, surtout ici. Et maintenant, elle ose dire que ça lui est égal de t'appeler maman ! Elle s'arrangera pour t'appeler comme ça en public, et tu seras la risée de tout le show-biz. Elle a déjà fait suffisamment de dégâts, avec son esclandre à Pleins Feux.

— Maman...

J'allais plaider ma cause, rétablir la vérité, mais maman secoua la tête d'un air affligé.

— Je suis vraiment très déçue par ta conduite, Melody. Je ne sais pas quoi dire.

— Dis que tu me crois. Dis que tu sais qu'il ment. Que c'est un imposteur, incapable de t'être utile. Qu'il n'a jamais rien fait pour toi, sinon te trouver des petits boulots minables et te vendre à des marchands de sexe !

Richard se renversa sur les coussins, la mine satisfaite. Maman baissa les yeux et se mordit les lèvres.

— Maman...

— C'est ça, continue ! C'est ça, continue ! scanda Richard, sur le ton d'un supporter de football. Continue à l'appeler maman. Bravo.

Maman releva la tête.

— Peut-être que Richard a raison, Melody. Peut-être vaut-il mieux pour nous tous que tu rentres au Cap. Ça ne peut pas marcher comme ça.

— Alors tu le crois, maman ? proférai-je dans un souffle, à peine capable d'articuler mes mots. Tu crois ce qu'il raconte ?

Elle garda le silence. Un sourire triomphant s'étala sur la face blême de Richard Marlin, auquel je répondis par un regard de haine. Il semblait si sûr de lui, et maman si faible, si totalement soumise. J'étouffais de frustration et de colère.

— Eh bien, garde-le, peut-être que tu le mérites ! explosai-je en quittant la pièce pour aller faire mes bagages.

Une demi-heure plus tard, après que le téléphone eut sonné, j'entendis crier Richard. Il reprochait à maman de n'avoir pas obtenu le rôle qu'il espérait pour elle. Quelques minutes s'écoulèrent, je l'entendis sortir, et presque aussitôt après maman fit irruption dans ma chambre. Très pâle, la mine défaite et l'air malheureux, elle portait à nouveau ses lunettes noires.

— Je pense que tu as entendu, Melody. Je n'ai pas décroché le rôle. Richard dit que c'est parce que j'ai trop de soucis pour me concentrer, ces temps-ci.

— Ou bien parce que tu n'es pas faite pour être actrice, maman, répliquai-je en bouclant ma valise.

— Non, je peux y arriver, je le sais. Ça prend un peu plus de temps que prévu, c'est tout.

— Je n'ai pas fait ce qu'il t'a raconté, maman. C'est le contraire qui s'est passé. Je te le jure.

— C'est sans importance, ma chérie. Mais Richard a raison. Ta place n'est pas ici. Je ne sais pas à quoi je pensais quand j'ai accepté que tu restes avec nous.

— Tu pensais comme une véritable mère, maman. Tu pensais à la meilleure chose à faire.

Elle eut un sourire attendri.

— Quelle rêveuse tu fais ! Tu as toujours eu la tête dans les nuages.

— Moi ? (J'aurais éclaté de rire, si j'avais eu le cœur à ça.) Mais regarde-toi, maman. Regarde où tu vis ! Dans cet endroit, les rêves poussent aussi dru que... que les mauvaises herbes dans notre terrain de Sewell !

— Ce que je voulais dire, c'est que tu as toujours vu en moi beaucoup plus de choses qu'il n'y en a. Tu m'as idéalisée. Je regrette, ma chérie. Je ne suis pas la mère que tu aurais aimé que je sois.

J'acquiesçai d'un signe, sans répondre. Peut-être disait-elle la vérité, pour une fois.

Je m'assis sur le lit, la tête basse.

— Que vas-tu faire ? s'enquit maman. Tu as de l'argent ?

— Oui, j'ai presque tout gardé. Je n'ai pas dit à Richard combien j'avais sur moi, il aurait tout pris. J'ai aussi mon billet de retour. J'irai à l'aéroport et prendrai le premier vol possible.

— Pour rentrer à Provincetown ?

— Oui.

— Tant mieux, approuva-t-elle. Je serai plus heureuse de te savoir en sécurité, et là-bas je sais que tu y seras.

— Tu veux dire que tu auras la conscience tranquille, c'est ça ? Eh bien, dis-le !

Elle fut sur le point de se fâcher, puis ses épaules s'affaissèrent.

— Oui, admit-elle. Je crois qu'il est temps de ne plus nous mentir.

Je battis des paupières, n'osant pas croire ce que je venais d'entendre. Mais je n'avais pas encore tout entendu.

— Chester a toujours été un meilleur père pour toi que je n'ai su être une mère. Et le plus drôle... (elle eut un petit rire léger, presque insouciant, avant d'achever :)... c'est qu'il n'était même pas ton vrai père. Mais ça ne changeait rien pour lui, je peux te l'assurer.

— Maman...

J'hésitai un bref instant, puis je me jetai à l'eau.

— Quand tu m'as laissée à Provincetown, et que j'ai découvert la vérité sur toi et mon beau-père, j'ai d'abord cru que Kenneth était mon vrai père. Je savais que tu avais menti à propos de Grandpa Samuel. S'il te plaît, l'implorai-je, dis-moi la vérité !

Elle attacha sur moi un long regard pensif, et je crus qu'elle allait secouer la tête et s'en aller, mais non. Elle soupira et s'avança dans la pièce.

— Je les haïssais tous, tu le sais. Quand le juge Childs m'a appris qu'il était mon père, ce qui faisait de moi la demi-sœur de Kenneth, j'ai eu l'impression qu'il m'arrachait le cœur. Je me sentais tellement trahie, Melody. Tu n'imagines pas à quel point. J'avais grandi parmi ces gens riches et pleins d'eux-mêmes, qui n'arrêtaient pas de me traiter en inférieure. Tout ça parce que j'étais née « hors des liens du mariage », et qu'Olivia m'avait recueillie comme une enfant trouvée, une orpheline abandonnée. Ils me rappelaient à tout instant que j'avais une chance inouïe, que je devais en être infiniment reconnaissante.

« Et pendant ce temps-là ils ne se conduisaient pas mieux, bien au contraire. La plupart d'entre eux étaient menteurs, cupides, envieux et hypocrites, et j'ai décidé de prendre ma revanche. Quand ils ont découvert que j'étais enceinte, Olivia mourait d'envie d'ameuter les foules en me montrant du doigt. De crier à qui voulait l'entendre : "Regardez, c'est bien la preuve que c'est une fille de rien, une vraie traînée."

« Mais je l'ai bien dupée. Je me suis vengée d'eux tous en retournant la situation, quand j'ai affirmé que Samuel était le père de mon futur bébé. Olivia...

Maman sourit en évoquant ce souvenir.

— Olivia a failli mourir de honte. Elle est tombée malade et n'est pas sortie de sa chambre pendant plusieurs jours. Je lui ai dit que je révélerais toutes leurs saletés en public, que j'irais crier la vérité dans les rues. Quant à Chester...

« Chester m'aimait depuis toujours. Il a pris tout de suite ma défense, surtout quand j'ai pleuré sur son épaule. Il a promis de prendre soin de moi, quoi qu'il arrive. Je les ai tous montés les uns contre les autres, Melody. Chester et Jacob se sont battus. Et j'ai eu ce que je voulais, constata maman avec une amère satisfaction.

« Olivia a ravalé sa morgue et a fait le dos rond. J'étais désolée pour Samuel, mais c'était quelqu'un de pitoyable, de toute façon. Il se laissait complètement dominer par sa femme. Il faisait semblant d'ignorer qu'elle était amoureuse du juge Childs, qui avait une aventure avec sa sœur Belinda, ma mère. Ils se sont montrés horriblement cruels envers elle. Ils l'ont enfermée dans cette institution et m'ont rendue honteuse de ma propre mère.

« Rien de ce que j'ai pu faire n'égalera jamais ce qu'ils m'ont fait, Melody. Je ne regrette rien, excepté…

Maman marqua une pause, et je sentis qu'elle arrivait au bout de ses confidences.

— Excepté le mal que j'ai dû te faire, acheva-t-elle. Je suis désolée, mais je sais que tout ira bien pour toi.

— Pas avant que je ne connaisse toute la vérité, maman. Je veux savoir qui est mon véritable père. Tu dois me le dire.

Un silence plana. Puis maman soupira, me tourna le dos et regarda par la fenêtre.

— J'étais déchaînée contre eux, Melody. Je voulais leur faire le plus de mal possible, les blesser, les humilier. Je buvais, je sortais avec des amis plus âgés que moi, je flirtais avec tous les garçons. Et un soir où j'avais beaucoup bu, j'ai décidé de rentrer à pied à la maison. C'était une nuit magnifique, chaude, remplie d'étoiles. Chaque fois que je levais les yeux au ciel, j'en avais le vertige.

« Et tout d'un coup il s'est trouvé là, juste à côté de moi, dans sa voiture. Il a baissé la glace et m'a demandé pourquoi je marchais comme ça, toute seule, à une heure si tardive. Il semblait si protecteur, si plein d'égards. Il a dit qu'il allait me ramener chez moi, et je suis montée dans sa voiture. Seulement il ne m'a pas ramenée à la maison. Il m'a emmenée sur une petite route à travers les dunes, en me racontant sa vie et ses malheurs. Il avait une femme ravissante et gagnait beaucoup d'argent, mais il était insatisfait, m'expliqua-t-il. Quelque chose lui manquait, ce quelque chose d'excitant, d'inexprimable qui est le sel de la vie. Et il disait que lorsqu'il me voyait, où que je sois et quoi que je fasse, il éprouvait cette exaltation qu'on ne connaît qu'une fois dans l'existence.

Maman se retourna et chercha mon regard.

— Tâche de comprendre ce que j'ai ressenti, Melody. Aucun homme ne m'avait jamais parlé comme ça. J'étais en pleine détresse et cet homme riche, distingué, plein d'assurance, me disait combien j'étais importante à ses yeux… Comment aurais-je pu résister ?

« Nous avons fait l'amour, et je n'avais jamais rien connu de pareil. Nous nous sommes revus souvent, toujours en secret. Puis j'ai été enceinte de toi et la situation est devenue incontrôlable. Je n'aurais rien gagné à révéler son identité. Il ne voulait pas quitter sa famille pour moi, et quand Olivia s'en est prise à moi j'ai décidé de me venger. Je n'ai jamais dit la vérité à personne. Ni à Chester ni à Kenneth : à personne.

Je retins mon souffle.

— Qui est-ce, maman ? Vit-il toujours à Provincetown ?

— Oui, ma chérie. Son nom est Teddy Jackson. Tout le monde l'appelle T.J.

Je sais que mon cœur s'arrêta de battre pendant quelques secondes. Je sais que le sang se retira de mon visage et que la respiration me manqua. Je sentis la pièce tourner autour de moi, et maman saisir ma main. Les yeux fermés, je cherchai désespérément de l'air.

— Tu vas bien, ma chérie ?

Je ne répondis pas. J'attendis que mon cœur se remette à battre et fis signe que oui.

— Son fils, dis-je enfin. Adam Jackson. Il a essayé de devenir mon petit ami quand je suis arrivée.

— Oh, non ! Et tu avais envie d'être son amie, toi ?
— Non, je le déteste. Il est affreusement arrogant.
— Tant mieux ! sourit maman. Pendant un moment, j'ai cru que je t'avais fait la même chose que ce que le juge Childs nous a fait, à Kenneth et à moi.
— Je crois que j'aime bien M. Jackson, maman.
— Il t'a déjà parlé ?
— De temps en temps. Et chaque fois, il a toujours été très gentil.
— Il ne reconnaîtra jamais sa paternité, ma chérie. Il a une famille, une position dans la communauté...
— Ça m'est égal. Je voulais simplement savoir qui c'était, affirmai-je. Merci de me l'avoir dit, maman.

Je me levai. Mme Marlène avait vu juste en lisant dans ma main. Je ne cherchais pas l'amour là où il fallait.

— Peut-être ne devrais-tu pas partir tout de suite, Melody. Tu pourrais rester encore un jour ou deux.
— Non. Ma place n'est pas ici, maman, et Cary a besoin de moi. Je lui suis bien plus nécessaire qu'à toi.

Ma mère me dévisagea comme si j'étais une étrangère, puis elle acquiesça en silence.

Désormais, il n'y aurait plus de mensonges entre nous. Comme deux personnes qui viennent de lever le masque, chacune de nous voyait enfin l'autre sous son vrai jour.

Et nous savions toutes deux que, dorénavant, nous allions devoir vivre avec cela. Pour le meilleur et pour le pire.

11

Retour au bercail

Je décidai de m'en aller sans autre adieu. Pour tous ceux qui pourraient s'étonner, je n'avais pas d'inquiétude : maman trouverait le mensonge qu'il fallait. Cela lui était si facile, à présent. Elle mentait comme elle respirait. Mais peut-être en avait-il toujours été ainsi ?

Je pris un taxi pour me rendre à l'aéroport, où j'obtins une place sur le vol de nuit Los Angeles-Boston. Pendant un moment, je caressai l'idée de retourner à New York voir Fanny et Billy, mais j'y renonçai. L'été tirait à sa fin, j'avais encore ma terminale devant moi et j'en avais assez de faire irruption dans la vie des gens.

D'ailleurs il était temps de devenir adulte, m'admonestai-je. De ranger toutes mes chimères enfantines dans ma boîte à rêves et de fermer le couvercle sur mon passé, mon espoir d'avoir un vrai père et une vraie mère. J'étais bel et bien orpheline. Le seul homme qui eût jamais souhaité être mon père était mort ; mon vrai père ne s'était pas fait connaître, trop heureux d'échapper à ses responsabilités.

Et dans un certain sens, ma mère était morte deux fois. D'abord quand Richard Marlin et elle avaient inventé leur petite machination, et expédié le corps d'une inconnue dans le cercueil de ma mère. Et maintenant, après nos retrouvailles, quand j'avais tenté en vain de réveiller en elle de véritables sentiments maternels. Elle m'était devenue réellement étrangère. Je n'avais pas versé de larmes en la quittant. Et quand elle avait refermé la porte derrière moi, j'avais pu entendre son soupir de soulagement. Son épreuve était finie. Elle pouvait retourner à ses mensonges, à la vie qu'elle avait toujours désirée.

Dans l'avion, il n'y avait personne sur le siège voisin du mien, et je m'en félicitai. Je n'étais pas d'humeur à faire la conversation. Et après ma mésaventure de New York, avec ce passeur de drogue, j'éprouvais une certaine méfiance à l'égard des inconnus. Je fermai les yeux et m'abandonnai à la somnolence qui me gagnait. Je dormis pendant presque tout le trajet.

À Boston, je me rendis tout droit à la gare routière et pris un billet pour Provincetown. La matinée était déjà avancée quand notre car s'engagea sur l'autoroute. Je n'avais pas eu le temps de prendre un petit déjeuner, mais je n'avais pas vraiment faim, de toute façon. Je me sentais engourdie, harassée, affaiblie, vidée de toute énergie. Les monstres de l'ombre étaient trop puissants, trop nombreux. Mieux valait battre en retraite, accepter mon sort, devenir ce que le destin semblait déterminé à faire de moi.

Sous l'emprise de ces pensées moroses, je résolus de me faire conduire directement chez Grandma Olivia et Grandpa Samuel en arrivant à Provincetown. C'était Grandma la véritable force de cette famille, la seule personne qui parût capable de prendre sa destinée en main. C'était elle qui avait décidé que ma grand-mère Belinda vivrait dans cette institution. Elle aussi qui régentait la maisonnée d'oncle Jacob et de tante Sarah. Elle dominait même le juge Childs. Et de toute évidence, elle faisait également la loi chez elle. Malgré ce que pouvait croire ma mère, c'était Olivia qui l'avait chassée, condamnée à une existence besogneuse et difficile, dans cette petite ville minière de Virginie-Occidentale.

Il était temps de reconnaître son pouvoir et de m'incliner devant elle. Je n'avais plus la moindre velléité de révolte : j'étais comme un drapeau en berne. Quand le taxi s'engagea dans l'allée de la grande maison, le sentiment de ma défaite m'accabla. Exténuée, je m'avançai vers le perron d'un pas de somnambule.

C'était une fin d'après-midi splendide, pourtant. Le ciel était d'un bleu profond, l'air vif et frais, tonifiant. Mais j'étais trop démoralisée pour savourer la splendeur du jour. Je pressai le bouton de la sonnette d'un geste las, comme un vaincu qui vient faire soumission.

Loretta m'ouvrit la porte et resta campée devant moi, figée sous un masque d'indifférence. Elle avait dû s'endurcir au service de Grandma, supposai-je. Elle accomplissait son travail quotidien comme un rouage dans une machine, solide, efficace, mais totalement sans réactions. Elle ne manifesta pas la moindre émotion devant moi : j'aurais aussi bien pu être un représentant de commerce.

J'entrai dans le hall et déposai mes deux valises.

— Voulez-vous prévenir ma grand-mère que je suis là, s'il vous plaît ?

— Ce ne sera pas nécessaire, Loretta.

Je levai la tête pour apercevoir Grandma Olivia en haut de l'escalier, qui nous toisait de son air hautain, drapée dans sa majesté. Elle était en deuil, ce qui la faisait paraître plus imposante encore. Ses cheveux blancs étaient sévèrement tirés en arrière, comme à son habitude, et aucun maquillage ne déguisait sa pâleur. Elle posa le pied sur la première marche.

— Ce sera tout, Loretta. Vous pouvez disposer.

— Bien, madame.

Loretta plongea dans une brève révérence et retourna dans sa cuisine préparer le dîner.

— Alors te voilà revenue, comme je l'avais prévu. Cet argent avancé pour ton voyage est donc une perte sèche, mais c'est ton affaire. Selon l'accord que tu as signé, il sera déduit de ton compte personnel.

Droite comme un I, Grandma poursuivit dignement sa descente, la main sur la balustrade et la tête haute.

— Inutile de te demander ce qui s'est passé, je le lis sur ta figure. Déception, désillusion, voilà ce que tu as trouvé. Ou alors un rien de lucidité, peut-être ? En tout cas, tu l'as vue comme elle était, conclut-elle, sans cacher sa satisfaction.

— C'est à cause de l'homme avec qui elle...

— Allons donc ! m'interrompit Grandma Logan. Je vois qu'avec Hellie rien n'a changé. Il se trouve toujours une bonne âme pour l'excuser, faire porter à quelqu'un d'autre la responsabilité de ses actes égoïstes et pervers. Quant à cette mise en scène d'accident de la route...

Un rictus ironique étira ses lèvres minces. Son regard inflexible évoquait celui d'un prédateur, assuré de tenir sa proie.

— Elle voulait esquiver jusqu'à la plus infime responsabilité envers toi, je présume.

— Oui, murmurai-je en baissant la tête.

Même à présent, après tout ce que j'avais subi à cause de maman, je ne pouvais pas m'empêcher d'avoir honte pour elle.

— Pff !

L'exclamation dédaigneuse de Grandma Olivia me fit venir les larmes aux yeux, mais ce qui restait de ma fierté me vint en aide : je parvins à ne pas pleurer. Ce fut elle qui détourna le regard du mien. Mais quand elle le ramena sur moi, je crus y détecter une trace, un soupçon de compassion.

— Bien, reprit-elle un peu moins rudement. Je suppose que tu ne pouvais pas faire autrement, il fallait que tu voies les choses par toi-même. Tu pourras me donner des détails plus tard, si tu y tiens. Je ne puis pas dire que je meure d'impatience de les entendre.

« Cependant, enchaîna-t-elle avec cette force bien à elle que je haïssais, respectais et enviais tout à la fois, ce chapitre de ton existence est clos, et la vie continue.

Notre famille doit poursuivre ses efforts pour conserver le respect de la communauté. Il serait souhaitable, cela va de soi, que personne n'entende parler de ce scandale. En ce qui me concerne, nous avons enterré ta mère. Je n'ai pas l'intention d'exhumer le corps d'une malheureuse inconnue. Hellie est morte pour moi, de toute façon, et je crois deviner que tu partages mes sentiments. À qui as-tu parlé de tout cela ?

— Juste à Cary, mais Kenneth Childs le saura.

Grandma Olivia réfléchit un instant.

— Kenneth gardera le secret, affirma-t-elle. Et j'aurai un entretien avec Cary, pour m'assurer sa discrétion.

— Vous n'avez pas à vous inquiéter pour ça. Cary n'est pas très porté sur les cancans, surtout quand il s'agit de notre famille.

— Notre famille ? releva-t-elle avec un semblant de sourire. Bien, je préfère t'entendre parler comme ça. Tu as bien fait de venir directement ici, ajouta-t-elle, un tantinet moins froide. Tu as fait preuve de bon sens. Comme nous l'avons décidé avant ce stupide voyage, tu habiteras ici, dorénavant. Tu n'ignores pas, j'en suis sûre, que mon fils est mort pendant ton absence ?

— Non, Grandma. Je suis désolée.

— Moi aussi, mais il nous faut enterrer les morts afin que les vivants poursuivent la lutte. Jacob était un brave homme, mais sa croix était trop lourde pour lui. Il prenait les choses trop à cœur et finalement, son cœur l'a lâché.

Elle marqua une pause avant d'ajouter, le regard sévère :

— Il y a une leçon à tirer de tout cela. Bâtis un rempart autour de ton cœur, protège-le bien. N'accorde pas ton amour, ton amitié ou ton affection à trop bas prix. Car chaque fois que tu le feras, il t'en coûtera. Tu apprendras encore bien d'autres leçons, ici, ajouta-t-elle, en me fixant si intensément que je n'osai pas détourner les yeux.

« Comme je te l'ai déjà dit, j'ai observé chez toi des traits de caractère qui, bien qu'à l'état brut pour le moment, sont assez prometteurs. Convenablement cultivés, ils pourraient faire de toi quelqu'un de fort, fiable et capable. Je n'ai pas l'intention de revivre ce que j'ai enduré avec ta mère, je te préviens. Tant que tu vivras sous ce toit, tu te conduiras de manière décente, et tu ne feras rien qui puisse jeter le discrédit sur cette famille.

— Vivre ici n'est peut-être pas une si bonne idée, suggérai-je. Peut-être ferais-je mieux de retourner chez tante Sarah.

— Et pour apprendre quoi ? L'apitoiement sur toi-même ? Pff ! Elle a bien assez à faire avec sa pauvre petite handicapée, de toute façon.

— Justement, je pourrai l'aider. Je pourrai...

— Gâcher ta vie, acheva-t-elle à ma place, mais son regard s'adoucit imperceptiblement. Tout le monde s'attend que je m'occupe de toi, maintenant que ta mère est soi-disant morte. De quoi aurais-je l'air, à ton avis, si je laissais une telle charge peser sur Sarah, quand elle vient juste de perdre son mari ?

— C'est donc surtout votre réputation qui vous tracasse ?

Grandma Olivia se raidit comme sous l'effet d'un électrochoc.

— J'espérais que tu comprendrais le prix de ce que je t'offre. N'importe quelle fille de ton âge envierait ta chance. Mes motivations sont sans doute égoïstes, mais moins que tu ne le crois. C'est pour la famille que j'agis ainsi. L'honneur et la réputation d'une famille sont des choses importantes, Melody. Tu finiras par le comprendre.

« Les gens qui n'ont pas cet orgueil familial sont faibles, et leur faiblesse, leur manque de tenue, affecte leur famille tout entière. Prends l'exemple de cette femme, que tu t'obstines à appeler maman. Y a-t-il la moindre fierté en elle ? Eh bien, réponds ?

— Non, admis-je avec réticence.
— Et tu voudrais être comme elle ?

Je baissai les yeux, mais elle avait eu le temps de surprendre l'expression indignée de mon regard. Elle eut un de ses rares sourires approbateurs.

— Tu vois bien. Tu ressembles beaucoup plus à mon côté de la famille que tu n'aimerais le reconnaître, Melody. Bon, tu prendras l'ancienne chambre de Hellie. Je l'ai fait préparer, prévoyant ton retour. Mais qu'une chose soit bien claire : tu devras t'occuper toi-même de tes propres affaires. Loretta est ma femme de chambre, elle ne sera pas à ta disposition. D'ailleurs c'est l'erreur que nous avons faite avec Hellie : nous l'avons trop gâtée. Surtout Samuel. Il lui passait tous ses caprices, et tu vois ce que ça lui a valu.

« J'espère que tu continueras à donner satisfaction en classe, reprit sévèrement Grandma. Et j'espère aussi, non, j'*exige* que ta conduite soit irréprochable. Je ne veux pas entendre dire que tu as commis la moindre de ces horreurs que se permettent les jeunes d'aujourd'hui. Pas question d'alcool, de drogues, d'amourettes licencieuses. Et pas question non plus de t'habiller de cette façon ridicule, que la jeunesse prend pour le dernier cri de la mode.

« Après ton baccalauréat, je t'inscrirai dans une bonne école privée, de façon que tu aies une année de transition agréable après ta terminale, ajouta Grandma un peu moins sévèrement. Mais comme je te le disais, il y a beaucoup de choses que tu apprendras par le seul fait de vivre ici, des choses qui ne s'apprennent dans aucune école. Tu peux monter te reposer, maintenant. Tu as l'air fatiguée. Si tu veux dîner, descends dans deux heures.

— Où est Grandpa Samuel ? m'informai-je.
— Il fait la sieste derrière la maison. C'est comme ça qu'il passe la plupart de ses journées, ces temps-ci...

Elle avait dit cela d'une voix presque inaudible,

comme si elle se parlait à elle-même. J'eus l'impression très nette qu'elle avait, un moment, oublié ma présence. Et brusquement, elle s'aperçut que je la regardais.

— Eh bien, Melody ? Qu'est-ce que tu attends ?

— Je ne suis pas sûre de trouver la chambre de ma mère, Grandma.

— Première porte à gauche. Elle a été nettoyée à fond, la salle de bains aussi. Veille à ce que tout reste dans cet état, surtout. Tu trouveras des vêtements dans la penderie et dans la commode. Je les ai achetés le lendemain de ton départ, se fit-elle un plaisir de préciser. Je savais que tu reviendrais.

Son air assuré me poussa à répondre, et même sur un ton plutôt sec :

— Tout le monde n'a pas une boule de cristal ! Dommage pour moi.

— Ça viendra, tu verras, répliqua-t-elle avec assurance.

Après un instant d'hésitation, elle ajouta :

— Bienvenue à la maison.

Puis, sur un bref hochement de tête, elle me tourna le dos et s'éloigna dans le hall.

En montant l'escalier, j'avais l'impression qu'on venait de me remettre la clef de ma chambre dans un motel, en me laissant me débrouiller seule. La trouver fut aisé. Je m'arrêtai un instant devant la porte, respirai à fond et l'ouvris d'un coup. Mon nouveau chez-moi, pensai-je en embrassant la pièce d'un coup d'œil.

Si jamais il y avait eu la moindre féminité dans cette chambre, Grandma Olivia en avait effacé toute trace. On aurait dit une cellule de nonne, en plus grand. Un papier mural d'un brun uni ; des rideaux blancs ; un lit en pin d'une simplicité spartiate, sans chevet, avec une couverture beige et une taie d'oreiller assortie. Dans un angle, un petit bureau sur lequel étaient préparés quelques cahiers, carnets, crayons et autres accessoires. Les seuls autres meubles consistaient en une haute commode en pin noirci, à six tiroirs, et une petite table de nuit du même bois.

Pas de coiffeuse, ni de miroir, à part la petite glace qui surmontait le lavabo, dans la salle de bains. Et naturellement, pas de téléphone dans la chambre, ni poste de télévision ni radio. Quand j'ouvris le placard, j'y trouvai une demi-douzaine de robes toutes simples, deux jupes arrivant à la cheville et quelques chemisiers de différentes couleurs, choisis pour s'harmoniser avec elles. Dans les tiroirs de la commode, je découvris du linge de corps, des chaussettes, et quelques pulls en laine qui seraient les bienvenus quand le temps rafraîchirait. Grandma Logan avait pensé à tout.

J'ouvris ma valise, en tirai les toilettes coûteuses que Dorothy m'avait offertes et les suspendis dans la penderie. Elles semblaient déplacées, presque comiques à côté de ma nouvelle garde-robe, avant tout simple et pratique. Je posai les chaussures assorties sur le sol et poursuivis le déballage de mes affaires. La vue de l'éventail de Billy m'arracha un sourire. En le déposant sur la table de nuit, je me promis de ne pas tarder à les appeler, Fanny et lui, et de les remercier pour tout ce qu'ils avaient fait pour moi.

Mes rangements terminés, je m'assis sur le lit et, dans l'encadrement des rideaux blancs, je contemplai l'océan lointain. Son bleu intense avait quelque chose d'attirant, de serein, d'apaisant. J'aurais au moins cette vue pour me consoler quand j'aurais des problèmes, soupirai-je. Ce qui ne manquerait pas de m'arriver dans cette maison, je le pressentais.

J'examinai la pièce autour de moi, en me demandant comment elle avait pu être du temps de maman. Grandma Olivia devait y avoir fait le vide avec la furie d'un ouragan, supprimant tout ce qui pouvait évoquer la présence de ma mère. On distinguait encore, sur le mur du fond, la trace de quelques étagères disparues. C'était là, supposai-je, que maman devait ranger ses peluches et ses poupées. D'après le peu que m'avait appris Cary, je devinais qu'elle obtenait de Grandpa Samuel tout ce qui lui faisait envie. Qu'étaient devenues toutes ses possessions ? Se trouvaient-elles entassées à la cave, avec les vieilles photos que m'avait un jour montrées Cary ? Ou les avait-on jetées, ou brûlées ? Grandma Olivia en aurait été tout à fait capable.

Je m'étendis sur le lit. Le voyage m'avait épuisée, même si j'avais somnolé dans l'avion et dans le car. C'étaient toutes ces émotions qui causaient ma fatigue, cette lassitude immense qui me pénétrait jusqu'aux os. Et en plus, j'avais faim. Je décidai de m'accorder une petite sieste, après quoi je descendrais pour dîner, comme l'avait suggéré Grandma Logan.

Mais quand j'ouvris les yeux, il faisait si sombre que je ne voyais même plus les contours de la porte. Le ciel s'était couvert, occultant les étoiles. Je m'assis et tendis l'oreille : tout était silencieux. Je tâtonnai en direction de la lampe de chevet, pressai l'olive et battis des paupières quand la lumière jaillit. Puis je consultai mon réveil et n'en crus pas mes yeux : il indiquait deux heures. Deux heures du matin ! Non seulement j'avais manqué le dîner, mais j'avais dormi jusqu'au milieu de la nuit.

Je connus un moment de panique. J'avais compté appeler Cary, juste avant ou juste après le dîner, pour lui faire savoir que j'étais de retour. Il serait froissé de n'être pas le premier que je sois allé voir, ou que j'aie prévenu. Et maintenant, je ne pourrais pas l'appeler avant plusieurs heures ! Je voulais aussi passer chez Kenneth, le plus tôt possible. J'avais tant de choses à faire, et je perdais tout ce précieux temps à dormir !

En tout cas, il n'était plus question de me rendormir, maintenant. Ce fameux décalage horaire, contre lequel tout le monde m'avait mise en garde, réclamait son dû. Mon corps ne savait plus l'heure et mon estomac, furieux d'avoir été oublié, me rappelait à l'ordre en grondant. Je me levai pour aller entrouvrir la porte et risquai un coup d'œil dans le couloir. Une faible lueur montait du hall, éclairant la cage d'escalier. La porte grinça quand je l'ouvris un peu plus grand. À pas feutrés, je m'avançai sur le palier puis j'entamai la lente descente des marches, une à une. Je ne voulais déranger personne, mais il fallait que j'avale quelque chose. Un peu de lait, une tranche de pain, n'importe quoi.

Tandis que je traversais le hall, un faisceau de lumière m'attira du côté du salon et je m'arrêtai sur le seuil. Grandpa Samuel dormait dans un fauteuil, les mains croisées sur le ventre et la bouche ouverte. À côté de lui, sur une table, je vis une carafe de cognac à moitié vide et un verre. Je gagnai sans bruit la cuisine où je me préparai un sandwich à la dinde, que je dévorai en toute hâte, comme une voleuse.

Un hoquet de surprise me fit pivoter vers la porte. Grandpa Samuel s'encadrait dans l'embrasure, pâle comme si tout le sang s'était retiré de son visage. Il s'avança d'un pas, en titubant et l'air égaré.

— Mon Dieu !... Hellie ?

— Non, Grandpa. C'est moi, Melody. Je suis désolée de vous avoir réveillé, mais je...

— Melody ? (Grandpa se frotta la figure à deux mains et m'accorda un second regard, aussi effaré que le premier.) Melody ?

— Oui, Grandpa. J'avais faim. Je me suis endormie et j'ai manqué le dîner, c'est pour ça que...

— Ah, oui ! Olivia me l'a dit. Elle a envoyé Loretta voir ce que tu devenais. Pendant un moment, j'ai cru...

Il secoua plusieurs fois la tête avant d'expliquer :

— Ta mère rentrait souvent très tard, et elle venait manger un morceau à la cuisine. Elle avait parfois trop bu, mais je ne disais rien à Olivia. Je m'assurais qu'elle avait assez mangé, puis je l'envoyais se coucher.

« Bon, il se fait tard, reprit-il, l'air un peu perdu. Olivia va se demander ce que je deviens.

Il me dévisagea, comme s'il ne croyait toujours pas à la réalité de ce qu'il voyait, et continua son monologue.

— Je ne t'ai pas entendue rentrer, Hellie. Ta mère ferme toujours la porte quand tu rentres tard, elle dit qu'il faut te laisser dormir dans la rue. Mais je l'ai rouverte quand elle est montée, comme toujours.

— Grandpa, murmurai-je, déconcertée par son attitude. C'est moi, Melody.

Peut-être était-il somnambule, et parlait-il en dormant. Il eut un sourire indulgent.

— Ce sera un petit secret de plus entre nous, d'accord ? Mais ne te lève pas trop tard demain, ajouta-t-il en me menaçant du doigt. Allez, bonne nuit, ma petite fille.

Il s'en alla en traînant les pieds, l'air plus vieux que jamais. Je lavai ma vaisselle et la rangeai, essuyai la table, veillant à effacer toute trace de ma collation nocturne avant de monter. Pourtant, quand j'arrivai en bas des marches, Grandpa Samuel gravissait péniblement les dernières, et je l'entendis s'éloigner en geignant vers la chambre qu'il partageait avec Grandma Olivia.

Je gagnai rapidement la mienne et fermai la porte. Puis je me déshabillai, enfilai une des chemises de nuit toutes neuves que j'avais trouvées dans la commode et me glissai dans mon lit. Mon estomac s'était calmé, finalement, mais maintenant c'étaient mes pensées qui ne me laissaient plus en repos. J'étais obsédée par l'étrange comportement de Grandpa Samuel. Je ressemblais à ma mère, mais quand même pas à ce point-là ? Quand je lui avais dit mon nom, il avait paru me reconnaître, alors pourquoi avait-il oublié aussitôt qui j'étais ? Comment pouvait-il me parler comme si j'étais Hellie, comme s'il avait reculé de vingt ans dans le passé ?

*
* *

— Tu vois bien ? C'est Melody, notre petite-fille. Melody et pas Hellie, précisa Grandma quand j'entrai dans la salle à manger pour le petit déjeuner, le lendemain matin.

J'étais encore au lit quand je les avais entendus passer devant ma chambre, un peu plus tôt ; et j'avais couru faire ma toilette à la vitesse de l'éclair. Quand je pris place à table, Grandpa Samuel leva les yeux de son bol de céréales et m'adressa un petit signe de tête.

Il portait une veste de sport et une cravate, mais il semblait avoir eu quelques problèmes en se rasant. Des plaques de barbe naissante formaient des zones d'ombre grise sur son menton et ses mâchoires.

— Il divaguait encore, la nuit dernière, poursuivit Grandma Olivia. Il soutenait que Hellie était revenue.

Redoutant qu'il ne trahisse ma petite escapade nocturne, j'attachai sur Grandpa un regard appuyé mais le sien resta vide, comme absent.

— Bonjour, Grandpa Samuel.

— Cette fois, il retombe en enfance, bougonna Grandma entre haut et bas. Il est quasiment gâteux.

Grandpa loucha sur sa cuillerée de porridge.

— Alors toi aussi, tu le trouves un peu pâteux ?

— Je n'ai jamais dit ça, espèce d'idiot ! s'emporta Grandma Logan. Et je te rappelle que tu passes un examen pour cette aide auditive, aujourd'hui. J'ai donné l'ordre à Raymond de t'y conduire.

— Ah oui ? Ça tombe très bien, alors. Aujourd'hui, j'ai du temps libre.

Grandma haussa les épaules.

— Tu entends ça ? Il peut se libérer aujourd'hui, malgré son horaire chargé !

Je dévisageai Grandpa Samuel, profondément troublée. Comment avait-il pu changer à ce point, en si peu de temps ? Grandma Logan devina ma question muette.

— C'est la mort de Jacob qui lui a porté un coup. En quelques minutes, il a vieilli de dix ans.

— C'est désolant, m'apitoyai-je. Vraiment très triste.

— Comme le reste de l'existence, ni plus ni moins. C'est pourquoi il est si important de savoir transiger avec les choses déplaisantes, Melody. On doit accepter ce qu'on ne peut pas changer, et s'efforcer de modifier ce qui peut l'être. Ne perds pas de temps à te battre pour une cause perdue, surtout. Le temps est trop précieux. Tu es jeune, et tu crois que tu le seras toujours. Mais un beau matin, tu te découvriras des rides et des cheveux blancs, et toutes sortes de douleurs là où tu n'avais jamais eu mal avant.

Interrompant brusquement sa tirade, Grandma Olivia se retourna vers son époux.

— Si tu continues à souffler sur cette cuiller, Samuel, ton porridge va geler. Dépêche-toi de manger !

— Pardon ? Oh, pas besoin de me presser, marmonna Grandpa. J'ai du temps libre aujourd'hui.

Grandma poussa un soupir de commisération.

— Du temps, écoute-le un peu ! Je me demande pourquoi je perds le mien, d'ailleurs. Il va bientôt se retrouver au même endroit que ma sœur, tu verras ce que je te dis.

— Justement, Grandma. Peut-être qu'avec le temps…

— Avec le temps ça ne fera qu'empirer, crois-moi. Inutile de verser des larmes là-dessus. Que comptes-tu faire de ta journée ? As-tu tout ce qu'il te faut pour la rentrée des classes ? C'est la semaine prochaine, si je ne me trompe ?

— Oui, Grandma. Et j'ai tout ce qu'il me faut, merci. Je comptais aller voir Cary, tante Sarah et May, aujourd'hui.

— Cette pauvre Sarah ! Tout ce qu'elle sait faire, c'est pleurer jour et nuit. Elle a les yeux si gonflés qu'on se demande comment elle peut encore y voir.

Je n'avais pas oublié dans quelle détresse m'avait plongée la mort de mon beau-père. Je me sentis poussée à défendre ma tante.

— Ils viennent de vivre des moments très durs, tous les trois. Je suis sûre qu'ils sont encore sous le choc.

— Jacob avait une bonne assurance-vie, rétorqua sèchement Grandma Logan. Ils auront de quoi vivre, et je compléterai ce qui pourrait manquer. Ils ne seront pas dans le besoin, rassure-toi.

— Ce n'est pas à l'argent que je pensais, Grandma Olivia, mais à quelque chose de plus important.

Elle éclata de rire, comme si j'avais dit quelque chose d'hilarant.

— Ah oui ? Eh bien, quand tu auras trouvé ce que c'est, préviens-moi !

— Je le sais déjà. C'est l'amour, la sollicitude envers autrui, l'amitié…

— Personne n'aime les autres plus qu'il ne s'aime soi-même, tu découvriras ça.

— J'espère bien que non.

— Tu l'as déjà découvert, riposta-t-elle. Quel amour pourrait-il être plus intense que celui d'une mère pour son enfant ? Pourtant, c'est elle-même que ta mère aime le plus au monde. Ne te figure pas que ce soit différent pour l'amour romantique, Melody. Quand ils sont jeunes et amoureux, les hommes et les femmes se désirent et se font toutes sortes de promesses. Mais avec le temps, leurs intérêts personnels reprennent le dessus, et ils s'éloignent les uns des autres. Sans que tu saches comment c'est arrivé…

Grandma Logan jeta un regard noir à Grandpa, qui soufflait sur une seconde cuillerée de céréales.

— Trente-cinq années ont passé, et tu reconnais à peine l'homme qui dort dans ton lit, enchaîna-t-elle. Et s'il ne finit pas par t'appeler par un autre prénom que le tien, tu peux t'estimer heureuse.

« Ne fonde pas trop d'espoirs sur l'amour, Melody.

— Mais alors… à quoi croyez-vous, Grandma ?

— Je te l'ai dit. À la famille, l'honneur, la réputation, le respect de soi-même. Bon, pour aujourd'hui…

Elle tamponna soigneusement ses lèvres avec sa serviette.

— ... et seulement pour aujourd'hui, je permets à Raymond de te déposer chez Sarah avant d'emmener Samuel chez le médecin. Mais il n'est pas question qu'il t'y conduise chaque fois qu'il te prendra fantaisie d'y aller, c'est bien compris ?

« Samuel ! lança-t-elle rudement au pauvre Grandpa. Tu comptes souffler sur cette cuiller toute la matinée ?

Il sursauta comme un gamin pris en faute.

— Pardon ? Comment ? C'est déjà l'heure de partir ?

— Il y a longtemps que c'est l'heure de partir ! soupira Grandma Logan, avec une telle tristesse dans la voix que je la regardai avec plus d'attention.

Mais elle s'aperçut aussitôt que je l'observais.

— Finis de déjeuner, Melody. Raymond t'attendra devant le perron, annonça-t-elle en quittant la table.

Je ne m'y attardai pas longtemps et rejoignis Grandpa Samuel dans la voiture. Je m'attendais que Cary soit déjà parti pour la pêche quand j'arriverais, mais je me trompais. Ce fut lui qui vint m'ouvrir. Son regard trahit d'abord une intense surprise, puis une joie sans mélange.

— Melody ! Tu es revenue !

— Bonjour, Cary, dis-je avec un grand sourire.

En se penchant pour m'embrasser, il vit la voiture de Grandma Olivia rebrousser chemin et fronça les sourcils.

— Qu'est-ce que Raymond vient faire ici ? Où sont tes valises ? Depuis combien de temps es-tu à Provincetown ?

— Je suis arrivée hier soir, mais j'étais tellement fatiguée que je me suis endormie aussitôt la tête sur l'oreiller. J'ai dormi d'une traite jusqu'au matin, expliquai-je.

— Dormi ? Dormi où ? Tu es d'abord allée chez Grandma Olivia ? Pourquoi ?

— Comment vont tante Sarah et May ? demandai-je en guise de réponse. Où sont-elles ?

— Dans la maison. Que se passe-t-il, Melody ? Pourquoi es-tu d'abord allée chez Grandma ? Tu as décidé d'habiter chez elle, c'est ça ?

— Oui, Cary. En effet.

— Mais pourquoi ?

— Nous en avons déjà discuté avant mon départ, tu te souviens ? Quand j'ai appris que le juge Childs était mon véritable grand-père, et Kenneth mon oncle.

— Je m'en souviens, mais...

— Rien n'a changé, Cary. Sauf que maintenant, je sais que ma mère n'est pas morte et...

— Mais personne n'est au courant, ici. Et puisque papa est mort...

— Justement. Ta mère a bien assez de travail, et puisque tout le monde croit que ma mère est morte, Grandma Olivia pense que c'est la meilleure solution pour nous tous. Mais comme je te l'ai promis avant de partir, nous nous verrons tous les jours, m'empressai-je d'ajouter.

Un sourire dédaigneux crispa ses lèvres et son regard vert me transperça comme une lame.

— Je pensais que tu aurais changé d'idée en revenant, mais je me trompais. Maintenant que tu as goûté aux plaisirs et au luxe de la Californie, tu préfères vivre à la grande maison, c'est ça ?

— Non, pas du tout ! protestai-je avec énergie.

Mais il s'obstina dans son jugement.

— Il est certain qu'elle a beaucoup plus à t'offrir que nous, poursuivit-il, les bras croisés sur la poitrine et le menton haut. Je ne peux pas t'en vouloir.

— Arrête de me parler comme ça, Cary Logan ! Tu ne comprends pas.

— Oh si, je comprends ! rétorqua-t-il amèrement. Je comprends même trop bien, malheureusement.

Cette fois, je renonçai à retenir mes larmes.

— Cette visite à ma mère a été… un désastre, hoquetai-je, les joues ruisselantes. Pour commencer, son ami Archie ou Richard Marlin, en admettant qu'un de ces noms soit le vrai, a voulu me faire tourner dans un film pornographique et… et maman l'a approuvé ! (La grimace ironique de Cary s'effaça quelque peu.) Ensuite il a… il a essayé de me violer, et maman a dit que c'était ma faute. Elle était contente de me voir partir. Elle a fait croire à tout le monde qu'elle était à peine plus vieille que moi et j'ai… j'ai dû me faire passer pour sa sœur !

« Je n'ai plus de parents. Et personne non plus qui m'aime vraiment ! m'écriai-je en sanglotant.

— Tu m'as, moi, Melody. Et May. Et ma mère… Tu sais qu'elle a besoin de quelqu'un pour remplir la place de Laura dans son cœur.

— Justement… la place de Laura. Je lui en suis reconnaissante, mais j'ai besoin d'être moi-même et j'ai peur… j'ai peur que ta mère veuille que je sois Laura, tout simplement, avouai-je en essuyant mes larmes. Je suis désolée, Cary.

Il resta un moment silencieux, puis libéra un long soupir.

— Je sais ce que tu veux dire, mais c'est juste que…

— Tu penses que je désire vivre avec Grandma Olivia ? Elle est cruelle, et de bien des façons que je ne comprends pas, Cary, mais elle est forte. Et si j'ai jamais eu besoin de force, c'est bien maintenant.

— Mais je *suis* fort, affirma-t-il.

— C'est vrai, mais tu dois d'abord l'être pour ta mère et ta sœur, surtout en ce moment. Plus tard, quand le moment sera venu… je voudrais que tu le sois aussi pour moi, Cary.

Un chaleureux sourire éclaira ses traits. Il réfléchit un moment, inclina la tête comme s'il se parlait à lui-même et d'un seul coup, m'enferma dans ses bras. Ce fut délicieux de sentir leur étreinte, leur solidité rassurante. J'aurais voulu me fondre en lui et demeurer ainsi, protégée par la force de son amour, à tout jamais.

D'un baiser, il cueillit une larme attardée sur ma joue et repoussa mes cheveux en arrière.

— Je croyais t'avoir perdue pour toujours, chuchota-t-il. Je pensais que tu étais tombée amoureuse de Hollywood.

— Je l'ai détesté d'emblée, Cary, tout au moins le peu que j'en ai vu. Ce n'est pas un endroit pour moi. Ni pour ma mère, d'ailleurs, mais elle ne s'en est pas encore aperçue. J'ai peur que le jour où elle comprendra, cela ne la détruise.

— Melody... Grandma Olivia a raison. Tu dois oublier Hellie. Tu nous es revenue. Il est temps pour toi de penser à l'avenir. Je n'aurais jamais cru être d'accord en quoi que ce soit avec elle, ajouta-t-il avec hésitation, mais c'est ainsi.

— Je sais, Cary. Je n'aime pas en convenir, mais nous avons beaucoup à apprendre d'elle, tous les deux.

Il rit, mais reprit très vite son sérieux.

— Tu as pu voir que Grandpa Samuel n'allait pas bien du tout, je suppose.

— Oui. On dirait que... qu'une porte s'est brusquement refermée dans sa tête, à la mort de ton père.

Les yeux de Cary s'embuèrent de larmes, mais il les refoula très vite et retrouva le sourire.

— May va être folle de joie de te revoir, et maman aussi, dit-il en s'effaçant devant moi.

Puis il déposa un dernier baiser sur ma joue, et nous entrâmes dans la maison.

Tante Sarah était au salon, cousant à petits gestes réguliers, presque mécaniques, et May lisait, assise à ses pieds. Ma tante avait manifestement l'esprit ailleurs. Elle leva lentement les yeux et sourit, de ce lumineux sourire de tendresse que j'avais attendu de ma mère, en pure perte.

— Melody! s'exclama-t-elle en posant son ouvrage.

Alertée par son mouvement, la petite May leva la tête. À la seconde où elle m'aperçut, son visage rosit de bonheur et, levée d'un bond, elle vint en courant se jeter dans mes bras. Je la serrai contre moi puis elle se dégagea, recula et se lança dans une rapide série de signes. Ses doigts remuaient si vite que je ne pouvais pas la suivre.

— Moins vite, lui transmit Cary, et je confirmai d'un signe que j'apprécierais beaucoup.

Puis je m'approchai de tante Sarah.

— J'ai beaucoup de peine pour toi, murmurai-je en la serrant contre moi.

— Je sais, ma chérie. Jacob s'est bien défendu. Les médecins m'ont dit qu'il s'était battu jusqu'à la fin. Il n'est pas « entré doucement dans la nuit bienfaisante », comme dit la prière.

— Ah non, pas lui! s'écria fièrement Cary. Papa était un vrai Logan.

Je me souvins des paroles de Grandma Olivia, au sujet de l'orgueil familial, et je ne pus m'empêcher de sourire. Tante Sarah tapota le coussin du canapé, à côté d'elle.

— Viens t'asseoir près de moi, ma chérie, et raconte-nous ton voyage. Où sont tes valises? Cary les a déjà montées?

Cary évita de répondre et me jeta un regard éloquent. C'était à moi d'annoncer ma décision.

— Pour le moment, je vais habiter chez Grandma Olivia, tante Sarah. Avec Grandpa Samuel qui ne va plus très bien, je crois qu'elle a besoin de ma compagnie.

Ce n'était pas exactement un mensonge, tentai-je de me persuader. En fait, j'espérais que ce fût vrai.

Tante Sarah fit un effort louable pour cacher sa déception.

— Oh! Je vois, dit-elle en se forçant à sourire. Tant

mieux. Elle pourra faire tant de choses pour toi... Alors, cette femme n'était pas Hellie, finalement ?

Je cherchai le regard de Cary, et lus dans le sien qu'il n'avait pas parlé.

— Non, tante Sarah. La femme que j'ai vue là-bas n'était pas la mère que j'espérais trouver.

— Comme c'est triste, ma chérie ! Mais au moins, te voilà de retour près de nous, dans ton vrai foyer. Il faut que tu nous dises tout sur la Californie, je ne suis jamais allée là-bas.

Je m'assis près d'elle et me lançai dans le récit de mon voyage. May s'installa en tailleur à mes pieds, surveillant mes mains, et Cary prit place dans le fauteuil qui avait été celui de son père. Il ne me quitta pas un instant des yeux.

Tout raconter par le menu prit du temps, sans compter les questions et les commentaires, y compris ceux de May. Puis il fut temps de passer à table, où je dus reprendre le récit de mes aventures. Un peu expurgé, naturellement, mais je n'en étais plus à une omission près. Le repas terminé, retrouvant nos vieilles habitudes, Cary et moi emmenâmes la petite May faire une promenade sur la plage.

— En ton absence nous sommes venus souvent ici, tous les deux, m'apprit Cary. Nous faisions comme si tu étais avec nous. Pour moi, c'était facile, car je pouvais te parler tout haut sans risque d'être entendu. Je ne sais pas combien de fois j'ai dû te dire que je t'aimais.

— Je t'ai entendu chaque fois, dis-je en souriant.

Il accentua la pression de sa main sur la mienne.

— Tu pourras rester dîner ?

— Je crois que je ferais mieux de rentrer chez Grandma, mais j'aimerais voir Kenneth, cet après-midi. J'espérais que tu pourrais me conduire là-bas.

Cary se détourna brusquement.

— Qu'y a-t-il ? m'inquiétai-je. Qu'est-ce qui ne va pas ?

— Je suis passé dans le coin hier, justement. Kenneth... n'est plus le même. Je pense que tout ça, son surmenage, la découverte au sujet de Hellie, ton départ... toutes ces choses ont réveillé chez lui des mauvais souvenirs, des souvenirs qu'il ne pouvait oublier qu'en travaillant.

— Mais qu'est-ce que tu cherches à me dire ?

— Eh bien... il s'est mis à boire un peu trop. En fait, je l'ai trouvé endormi sur la plage, avec Ulysse en train de gémir à côté de lui. Il avait passé la nuit là, je pense. Je l'ai aidé à rentrer chez lui.

— Oh, non !

— Je ne sais pas si tu devrais y aller, Melody.

— Plus que jamais, Cary, affirmai-je. Je dois absolument y aller.

Je m'exprimai avec une telle détermination que je m'étonnai moi-même. Cary soupira.

— Avec tous tes malheurs et tous tes problèmes, tu crois vraiment que tu dois aller aider quelqu'un d'autre ?

Une fois de plus, les paroles de Grandma Logan me revinrent à l'esprit.

— Justement, répliquai-je. Il faut apprendre à transiger avec les choses déplaisantes ; savoir accepter ce que l'on ne peut pas changer, et s'attaquer à ce qui peut l'être.

— Et tu crois pouvoir changer quelque chose au malheur de Kenneth ? Toi ?

L'accent de Cary laissait percer un scepticisme et un étonnement sans bornes.

— Oui, répondis-je, les yeux fixés sur les vagues bleues qui roulaient jusqu'à nous. Oui, j'en suis sûre.

12

Au creux de la vague

Le vent se faisait de plus en plus vif, à mesure que nous progressions sur la route accidentée qui menait chez Kenneth. Je pouvais voir l'écume bouillonner sur les écueils, et les mouettes semblaient peiner pour se maintenir en vol. Le ciel était toujours aussi bleu, mais, à l'horizon, de longs nuages gris d'allure menaçante paraissaient ramper vers nous.

— Un beau petit grain de nordet qui se prépare, observa Cary. Il va tomber des cordes, cette nuit.

Nous nous arrêtâmes près de la jeep de Kenneth, pour nous apercevoir que – du côté conducteur – la porte était restée ouverte. Je descendis de la camionnette, courus jusqu'à la jeep et jetai un coup d'œil à l'intérieur. Le sol était jonché de bouteilles de bière vides, voisinant avec des emballages de plats à emporter, paquets de frites et bouteilles de ketchup, également vides ou renversés.

— Il a dû décharger sa batterie, commenta Cary, qui contemplait les dégâts par-dessus mon épaule. Regarde un peu ça ! (Il pointa le menton vers le tableau de bord.) On dirait qu'il a laissé les phares allumés toute la nuit, en revenant de je ne sais trop quel bistrot.

Le cœur serré d'appréhension, je précédai Cary sur le chemin de la maison. La porte n'était jamais fermée à clef, mais cette fois-ci elle était entrouverte. À l'intérieur, le spectacle était affligeant. Je n'avais jamais vu la maison dans cet état, même avant que je commence à travailler pour Kenneth. Apparemment, il n'avait pas fait une seule fois la vaisselle depuis mon départ. Des restes de nourriture adhéraient aux assiettes graisseuses. Des verres traînaient un peu partout, gardant encore un fond de vin, de whisky, de bière ou de Coca-Cola éventé. Il y en avait même sur les appuis de fenêtres.

La porte de la chambre était ouverte. Je frappai au chambranle avant de regarder à l'intérieur, mais Kenneth ne s'y trouvait pas. Je ne voyais pas comment il aurait pu dormir là, de toute façon. Les draps et les couvertures pendaient hors du lit. Un oreiller gisait à terre, avec des vêtements et des chaussures jetés en vrac. Un détail, pourtant, attira mon attention dans tout ce désordre. Je m'y frayai un chemin et me baissai pour ramasser une photo, celle que j'avais un jour trouvée sous le lit de Kenneth.

— Bon sang, ce que ça pue ! s'exclama Cary. Tu vois ce que je vois ? (Je voyais : une flaque de vomi avait séché dans un coin.) C'est dégoûtant. Qu'est-ce que tu tiens là ?

— Une photo de maman et moi. Tu as été voir dans la salle de bains ?

— Oui. Il est sûrement dans son atelier.

Cary promena un regard effaré autour de lui et secoua la tête, l'air incrédule.

— Je t'avais dit qu'il n'allait pas très bien, mais je ne pensais pas que c'était si grave que ça.

— Bon, eh bien, allons voir à l'atelier, décidai-je.

Nous nous empressâmes de sortir, trop heureux de nous retrouver au grand air. En passant près de la petite mare artificielle, je cherchai des yeux la tortue de Kenneth mais ne vis que deux poissons morts, flottant sur l'eau. La porte de l'atelier était grande ouverte.

Du seuil, je mesurai le chaos du regard. Là aussi, des assiettes et des verres sales traînaient partout, parmi des feuillets éparpillés. Un fauteuil était renversé, les pieds en l'air, et l'un des coussins du canapé manquait.

Kenneth était couché aux pieds de *La Fille de Neptune*. Lové en position fœtale, il étreignait d'une main le goulot d'une bouteille de whisky à demi pleine. Pieds nus, vêtu d'un treillis sale et d'un T-shirt décoloré, il avait les joues mal rasées, les cheveux et la barbe en broussaille. Les paupières étroitement closes, la bouche crispée sur un rictus amer, il paraissait en proie à un horrible cauchemar.

Ulysse, qui dormait à ses côtés, se leva péniblement et s'approcha de nous en agitant la queue.

— Mon pauvre Ulysse! m'exclamai-je quand il se mit à me lécher la main. Depuis combien de temps n'as-tu pas mangé?

— Il a dû racler les plats et finir les restes, observa Cary.

Je me retournai vers Kenneth : il n'avait pas bougé.

— Mieux vaut ne pas le réveiller, me conseilla Cary. Je l'ai déjà fait une fois, je te l'ai dit, et il n'a pas spécialement apprécié.

— Nous ne pouvons pas le laisser comme ça, voyons!

Je rassemblai mon courage et m'approchai de Kenneth. Il ne sentait pas bon, c'était le moins qu'on puisse dire. Je m'agenouillai près de lui, dégageai avec précaution la bouteille de ses doigts et la tendis à Cary, qui la posa sur la table. Puis je secouai lentement l'épaule de Kenneth. Ses lèvres remuèrent, mais il n'ouvrit pas les yeux. Je le secouai à nouveau, un peu plus fort.

— Kenneth? Réveillez-vous, c'est Melody. Je suis revenue. Kenneth!

N'obtenant pas de résultat, je me relevai en lui tirant le bras d'un coup sec et cette fois, il réagit. Ses paupières battirent. Il ouvrit les yeux, grogna et se dressa sur son séant. Le regard encore vague, il se massa les sourcils pour éclaircir sa vision.

— Qu'est-ce que...

— C'est moi, Kenneth. Melody.

Il se frotta les joues avec les paumes, pencha la tête, la secoua, et quand il la releva son regard avait repris sa lucidité.

— Je ne rêve pas ? Tu es revenue ? Ce n'est pas une illusion, tu es vraiment là.

— Oui, Kenneth, je suis vraiment là. Mais que s'est-il passé ? Qu'avez-vous fait ?

— Moi ? Rien du tout. C'est à moi qu'on a fait quelque chose, au contraire. Je ne suis pas le responsable de tout ce gâchis. Alors, raconte-moi...

Il s'interrompit net, ayant fini par remarquer la présence de Cary.

— Oh ! L'équipe de sauvetage est arrivée, je vois.

Cary grimaça un sourire.

— Bonjour, Kenneth. Je crois que la batterie de la jeep est à plat. Vous avez dû laisser les phares allumés, la nuit dernière.

— Ça m'en a tout l'air.

— J'ai quelques câbles de démarrage dans la camionnette. Je vais vous la recharger pendant que vous bavarderez, tous les deux. Ce ne sera pas long, ajouta Cary en s'éloignant déjà, Ulysse sur ses talons.

— Bavarder ? Nous avons quelque chose à nous dire ?

Ce ton ironique ne me plut pas du tout.

— Que vous est-il arrivé, Kenneth ? Vous étiez différent quand je suis partie.

— Je n'en sais rien, maugréa-t-il en s'efforçant de se relever.

Je me penchai pour l'aider, mais il me repoussa.

— Je peux faire ça tout seul !

Il essaya, mais il titubait, et quand il fut sur ses pieds il dut tendre le bras pour prendre appui sur la statue.

— Je savais bien que j'avais une bonne raison de fabriquer ce machin-là ! s'égaya-t-il.

— Vous aviez de bien meilleures raisons que ça, Kenneth. C'est une œuvre splendide.

Mon regard s'attacha un instant sur *La Fille de Nep-*

tune. Il était hors de doute que son visage était celui de ma mère.

— C'est vrai. Une pure création pour l'amour de l'art, pour révéler la beauté cachée, invisible, inaudible et intouchable qui nous entoure. Je suis un prophète, un chanteur de cantiques, un... Oooooh! (il émit un gémissement lamentable)... un homme qui tient une sacrée cuite, oui!

Il chancela jusqu'au canapé, buta contre lui et s'y affala lourdement, au risque de le faire basculer en arrière.

— Pourquoi buvez-vous autant? Vous êtes en train de vous tuer!

— Mais non, c'est juste une impression. Je peux tenir comme ça indéfiniment. Au fait, enchaîna-t-il, retrouvant peu à peu ses esprits, j'ai eu quelques nouvelles de Hellie de temps à autre. On dirait que notre Miss Cap Cod nous a bien embobinés, non? Elle nous a joué *Mort et Résurrection*, comme nous le soupçonnions?

— Oui. Elle et son soi-disant impresario ont profité d'un accident de la route pour simuler sa mort. La femme qui était dans la voiture avec Richard Marlin avait emprunté les papiers d'identité de ma mère, et on l'a d'abord prise pour elle. Après ça, ils l'ont délibérément fait passer pour elle.

— Mais la concession familiale des Logan est réservée aux personnes de qualité, persifla Kenneth. Olivia ne va pas être enchantée.

— Pourquoi tout le monde s'inquiète-t-il tant de ce que va penser Grandma Olivia?

— Ça ne m'inquiète pas, ça m'amuse. Et quant à cette machination... je ne devrais pas m'en étonner. Hellie a toujours aimé se faire passer pour quelqu'un d'autre, surtout pour une actrice. Quand elle rencontrait des inconnus, elle se donnait un nom d'emprunt, s'inventait de toutes pièces une histoire et donnait le change de façon très convaincante.

— Alors elle est à la place qui lui convient, commentai-je.

Et là-dessus, je m'attaquai au nettoyage de l'atelier.

— Ne fais pas ça, protesta Kenneth. Ça m'est parfaitement égal que cet endroit soit propre et bien rangé, désormais. Tu as devant toi ma dernière œuvre, acheva-t-il en contemplant *La Fille de Neptune*.

— Arrêtez ça, Kenneth! Ce n'est pas votre dernière œuvre. Vous vous apitoyez sur vous-même, c'est tout. Je peux vous comprendre, car je ne m'en suis pas privée non plus.

Je ramassai le coussin tombé à terre, le remis en place et m'assis à côté de Kenneth. Puis je lui racontai ce qui s'était passé en Californie et pourquoi j'étais revenue. À mesure que j'avançais dans mon récit, il redevenait maître de lui-même, et ses yeux retrouvaient leur vivacité. Surtout lorsque je décrivis ma mère et son apparence d'extrême jeunesse.

— Elle est toujours aussi jolie, alors?

— Oui, mais il y a beaucoup de jolies femmes à Hollywood. La plupart ont certainement plus de talent qu'elle, et des agents plus compétents et plus honnêtes. Richard Marlin n'est qu'un petit malfrat qui a réussi à l'entortiller.

Kenneth hocha lentement la tête, méditant l'information.

— Je suis désolé pour elle. C'est une victime, comme je l'ai été moi-même. Et je suis désolé pour toi aussi, se hâta-t-il d'ajouter.

— Ne le soyez pas. Je ne veux plus penser à tout ça, ni m'efforcer de faire arriver ce qui n'arrivera jamais.

— D'où te viennent une telle sagesse et un tel savoir? s'étonna-t-il avec une ironie affectueuse.

Ma réponse fut nettement plus sèche.

— D'un long et douloureux voyage, qui m'a coûté beaucoup de larmes. Que ma mère ait dû renoncer à votre amour ne l'obligeait pas à m'abandonner, ni à me renier comme sa fille, je pense ? Quand cesserez-vous de blâmer votre père pour chacune de vos fautes, et quand commencerez-vous à vous blâmer vous-même ?

— Tu ne comprends pas, se défendit Kenneth, manifestement troublé.

— Oh si, je comprends. Ne pensez-vous pas que j'aie désiré son amour, moi aussi ? Que j'aie voulu avoir une mère ? Quand j'ai grandi, et ressenti toutes les inquiétudes et curiosités de l'adolescence, je mourais d'envie de me confier à maman. D'avoir avec elle ces longues conversations de mère à fille, et des réponses à mes questions, au lieu de l'écouter parler sans fin de... de ses points noirs et de sa ligne ! Croyez-vous que si vous aviez pu l'épouser, vous auriez été capable de la changer ?

— Je n'en sais rien, reconnut-il. Tout ce que je peux dire, c'est que j'aurais aimé avoir la chance d'essayer. D'accord, Melody. Je vais arrêter de pleurnicher sur moi-même. Quant à mon travail...

Il contempla longuement *La Fille de Neptune*.

— Ce projet semble m'avoir vidé de mes forces. Peut-être ai-je donné tout ce que j'avais à donner.

— Ça m'étonnerait ! renvoyai-je d'un ton convaincu.

À cet instant précis, le klaxon de la jeep retentit et nous nous tournâmes vers la porte restée ouverte. De loin, nous vîmes Cary tendre le poing, le pouce levé en signe de victoire.

— Un brave garçon, commenta Kenneth. C'est dur, ce qui lui arrive. Il va en avoir lourd à porter sur les épaules. Tu es revenue vivre avec eux ?

— Non, je vais habiter chez Grandma Olivia. C'est ce qui avait été décidé avant mon départ, vous vous souvenez ?

— Oui, je m'en souviens. J'avais même trouvé que c'était une excellente idée. Tu apprendras beaucoup auprès d'elle.

— C'est ce qu'elle n'arrête pas de me dire !

Kenneth sourit et tendit la main vers mon front.

— Je suis content que tu sois revenue, dit-il en me caressant les cheveux. Même si j'avais souhaité, pour ton bonheur, que les choses se passent autrement.

— Merci, Kenneth. Hum... puis-je me permettre une petite suggestion ?

— Bien sûr, pourquoi pas ?

— Pourriez-vous prendre une douche ou un bain, sans trop attendre ?

Il rugit de rire et ôta vivement sa main de mes cheveux.

— D'accord ! Je ne l'ai pas volé.

— Pendant ce temps-là, je ferai un peu de ménage dans ce chantier.

Il soupira bruyamment.

— C'est difficile de s'apitoyer sur soi-même, avec toi, Melody ! On ne peut pas dire que tu encourages les candidats.

— Tant mieux, rétorquai-je, et je vis à nouveau ses traits s'éclairer d'un sourire.

J'eus le sentiment qu'en mon absence, c'est une chose qui n'avait pas dû lui arriver souvent.

*
* *

— C'est fou ce que tu as réussi à faire avec lui. Fabuleux ! commenta Cary comme nous quittions la pointe, quelque deux heures et demie plus tard.

Nous avions laissé Kenneth en train de manger un plat chaud, après lui avoir fait promettre d'oublier le whisky pour un moment.

— Je ne sais pas combien de temps ça va durer, observai-je tristement. Il en est arrivé au point où son art ne lui suffit plus. Il lui faut quelqu'un de réel à aimer, et qui l'aime aussi.

Cary posa doucement sa main sur la mienne et la serra.

— Je peux comprendre ça, tu sais.
— Oui, moi aussi.

Comme nous tressautions sur le chemin inégal, je me retournai vers la maison de Kenneth. Ulysse était venu s'asseoir sur le seuil, mais il n'avait pas suivi la camionnette en aboyant derrière nous, cette fois-ci. Cary jeta un coup d'œil dans le rétroviseur.

— Il se fait vieux, ce pauvre Ulysse, pas vrai ?
— Oui, hélas. Et Kenneth n'a pas d'autre compagnon que lui, constatai-je en soupirant.

Pendant tout le trajet vers la maison de Grandma, nous surveillâmes les nuages qui s'avançaient du nord, obstruant peu à peu le ciel. Le temps d'arriver, l'averse avait commencé.

— Comment t'en sors-tu, pour la pêche ? demandai-je à Cary quand il freina devant le perron.
— Roy a pris d'excellentes initiatives, et Theresa l'a aidé. Elle ne t'a pas oubliée, tu sais ? Je dois lui donner très souvent de tes nouvelles.
— C'est elle qui s'est montrée la plus gentille avec moi, parmi toutes les filles du lycée. Quant à ce que toutes ces pimbêches pensent des Bravas, je m'en moque éperdument.

Cary eut un sourire en coin. Les Bravas, comme on appelait à Provincetown les métisses d'ascendance noire et portugaise, n'étaient pas très bien vues par les filles que Grandma considérait comme « distinguées ».

— De toute façon, reprit-il, je vais devoir m'occuper de la récolte d'airelles, maintenant. Il a fait chaud, elles sont un peu en avance. La plupart des baies sont déjà rouges.

« D'habitude, nous ne commençons pas la cueillette avant octobre, mais je crois que cette année ce sera pour la troisième semaine de septembre.

— Ce sera ma première cueillette. Que dois-je savoir pour me rendre utile ?
— Eh bien... ces baies-là sont toutes destinées à faire

des jus, donc ce sera ce qu'on appelle une « récolte humide ». On commence par inonder la zone de culture, jusqu'à ce que les airelles soient entièrement sous l'eau. Puis nous amenons des camions équipés de ce que nous appelons des « batteurs à œufs », qui libèrent les baies de leur buisson. Quand elles flottent à la surface, c'est là que le vrai travail commence.

— Que veux-tu dire ?

— Nous fabriquons une enceinte en utilisant des planches, des châssis toilés, des treillis, de manière à enfermer la récolte que nous amenons à l'une des extrémités de la parcelle. Là, un collecteur est placé juste sous la surface, et les airelles sont aspirées dans un conduit et convoyées jusqu'à un wagon-trémie. C'est là que les baies sont séparées de leur tigelle et des feuilles restantes, pour être chargées dans des camions.

— Je vois que tu sais parfaitement ce que tu dois faire, observai-je avec admiration.

— Peut-être, mais je ne l'ai jamais fait sans papa.

— Tu t'en tireras très bien, Cary. Et je serai à tes côtés, n'oublie pas.

Il eut un petit rire indulgent.

— Tu seras au lycée, voyons !

— Je m'accorderai quelques jours de vacances.

— Tu ferais l'école buissonnière, toi ? L'élève modèle qui a les plus grandes chances d'être major de promotion ?

— C'est beaucoup moins important pour moi que de t'aider, je t'assure.

Son visage s'éclaira, et il se pencha pour m'embrasser. Son baiser fut très bref, et très doux. Et quand il se redressa, mon regard plongea dans le sien, si intensément que je me sentis liée à lui, à son âme, à tout ce qu'il était. J'étais comme attirée, magnétisée par la profondeur de ses yeux verts. J'approchai mes lèvres des siennes. Et cette fois nous nous serrâmes étroitement dans les bras l'un de l'autre, pour échanger un long baiser plein de ferveur.

— Je suis heureux que tu sois revenue, souffla-t-il. Dans mes cauchemars, je rêvais que je ne te reverrais jamais.

— Maintenant, tu n'auras plus que des rêves agréables, Cary Logan. Je suis revenue et je ne te quitterai plus.

La joie lui fit venir les larmes aux yeux, et nous recommençâmes à nous embrasser. Par-dessus son épaule, je levai les yeux vers la maison et je vis un rideau bouger à l'étage. J'eus la certitude que Grandma Olivia nous observait.

— Il vaut mieux que je rentre maintenant, Cary, avant qu'il ne pleuve trop fort.

— Tu as raison. À quelle heure puis-je passer te prendre, demain ?

— Attends plutôt que je t'appelle. J'aimerais rendre visite à Grandma Belinda, si c'était possible.

— Bien sûr. Je t'y conduirai.

C'était tentant, mais j'éprouvai un scrupule à accepter.

— Tu devrais passer plus de temps avec ta mère, Cary. Elle doit être si triste... et si seule.

— Je ne peux pas rester assis toute la journée à la regarder pleurer, Melody ! Ça me rend fou de la voir souffrir comme ça. Le mieux à faire, pour moi, c'est de travailler dur et de lui montrer que tout ira bien. Que je me charge de tout.

— Je sais que tu peux le faire, approuvai-je avec chaleur. Je t'appelle demain.

J'effleurai sa bouche d'un baiser furtif et sautai de la camionnette. Je sentis son regard sur moi, tandis que je grimpais rapidement les marches du perron. Il ne remit le moteur en marche que lorsque j'eus ouvert la porte. Du seuil, je lui adressai un signe de la main et cette fois, il démarra.

Le hall était particulièrement sombre et lugubre, par ce temps couvert, avec son éclairage volontairement réduit. Sa tristesse me fit frissonner. Je me hâtai de monter à l'étage, pour découvrir que Grandma Olivia m'attendait devant ma porte. Sans la moindre parole de bienvenue, elle ouvrit devant moi et recula pour me laisser entrer la première. Sa mine revêche n'annonçait rien de bon.

— Il faut que nous parlions, déclara-t-elle en refermant la porte derrière elle. Où étais-tu, pendant toute la journée ?

— Je suis allée chez tante Sarah, j'ai passé un moment avec elle et May, puis Cary m'a emmenée chez Kenneth.

— Il vaudrait peut-être mieux que tu cesses de fréquenter sa maison, dorénavant.

— Mais pourquoi ? m'étonnai-je.

— Il y a déjà suffisamment de commérages qui circulent, inutile d'en rajouter.

— Je ne peux pas empêcher les mauvaises langues de Province town de cancaner, tout de même !

Grandma Olivia raidit l'échine.

— J'entends que tu mènes une vie exemplaire, ici. Que tu ne fournisses à personne la moindre occasion de soupçon ou de ragots.

Cette façon de disposer de moi et de mes actes me hérissa.

— Je n'ai pas l'intention de cesser de voir Kenneth. C'est mon oncle.

— Ne t'avise pas d'aller raconter ça autour de toi, ni à qui que ce soit ! répliqua Grandma Logan, la voix sifflante.

Mais ses yeux exprimaient, plus que de la colère, la crainte qui la hantait. Que la communauté puisse apprendre que le juge Childs était mon véritable grand-père, et surtout qu'il avait été l'amant de sa sœur... cette seule idée la terrifiait.

— Je n'ai pas la moindre intention d'exhiber devant tout le monde les cadavres qui traînent dans nos placards, Grandma Olivia. Cela ne servirait à rien, sinon à raviver les souffrances de gens qui ont assez souffert comme ça.

Son soulagement fut tel qu'elle en sourit.

— Bien. C'est ainsi qu'il faut penser.

— À propos, comment va ma grand-mère ? m'informai-je sur un ton résolu.

— Belinda est... Belinda. On a mis fin au traitement qui faisait d'elle un vrai légume, si c'est à ça que tu penses.

— Tant mieux. J'irai la voir demain. Ne vous inquiétez pas, me hâtai-je de préciser. Cela ne vous coûtera pas une goutte d'essence. Cary m'y conduira.

— Justement, c'est surtout pour ça que je tenais à te parler. Tu es devenue un peu trop intime avec Cary. Tu étais seule, complètement dépaysée, tu as trouvé quelqu'un de ton âge à qui parler, cela vous a rapprochés. Je comprends très bien. Mais maintenant, tu vas vivre ici, et il va falloir que tu prennes tes distances avec lui.

— Et pourquoi ça ?

Grandma Logan s'accorda quelques secondes de réflexion, et le bruit de la pluie remplit la pièce. L'averse avait redoublé de violence, à présent. De grosses gouttes martelaient lourdement le toit.

— Pourquoi ? Cary est un bon et brave garçon, qui a le sens des responsabilités, mais un peu insuffisant pour toi. Ne commets pas les mêmes erreurs que moi, Melody. Ta présence ici n'aurait aucun sens, si ce n'était pas pour apprendre cela.

— Vivre avec un être qu'on aime ne peut pas être une erreur, me récriai-je. Jamais.

— Allons donc ! Quand tu seras guérie de ces illusions romanesques, ma petite fille, tu seras assez forte pour assumer les responsabilités que j'ai en vue pour toi. As-tu seulement pensé au futur immédiat ? Après cette année scolaire, tu iras dans une excellente école privée qui prépare aux universités les plus prestigieuses. Et là, j'en suis sûre, tu rencontreras un jeune homme d'excellente famille, avec qui tu pourras nouer une relation intéressante et durable.

— À vous entendre, vous avez déjà tracé le programme de ma vie !

Grandma Olivia ne parut pas sensible à l'ironie de ma riposte.

— Je fais ce que je peux, mais tu dois te montrer coopérative, reprit-elle, apparemment indifférente à mes sentiments personnels. J'ai réfléchi à cela toute la journée, pour conclure que tu pouvais commencer dès maintenant cette préparation. À cette fin, j'ai pris contact avec une excellente éducatrice. Une certaine demoiselle Louise May Burton, maintenant à la retraite, après avoir enseigné dans une école de maintien. Tes cours commenceront après-demain, aussi ne fais pas de projets pour des promenades sur la plage, des sorties en mer ou autres distractions stupides.

Abasourdie par sa tirade, il me fallut quelques secondes pour me ressaisir.

— Mais... des cours de quoi suis-je censée prendre ?

— De maintien, de savoir-vivre, de bonnes manières. Tu vas entrer dans une école fréquentée par des jeunes filles du meilleur monde, issues des plus grandes familles du pays.

— Qu'est-ce qui cloche avec mes manières, selon vous ?

Grandma Olivia sourit avec commisération.

— Comment pourrais-tu le savoir, mon enfant ? As-tu déjà côtoyé des gens capables de faire la différence ?

Je lui jetai un regard brûlant de rage. Ma mère s'était comportée de façon indigne, j'en convenais, mais j'avais eu des amis honnêtes et généreux, à la conduite exemplaire. Sous ce rapport, les relations distinguées de Grandma Olivia auraient fait l'effet de brutes mal dégrossies, à côté de Papa George et de Mama Arlène.

Mais Papa George était mort, et Mama Arlène était partie...

— Alors c'est entendu, poursuivit Grandma Logan. Tu espaceras tes relations avec Kenneth Childs et Cary, et tu feras honneur à ton professeur de maintien.

— Je ne renoncerai pas à fréquenter Cary, la défiai-je.

— Si tu ne le fais pas de ton plein gré, j'aurai un entretien avec Sarah. Et tu sais, je suppose, quel genre d'influence j'exerce sur Sarah ? En fait...

Elle eut son petit sourire supérieur.

— Malgré ce qu'ils parviennent à gagner avec le commerce du homard – qui décline – et leur malheureux champ d'airelles, c'est moi qui les fais vivre. Même cette pauvre petite maison m'appartient, si tu veux le savoir. J'ai dû avancer de l'argent à Jacob pour payer les traites.

— Vous n'oseriez pas leur faire de tort.

Elle me lança un regard menaçant qui me glaça le sang dans les veines.

— Pas à moins que tu ne m'y forces, en effet, admit-elle.

Puis, avec un sourire ambigu, elle ajouta :

— Tu pourrais toujours te sauver, je suppose, et vivre comme ta défunte mère. Penses-y, je suis certaine que tu sauras où est ton bien. Tu t'apercevras que ta meilleure chance de mener une vie décente, c'est moi.

— Pourquoi faites-vous tout cela pour moi ? demandai-je, la curiosité prenant le pas sur ma colère.

— Je te l'ai dit. Pour l'honneur de la famille.

Je secouai la tête, rien moins que convaincue.

— Non, il y a une autre raison.

— Il n'y a pas d'autre raison... pour quoi que ce soit, affirma Grandma en tournant les talons.

L'instant d'après, elle était partie. La pluie s'acharnait sur le toit avec un bruit de tambour, et il me semblait que ces coups résonnaient dans mon cœur.

L'image de Cary me hantait. Je voyais son sourire aimant, ses yeux verts où se lisait un tel besoin de moi, une telle confiance en moi.

Comment pourrais-je le décevoir ? Les menaces de Grandma Olivia m'épouvantaient. J'avais vu sa fureur. Je ne pouvais pas douter de sa détermination.

Jadis, elle avait aimé un homme qui l'avait trahie, et de cette trahison était née ma mère, une femme qu'elle ne pouvait ni faire plier ni modeler à sa guise. J'étais sa dernière chance de revanche.

Mais cette revanche, sur qui la prendrait-elle ? Ou sur quoi ? Sur quelqu'un, ou seulement sur un monde qu'elle avait appris à mépriser ? Peut-être les deux, méditai-je.

J'étais persuadée que, dans les jours à venir, j'obtiendrais des réponses à mes questions. Seulement voilà : j'avais tout aussi peur de savoir que de rester dans l'ignorance.

Je me débattais en pataugeant dans un monde fait de sables mouvants : l'univers des adultes. Qui me lancerait une corde pour me tirer de là ? Kenneth ? Le juge Childs ? Ma grand-mère Belinda ? Cary ? Apparemment, tout le monde était aussi embourbé que moi.

Grandma Olivia par contre, et elle seule, semblait s'avancer sur un sol ferme. Je dus m'avouer que je l'admirais pour cela. Et soudain, une nouvelle crainte s'empara de moi.

Qu'adviendrait-il si elle parvenait à ses fins, si je devenais la femme qu'elle voulait faire de moi ? Deviendrais-je semblable à elle ?

Si cela devait arriver, c'est alors qu'elle tiendrait sa revanche.

*
* *

Grandpa Samuel ne vint pas dîner avec nous. Quand Loretta commença le service, je demandai de ses nouvelles.

— Il ne compte pas descendre, ce soir, m'informa Grandma Olivia en goûtant son potage.

— Il n'a pas faim ?

— Faim ? (Elle esquissa une grimace de pitié hautaine.) Il ne se rappelle même pas s'il a mangé ou pas.

— Mais c'est terrible !

— Oui, et j'hésite entre deux solutions. Prendre une infirmière à demeure ou...

— Ou quoi ?

— Le faire entrer dans la même institution que Belinda. Le médecin doit venir l'examiner à nouveau d'ici à quelques jours. Nous saurons à quoi nous en tenir.

J'éprouvai le besoin de trouver une troisième option.

— Il ira sûrement mieux à ce moment-là, suggérai-je. C'est le chagrin qui l'a mis dans cet état. Il va s'en remettre.

Grandma Olivia s'essuya délicatement les lèvres et fit signe à Loretta d'ôter son assiette.

— Franchement, Melody, je me demande s'il y a assez de place sur notre mur pour l'y accrocher.

— Pardon ? Pour accrocher quoi ?

— Ton diplôme de docteur en médecine. J'ignorais que tu avais soutenu ta thèse, ajouta-t-elle sans la moindre trace d'humour.

— Je voulais simplement dire que c'était possible. Vous ne le croyez pas ? Il a simplement besoin d'attention et de tendresse, répliquai-je. C'est très dur de perdre quelqu'un que l'on aime.

Grandma émit un petit ricanement sarcastique.

— Pff ! Bien sûr que c'est pénible ! Mais il faut savoir surmonter le chagrin si on veut être utile aux autres, et aussi à soi-même. Si tu commences à te noyer dans tes larmes, autant te faire enterrer avec celui que tu pleures. Je peux te paraître insensible, Melody, mais je suis seulement réaliste. Tout ce que nous possédons, tous nos succès sont dus à cette force et à cette attitude.

« Et pour comble d'ironie, renchérit Grandma, les membres de ma famille les plus sensibles et les plus faibles sont entièrement dépendants de cette force. Que feraient-ils sans moi ? D'après toi, que deviendraient Samuel, et Belinda, et Sarah ? Tous dépendent de moi. Même toi, souligna-t-elle.

D'un signe de tête, elle enjoignit à Loretta de poursuivre le service et reprit sa péroraison.

— Je n'attends aucune gratitude. Je n'ai pas besoin de m'entendre flatter par des remerciements perpétuels. Mais je ne permets pas non plus qu'on discute mes actes, c'est clair ?

Du coin de l'œil, je vis que Loretta s'était figée, attendant ma réponse pour oser faire un geste.

— Oui, Grandma Olivia, murmurai-je.

— Parfait. Tu peux aller voir Belinda demain. Tu devrais même y aller, maintenant que j'y pense. Parle-lui de Hellie. Donne-lui tous les détails concernant sa fille. Une bonne dose de réalité ne peut que lui être salutaire, conclut-elle avec un sourire satisfait.

Nous nous affrontâmes du regard. Puis, tranquillement, chacune de nous poursuivit son repas sans prononcer un mot. Quand Loretta changea les assiettes pour le dessert, Grandma déclara qu'elle n'avait plus faim.

— Essaie la crème brûlée, me recommanda-t-elle en se levant. C'est un délice.

Mais je n'avais pas plus d'appétit qu'elle, et je ne tardai pas à la rejoindre au salon.

Assise dans sa grande bergère à oreillettes, elle me parut plus menue que d'habitude, infiniment lasse et solitaire. Elle avait un livre sur les genoux, mais elle ne lisait plus. Elle fixait la fenêtre où ruisselait la pluie, regardant le ciel pleurer pour elle toutes les larmes qu'elle ne verserait jamais.

Je montai me coucher. Mais quand j'arrivai sur le palier, j'entendis une porte s'ouvrir et se fermer, puis je vis Grandpa Samuel s'avancer dans le couloir. Il m'aperçut et s'approcha en hâtant le pas. En pyjama et robe de chambre bleu marine, il avait les pieds nus et les cheveux en bataille. On aurait dit qu'il avait passé des heures à y fourrager avec les doigts.

— Hellie, chuchota-t-il. Je suis content que tu sois revenue.

— Non, Grandpa, c'est moi. Melody.

Il secoua la tête et regarda par-dessus son épaule, comme s'il craignait d'être entendu.

— Elle est partie et elle l'a fait. Je lui ai dit que c'était mal, mais elle m'a interdit d'en parler à qui que ce soit. Elle a dit que c'était une honte pour la famille, et que si je laissais filtrer quoi que ce soit en public, ou devant Jacob et Sarah, elle me jetterait dehors. Et que finalement, elle raconterait à tout le monde que j'étais responsable de ta grossesse. Tu te rends compte ? Je crois qu'elle l'aurait vraiment fait.

— Grandpa...

— Je ne dis pas qu'elle n'a pas raison. Elle est peut-être mieux là où elle est, mais, Hellie...

— Grandpa, insistai-je. C'est moi, Melody.

Je lui pris la main et l'attirai un peu plus près de moi.

— Regardez-moi bien. Je ne suis pas Hellie. Je suis sa fille.

— Elle ne doit pas savoir que je te l'ai dit, murmura-t-il, l'air très effrayé.

— Dit quoi, Grandpa ? De quoi parlez-vous ?

Il me retira vivement sa main.

— Je ne suis pas responsable, affirma-t-il en reculant d'un pas. Tu n'as rien à me reprocher.

— Grandpa !

— Je vais me coucher. Les choses nous paraîtront différentes, demain matin. Elles sont toujours différentes le lendemain. Mais si tu ne me crois pas, va voir dans la cave. Tu trouveras les papiers. Chut ! souffla-t-il en posant un doigt sur ses lèvres. Pas un mot. Elle ne doit pas savoir que je te l'ai dit. Fais comme si tu avais trouvé les papiers toute seule, ajouta-t-il en s'éloignant précipitamment.

Il ne se retourna qu'une fois avant d'entrer dans sa chambre et de refermer la porte.

Des papiers ? m'étonnai-je. Quels papiers ? Ce fantasme faisait-il partie de sa démence ? Comme Ophélie dans *Hamlet*, était-il devenu fou après avoir perdu un être aimé ? Si cet état de confusion mentale persistait, il finirait dans une maison de santé, pensai-je avec tristesse. À moins que...

À moins qu'il y eût plus de sombres secrets, encore à découvrir, que je ne l'imaginais ? Et si c'étaient ces souvenirs pénibles qui le mettaient dans cet état, et non la folie ?

Un bruit de pas me parvint d'en bas : Grandma Olivia montait se coucher. Pour le moment, mieux valait garder pour moi les étranges confidences de Grandpa Samuel, décidai-je en regagnant ma chambre.

Mais il me fut impossible de trouver le sommeil. Mes pensées tournaient en rond. Les paroles de Grandpa résonnaient à mes oreilles. Quand je finis par m'assoupir, je rêvai de secrets, de mensonges et de soupirs qui me parvenaient d'outre-tombe. Suscitée par mes cauchemars, une voix me parlait tout bas.

Le secret qu'elle me chuchotait, je ne parvenais pas à en percer l'énigme. Mais je savais qu'il se terrait à des profondeurs insondables, dépassant tout ce que j'aurais jamais pu concevoir.

13

Escarmouches

Le lendemain, juste après le petit déjeuner, Cary vint me chercher pour m'emmener voir Grandma Belinda. Je le guettai par la fenêtre du salon, afin de pouvoir courir à sa rencontre dès qu'il s'engagerait dans l'allée. Je ne voulais pas qu'il voie la moue désapprobatrice de Grandma Olivia. Il me poserait des questions, et je serais bien obligée de lui parler des intentions de Grandma Logan à notre sujet. S'il y avait une chose que je tenais à éviter pour le moment, c'était bien une scène de famille. Surtout si c'était moi qui devais en faire les frais.

La tempête était finie, de légers nuages couleur de vanille achevaient de se dissoudre dans le ciel bleu. Dès que j'aperçus la camionnette de Cary, je m'élançai au-devant de lui. J'avais à peine sauté à ses côtés qu'il achevait le tour du rond-point et repartait en sens inverse. Ce temps lumineux nous remplissait de joie et me rendait l'espoir. Il me rappelait mon enfance, quand je croyais encore que la vie s'écoulerait comme une longue journée d'été radieuse, toute pareille à celle-ci.

J'étais sur le point de revoir ma plus proche parente. L'interruption de son traitement lui aurait fait du bien, du moins je l'espérais. Je brûlais d'impatience de la serrer dans mes bras, de tout lui raconter, en particulier mes projets et mes rêves. Belinda aurait le temps de m'écouter, elle. Il y avait au moins une personne que ni maman ni Grandma Olivia ne pouvaient m'enlever.

En route, Cary mentionna les visites de sa sœur à Belinda, ma vraie grand-mère, avant que l'oncle Jacob ne le lui interdise. Cary avait mis du temps à me parler de Laura. Lorsque j'étais arrivée à Provincetown, le seul fait de prononcer son nom semblait lui briser le cœur.

— Pourquoi Laura rendait-elle si souvent visite à Belinda, Cary ? voulus-je savoir.

Il réfléchit quelques instants, et la douceur du souvenir éclaira ses yeux vert de mer.

— Belinda et elle ont éprouvé une attirance mutuelle dès la première rencontre. C'était comme si chacune s'était reconnue en l'autre, comme si ces deux natures aimantes partageaient une sorte... de secret. Belinda ne parlait qu'à Laura, même en présence d'autres personnes. Aucun de nous n'a su quand Laura est allée la voir pour la première fois. En fait, mon père n'a appris ce qui se passait qu'après plusieurs visites de Laura, et seulement parce qu'un des espions de Grandma Olivia l'a prévenue. Elle a téléphoné à papa, et il a puni Laura. Belinda était la brebis galeuse de la famille, tu comprends ? Nous n'étions pas censés prononcer son nom, et encore moins lui rendre visite. Mais pour papa...

Cary s'interrompit, le temps d'un sourire.

— Pour papa, ce n'était pas facile de punir Laura, poursuivit-il. Si par hasard nous faisions une chose qu'il n'approuvait pas, il s'en prenait toujours directement à moi, comme si Laura n'y était pour rien. Il ne s'est jamais rendu compte qu'il montrait sa faiblesse pour elle, mais c'était toujours moi le responsable. Laura prenait aussitôt ma défense, bien sûr. Elle reconnaissait toujours ses torts, mais papa ne voulait rien savoir. Il l'accusait de chercher à me protéger, même si j'étais hors de cause. « Mais Cary n'était même pas là ! » protestait-elle. Et tu sais ce qu'il répondait ?

Je compris, au regard de Cary, combien cette évocation du passé lui remuait le cœur. Je fis doucement signe que non.

— Il répondait que j'aurais dû être là pour l'empêcher de faire une sottise ! Une fois, il m'a fouetté avec une lanière, si violemment que j'ai dû aller m'allonger à plat ventre sur mon lit. Je n'ai pas pu m'asseoir pendant plusieurs jours. Laura venait dans ma chambre et s'asseyait à côté de moi en pleurant, comme si elle souffrait autant que moi. Après ça, j'ai décidé de ne plus m'écouter quand j'avais mal, et, crois-moi si tu veux : ça a marché. J'ai pratiquement cessé de ressentir la douleur. Heureusement ! s'égaya Cary, sinon Laura nous aurait fait fondre tous les deux dans ses larmes.

« En tout cas, elle faisait tout le trajet à bicyclette, observa-t-il comme nous arrivions en vue de l'institution. Il paraît que Grandma Olivia était jalouse. Laura ne venait jamais la voir à bicyclette, elle ! Non, Laura était...

Il m'enveloppa d'un regard plein de tendresse.

— Laura était comme toi. Elle s'occupait plus des autres que d'elle-même, et surtout des nécessiteux. Tous les nécessiteux, ceux qui avaient besoin d'argent comme ceux qui avaient besoin d'amour, conclut-il d'une voix émue.

Nous étions arrivés. Cary se gara sur le parking, nous descendîmes de la camionnette et nous dirigeâmes vers l'entrée principale du bâtiment. Une charmante infirmière, que je n'avais encore jamais vue, nous accueillit dans le hall. Mme Williams, annonçait la plaque épinglée sur sa blouse. Elle ne devait même pas avoir trente ans.

Les pensionnaires présents étaient moins nombreux qu'à mes précédentes visites, semblait-il. Mais cette fois encore j'attirai leur attention, et Cary davantage encore. Les conversations et les jeux s'interrompirent un instant.

J'expliquai qui nous étions et qui nous venions voir, mais Mme Williams n'eut pas le temps de nous répondre. Les hauts talons de Mme Greene résonnèrent sur le dallage.

— Eh bien ! Vous qui disiez que vous viendriez souvent... Voilà longtemps que nous ne vous avons pas vue, fit-elle observer, comme si elle me prenait en flagrant délit de mensonge.

— J'étais en voyage.

Mme Greene accueillit mon explication d'une grimace et se tourna vers la jeune infirmière.

— Laissez-nous, madame Williams. Je m'occupe d'eux.

— Bien, madame.

Mme Williams s'éloigna, et Mme Greene toisa Cary d'un air soupçonneux.

— Un membre de la famille, je présume ?

— Oui, madame.

Cary inclina poliment la tête, mais elle ne parut même pas s'en apercevoir. Elle se contenta d'annoncer sèchement :

— Vous trouverez votre grand-mère dans le parc.

— Comment va-t-elle ?

— Tout à fait bien. Sachez toutefois que, depuis votre dernière visite, Mlle Gordon s'est liée d'amitié avec un de nos pensionnaires, M. Mandel. Ils passent beaucoup de temps ensemble.

Cary se permit un sourire.

— Oh, il ne s'agit que d'une camaraderie bien innocente, précisa Mme Greene, tout en nous pilotant jusqu'à la porte latérale donnant sur les jardins. Mais nous encourageons ce genre de chose. C'est bon pour le moral de nos pensionnaires.

— Vous en parlez comme s'il s'agissait d'une autre espèce !

L'âpreté de ma voix fit hausser les sourcils à Cary,

mais je n'avais pas oublié l'attitude méprisante de cette femme envers moi, lors de mes précédentes visites. J'étais certaine qu'elle agissait sur les consignes de Grandma Olivia.

— Les personnes âgées sont effectivement d'une autre espèce, contra-t-elle sans sourciller. Mais ceux qui s'occupent d'elles sont les seuls à s'en rendre compte, j'en ai peur.

Sur ce, affichant le sourire le plus faux que j'eusse jamais vu, Mme Greene me désigna le banc où étaient assis Grandma Belinda et son nouvel ami. C'était un petit homme chauve, penché en avant pour prendre appui sur sa canne, et d'allure assez négligée malgré sa veste bleu marine. Sa cravate en tricot était nouée à la diable, et ses lunettes métalliques avaient glissé jusqu'au bout de son nez.

Grandma Belinda se souviendrait-elle de moi? En la voyant sourire à notre approche, je me sentis un peu rassurée.

— Voyez un peu qui nous arrive, Thomas. Mes petits-neveux!

Elle ne m'avait pas reconnue, finalement. Parce qu'elle me voyait avec Cary, elle me prenait pour Laura.

— Non, Grandma, rectifiai-je avec douceur. Je suis Melody, pas Laura.

Elle leva sur Cary un regard interrogateur.

— Melody?

— Oui, tante Belinda. C'est votre petite-fille, Melody. Comment allez-vous?

Elle battit des paupières et son regard passa de Cary à moi, puis de moi à lui. Mais même en cet instant de confusion, où elle s'efforçait de rassembler ses souvenirs, je lui trouvai meilleure mine qu'à ma dernière visite. Elle avait repris du tonus, et ses joues de la couleur. Elle était coiffée avec soin et s'était même discrètement rosi les lèvres.

— Laissez-moi vous présenter M. Mandel, mes

enfants. Il était expert-comptable et il a la tête remplie de chiffres. Il est capable de calculer n'importe quoi !

— N'exagérons rien, Belinda. Je ne suis plus ce que j'étais. Ravi de vous connaître, ajouta M. Mandel en se levant. Je vous laisse en famille.

Il se leva en tapotant la main de Grandma Belinda, qui ne put cacher son désappointement. Je me hâtai d'intervenir.

— Vous n'êtes pas obligé de partir, monsieur. Restez, je vous en prie.

— Non, non, je vous remercie. Je dois voir Mme Landeau pour la conseiller sur un investissement. Prenez ma place, mademoiselle.

Grandma Belinda le regarda s'éloigner, l'air toute triste. Puis ses yeux s'assombrirent et ses traits revêtirent une expression dure et coléreuse, qui me rappela Grandma Olivia.

— Je sais ce qu'elle mijote, celle-là, marmonna-t-elle. Comme si elle avait besoin de conseils ! Elle louche sur lui depuis qu'il est venu s'asseoir à ma table, à la salle à manger. Elle crève de jalousie, oui ! Je connais cette race-là, ce sont des envieux. Ils ne peuvent pas supporter de voir les autres heureux.

Cary se mit à rire, mais je l'arrêtai d'un regard. Je ne voulais pas que Grandma puisse penser qu'il se moquait d'elle. Je m'assis à ses côtés et pris sa main dans la mienne.

— Vous ne vous souvenez pas de mes visites, Grandma ? Vous avez oublié tout ce que nous nous sommes raconté ?

Elle leva les yeux sur Cary et son visage s'éclaira.

— Bien sûr que je me souviens, ma chérie. Comment vont tes parents ?

Cary et moi échangeâmes un regard désolé. Fallait-il confronter ma pauvre grand-mère aux faits réels, ou assumer les rôles que sa mémoire défaillante nous assignait ?

— Regardez-moi, Grandma Belinda. Je suis Melody, la fille de Hellie. Votre petite-fille. Je ne suis pas Laura. Je suis venue vous parler de Hellie. Je suis allée la voir en Californie.

Elle me dévisagea, les lèvres pincées, le regard dur.

— Je n'ai pas de fille. Je veux qu'on arrête de répéter ça tout le temps ! Maintenant vous avez chassé M. Mandel, s'emporta-t-elle en suivant le comptable des yeux, et Corina Landeau va lui mettre le grappin dessus. Chaque fois que je trouve quelqu'un, il faut qu'on essaie de me le prendre. Ma sœur comme tout le monde !

Subitement, elle se retourna vers nous et son expression s'adoucit.

— Comment va votre mère ? Vous lui direz que j'ai adoré les gâteaux, et que si elle veut m'en envoyer d'autres, je ne les refuserai pas.

— Grandma, repris-je avec une insistance désespérée, je vous en prie, souvenez-vous de moi. Je suis Melody. Melody, la fille de Hellie.

Elle regardait à nouveau du côté de M. Mandel, et j'aurais juré qu'elle ne m'entendait plus. Cary perçut ma détresse et posa la main sur mon épaule.

— Grandma Olivia voulait que je lui administre une bonne dose de réalité, commentai-je avec amertume. Je crois qu'elle savait ce qui m'attendait.

Grandma Belinda ne nous regardait toujours pas, mais elle avait entendu.

— Elle est venue ici, pour me voir. Je suppose que je devrais me sentir honorée.

— Qui est venu vous voir, Grandma ?

— Sa Majesté, tiens ! répliqua-t-elle en se retournant vers nous. Elle m'a dit que Hellie était morte dans un accident de la route, il y a longtemps. Vous voyez bien que je ne peux pas avoir de petite-fille. Je n'ai personne. J'avais M. Mandel, mais maintenant...

— C'est faux, Grandma. Vous m'avez, moi, Melody.

Elle a menti. Regardez-moi, je vous en prie. Reconnaissez-moi. Je suis déjà venue vous voir, vous ne vous souvenez pas ? l'implorai-je.

Elle me dévisagea un instant, les yeux vides, avant de s'adresser à Cary.

— Comment va ta mère, mon garçon ? Fait-elle toujours ces tapisseries ravissantes ?

— Oui, tante Belinda. Toujours.

— Je brodais, moi aussi, mais à présent mes doigts sont trop raides. C'est toujours pareil, quand on vieillit, constata-t-elle tristement.

Puis elle se tourna de nouveau du côté de M. Mandel et sa bouche se crispa.

— Regardez-la sourire jusqu'aux oreilles, tout ça parce qu'il lui parle ! Elle n'a pas un centime à placer. Je le lui ai dit, mais les hommes ne vous écoutent jamais. Vous comprenez ça, vous ? me demanda-t-elle abruptement, comme si elle venait seulement de remarquer ma présence.

Puis, tout aussi rapidement, elle s'adoucit.

— Tu as tellement grandi, Laura. Te voilà une femme, à présent. Ne donne pas ton cœur trop vite, ma chérie. Ah, je sais ! (Elle se retourna brusquement vers le couple qui bavardait toujours.) Si nous allions nous promener par là ? Je pourrais lui demander conseil pour placer mon argent, moi aussi. C'est ce que je vais faire, décida-t-elle, enchantée d'avoir trouvé une solution au problème.

— Grandma...

Elle ne m'accorda même pas un regard.

— Cela ne sert à rien, Melody, observa gentiment Cary. Elle a oublié.

— Mais elle est tout ce qui me reste, Cary ! Je n'ai pas d'autre famille.

— Tu m'as, moi.

Je dévisageai avec mélancolie Grandma Belinda.

— Je pensais qu'elle se souviendrait, que nous pourrions passer un bon moment ensemble, mais Grandma Olivia s'est arrangée pour l'empêcher. Elle est venue ici exprès, pour lui embrouiller les idées.

— Allons-nous-en, Melody.

— Elle est jalouse de tout, même du lien si fragile que j'avais établi avec ma grand-mère. Il a fallu qu'elle vienne tout détruire.

— Melody, insista Cary. Tu te fais du mal pour rien. Allez, viens !

J'obéis, et au moment où je me levai, Grandma Belinda parla.

— Rends-moi service, veux-tu ? Envoie-moi M. Mandel, dis-lui que j'ai besoin de lui parler.

— Il vous reviendra, Grandma, la rassurai-je. Vous êtes beaucoup plus jolie qu'elle.

— C'est vrai ? (Son visage s'illumina.) Oui, tu as raison. Je suis beaucoup plus jolie, et il s'en apercevra tout seul. Elle a cette affreuse verrue pleine de poils, sur le menton. Et moi je n'ai pratiquement pas de rides, n'est-ce pas ?

— Non, Grandma, vous n'en avez pas.

Elle attacha sur moi un regard soudain plus attentif.

— Tu as l'air d'un ange, maintenant. Ta mère doit être très fière de toi.

— Elle l'est, affirma Cary. Vraiment très fière.

— Tant mieux. C'est ainsi que les choses doivent être.

Comme elle m'avait à nouveau tourné le dos, Cary me tendit la main pour m'aider à me lever.

— Tout ira bien pour elle, ne t'inquiète pas.

— Tu as raison, soupirai-je en me penchant pour embrasser Grandma, qui n'y prit même pas garde. Je reviendrai, Grandma, je vous le promets.

— N'oublie pas les gâteaux ! cria-t-elle quand nous nous éloignâmes.

Je ne me retournai qu'une fois, au moment de quitter le parc. M. Mandel revenait vers elle, après avoir quitté l'autre vieille dame, et elle semblait ravie.

— Il serait temps que tu commences à penser à toi, et à nous, observa Cary comme nous quittions l'établissement. Pour toi comme pour moi, il serait temps de penser à l'avenir et d'oublier le passé, tu ne trouves pas ?

— Peut-être, acquiesçai-je sans grande conviction.

Le passé se laisserait-il oublier aussi aisément que cela ? J'en doutais.

*
* *

Je ne dis rien à Grandma Olivia au sujet de son passage à la maison de repos. Elle était parvenue à ses fins, une fois de plus. Je n'allais pas lui donner la satisfaction de le savoir. Quand elle me posa des questions sur ma visite, je répondis que tout s'était bien passé, sans autre commentaire. Si je devais survivre dans son monde, il fallait apprendre les règles du jeu. Pour le moment, je ferais semblant d'être celle qu'elle voulait faire de moi.

Le jour suivant, selon sa promesse, Mlle Burton se présenta pour entreprendre mon éducation mondaine. Dès la première seconde, elle parvint à me donner l'impression que j'étais une campagnarde mal dégrossie, à peine débarquée dans la brillante civilisation du Cap Cod. De toute évidence, c'était la description que Grandma Olivia lui avait faite de moi. Je fus convoquée au salon pour les présentations.

Grande, mince jusqu'à la sécheresse et raide comme la justice, Mlle Burton avait l'air d'avoir avalé un parapluie. Ses épaules étroites pointaient sous sa robe en coton bleu marine, qui pendait tout droit sur les côtés, comme suspendue à un cintre. L'ourlet lui arrivait à la cheville et une rangée de petits boutons fermait son col.

— Mademoiselle Burton, j'aimerais vous présenter ma

petite-fille, Melody, énonça pompeusement Grandma.

Sans un mot, mon futur professeur me tendit la main.

— Bonjour, dis-je en la serrant brièvement.

Puis je reculai d'un pas et cherchai le regard de Grandma Olivia, qui hocha la tête en signe d'approbation.

— Jusqu'à la rentrée des classes, tu auras cours chaque matin à neuf heures précises avec Mlle Burton. Après la rentrée, nous prendrons d'autres dispositions.

— Et combien de temps dureront ces cours ? demandai-je.

— Le temps qu'il faudra pour faire de toi une jeune fille bien élevée.

— Mais je suis bien élevée, il me semble !

Avec un rictus glacé, Grandma Olivia prit à témoin Mlle Burton.

— Comme vous le voyez, vous avez un véritable défi à relever, Louise.

— Nous ferons de notre mieux, répondit Mlle Burton en m'étudiant avec attention.

— Alors je vous laisse à votre tâche. Je sais que vous aurez besoin de chaque minute du temps qui vous est imparti. Et même plus, ajouta Grandma Logan en quittant la pièce.

Pendant quelques secondes, Mlle Burton et moi restâmes face à face en silence, nous mesurant du regard, tels deux adversaires avant le combat. Puis elle s'éclaircit la gorge et s'avança, comme si quelqu'un venait de la pousser dans le dos.

— Je ne puis vous aider que si vous voulez mon aide, déclara-t-elle sévèrement.

Puisqu'on me demandait mon opinion, je répondis sans détour :

— Je ne crois pas avoir besoin d'aide.

— Ma pauvre petite ! s'exclama-t-elle avec un sourire apitoyé. Si quelqu'un en a besoin, c'est bien vous.

— Vraiment ? Comment avez-vous pu vous faire une opinion si vite ? À moins que vous ne me jugiez d'après celle de ma grand-mère, bien sûr.

— Je juge toujours par moi-même, et je vous le prouve. Commençons par votre entrée dans ce salon, tout à l'heure. Mme Logan vous a présentée à moi dans les règles. Une jeune personne est toujours présentée à son aînée. Mais on ne se contente pas d'un simple « bonjour ». C'est acceptable dans les circonstances ordinaires, mais insuffisant pour des présentations plus officielles. En ce cas, vous auriez dû dire : « Bonjour, mademoiselle Burton. Je suis ravie de vous connaître. » Ou encore : « Comment allez-vous, mademoiselle Burton ? » En outre...

Mlle Burton fut obligée de s'interrompre, le temps de reprendre son souffle.

— En outre, enchaîna-t-elle, vous devez toujours regarder bien en face la personne que vous saluez, afin de lui montrer que vous lui accordez toute votre attention. Mais vous, votre regard s'est d'abord posé sur moi, puis a erré dans la pièce, est revenu sur Mme Logan et à nouveau sur moi. Dois-je continuer ?

— Oui, murmurai-je, la gorge serrée.

— Bien. La personne la plus âgée tend la main la première, ce que j'ai fait. Mais vous ne saisissez pas cette main avec mollesse, comme s'il s'agissait d'un gant vide. Vous ne l'écrasez pas non plus, naturellement. Vous la serrez fermement, en regardant la personne dans les yeux.

J'eus un instant l'espoir que l'inventaire était fini, mais non. Mlle Burton reprit son sermon.

— Venons-en à votre déplorable position. Une personne qui se tient bien droite a meilleure allure, elle paraît sûre d'elle et digne de confiance. Le dos rond, les épaules affaissées, les bras croisés comme vous le faites en ce moment... tout cela trahit d'un coup d'œil votre manque d'éducation et votre laisser-aller.

« Rejetez les épaules en arrière, baissez légèrement le menton, rentrez le ventre et tenez-vous droite. Gardez les bras le long du corps, mais détendus, et ne raidissez pas les genoux non plus... Bien, daigna-t-elle approuver. Maintenant, montrez-moi comment vous vous asseyez, ordonna-t-elle en me désignant un fauteuil aux coussins rebondis.

Je le considérai d'un d'œil noir, certaine de mériter un blâme, quoi que je fasse. Néanmoins je marchai vers le fauteuil, me retournai, fixai Mlle Burton droit dans les yeux et m'assis. Elle eut un sourire amusé.

— Qu'y a-t-il de si drôle ?

— Ce n'est pas ainsi qu'il faut s'asseoir, voyons. On ne doit ni être raide ni s'affaler. Asseyez-vous lentement, gardez bien les genoux serrés. À part quelques dégénérés, personne n'a envie d'avoir une vue plongeante sur vos dessous. Il vaut mieux vous tenir légèrement de côté, plutôt que de vous vautrer sur votre siège.

— Ces coussins sont tellement mous que...

— Raison de plus pour surveiller votre attitude, et penser au spectacle que vous offrez aux autres.

— Je n'ai pas l'impression de me tenir aussi mal que cela ! me rebiffai-je.

— Non, mais vous n'avez pas l'air d'une femme raffinée, une femme dont l'allure et la qualité pourraient attirer des gens de la même classe, insista Mlle Burton. Vous faites partie d'une famille très distinguée, à présent. Il est de votre devoir de montrer la même distinction. Et vous asseoir avec les genoux si écartés qu'un camion y passerait ; vous tenir debout avec le dos rond et l'air avachi ; faire des mouvements brusques et gauches, tout cela montre que vous venez d'un milieu fruste et sans éducation.

— C'est faux. J'ai été élevée par d'honnêtes gens, qui se souciaient des autres et qui...

— Alors pourquoi ne pas agir en sorte qu'ils soient fiers de vous ? rétorqua-t-elle, sans me laisser achever.

Je ravalai mon orgueil et mon indignation.

— Je ne puis être un bon professeur que si vous m'y autorisez, Melody. Et vous ne pouvez être une bonne élève que si vous le voulez bien. Pouvons-nous commencer ? Ou préférez-vous passer la prochaine heure à discuter la question ?

Elle avait débité sa tirade d'une traite, sans que la moindre étincelle de chaleur s'allumât dans ses yeux noirs.

— J'essaierai, murmurai-je, refoulant mon envie de pleurer.

— Bien, alors commençons. Vous allez sortir, puis rentrer, comme si nous nous rencontrions pour la première fois. Pensez à votre maintien quand vous entrerez dans la pièce.

Je me levai et quittai le salon. Pendant un instant, j'eus bonne envie de courir vers la grande porte et m'en aller. Puis j'aperçus Grandma qui me guettait, tout au bout du hall. Elle aurait été trop contente de me voir m'enfuir, aucun doute là-dessus. Elle aurait hoché la tête d'un air sagace, et dit que j'étais incapable de m'élever à son niveau, qu'elle l'avait toujours su. À cette seule idée, je frémis de rage. Rejetant les épaules en arrière, je relevai la tête et entrai dans le salon. Mlle Burton me tendit la main et je la serrai fermement.

— Bonjour, mademoiselle Burton. Je suis ravie de vous rencontrer.

Elle sourit et m'indiqua discrètement le fauteuil. J'y pris place, en respectant ses instructions, et croisai les mains sur mes genoux.

— Très bien, approuva-t-elle. Nous ferons de vous une vraie dame.

— Je croyais qu'être une dame signifiait beaucoup plus que savoir simplement dire bonjour, mademoiselle.

— Naturellement, mon enfant. C'est bien plus que cela. Le principe essentiel des convenances est la délicatesse à l'égard du prochain. Il y a dix commandements à observer chaque jour. Tout d'abord, commença-t-elle en brandissant un index osseux, ne jamais centrer la conversation sur soi-même ; éviter la médisance, ne jamais poser de questions personnelles ou indiscrètes ; ne jamais mettre volontairement quelqu'un dans l'embarras, fixer une personne ou la montrer du doigt ; ne pas mâcher de chewing-gum ni faire éclater des bulles avec sa bouche. Ne pas...

« Ne pas exhiber ses sentiments en public, poursuivit Mlle Burton après avoir (enfin !) pris le temps de souffler. Un commandement que vous, les jeunes, avez tendance à violer souvent, si je comprends bien.

— Pas moi.

Mlle Burton eut un petit clappement de langue réprobateur.

— Vous devez devenir votre juge le plus sévère, Melody. Pour cela, il ne faut pas mentir, et encore moins vous mentir.

— Mais...

— N'avez-vous pas embrassé quelqu'un tout récemment, juste devant cette maison ?

J'en restai bouche bée. Grandma Olivia était donc allée jusqu'à lui raconter que j'avais embrassé Cary ?

— Ne restez pas la bouche ouverte comme ça, mon petit. C'est non seulement grossier, mais disgracieux.

— Je...

— Embrasser quelqu'un en public, c'est exhiber ses sentiments, vous en convenez ? Bon, poursuivons. Aujourd'hui, je propose que nous concentrions nos efforts sur les bonnes manières à table. Passons à la salle à manger, je vous prie.

Je me levai, prête à la suivre.

— Laissez toujours la personne la plus âgée passer la première, me recommanda-t-elle.

Je l'avais toujours fait, mais du coup je me figeai sur place. Elle dut me rappeler à l'ordre.

— Venez, voyons ! Il est inutile de maintenir une si grande distance entre vous et moi.

J'étouffai un soupir et lui emboîtai le pas docilement. Je me faisais l'effet d'être un petit chien qu'on dresse. En passant près de l'escalier, j'aperçus Loretta dans l'ombre du palier, qui nous observait d'en haut. Je ne distinguais pas ses traits dans cette lumière indécise. Je ne pus que me demander si elle finirait par devenir mon alliée, dans cette sinistre maison sans âme. Ou si, terrorisée devant Grandma Olivia, elle se cantonnerait dans une attitude servile pour conserver les bonnes grâces de sa patronne.

Si j'avais été sûre de pouvoir faire confiance à Loretta, je lui aurais dit d'ouvrir l'œil et d'observer encore plus attentivement. J'avais l'intention de battre Grandma Logan à son propre jeu.

*
* *

La première occasion se présenta pour moi le soir même, à l'heure du dîner. Comme je me dirigeais vers la salle à manger, un bruit de voix m'attira du côté du salon. J'arrivai juste à temps pour entendre Grandma Olivia déclarer :

— Il devient impossible, à divaguer comme ça. C'est du gâtisme. Je ne peux plus le laisser se montrer en public. Pourriez-vous obtenir qu'on le place en tête de la liste d'attente, Nelson ?

— Mais le médecin vous a dit que cela ne pourrait qu'aggraver son état ! se récria le juge Childs.

— Et mon état, à moi ? Vous croyez que tout ça ne l'aggrave pas, peut-être ?

Je m'avançai dans la pièce et le juge m'aperçut.

— Melody ! s'exclama-t-il en se levant pour m'accueillir.

Je lui serrai la main selon les instructions de

Mlle Burton, le bras légèrement raidi pour qu'il ne soit pas tenté de m'embrasser. Cela m'embarrassait qu'il me manifeste de l'affection en présence de Grandma Olivia. Si jamais elle soupçonnait la relation chaleureuse qui se développait entre mon grand-père et moi, je savais trop bien ce qui arriverait. Elle la détruirait aussi rapidement qu'elle avait coupé mon lien tout neuf avec Grandma Belinda.

— Bonsoir, juge Childs, dis-je sur le ton courtois de rigueur. C'est pour moi une joie de vous revoir.

Il suspendit son geste, tout décontenancé. Puis il sourit et me serra brièvement la main, en jetant un coup d'œil du côté de Grandma Logan. Elle hocha la tête d'un air satisfait.

— Très heureux de vous savoir de retour, Melody.

— Merci.

J'arborai un sourire poli, que j'espérais en accord avec mon petit manège.

— Hmm... Nous étions justement en train de... de nous détendre avant le dîner, crut devoir expliquer le juge.

Il était toujours aussi élégant qu'à l'ordinaire, en blazer marine et pantalon kaki, mais un tantinet plus mince et plus grisonnant, me sembla-t-il. Sur lui aussi, l'âge réclamait ses droits.

— Grandpa Samuel ne dîne pas avec nous? m'informai-je, tournée vers Grandma Olivia. Je ne l'ai pas vu de la journée.

— Non. Il va de plus en plus mal. Le docteur passera le voir demain matin.

— Puis-je faire quoi que ce soit pour l'aider?

— Non! rétorqua rudement Grandma Logan. Aucun de nous ne peut quoi que ce soit pour lui.

Sur ces entrefaites, Loretta se montra sur le seuil et, avec une brève révérence, annonça que le dîner était servi.

— Enfin! s'exclama Grandma Logan en se levant.

Le juge Childs lui offrit son bras, qu'elle saisit avec empressement, et je m'effaçai pour les laisser passer devant moi.

— Il faudra que vous me racontiez votre voyage, commença le juge quand nous eûmes tous pris place à table.

Et, après un coup d'œil prudent du côté de Grandma Olivia, il ajouta :

— Peut-être pourriez-vous me rendre visite, un de ces jours ?

— J'en serais très heureuse, juge Childs, répondis-je en dépliant ma serviette.

Je me tenais bien droite, consciente du regard inquisiteur de Grandma Logan. Et, tout comme le juge, j'attendis qu'elle eût porté sa cuiller à la bouche pour prendre la mienne. Je n'avais jamais mangé dans une maison où l'on disposait autant d'argenterie à table que chez elle. Heureusement, Mlle Burton m'avait expliqué que l'on commence toujours par l'ustensile situé le plus loin de l'assiette. Pendant un moment, nous mangeâmes en silence, Grandma Olivia et moi nous observant mutuellement. Quand le niveau du potage eut suffisamment baissé dans les assiettes, Grandma Logan racla la sienne avec sa cuiller, assez bruyamment pour que tout le monde puisse l'entendre. Quant à moi, j'inclinai la mienne, en soulevant légèrement le bord le plus rapproché de moi.

— N'est-ce pas ainsi que l'on doit s'y prendre, Grandma ? demandai-je d'un air innocent, mais secrètement ravie de la voir rougir.

Le juge ébaucha un sourire, qui se figea sur ses lèvres quand il surprit le regard furibond de Grandma.

— En effet, et je le sais très bien, rétorqua-t-elle. Je n'étais pas encore prête à le faire, c'est tout.

— Ah bon ? Au bruit qu'a fait votre cuiller, j'aurais cru que vous l'étiez, pourtant.

Elle pinça les lèvres, inclina correctement son assiette

mais ne prit qu'une cuillerée de potage. N'allais-je pas un peu trop vite en besogne ? J'étais bien résolue à poursuivre mon plan, mais mieux valait faire preuve de prudence. Le potage terminé, nous reposâmes notre cuiller exactement en même temps, sans nous quitter des yeux, comme deux candidats au premier prix de bonnes manières. Le regard du juge exprimait une surprise intriguée.

En s'efforçant de ne pas sourire, Loretta changea les assiettes et alla chercher la suite à la cuisine. C'étaient des palourdes à la marinière. Servies dans une demi-coquille et présentées sur un plat de glace pilée, elles entouraient les petits récipients de sauces aux herbes. Il fallait, d'un coup de fourchette à coquillages, les détacher de leur coquille, avant de les tremper dans la sauce et de les avaler d'une bouchée. Je me tirai honorablement de l'épreuve.

— Délicieux, apprécia le juge en se tapotant l'estomac.

Suivirent des salades variées, puis des côtelettes d'agneau. Je faillis avaler de travers quand je vis le juge empoigner l'os de la sienne et y planter les dents. Qu'aurait dit Mlle Burton, devant un tel spectacle ? Grandma Olivia et moi découpâmes délicatement notre viande et la dégustâmes par petits morceaux. Quand j'eus terminé, je reposai mon couvert sur mon assiette et m'appuyai au dossier de mon siège, droite comme un I. Loretta ôta mon assiette, puis celle de Grandma Olivia ; mais le juge ne consentit à se séparer de la sienne que lorsqu'il n'y resta plus la moindre parcelle de viande.

Puis il s'essuya les lèvres avec satisfaction.

— Félicitations, Olivia. Vous tenez le meilleur restaurant de Provincetown.

— Et les prix sont très corrects, marmonna Grandma Logan en réponse.

Le juge éclata de rire. Puis, son sérieux revenu, il posa les coudes sur la table et se pencha en avant, les mains croisées.

— Si j'ai bien compris, Melody, vous allez entrer en terminale, c'est ça ? C'est plutôt excitant comme perspective, non ?

— Tout à fait.

— J'ai pensé à Rosewood comme école préparatoire pour elle, annonça Grandma Olivia, toujours pressée de placer son mot.

— Ah oui... une école remarquable, en effet. La fille du député Dunlap y est inscrite cette année, si je ne me trompe.

— Vous ne vous trompez pas, confirma Grandma.

Loretta vint servir le café. Elle apportait aussi un cake au citron, que le juge lorgnait déjà d'un œil gourmand quand un petit incident se produisit. En portant sa tasse à ses lèvres, Grandma Olivia renversa un peu de café dans la soucoupe. Ce fut comme une fausse note au milieu d'un concert.

Un instant, elle demeura figée, puis but quelques gorgées avant de reposer sa tasse. En plein dans la flaque de café.

— Ne devriez-vous pas changer de soucoupe, Grandma ? demandai-je d'une voix suave.

Elle me foudroya du regard et se redressa sur sa chaise.

— Loretta ! (La femme de chambre apparut instantanément.) Une autre soucoupe, s'il vous plaît.

— Tout de suite, madame, obtempéra Loretta en repartant vers la cuisine.

Le juge Childs, souriant jusqu'aux oreilles, dévorait des yeux le cake au citron. Grandma Olivia en coupa une tranche pour elle et lui tendit le plat.

— Je croyais qu'on devait faire circuler les plats en sens inverse des aiguilles d'une montre. Me suis-je trompée, Grandma ? demandai-je, l'air de rien.

Ce qui ne me fut pas facile, étant donné que mes genoux s'entrechoquaient sous la table.

Grandma Logan devint pivoine. Elle ramena le plat vers elle, d'un geste si vif et la main si tremblante que le gâteau glissa vers le bord. En voulant le redresser, elle donna une secousse trop brusque et le cake au citron alla s'étaler sur la nappe, juste devant le juge. Il n'eut que le temps de se reculer, pour éviter d'être arrosé de sucre glace.

— Hoooo-là ! s'exclama-t-il en riant, tandis que Loretta s'élançait vers la table.

Rouge comme une écrevisse, Grandma écarta sa chaise pour lui permettre de réparer les dégâts.

— Il n'y a pas de mal, dit aimablement le juge. Ne vous inquiétez pas, Loretta, je le mangerai comme ça.

Elle sourit, mais leva aussitôt un regard inquiet sur sa patronne, comme si elle redoutait d'être tenue pour responsable.

— Il n'en est pas question, aboya Grandma Olivia. Loretta, remportez ce gâteau et tâchez de le rendre présentable.

— Oui, madame.

Sous l'œil navré de Nelson Childs, Loretta s'empressa de disparaître, emportant les débris du malheureux gâteau.

— Je l'aurais mangé à la cuisine, plaisanta le juge pour détendre l'atmosphère.

Mais, d'un regard impérieux, Grandma lui intima de se taire et il rentra le cou dans les épaules. Puis elle se tourna vers moi.

— Si tu n'avais pas interrompu mon geste…

— Je suis désolée, Grandma, mais j'essayais de mettre en pratique ce qu'on m'apprend. Mlle Burton dit que la politesse n'est pas un exercice qu'on garde pour l'extérieur, et qu'elle commence à la maison. Que nos proches la méritent plus que les autres.

Le juge Childs haussa un sourcil.

— Mlle Burton ?

— C'est une personne que j'ai engagée pour lui apprendre les bonnes manières, répondit brièvement Grandma.

Loretta reparut avec le gâteau plus ou moins remis en forme, et prit soin de nous servir elle-même, cette fois-ci. Le juge et moi nous régalâmes ouvertement. Mais Grandma Olivia ne fit que chipoter sa tranche, et en laissa les deux tiers sur son assiette.

Juste au moment où Loretta revenait pour desservir, le carillon de l'entrée retentit. Grandma plissa le front d'un air ennuyé. Manifestement, elle n'appréciait pas cette visite surprise.

— Allez d'abord voir qui c'est, Loretta, ordonna-t-elle.

Quelques instants plus tard, Loretta revenait, Cary sur ses talons. Il portait un grand plat rond coiffé d'un couvercle.

— Désolé d'arriver trop tard, Grandma, s'excusa-t-il. Ma mère vous envoie une tarte aux airelles qu'elle a faite cet après-midi. Ce sont les toutes premières airelles de la saison.

Grandma pinça les narines d'un air hautain.

— Hmm... je n'ai jamais raffolé de la tarte aux airelles, je dois dire.

— Moi si, intervint le juge avec un clin d'œil à mon adresse. Je l'adore.

— Eh bien, emportez-la !

— Merci, Olivia. Et toi, Cary, remercie bien ta mère de ma part.

Loretta s'avança pour débarrasser Cary.

— Mettez ça dans une boîte pour le juge, lui ordonna Grandma. Tu aurais dû nous l'apporter plus tôt, si tu voulais que nous la mangions ce soir, Cary.

— J'ai eu quelques petits problèmes aux docks et...

— Ne t'inquiète pas pour cette tarte, intervint le juge. Elle ne sera pas perdue, c'est moi qui te le dis.

Cary était toujours debout, attendant que Grandma Olivia l'invite à s'asseoir à table, mais elle n'en fit rien.

Il me regarda et, en désespoir de cause, sourit au juge Childs. Je m'adressai à Grandma Olivia.

— Me permettez-vous de quitter la table ? J'aimerais aller faire un tour sur la plage.

— Il se fait tard, objecta-t-elle avec froideur.

Le juge consulta ostensiblement sa montre.

— Tard ?

— Pour une promenade sur la plage, c'est-à-dire. Je croyais que tu avais des problèmes aux docks, Cary ?

— Tout est arrangé, Grandma. Je peux rester un moment.

Il attendit, l'implorant presque du regard. Elle finit par donner son accord d'un simple signe de tête.

Je me levai.

— Merci, Grandma. Juge Childs, j'ai pris grand plaisir à dîner avec vous ce soir. J'espère vous revoir bientôt.

— Quand vous voudrez, ma chère. La maison vous est ouverte.

Il souriait, tout heureux, mais Grandma ne prit pas garde à ce que cette invitation avait d'inhabituel, Dieu merci. Elle était trop occupée à ruminer sa fureur.

Je quittai la table et accompagnai Cary jusqu'à la porte de derrière. À peine sortie, j'eus l'impression de laisser tomber des chaînes qui m'entravaient. Jamais la nuit ne m'avait paru si rafraîchissante.

— Que se passe-t-il, ici ? voulut savoir Cary. J'ai senti une tension à couper au couteau.

— Grandma et moi faisions un concours de bonnes manières à table, répondis-je en riant. Apparemment, elle n'est pas aussi raffinée qu'elle se l'imagine. Je n'ai pas fini de m'amuser avec tous ces petits détails d'étiquette !

Cary me prit par la main et nous nous dirigeâmes lentement vers la plage. La mer était calme, le ressac léchait doucement le rivage. Il n'y avait pas de lune, mais le ciel fourmillant d'étoiles se reflétait dans l'eau. La nuit transparente versait d'en haut sa clarté sur nous.

— Tu es certaine de vouloir vivre avec elle ? s'inquiéta Cary. Elle m'a semblé plus méchante que jamais, ce soir. Et où était Grandpa Samuel ? Après toute cette histoire à propos de la tarte, je n'ai pas osé le demander.

— Elle l'oblige à garder la chambre. J'ai surpris quelques mots qu'elle disait au juge, et j'ai peur de comprendre. Je crois qu'elle veut faire interner Grandpa Samuel dans la maison de repos où se trouve ma grand-mère.

— Il va si mal que ça ? demanda Cary, incapable d'empêcher sa voix de trembler.

— Il ne sait plus qui est qui, dit des choses incohérentes auxquelles je ne comprends rien, et il ne prend plus soin de lui-même. C'est terrible, mais elle a peut-être raison. Il a besoin d'aide, Cary.

— On dirait que tout s'écroule autour de nous, constata-t-il avec tristesse. Ma ne sort pas de sa dépression, et May est tellement malheureuse !

— J'irai la voir demain, et je passerai un moment avec elle. Je te le promets.

— Merci. Tu leur manques énormément, à toutes les deux.

Nous fîmes halte, contemplant l'océan devant nous. Cary me prit par la taille, j'inclinai la tête sur son épaule, et il fit pleuvoir des baisers dans mes cheveux, sur mon front, sur mes tempes. Je relevai la tête et nous échangeâmes un long baiser, tendre et très doux. Puis Cary me serra contre lui et j'entendis son souffle s'accélérer.

— Je t'aime, Melody, chuchota-t-il. Je pense à toi sans arrêt, même en dormant...

Je me dégageai doucement de son étreinte. Puis, reprenant ma promenade le long de la plage, j'annonçai prudemment :

— Nous avons un problème, Cary.

— Lequel ? demanda-t-il en m'emboîtant le pas.

— Grandma Olivia ne veut plus que nous passions autant de temps ensemble. Elle me l'a pratiquement interdit.

— Comment ? Mais pourquoi ?

— Elle a déjà tracé le plan de ma vie, et dans ce plan il n'y a pas de place pour toi, expliquai-je, ne sachant pas comment atténuer la brutalité du choc.

— Quoi ! Mais...

— Alors j'ai pensé qu'il valait mieux lui laisser ignorer que nous nous voyons. Moins elle en saura, mieux ce sera. Sinon elle nous fera la vie dure à tous les deux, tu peux en être sûr.

— Et de quelle façon ?

— De toutes les façons qu'il lui plaira. Et qui ne te plairont pas, précisai-je. Pourquoi chercher des ennuis, si nous pouvons l'éviter ? L'expérience m'a appris que le monde des adultes est tissé de pieux mensonges, de tricheries et d'illusions. J'en ai assez de lutter, Cary. S'il faut voler notre bonheur, nous le volerons.

Un grand sourire illumina ses yeux.

— Du moment que je suis avec toi, peu importe les moyens, affirma-t-il avec force.

— Pour l'instant, je vais laisser croire à Grandma que je respecte ses volontés, cela nous simplifiera la vie. Ta mère n'a vraiment pas besoin qu'on lui crée des problèmes en ce moment, elle en a bien assez comme ça. Et nous aussi, d'ailleurs.

Il hocha pensivement la tête et déclara :

— Tu deviens de plus en plus forte, Melody. Tu es solide comme un roc.

— Je n'ai pas eu le choix ! m'exclamai-je, ce qui le fit rire de bon cœur.

Puis il m'entoura de ses bras et reprit mes lèvres. Mais cette fois ses mains glissèrent le long de mes bras, puis sur mes hanches, avant de remonter vers mes seins. Je gémis et m'accrochai à lui, prise d'une soudaine faiblesse.

— Cary...

— Tu m'as tellement manqué, souffla-t-il contre mon oreille. Quand pourrons-nous être ensemble comme avant ?

— Bientôt, je te le promets. En attendant, nous ferions mieux de rentrer.

Il en convint, sans enthousiasme. En regagnant la maison, je coulai un regard vers l'escalier de la cave et les souvenirs me revinrent en foule. C'était là que Cary m'avait montré des photos de ma mère et révélé ce qu'elle ne m'avait jamais dit. Qu'elle avait été élevée par Grandpa et Grandma Logan, ici même, avec mon beau-père Chester et mon oncle Jacob, comme une sœur.

— Grandpa Samuel a marmonné quelque chose à propos d'autres secrets cachés dans la cave, Cary. Tu crois que c'est vrai ? Ou est-ce tout simplement son état qui le faisait divaguer ?

— Je suis certain que c'est le cas, Melody, affirma-t-il.

Mais en passant devant l'escalier, j'eus le sentiment que les ombres du passé m'attiraient, me faisaient signe, annonçant des révélations à vous glacer le sang dans les veines.

Un jour, j'aurais le courage de les affronter.

Mais pour le moment, tout mon courage m'était nécessaire pour aller jusqu'au bout de cette journée.

14

Instants bénis

À part Theresa Patterson, dont le père avait été l'employé d'oncle Jacob avant de travailler pour Cary, je ne m'étais pas fait beaucoup d'amies au lycée. On s'était un peu plus intéressé à moi après la fête de fin d'année, où j'avais joué du violon et chanté. Mais à cause de mon séjour en Californie, je n'avais pas eu le temps de fréquenter les autres filles pendant l'été. Certaines d'entre elles voulurent savoir ce que j'avais fait pendant les vacances. Et quand elles surent que j'étais allée à Hollywood voir des amis, leur intérêt s'accrut sensiblement. Mais comme je ne pouvais pas leur fournir de détails précis sur mon séjour, et pour cause, leur curiosité tomba. Elles cessèrent bientôt d'inventer des prétextes pour m'aborder au vestiaire, histoire de bavarder pour en savoir davantage.

Tous les mardis, après la classe, je passais environ une heure avec Mlle Burton. J'étais moins sur la défensive, à présent, et je commençais même à l'aimer. Elle était veuve depuis cinq ans et ses deux enfants vivaient en Californie. Nous étions aussi solitaires l'une que l'autre, en fin de compte.

Les bonnes manières, m'expliqua-t-elle, ne sont pas autre chose que l'expression de notre respect pour autrui. En matière d'étiquette mondaine, la règle d'or consiste en ceci : traiter les autres avec autant d'égards que nous souhaiterions en recevoir d'eux.

— Faites preuve de respect envers les personnes

âgées, en souhaitant que les plus jeunes vous montrent le même respect dans votre vieillesse. À table, tâchez de donner l'impression que tout ce qu'on vous sert est appétissant. Pour les situations particulières, lorsqu'on est admis en présence d'une Altesse Royale par exemple, c'est la même chose. L'étiquette vous permet d'être à l'aise en toutes circonstances.

« Ne trouvez-vous pas agréable, Melody, de savoir présenter en société une personne dont vous avez oublié le nom, sans la froisser ? De savoir comment remercier, consoler, exprimer sa sympathie à des personnes dans l'affliction ? Tout cela vous sera certainement nécessaire quand vous serez dans les affaires ou que vous chercherez un métier, insistait-elle adroitement.

Je cessai bientôt de me révolter, j'écoutai, et j'appris. Je me faisais un plaisir, à la moindre occasion, de reprendre Grandma Olivia sur ses manquements à la fameuse étiquette. Et si, désormais, je ne relevais qu'une erreur à la fois, j'adorais le faire en présence de ses invités de marque.

Finalement, un soir où nous dînions seules, j'eus droit à un petit sermon.

— Je sais pourquoi tu prends plaisir à critiquer mes manières, attaqua Grandma en posant sa fourchette. Mais ne t'imagine pas que cela me dérange, bien au contraire. Je me réjouis de voir que, malgré toi, tu deviens une jeune fille raffinée. Quand tu auras fini de jouer les petites pestes, tu m'en remercieras, tu verras.

Avait-elle raison ? Je me le demandai. Mais dès ce jour-là, je cessai de la critiquer pour ses manières, que ce fût en privé ou en public.

Il devenait urgent de trouver le moyen de nous entendre, en fait : nous n'étions plus que deux à la maison. À la fin de la première semaine de classe, j'étais revenue du lycée pour apprendre que Grandpa Samuel n'était plus là. Je ne m'en rendis compte qu'au moment du dîner, à vrai dire. Quand Loretta se fut retirée, après avoir servi les entrées, Grandma Olivia m'annonça sans la moindre émotion :

— J'ai dû faire entrer Samuel à la maison de repos, il devenait impossible.

— Pour toujours ?

— Aussi longtemps que ce mot le laisse entendre, oui.

— J'irai le voir en même temps que Grandma Belinda, décidai-je aussitôt.

— Ne sois pas étonnée s'il ne te reconnaît pas, surtout. D'après le médecin, son état ne peut qu'empirer.

Cette nouvelle me serra le cœur.

— Je suis vraiment désolée, Grandma. J'espérais que nous pourrions faire quelque chose pour l'aider.

— Non, c'est l'âge qui veut ça et nous n'y pouvons rien. Les chagrins, les déceptions, les combats qu'il faut mener tout au long de la vie, toutes ces choses prélèvent leur tribut un jour ou l'autre. Chez les uns plus tôt que chez les autres, c'est tout. Mon tour viendra et le tien aussi, mieux vaut s'y préparer. Seuls les faibles vivent dans l'illusion.

« Je ne m'attends pas que tu m'aimes, reprit Grandma d'un ton égal. Mais j'espère que tu finiras par comprendre ce que j'essaie de faire pour toi, et respecter mes intentions. J'ai perdu mes deux fils. Ma belle-fille est une malheureuse créature digne de pitié. J'ai une petite-fille sourde-muette et un petit-fils qui nourrit des rêves impossibles.

Grandma Olivia marqua une pause et sourit.

— Mais oui, Melody, je connais les projets insensés de Cary, le pauvre garçon. Il se voit déjà constructeur de bateaux.

— Ces projets n'ont rien d'insensé !

— D'un point de vue commercial et réaliste, si. Cary est travailleur, mais il ne sera jamais doué pour les études, ni pour les affaires. Et certainement pas de taille à gérer la fortune familiale, affirma Grandma. Toi, par contre, tu le seras. C'est une grande responsabilité que la famille, et tu seras seule à porter ce poids. Pour le bien de tous, il te faudra prendre des décisions qui ne plairont à personne. En auras-tu la force ? Cela reste à voir.

« Dès maintenant, insista-t-elle avec gravité, chaque décision que tu prendras, chaque choix que tu feras influenceront l'avenir. Souviens-toi de cela, et tu agiras au mieux. Cela ne m'a pas été facile de faire interner mon mari, sache-le. Mais il le fallait. Se lamenter là-dessus ne nous aurait aidés ni l'un ni l'autre, acheva-t-elle avec autorité.

Mais j'eus l'impression que si elle cherchait à convaincre quelqu'un, c'était davantage elle que moi.

— J'irai le voir, Grandma, répétai-je.

— Si tu veux, mais ne viens pas me demander de sa part de le reprendre à la maison, je te préviens. Il n'en est pas question.

Je n'en doutai pas un instant. Elle avait l'air d'une statue, dans sa chaise à haut dossier. L'idée ne me serait pas venue de contester sa décision. Je finis de manger en silence et, sitôt le repas terminé, je montai faire mes devoirs. Ma chambre était mon seul refuge contre l'atmosphère lugubre que Grandma répandait autour d'elle, ombre sinistre qui planait dans toute la maison.

Les jours passèrent, puis les semaines. Je m'absorbai dans mon travail scolaire, pas seulement pour contenter Grandma mais parce que j'aimais vraiment cela. Le professeur d'art dramatique voulut à tout prix me faire jouer dans la pièce de fin de trimestre, mais je refusai. Je voulais consacrer tout mon temps libre à Cary et à May. J'étais aux côtés de Cary quand la récolte des airelles commença, même si je ne fis pas l'école buissonnière. Je le rejoignais chaque soir après la classe, et quelquefois je ramenais May à la maison pour qu'il ait le temps de surveiller les travaux.

Tante Sarah fit de son mieux pour surmonter sa détresse. Depuis l'âge adulte, elle avait passé tellement de temps à s'occuper de son mari, à deviner ses moindres désirs et à s'ingénier à les satisfaire, qu'il lui était difficile de s'occuper autrement. Pendant quelques mois, elle continua de laver et de repasser les vêtements d'oncle Jacob, sous prétexte qu'ils pouvaient servir à Cary. Pour lui plaire, il essaya de les porter, mais il ne se sentait pas à l'aise. Mettre les effets de son père était toucher du doigt, de façon concrète, le fait qu'il était vraiment, réellement et irrémédiablement disparu.

Quand je revenais de chez tante Sarah, j'occupais mes loisirs à écrire à Alice Morgan, à Sewell. Je lui dis toute la vérité sur ma mère, estimant qu'elle y avait droit puisque c'était elle qui avait trouvé la fameuse photo. Après avoir reçu ma première lettre, elle m'appela, me consola et promit de me rendre visite dès qu'elle en aurait l'occasion. Je n'entendis plus parler de maman, bien sûr. Mais je téléphonai plusieurs fois à New York, à Fanny et à Billy. Fanny s'inquiétait beaucoup au sujet de Kenneth. Je lui promis de passer le voir aussi souvent que possible et de lui donner de ses nouvelles.

Kenneth allait mieux qu'à mon retour de Californie, mais il n'avait toujours pas repris son travail. Il passait plus de temps qu'avant dans son pub favori, et certains jours il allait à la pêche, ou partait voir des amis à Boston. Je me faisais l'effet d'être une espionne, mais après tout... c'était pour la bonne cause, puisqu'il s'agissait de rassurer Fanny.

Un autre point délicat pour moi, dans cette nouvelle vie, était que Grandma ne voulait pas que je passe le permis de conduire. Elle disait que la voiture était la perte des jeunes gens, de nos jours. Que je trouverais, en tant que débutante, des admirateurs prêts à m'emmener partout, et que nous avions une voiture et un chauffeur. Elle me permit d'avoir une bicyclette, et l'on me vit bientôt passer régulièrement dans les rues de Provincetown. Il m'arrivait aussi, malgré la distance, d'aller jusqu'à Race Point en fin de semaine, pour voir ce que devenait Kenneth.

Un samedi, je le trouvai tout seul sur la plage. Pieds nus, en jean déchiré, il regardait fixement l'océan et ne m'aperçut pas tout de suite. Quand il tourna enfin la tête, je vis qu'il avait les yeux rouges et tuméfiés, comme s'il avait pleuré. À moins qu'il ne fût encore en train de cuver une bonne cuite, pour changer.

— Que se passe-t-il, Kenneth ? m'informai-je prudemment.

D'un geste large, il balaya l'espace qui l'entourait, jusqu'à la maison.

— Tu n'as rien remarqué de différent ?
— De différent ?

Je regardai autour de moi et brusquement, je compris.

— Ulysse ! m'exclamai-je.
— Je l'ai enterré ce matin.
— Oh, non... Kenneth !
— Il était mort quand je me suis réveillé. C'est bien de lui d'être parti tranquillement, sans histoires. Il était patient, sensible à mes humeurs... encore plus que n'importe quelle femme, s'attendrit Kenneth. Il me manquera.

— À moi aussi, Kenneth.
— Je sais. Il s'est tout de suite attaché à toi, je m'en souviens, dit-il en s'efforçant vaillamment de sourire.

Il exhala un long soupir et nous marchâmes le long de la plage en silence, ruminant des pensées moroses. Finalement, Kenneth s'arrêta, se tourna vers moi, et cette fois son sourire n'eut rien de contraint.

— Alors, il paraît que tu cueilles les lauriers à pleines mains, au lycée ? Tu aurais de grandes chances d'être major de promotion, d'après la rumeur.

— Qui vous a raconté ça ?

— Cary, reconnut Kenneth avec un regard enjoué.
— Il est venu ici ?
— Assez souvent, ces temps derniers. J'ai décidé de lui confier la construction de ce voilier, pour finir.
— C'est merveilleux, Kenneth ! Il doit être emballé.
— Oui. Il est bourré d'idées. C'est un garçon très créatif, à sa manière. Et il est fou de toi.
— Je sais, admis-je en rougissant.
— Et qu'en pense Son Altesse Royale ?
— Elle me défend d'y penser.

Kenneth eut une grimace comique.

— Hmm... Et que comptes-tu faire ? Elle gouverne avec une main de fer, je te préviens. Et quand cette main s'abat, la victime est écrasée comme une fourmi.
— Elle est dure, c'est vrai, mais nous respectons une sorte de trêve, en ce moment. Elle n'a plus à se plaindre de moi. Je réussis en classe, je suis l'élève favorite de Mlle Burton ; et j'écoute chaque soir les sermons de Grandma sur la responsabilité, le devoir et la famille. La famille, répétai-je en prenant un ton pénétré.

Kenneth éclata de rire.

— Espèce de petit démon ! Tu dois te moquer d'elle tant que tu peux, non ?
— J'essaie de me montrer... diplomate, expliquai-je, ce qui le fit redoubler de rire.

Au même instant, le bruit d'un klaxon nous fit nous retourner. La camionnette de Cary descendait en cahotant la route de la plage.

— Voilà mon ingénieur naval qui arrive, plaisanta Kenneth. Je me demande si c'est moi qu'il vient voir, ou s'il ne s'agirait pas là d'une manœuvre... diplomatique. Un rendez-vous, par exemple ?

Je me sentis virer au cramoisi. Riant de plus belle, Kenneth prit le chemin de la maison et je lui emboîtai le pas. Dès que nous fûmes assez près de Cary, je fis halte, les poings sur les hanches.

— Cary Logan! Pourquoi ne m'as-tu pas dit que tu construisais ce bateau pour Kenneth?

— Je voulais que ce soit une surprise, expliqua-t-il en brandissant le rouleau de papier qu'il tenait à la main. J'ai terminé les plans, Kenneth.

— Parfait. Allons les étudier dans l'atelier. J'ai acheté du pain portugais ce matin, avec ton fromage préféré, Melody.

Je fronçai les sourcils d'un air soupçonneux.

— Dois-je comprendre que je suis censée préparer des sandwiches pour tout le monde?

— Tu avais raison, Cary, s'esclaffa Kenneth. On peut dire qu'elle ne se laisse pas marcher sur les pieds.

Cary joignit son rire au sien, et ils partirent en direction de l'atelier. Un quart d'heure plus tard, je les y rejoignis, apportant nos sandwiches et de la citronnade. Les plans de Cary étaient étalés sur la table, et je les trouvai très impressionnants. Ils avaient, à mes yeux du moins, une apparence tout à fait professionnelle.

— Il me semble de bonne taille, ce voilier, observai-je.

Cary se rengorgea.

— Douze mètres cinquante de long, pas moins, et la cabine pourra loger facilement six personnes. Comme tu vois, sa ligne de flottaison est étudiée pour procurer une habitabilité optimale, tout en augmentant la vitesse. Grâce à ce profil de coque, l'immersion devrait être beaucoup plus...

— Pitié, Cary! s'interposa gentiment Kenneth. Melody va être complètement perdue.

— Qu'est-ce que... Oh, pardon. Je suis peut-être un peu trop technique.

— En tout cas, ce yacht a fière allure, affirmai-je sans me compromettre.

Mais Cary, refusant d'en rester là, reprit son exposé.

— Je vais dire ça plus simplement, rassure-toi. Ici, ce caisson, c'est le puits de chaîne, tu vois? Et juste après, deux couchettes superposées. Une réserve d'eau douce de cent litres, casée sous les bancs, et derrière eux, des placards et des rayonnages. La table pliante est là, dans le casier du milieu. Tout est prévu pour un gain de place maximal.

— Vendu ! s'exclama Kenneth. Et maintenant, pouvons-nous manger ?

— Bien sûr. Je meurs de faim.

Nous avions tous faim, et le repas fut vite expédié. Un peu plus tard, comme nous marchions au bord de l'eau, je feignis d'en vouloir toujours à Cary, parce qu'il ne m'avait pas parlé du bateau.

— Je voulais te faire une surprise ! se défendit-il. D'ailleurs... (il baissa sensiblement la voix) je n'étais pas certain que Kenneth était sérieux. Tu sais comme il était imprévisible, ces temps-ci. Maintenant, je sais qu'il est décidé. Il m'a donné le feu vert et avancé de l'argent pour les plans. Je construirai le bateau ici.

— Et la pêche, alors ?

— Je suis en train de négocier avec Roy Patterson. Je lui laisserai plus de responsabilités, en le payant davantage. J'en ai parlé à Ma, mais elle ne comprend pas vraiment ce que j'essaie de faire, et elle s'inquiète. J'espère que je prends la bonne décision, ajouta-t-il. Je sens que c'est ma chance. Quand j'aurai construit un bateau, d'autres gens le verront et peut-être que...

— Tu réussiras, Cary. J'en suis sûre.

Il ébaucha un sourire incertain.

— Espérons-le ! Je sais que si Pa était encore là, il serait furieux.

— Il n'a jamais tenté de changer quoi que ce soit, Cary. Ce n'était pas dans sa nature. Mais toi, tu es créatif, et ce que tu fais te passionne. Un jour, nous serons tous fiers de toi, je le sais.

— Je l'espère, mais en attendant... Il vaut peut-être mieux que tu ne dises rien à Grandma, non ?

— Je ne parle jamais de toi devant elle, et elle ne me

questionne jamais sur toi. Cela fait partie du pacte que nous avons conclu, depuis quelque temps.

Cette fois, il sourit de bon cœur.

— Tant mieux. Comme je vais passer beaucoup de temps ici, peut-être que nous pourrons nous voir plus souvent, et...

— Je viendrai aussi souvent que possible, et j'amènerai May.

— Kenneth va à Boston ce week-end, au fait. Il m'a dit que si je voulais, je pouvais disposer de la maison.

Nous nous dévisageâmes un moment sans mot dire.

— Je ne peux pas m'absenter pour la nuit, Cary. Elle m'enverrait chercher *manu militari*.

— Tu n'aurais pas besoin de dormir ici. Tu pourrais venir pour une journée, tu dînerais ici et nous pourrions être ensemble... enfin... comme avant.

Je réfléchis à la question. Mentir à Grandma ne me semblait pas une faute si terrible, au bout du compte.

— J'ai une idée. Demain, je parlerai à Theresa : elle me servira d'alibi.

Les traits de Cary s'illuminèrent d'espoir et nous nous embrassâmes. Le vent de la mer agitait nos cheveux, les embruns nous fouettaient le visage, rafraîchissants, tonifiants. Je me sentis bien plus vivante, tout à coup.

Cary insista pour que je mette ma bicyclette à l'arrière de la camionnette, il tenait à me raccompagner le plus loin possible. J'acceptai, mais je fis les deux derniers kilomètres à bicyclette et quand j'arrivai, le juge Childs était là. Il rendait plus souvent visite à Grandma Olivia, depuis que Grandpa Samuel était en maison de repos. En général, ils bavardaient dans le kiosque du parc, en buvant du sherry, et bien souvent le juge restait pour dîner.

Je n'étais pas allée le voir, comme il l'espérait. Je n'avais pas envie de parler de maman, cela m'aurait fait trop mal. Depuis mon retour de Californie, elle n'avait ni appelé ni écrit. Et il m'était toujours aussi difficile d'accepter qu'elle m'ait bannie de son existence. Il m'arrivait parfois, en passant près du cimetière, d'apercevoir la pierre tombale sur laquelle était gravé son nom. Et même, un jour, j'allai me recueillir sur la tombe de la malheureuse qui était enterrée là. Je m'apitoyais secrètement sur elle, tout comme je m'apitoyais sur moi, en imaginant qu'elle aurait préféré être auprès des siens, où qu'ils se trouvent et quels qu'ils soient.

Peut-être était-ce le cas, méditais-je. Peut-être que reposer près des corps des êtres chers n'était pas ce qui comptait vraiment. Peut-être existait-il quelque chose de plus fort qui nous unissait après la mort. Une sorte de lien spirituel, qui me permettrait de retrouver Papa George, mon beau-père, tous ceux que j'aimais et qui m'aimaient.

Au cours de la semaine qui suivit cette visite chez Kenneth, je parlai à Theresa pendant le déjeuner, à la cafétéria, et nous trouvâmes ensemble une solution. Les examens trimestriels approchaient, il serait facile de prétendre que nous devions réviser ensemble. Ce que je n'avais pas prévu, c'est la réaction de Grandma Olivia quand elle sut qui j'avais choisi pour amie. Le regard qu'elle me jeta, lorsque je lui racontai mon histoire, me fit croire qu'elle m'avait percée à jour, mais non. Son irritation avait une autre cause.

— Patterson ? releva-t-elle avec dédain. S'agit-il de cette fille dont le père travaille pour Cary ? La Brava ?

— Son père est Roy Patterson, en effet.

— Et tu n'as rien pu trouver de mieux comme camarade de classe ? Pourquoi pas la fille des Rudolph, ou celle des Parker ? Betty Hargate, dont le père est expert-comptable, n'est-elle pas dans ta classe, elle aussi ?

— Je ne m'entends pas très bien avec elles, expliquai-je. Et d'ailleurs, elles sont loin d'avoir le niveau scolaire de Theresa. Je n'ai pas honte de mes relations avec elle, au contraire. J'en suis fière. Et vous souhaitez que je sois major de promotion, n'est-ce pas ?

Elle pesa un instant la question, puis objecta :

— Il n'y a pas de mère, dans cette maison.

— Le père de Theresa sera là, et vous savez que c'est un brave homme, qui travaille dur.

— Tu as l'intention de dîner chez eux ? s'enquit Grandma Olivia, comme si j'allais manger chez des sauvages.

— Je l'ai fait souvent l'année dernière. Avant de comprendre la gravité de mon acte, bien sûr.

— Pas d'insolence, veux-tu ? Très bien, accorda-t-elle après avoir à nouveau réfléchi. Raymond te conduira là-bas et viendra te reprendre à neuf heures.

— Mais c'est samedi soir ! protestai-je.

Grandma Olivia se radoucit un peu.

— Bon, alors dix heures.

— Aucune élève de ma classe n'est élevée aussi sévèrement, me lamentai-je.

— Et aucune autre n'est appelée à assumer les mêmes responsabilités. Alors, épargne-nous ces discussions stupides.

J'en restai là, consciente d'avoir obtenu le maximum que je pouvais espérer pour le moment. Quand j'en fis part à Cary, il exulta.

— J'apporterai quelques homards et des palourdes, décida-t-il. May passera un moment avec nous, mais je la reconduirai à la maison dans l'après-midi.

— C'est très gentil, Cary.

— Elle a demandé si elle pourrait venir une fois chez Kenneth en vélo, avec toi, mais ce serait trop dangereux. Elle n'entendrait pas arriver les voitures.

— J'irai la chercher un de ces jours, Cary, je te le promets. Nous nous débrouillerons, ne t'inquiète pas.

Le lendemain, au lycée, Theresa et moi achevâmes de mettre au point notre plan. La première fois que j'avais rencontré Theresa, je l'avais trouvée très sympathique, mais vraiment austère et farouche. C'était elle que le principal avait chargée de me faire visiter les lieux, à mon arrivée. Elle était tellement certaine que je la regarderais de haut, comme les autres filles, que les choses avaient assez mal commencé.

À mon avis, c'était une des plus jolies filles du lycée avec son teint ambré, ses yeux de jais et ses cheveux d'ébène. Quand elle avait compris que je n'étais pas comme les autres, elle s'était détendue et nous étions bientôt devenues bonnes amies.

Elle apprécia beaucoup l'idée de comploter contre ma grand-mère. Pour elle, comme pour bien d'autres, Grandma Olivia était la Dame de Fer, également surnommée Sa Majesté Snobissime.

— Si elle appelle et demande à te parler, mon frère répondra que nous sommes à la bibliothèque. Quant à mon père, ne t'inquiète pas. Il ne posera pas de questions. Tu vas passer toute la nuit avec Cary ? demanda-t-elle, les yeux brillants d'excitation.

— Non, je dois rentrer avant dix heures. C'est-à-dire quand Grandma Olivia enverra Raymond me chercher.

— Quel dommage ! s'affligea-t-elle à ma place. En tout cas, vous pourrez au moins être seuls un bon bout de temps.

— C'est toi qui oses dire des choses pareilles, Theresa Patterson ?

Notre éclat de rire fit se retourner toute la cafétéria. Les autres filles nous fixaient d'un œil jaloux, en se demandant quel délicieux secret nous partagions. Notre silence porta leur curiosité à son comble.

Quand le samedi arriva, je craignis que Grandma n'eût des soupçons rien qu'en me voyant, tellement j'étais nerveuse. Mais elle était bien trop occupée à préparer un dîner, auquel devaient assister le député Dunlap et deux de ses assistants. Pourtant, une remarque de sa part me fit trembler.

— Il est capital pour toi de rencontrer les gens importants, Melody, commença-t-elle.

Je redoutai qu'elle n'insiste pour que je sois présente, mais elle hésita un instant et ajouta :

— Toutefois, être major de promotion est tout aussi important. Tu seras la première Logan à obtenir cette distinction.

L'intonation était claire : ne t'avise pas de me décevoir !

Je montai dans la limousine en tremblant, et m'efforçai de me calmer pendant tout le trajet jusqu'à la maison des Patterson. Dès que Raymond fut reparti, j'enfourchai la bicyclette de Theresa et m'élançai en direction de la plage. Cary et May s'y trouvaient déjà, et Cary travaillait au bateau, le torse nu et luisant au soleil. Je m'approchai en poussant ma bicyclette sur la partie sablonneuse de la route.

— J'avais peur que tu ne viennes pas, dit-il en levant la tête.

May accourut et se jeta dans mes bras. Je la serrai contre moi en regardant Cary, et ni lui ni moi n'éprouvâmes le besoin d'ajouter un mot. Nos yeux parlaient pour nous.

Je passai presque tout l'après-midi avec May, à ramasser des coquillages et à lui décrire ma vie au lycée. Elle me posait des tas de questions sur les garçons, et je savais pourquoi. Tante Sarah n'aimait pas lui parler de ces choses. L'amour, le sexe et le sentiment la mettaient mal à l'aise. C'était moi qui avais dû expliquer à May ce qu'était un corps de femme, quelle transformation l'attendait, ce qu'elle ressentirait. Un jour, elle m'avait confié qu'elle aimait un garçon de sa classe et qu'il l'avait embrassée. Apparemment, elle avait appris beaucoup de choses sur la question, depuis mon départ. Car lorsqu'elle nous regardait, Cary et moi, observant la façon dont nous nous parlions et nous touchions, elle nous souriait d'un air entendu.

Pendant que Cary la raccompagnait à la maison, je préparai le repas et mis le couvert. Le temps nous était compté, nous voulions en savourer chaque minute. J'allai attendre Cary dehors en contemplant la splendeur du couchant. Les dernières lueurs du jour incendiaient l'océan quand la camionnette surgit, en tressautant, sur le sol inégal du chemin. Cary n'avait jamais roulé aussi vite.

— Tout est prêt ! m'écriai-je dès qu'il ouvrit la portière.

Il descendit d'un bond et me suivit dans la maison.

— Tout ça m'a l'air très appétissant, apprécia-t-il.

Mais il ne me quitta pas un instant du regard. Chaque fois que je levais la tête des plats que je servais, je le surprenais en train de me dévorer des yeux. Et moi, je mourais d'impatience. Mon corps avait faim de lui, de ses baisers, de ses caresses. Peut-être était-ce parce que nous étions loin de tout, seuls dans cette maison comme un couple marié, peu importe la raison ; mais jamais je n'avais ressenti un tel désir pour lui que ce soir-là. C'est à peine si nous pouvions manger, en échangeant tout juste quelques mots. Le repas fini, Cary sauta littéralement de sa chaise pour venir m'aider à faire la vaisselle.

Tout ce que nous faisions semblait n'avoir qu'un but : nous aider à garder le contrôle de nous-mêmes. C'était comme si nous comprenions qu'à la minute où nous serions libres de toute activité, à l'instant où nous nous tournerions l'un vers l'autre, nous nous embraserions comme de l'amadou. Finalement, le dernier plat fut essuyé.

Cary se retourna et attacha sur moi un regard intense.

— Melody, murmura-t-il en me tendant la main.

Je la pris, et il m'entraîna dans la chambre. Tout près du lit, nous nous embrassâmes avec ferveur, serrés dans les bras l'un de l'autre.

— Je t'aime, dit-il d'une voix contenue.

L'émotion qui m'étreignit me fit fermer les yeux.

— Moi aussi, Cary.

Je restai totalement immobile quand il déboutonna mon chemisier. J'attendis qu'il finisse de me l'ôter, fasse glisser ma jupe à mes chevilles et m'aide à l'enjamber. Il embrassa mes épaules et mon cou, détacha mon soutien-gorge, me l'enleva, effleura mes mamelons de ses lèvres. Et il enfouit son visage au creux de mes seins.

Il me sembla que mon sang brûlait dans mes veines. Quand les mains de Cary s'éloignèrent de ma poitrine, un petit cri désolé m'échappa. Très doucement, centimètre par centimètre, il fit descendre ma petite culotte sous mes genoux et me l'ôta. J'étais nue devant lui, les yeux rivés aux siens.

— Kenneth ne pourra jamais rendre ta beauté dans le marbre, chuchota-t-il, même en y travaillant le reste de sa vie.

Je souris, et il se dévêtit en hâte. Quelques instants plus tard, nous étions étendus sur le lit, enlacés, plus follement attirés l'un vers l'autre à chaque caresse, à chaque baiser.

— Es-tu prêt, Cary ? demandai-je dans un dernier sursaut de prudence, avant de céder au désir fou de le sentir en moi, de ne plus faire qu'un avec lui.

— Oui, répondit-il en souriant. J'ai pris mes précautions.

Je me laissai entraîner de plus en plus haut, flotter au-dessus de la terre, livrée au tourment délicieux du risque et de l'abandon total. Nos gémissements se mêlèrent, jusqu'à n'en faire plus qu'un. J'enfonçai les ongles dans les épaules de Cary pour l'attirer encore plus près de moi et le garder. La même faim nous tenaillait, une insatiable faim d'amour ; et ce besoin dévorant de tendresse, de contact et de douceur nous jeta désespérément l'un vers l'autre.

Quand tout fut fini, nous retombâmes l'un près de l'autre en haletant, épuisés par une délicieuse fatigue, et tout aussi incapables l'un que l'autre de prononcer un mot. De longues secondes s'écoulèrent, puis je pris la main de Cary et la posai sur mon cœur.

— Sens comme il bat, chuchotai-je. Cela fait peur, mais c'est merveilleux.

— C'est pareil pour moi, Melody.

— Si nous mourions ici, ensemble, Grandma Olivia serait dans tous ses états, tu ne crois pas ?

Cary eut un rire silencieux.

— Elle ferait jurer le secret à toutes les personnes au courant de l'histoire, et ensuite... elle nous ferait jeter à la mer.

— Mais elle ne manquerait pas son dîner de ce soir, ajoutai-je.

Il rit encore, me reprit dans ses bras et m'embrassa. Nous restâmes longtemps ainsi, blottis l'un contre l'autre, à nous murmurer de tendres promesses et tisser de doux rêves éveillés. Nous étions si bien qu'au bout d'un moment nous glissâmes dans une agréable torpeur. Ce qui faillit s'avérer fatal car, lorsque je rouvris les yeux, il était presque neuf heures et demie. Je me dressai sur mon séant.

— Cary ! m'écriai-je en lui secouant l'épaule.

— Mm-oui ?

— Dépêche-toi de t'habiller, sinon Raymond va arriver avant nous chez Theresa !

Aussitôt debout, nous enfilâmes nos vêtements à une vitesse record et courûmes à la camionnette. Mais pour tout arranger, elle ne voulut pas démarrer. Le moteur toussa, grogna, crachota... et se tut. Cary redescendit, ouvrit le capot et se pencha sur la batterie.

— Vite, Cary ! implorai-je. Elle peut vous causer tellement d'ennuis, à ta mère et à toi, si elle découvre nos relations.

— Du calme, dit-il en regagnant sa place. Je crois que ça va aller.

Cette fois, le moteur démarra, Dieu merci ; et même si rapidement que la camionnette bondit en avant et que ma tête faillit heurter le toit. Une fois sur la route, Cary roula le pied au plancher jusqu'à chez Theresa, où nous arrivâmes quelques minutes avant la limousine. Je n'eus même pas le temps d'embrasser Cary. Je sautai à terre et courus jusqu'à la maison, où Theresa m'attendait, rien moins que rassurée.

Elle sourit de soulagement.

— Il était moins une, on dirait ?

— Nous nous sommes endormis, avouai-je piteusement.

— En tout cas, Sa Majesté n'a pas appelé.

La limousine était en vue, notre conversation s'arrêta là. Je remerciai Theresa et sortis, en promettant de l'appeler le lendemain matin.

La soirée de Grandma Olivia durait toujours quand j'arrivai à la maison. Tout le monde était en train de bavarder au salon, et j'hésitai à m'y présenter. Je n'avais pas eu le temps de remettre de l'ordre dans mes vêtements ni dans ma coiffure, et je me demandais quelle allure je devais avoir. Mais je savais que si je ne venais pas dire bonsoir, Grandma Olivia serait furieuse. Je me montrai sur le seuil.

— Bonsoir, Grandma.

— Alors ? Tu as bien travaillé ?

— Oui, Grandma.

— Parfait. Ma petite-fille a les plus grandes chances d'être major de sa promotion, annonça-t-elle fièrement.

Chacun hocha la tête en signe d'approbation.

— Melody, tu as déjà rencontré le député et Mme Dunlap, je crois ?

Je m'avançai dans la pièce.

— En effet. Comment allez-vous, monsieur le député, madame Dunlap...

Ils me sourirent, et Grandma parut satisfaite.

— M. et Mme Steiner, M. et Mme Becker, ajouta-t-elle, reprenant les présentations.

Je répondis aux sourires, énonçai les formules d'usage et demandai la permission de me retirer.

Une fois dans ma chambre, je fis ma toilette en hâte et me couchai, la fatigue réclamait son dû. Mais malgré ma lassitude, je me sentais bien. Quand je fermai les yeux, je vis le visage de Cary tendrement penché sur moi, et j'imaginai le contact de ses lèvres sur les miennes, encore et encore. Là-bas, de l'autre côté des dunes, il devait être dans son grenier, en train de penser à moi lui aussi. À l'idée qu'en ce moment même il contemplait peut-être l'océan, je rouvris les yeux. Par la fenêtre, je pouvais voir miroiter l'eau sous les étoiles, et les vagues crêtées d'écume argentée venir se briser sur le sable.

Les voix qui me parvenaient d'en bas s'affaiblirent, devinrent des murmures, puis je n'entendis plus rien. Rien que mes pensées, chuchotant des promesses et des rêves qui, d'un ample bercement plein de douceur, m'entraînèrent insensiblement dans le sommeil.

Au cours du mois qui suivit, nous réussîmes à nous ménager deux autres rendez-vous secrets, Cary et moi. Et chaque fois fut aussi merveilleuse que la première. Il avançait rapidement dans son travail pour Kenneth, et bientôt le bateau prit forme. Kenneth invita des amis à venir le voir, et l'un d'eux proposa, tout à fait sérieusement, de commander lui aussi un voilier de plaisance à Cary.

Par un bel après-midi, au début du printemps, j'emmenai May à bicyclette jusqu'à chez Kenneth. Nous approchions de la maison quand un aboiement retentit, et un adorable petit chiot passa la tête dans l'embrasure. Un labrador à poil doré, cette fois. Lâchant nos bicyclettes, nous courûmes jusqu'à la maison et May prit le chiot dans ses bras.

— Il s'appelle Prométhée, annonça Kenneth. Je crois que je suis voué aux noms mythologiques, décidément.

— Il est superbe, Kenneth.

— J'étais sûr qu'il te plairait.

Prométhée le superbe lécha la figure de May, qui éclata de rire.

— Elle grandit, elle aussi, commenta Kenneth. Elle promet d'être une bien jolie jeune fille.

— Je sais.

— Elle aura de plus en plus besoin de toi, je te préviens. Tu vas te retrouver dans le rôle de grande sœur.

— C'est déjà fait.

— Ah oui ? Eh bien... hum, j'ai une autre surprise pour toi, déclara-t-il, visiblement pressé de changer de sujet. Je vais exposer *La Fille de Neptune*. Il y aura un vernissage à la galerie, et une grande soirée ensuite.

— Où ça ?

— Ma foi... disons que c'est une troisième surprise. (Mon cœur s'accéléra.) Chez ton grand-père.

— Chez le juge Childs ? Sérieusement ? Mais c'est merveilleux, Kenneth !

— Il a proposé sa maison quand il a entendu parler de l'exposition, et je me suis dit : pourquoi pas ? Il ne pourra jamais me rembourser le millième de ce qu'il me doit. Si je ne prends pas ce qu'il m'offre, mon frère et ma sœur le feront, de toute façon.

Son cynisme me déplut, et il s'en aperçut.

— Je n'ai pas besoin de l'aimer pour accepter ce qu'il fait pour moi, se défendit-il.

— Si, Kenneth. Vous devez l'aimer. C'est votre père, malgré tout.

— Mon père est mort il y a longtemps, des suites d'une confession. Cet étranger qui porte son nom n'est qu'un riche vieillard et rien d'autre, s'obstina-t-il. D'ailleurs, je ne fais pas ça pour moi mais pour *La Fille de Neptune*. Tu vois l'ironie de la chose, j'imagine ? Oui, j'en suis sûr, affirma-t-il sans me laisser le temps de répondre. Tu es l'une des femmes les plus intelligentes que j'aie connues, Melody. Tu comprends beaucoup plus de choses que tu ne veux bien le reconnaître.

— Mais, Kenneth...

— Laisse-moi agir à ma guise, Melody. Ne t'en fais pas pour ça.

Il sourit à May, qui câlinait Prométhée, puis son regard dériva vers Cary et le bateau en construction.

— D'ici à un mois, nous ferons tous un voyage d'inauguration, pour célébrer la naissance de quelque chose de très beau. Ça te va ?

— Bien sûr, Kenneth. Vous pourriez peut-être inviter Fanny au vernissage ? suggérai-je, estimant qu'il lui fallait quelqu'un à ses côtés.

— C'est déjà fait.

— Alors elle vient ? Ça, c'est magnifique ! Je meurs d'envie de la revoir.

— Je n'ai pas dit qu'elle venait. Il faut d'abord qu'elle consulte son thème et que les astres soient favorables, plaisanta-t-il, les yeux pétillants de malice.

May sortit pour aller montrer Prométhée à Cary, et je sentis le regard de Kenneth se poser sur moi. Il me dévisageait avec une insistance étrange, qui me mit presque mal à l'aise.

— Que se passe-t-il, Kenneth ?

— À te voir sourire comme ça, dans le soleil... pendant un moment, j'ai cru revoir ta mère quand elle avait ton âge, soupira-t-il. Comme si le temps revenait en arrière, et que rien d'affreux n'était encore arrivé.

« Accroche-toi au moment présent, Melody. Accroche-toi de toutes tes forces, et profites-en tant que tu peux. Bientôt, bien trop tôt, reprit-il amèrement, la jalousie et l'envie souffleront sur ta joie comme la tempête et la jetteront à la mer.

« J'espère, conclut-il en regardant Cary et May, j'espère que le sort ne se jouera pas de toi comme il l'a fait de moi.

Là-dessus, il rentra vivement dans la maison, me laissant seule avec mon angoisse. J'en tremblais. Kenneth m'avait rendu le lendemain redoutable, tout à coup. Je n'osais même plus y penser.

Tel un lecteur hésitant à tourner la page, effrayé à l'idée de ce qui va suivre, je m'avançai lentement vers Cary pour lui annoncer les nouvelles.

15

Dévoilement

À mesure que l'exposition approchait, l'excitation grandissait à Provincetown. Des revues artistiques d'envergure nationale envoyèrent des critiques et des photographes ; des reporters vinrent de New York, de Boston et même de Washington. Les invitations à la soirée qui devait suivre le vernissage étaient hautement prisées. Pour en choisir le texte et la présentation, Kenneth eut recours à mon aide, sous prétexte que j'étais désormais experte en matière d'étiquette mondaine. Le directeur de la galerie nous fournit une liste de personnes à inviter. Collectionneurs, mécènes ou autres personnalités influentes qui, selon lui, jouaient un rôle déterminant dans l'univers des arts.

Deux jours avant le vernissage, Kenneth m'appela. Il souhaitait que je l'accompagne chez le juge Childs, pour une entrevue avec les traiteurs.

— Je ne suis pas très doué pour ces choses-là, expliqua-t-il. J'ai besoin d'une aide féminine.

Mais je savais qu'il était surtout très nerveux à l'idée d'aller chez son père. D'après ce que j'avais cru comprendre, il n'y avait pas mis les pieds depuis des années. Le juge était tout aussi nerveux que lui, d'ailleurs, je l'appris par Grandma Olivia.

— Cette soirée s'annonce comme un événement brillant, déclara-t-elle, mais soyons prudents. Aucun incident regrettable ne doit être donné en pâture aux mauvaises langues : elles n'attendent que ça. Je sais que tu as passé beaucoup de temps chez Kenneth. Et bien que je n'aie pas encore vu son œuvre, je suis certaine, comme tout le monde ici, d'ailleurs, que tu en es le modèle.

« Je compte sur toi pour naviguer entre les écueils, ajouta-t-elle avec une autorité mêlée d'ironie. En d'autres termes, veille à ce que Kenneth se conduise en homme du monde. Essaie de l'amener à s'habiller correctement. Et surtout...

Grandma eut un petit sourire acerbe.

— Tâche de l'obliger à faire quelque chose pour cette broussaille qu'il appelle une barbe, et cette botte de foin qu'il appelle des cheveux !

— Les artistes ne sont pas des hommes d'affaires, Grandma. Le public comprend Kenneth.

— Pas ce public-là, crois-moi. En fait, ajouta-t-elle dans un de ses rares accès d'humanité, c'est surtout pour le juge que je m'inquiète. Il ne dort plus depuis qu'il a offert de donner cette réception chez lui. Je lui ai dit que c'était une folie, mais il n'a rien voulu entendre.

— Tout se passera bien, j'en suis sûre.

Elle hocha la tête et m'examina d'un œil scrutateur.

— Tu as beaucoup mûri depuis que tu vis ici, et je n'ai entendu dire que du bien de toi. Tes professeurs t'apprécient, les gens admirent la façon dont tu t'occupes de ma petite-fille handicapée. Je me sens confirmée dans ma confiance en toi et en tes possibilités. Ne fais rien qui puisse diminuer cette confiance, conclut-elle sur le ton sévère qui lui était habituel.

— Je suppose que je dois vous remercier, répliquai-je, ce qui me valut l'équivalent d'un sourire.

— As-tu été voir ma sœur et Samuel, cette semaine ?
— Oui.

Savait-elle que j'y étais allée avec Cary ? Si oui, elle n'y fit pas allusion, et moi non plus.

— Je n'ai constaté aucune amélioration de leur état,

Grandma. Aucun progrès. Grandpa Samuel reste assis en regardant devant lui, sans même paraître se rendre compte de ma présence.

— Il n'y aura pas d'amélioration, prédit-elle. Ce n'est pas un endroit où l'on guérit, on n'y va que pour attendre. C'est la salle d'attente de Dieu. Moi aussi tu devras m'y conduire un jour ou l'autre, j'imagine. Si cela devient nécessaire, n'hésite pas. Ce n'est pas pour tout de suite, espérons-le! Mais quand mon heure viendra, elle viendra, conclut-elle avec philosophie.

Pour la soirée, elle me suggéra de porter la robe que Dorothy Livingston m'avait achetée à Beverly Hills. Elle n'avait jamais fait allusion aux deux coûteuses toilettes qui se trouvaient dans mon placard, mais elle en connaissait l'existence, je le savais.

— Ne pas les porter serait du gâchis, décréta-t-elle. Si quelqu'un a été assez stupide pour dépenser une somme pareille de cette façon, autant en profiter. J'aimerais d'abord voir quelle allure tu as là-dedans, naturellement.

J'acquiesçai d'un signe de tête, montai enfiler la fameuse robe et revins affronter le jugement de Grandma. Elle m'examina sous toutes les coutures.

— C'est parfait, commenta-t-elle... pour la circonstance. Tu as une position dans cette communauté, à présent, et un rang à tenir. Des jeunes gens des meilleures familles assisteront à cette soirée, j'espère que tu noueras des relations avec certains d'entre eux. Comment comptes-tu arranger tes cheveux?

— Mes cheveux?

— Je peux convoquer mon esthéticienne, et lui demander d'étudier une coiffure spéciale pour toi, si tu veux.

— Je pense que je vais laisser tout simplement mes cheveux libres, Grandma. Il suffira d'égaliser ma frange, et ça je peux le faire toute seule.

— À ton aise. J'ai un collier de rubis et de saphirs qui

irait très bien avec la robe, ajouta-t-elle. Il appartenait à ma mère.

— Vraiment, Grandma ? Je vous remercie.

Je me sentis très honorée qu'elle consentît à me prêter un tel joyau, ne fût-ce que pour un soir. Je mentionnai le fait à Kenneth, quand il vint me chercher pour me conduire chez le juge Childs. Je m'attendais qu'il plaisante sur cette transformation du caractère de Grandma Olivia, mais non. Il était bien trop inquiet et préoccupé, son angoisse était presque tangible. Si je n'avais pas parlé pour le distraire, nous aurions roulé dans un silence de mort.

Quand la maison du juge fut en vue, je me souvins de la toute première fois où j'y étais venue. Elle m'avait terriblement impressionnée, encore plus que celle de Grandma. Du plus pur style colonial, elle avait été repeinte en un délicat bleu porcelaine, et des frises élaborées ornaient les fenêtres de la façade. Le perron en demi-cercle ajoutait encore à son charme vieillot. Mais ce qui la rendait unique, c'était l'étonnante coupole octogonale qui surmontait l'entrée.

Une grande animation régnait dans le parc, où s'activait une armée de serviteurs et de jardiniers. Quand nous nous engageâmes dans l'allée circulaire, je découvris l'immense tente de jardin, devant laquelle les traiteurs discutaient avec le juge Childs. À ses côtés, je reconnus Morton, son maître d'hôtel. Toutes les têtes se tournèrent dans notre direction, et Kenneth arrêta la jeep. Il resta un moment adossé à son siège, les yeux fixes, et ce fut moi qui rompis le silence.

— Vous avez dû avoir une enfance agréable dans cette maison, Kenneth. Tout est si beau, ici !

— Oui, grogna-t-il en sautant à terre.

Aussi vite qu'il en était capable, Morton s'approcha pour nous accueillir, le visage rayonnant. D'autorité, il s'empara de la main de Kenneth.

— Bienvenue à vous, monsieur Kenneth ! s'écria-t-il

en la secouant avec vigueur. C'est une joie de vous voir ici. Et vous aussi, mademoiselle Melody. Vous êtes en beauté. Quel événement! Le juge s'est levé une heure plus tôt que d'habitude, ce matin. Aucun de nous n'a pu fermer l'œil. Une bien belle journée, n'est-ce pas? Quel temps superbe!

Il attendait, dévorant des yeux le visage de Kenneth, espérant un signe indiquant que la mésentente entre père et fils avait pris fin. Au bout de quelques secondes, Kenneth ébaucha un sourire.

— Bonjour, Morton. Je suis content de vous revoir, moi aussi. Morton m'a tenu lieu de père et de mère, ajouta-t-il à mon intention.

— Allons donc, monsieur Kenneth! Vous exagérez.

— Ah oui? Et qui nous promenait partout, veillait sur nous, jouait avec nous? Qui m'a appris à tenir une batte de base-ball? Morton aurait pu être professionnel, Melody.

— Oh, non, mademoiselle Melody! Je n'étais pas si bon que ça.

— C'était un grand joueur, insista Kenneth.

Morton s'empressa de changer de conversation.

— Que puis-je vous servir? Une citronnade, un café...

— Non, merci, Morton, refusa Kenneth. Je tiens à en finir au plus vite.

— Bon, eh bien... si vous avez besoin de quoi que ce soit, je serai là.

— Comme vous l'avez toujours été, Morton. C'est vraiment bon de vous revoir.

— Et vous aussi, monsieur. Le juge n'a jamais passé une journée sans parler de vous.

Les yeux du maître d'hôtel s'embuèrent, et Kenneth se retourna brusquement vers moi.

— Allez, viens, Melody. Ne perdons pas de temps.

Je le suivis à travers la pelouse, en direction du juge Childs qui ne nous quittait pas du regard.

— Bonjour! s'exclama-t-il avec chaleur.

Mais son fils ne lui répondit que par un hochement de tête.

— J'ai très peu de temps, s'excusa-t-il brièvement.

— Ah! Eh bien, dans ce cas, commençons tout de suite. James va nous présenter le menu et nous dire quelles dispositions il envisage. Il suggère que nous mettions des tables sous la tente et au-dehors, mais que le buffet soit à l'intérieur. C'est bien cela, James?

Le petit homme rubicond eut un sourire affable.

— Oui, juge Childs. Je crois que c'est la bonne solution. Je prévois trois tables pour les entrées : homards, crevettes, coquelets et canetons, flétans et perches. Nous aurons deux longues tables pour les salades et les légumes, et bien sûr, trois pour les pâtisseries viennoises et les desserts. Je suggère que nous placions le bar à l'extérieur de la tente. C'est toujours plus simple de séparer les boissons et la nourriture. Toutefois, nous veillerons à faire circuler du champagne toute la soirée.

— Alors? s'enquit le juge. Que pensez-vous de ce menu?

Le regard tourné vers les docks, Kenneth contemplait fixement le large.

— Cela me convient, murmura-t-il d'un ton absent.

James reprit aussitôt les choses en main.

— Bon, venons-en à la décoration. J'ai pensé à un bouquet de tulipes, de jonquilles et de narcisses sur chaque table. Pour la tente, j'aimerais que l'entrée soit cernée de roses et…

— Ce n'est pas un mariage! coupa brutalement Kenneth, quêtant du regard une confirmation de ma part.

Je fis mine de réfléchir.

— Je crois que les bouquets sur les tables suffiront, en effet.

James acquiesça, visiblement déçu.

— Je ne savais pas quoi décider pour la musique, dit alors le juge Childs. J'ai pensé que nous pourrions avoir un petit orchestre. Je ferai dresser un de ces parquets de danse mobiles et peut-être...

Pour la seconde fois, Kenneth s'interposa.

— Nous n'avons pas besoin de faire danser les gens.

— Non ? Très bien, nous nous contenterons de musique. J'avais pensé... enfin, si tu trouves que c'est trop...

— Tout est de trop, jeta sèchement Kenneth en s'éloignant vers la jetée.

Tout le monde le suivit des yeux en silence.

— Il est juste un peu nerveux à cause de l'exposition, expliquai-je.

Le juge ne fut que trop heureux de m'approuver.

— Oui, évidemment. Eh bien, si James nous montrait les couleurs qu'il a choisies pour les nappes et les serviettes ?

— Tout est là, s'empressa James en désignant l'intérieur de la tente.

Nous l'y suivîmes, et il nous présenta les papier crépon, ballons et guirlandes qu'il avait en vue pour la décoration intérieure de la tente. Je trouvai le tout spectaculaire. Le juge était enchanté.

— J'aurai des employés de parking, bien sûr. Espérons qu'il fera beau ! Et maintenant, qu'avons-nous encore à voir ? s'informa-t-il, le regard sur Kenneth.

Le traiteur mentionna une foule d'autres détails, mais le juge n'écoutait plus que d'une oreille.

— Il ne serait pas mauvais que vous parliez un peu ensemble avant la soirée, tous les deux, suggérai-je avec douceur.

— Oui, je suppose que vous avez raison.

Nelson Childs semblait fatigué tout à coup, plus vieux, moins sûr de lui. Debout sur la jetée, Kenneth regardait toujours vers l'océan.

— Laissez-moi lui parler la première, décidai-je.

Le juge parut soulagé. Coupant à travers la pelouse, je rejoignis bientôt Kenneth.

327

— Tout cela est grotesque, bougonna-t-il. La moitié des gens qui seront là s'imaginent que le mot Art est un diminutif d'Arthur !

Je fus forcée de sourire.

— Tout se passera bien, Kenneth. Laissez-le faire quelque chose de grandiose en votre honneur, il est tellement fier de vous !

— Il se sent tellement coupable, tu veux dire.

— Coupable aussi, sans doute, mais au moins il éprouve du remords. Ma mère s'est débarrassée du remords comme on chasse une mouche, elle !

Le regard de Kenneth s'adoucit, et il esquissa un sourire.

— Tu as de la peine pour lui, n'est-ce pas ?
— Oui.
— Tu ne comprends pas que si Hellie est devenue ce qu'elle est, c'est à cause de lui ?
— Non, répliquai-je. Vous savez comment elle m'a traitée. M'imaginez-vous en train de devenir comme elle ?

Son sourire s'élargit et s'adoucit encore.

— Parlez-lui, Kenneth. Réconciliez-vous. Cela vous fera tellement de bien, à tous les deux.

Il eut une moue sceptique, mais je tins bon.

— Vous disiez que *La Fille de Neptune* était votre plus grande œuvre, celle dont vous étiez le plus fier. Faites que l'inauguration soit un moment de joie, sans restrictions.

— Ah, Melody, Melody ! Tu ne renonces jamais, n'est-ce pas ? Contre vents et marées, tu cours toujours après l'arc-en-ciel !

— Aidez-moi à le trouver, Kenneth.

Il soupira, jeta un dernier regard à l'océan et se retourna vers la maison.

— Viens avec moi.
— Moi ?
— Tu es sa petite-fille. Tu as ta place dans toutes les

discussions familiales, maintenant. Pas de cachotteries entre nous, c'est tout ce que je te demande.

Je le suivis vers la maison, sa maison ; un lieu qu'il n'avait pas revu depuis des années, mais où vivaient encore les souvenirs de son enfance, et ceux de sa mère.

Nous entrâmes, et il me fit faire le tour du propriétaire.

— Il a tout laissé comme c'était avant, observa-t-il avec émotion. Ah, ma mère et ses antiquités ! La plupart valent une fortune, maintenant.

À l'étage, il me montra son ancienne chambre et s'y attarda, un sourire mélancolique aux lèvres. Quand nous redescendîmes, le juge nous guettait devant la porte de son bureau.

— Eh bien, commença-t-il, cette soirée promet d'être l'événement de l'année, pas vrai ? Je n'ai pas vu ton œuvre, Kenneth, mais Laurence Baker en dit grand bien. Est-ce qu'on t'a déjà fait une offre ? Si ce n'est pas le cas, j'aimerais me porter acquéreur.

— Cette statue n'est pas à vendre, annonça Kenneth.
— Quoi ?
— Je comptais en faire don au musée, après l'exposition.

Le juge en resta pantois.

— Excellente idée, Kenneth, commenta-t-il quand il eut repris contenance. Vraiment excellente.

— Mais s'il la vendait, c'est moi qui l'achèterais !

J'avais dit cela spontanément, et tous deux se tournèrent vers moi. Kenneth sourit, et le juge en fit autant.

— Elle en serait bien capable, tu sais ?
— Oh oui ! approuva Kenneth avec conviction.

Pour une fois, ils étaient d'accord sur quelque chose, c'était déjà ça. Le juge se détendit.

— Je suis heureux que la soirée de vernissage ait lieu chez nous, Ken. Ta mère aurait été très fière. Mais j'y pense, ajouta Nelson Childs en rentrant dans la pièce, j'ai trouvé quelque chose, l'autre jour. Je pense que cela te revient.

Nous le suivîmes à l'intérieur. Il tendit à Kenneth une photographie encadrée de cuir, sur laquelle on le voyait avec sa mère quand il devait avoir cinq ou six ans.

— Il avait déjà quelque chose d'artiste à cette époque. Vous ne trouvez pas, Melody?

— Il a certainement l'air très pensif, en tout cas.

— Et ce cadre, poursuivit le juge, qui se croyait obligé de parler. Une véritable trouvaille, d'après ma femme. Elle était si contente de l'avoir déniché. Elle a tout de suite su quelle photo elle allait y mettre.

— Merci, marmonna Kenneth.

— Je t'en prie. Et à part ça, heu… comment vont les choses, pour toi?

— À part ça?

Nelson Childs coula un regard éloquent dans ma direction.

— Eh bien, je voulais dire…

— Tu peux parler devant Melody, elle peut tout entendre. C'est ta petite-fille, lui rappela Kenneth.

— Oui, c'est juste. Et je dois dire que je suis très fier d'elle.

— Même si c'est un sombre secret bien gardé?

Le juge Childs plissa les paupières et grimaça. Il chercha son souffle et s'assit pesamment sur le canapé, comme un homme qui vient de recevoir une mauvaise nouvelle.

— Cela n'aurait pas de sens de te présenter mes excuses, Kenneth. Je l'ai fait cent fois, et tu n'as jamais voulu entendre. D'ailleurs, comment espérer que tu me pardonnes ce que je ne me pardonne pas à moi-même? Mais rien de tout cela…

Nelson Childs releva la tête et chercha le regard de Kenneth.

— Rien de tout cela ne m'a empêché de t'aimer, mon fils. Je suis fier de toi et de ton œuvre. Tout ce que j'espère, c'est que tu finisses par me haïr un peu moins. Je n'en demande pas plus, acheva-t-il avec un profond soupir.

Pendant quelques instants, Kenneth évita de le regarder.

— Tu nous as tous trahis, vois-tu. Tous.

— Oui, c'est vrai, reconnut le juge. J'étais faible, elle était belle et désirable. Ce n'est pas une excuse, s'empressa-t-il d'ajouter, juste une explication.

— Tu as passé presque toute ta vie à juger les autres, mais toi, qui t'a jugé ?

— Toi, mon fils. Et j'ai payé le prix fort pour mon erreur. Si je pouvais changer les choses, je le ferais.

Kenneth n'eut pas l'air convaincu.

— C'est vrai, insista Nelson Childs. J'aimerais mieux mourir que de te priver de ton bonheur. Je ne voulais pour toi que le meilleur de la vie, Ken. Depuis la mort de ta mère, plus rien n'a eu de sens pour moi, sauf vous, mes enfants. Et c'est une sorte de miracle que Melody soit venue à nous.

Kenneth me jeta un bref regard et hocha la tête.

— Oui, c'en est un.

— Et je ne suis pas fâché que tout le monde voie comme vous vous entendez bien, tous les deux.

— C'est une vraie petite peste, se moqua gentiment Kenneth, ce qui m'attendrit jusqu'aux larmes.

— Et douée, en plus. Allez-vous nous jouer quelque chose à la soirée, Melody ?

— Comment ? Non, je…

— Bien sûr que si, m'interrompit Kenneth. Cela fait partie de notre marché.

Je fronçai les sourcils, alarmée.

— Notre marché ?

— Alors c'est parfait, approuva le juge en se relevant.

Ce qui sembla lui coûter un effort appréciable, car il étouffa un gémissement douloureux.

— Je ferais mieux d'aller voir quelles surprises m'a

préparées James, plaisanta-t-il. D'ici à ce qu'il nous mette des guirlandes de roses en travers de l'allée...

Kenneth, déjà prêt à sortir, baissa les yeux sur le portrait qu'il tenait à la main.

— Merci de me l'avoir donné, murmura-t-il.

Et, à mon intention, il ajouta aussitôt :

— Allons-y, Melody. Nous n'avons pas le temps de nous attarder.

— Vous seriez-vous souvenu d'un travail urgent, tout d'un coup ? ripostai-je, lui arrachant un sourire.

Le juge, heureusement, marchait derrière nous. Il nous accompagna jusqu'à la grande porte.

— Je n'ai pas besoin de te souhaiter bonne chance, mon fils. Je sais que cette exposition sera un succès.

Kenneth hocha la tête, et j'aurais pu jurer qu'il avait envie de dire «merci». Je regardai le juge et vis qu'il avait les larmes aux yeux. Il se mordit la lèvre, me sourit et recula dans l'ombre du hall.

— Je crois qu'il regrette sincèrement, Kenneth.

— Possible, voulut-il bien admettre.

Nous montâmes dans la jeep et il resta assis un moment, immobile, observant son père qui ressortait de la maison pour retourner vers la tente.

— C'était un bel homme autrefois, dit-il rêveusement. Élégant, distingué... un vrai physique de magistrat. Quand j'étais petit, je croyais qu'il détenait le droit de vie et de mort sur nous tous. N'accorde jamais ta confiance entière à quelqu'un, Melody. Garde toujours une petite dose de scepticisme. C'est une bonne assurance.

«Bon, j'arrête, reprit-il en souriant. Disons que tout ira bien. Et si Sa Majesté te permet de sortir, tu es invitée à dîner ce soir. Fanny sera là d'un moment à l'autre.

— Elle arrive ? C'est magnifique ! Bien sûr que je peux venir. Grandma Olivia espère que j'aurai une bonne influence sur vous. Que je vous amènerai à ressembler à...

— Un homme d'affaires, je sais. Je pourrais toujours mettre un pantalon propre et des socquettes ! s'esclaffa-t-il, et je ris de bon cœur avec lui.

Fanny, pensai-je avec émotion. Je mourais d'envie de la revoir.

*
* *

Elle arriva les bras chargés de cadeaux. Cristaux et talismans, thèmes astrologiques, des boucles d'oreilles pour moi, un bracelet pour Kenneth. Après le dîner, nous fîmes une longue promenade sur la plage, toutes les deux, et nous parlâmes de mon voyage en Californie.

— Naturellement, ma sœur a raconté les choses à sa manière. Elle m'a reproché d'avoir envoyé une fille aussi jeune et aussi impressionnable à Los Angeles. Et Philip a dit que ce n'était pas étonnant de ma part, acheva Fanny en riant.

— J'espère que je ne t'ai pas attiré d'ennuis, au moins ?

— Non, l'argument n'est pas nouveau. Ma sœur et son mari se sont fait depuis longtemps leur opinion sur moi. En tout cas, Billy t'envoie ses amitiés. Il a beaucoup d'affection pour toi.

— C'est réciproque, affirmai-je avec chaleur. À Hollywood, j'ai souvent pensé à lui et à tout ce qu'il m'avait dit.

— Ta mère n'a même pas montré la moindre...

— Elle est comme ensorcelée, Fanny. Si j'avais su ça plus tôt, je n'y serais pas allée. Il m'arrive de m'arrêter au cimetière, comme si c'était elle qui était enterrée là. Si c'était le cas, ça ne ferait pas beaucoup de différence.

Fanny me sourit avec tendresse et inspira une longue bouffée d'air salin.

— Ça me décrasse la cervelle, déclara-t-elle avec un soupir de plaisir.

Son regard s'arrêta sur la coque en construction, presque achevée à présent, et elle ajouta :

— Je vois que Cary s'en tire à merveille, avec ce bateau. Il a l'air très impressionnant.

— Il y a mis tout son cœur, Fanny.

— Pas tout entier. La plus grande partie de ce cœur se trouve ici, me taquina-t-elle, en pointant le doigt sur ma poitrine.

Puis, après être restée un instant silencieuse et pensive, elle demanda :

— Parle-moi un peu de Kenneth. Il traverse une phase de transition, semble-t-il. D'après son thème, il est sur le point de changer de direction.

Je lui racontai l'entrevue de Kenneth et de son père, et comparai leurs relations actuelles à un cessez-le-feu. Elle observa d'un air songeur :

— Ils vieillissent, tous les deux, c'est certain. Il est temps qu'ils mettent les choses en ordre. Parle-t-il souvent de moi ?

— Tu es toujours dans ses pensées, affirmai-je. Il dit souvent : « Ça, c'est une idée de Fanny », ou bien : « Je me demande ce que Fanny en penserait. »

— C'est vrai ? (Elle promena autour d'elle un regard émerveillé.) J'aime beaucoup cet endroit, tu sais. Je pense sérieusement à quitter New York.

— Et Billy ?

— J'envisage de lui laisser le magasin. Il ne quittera jamais New York, lui.

— Et où vivras-tu ?

— On verra bien, répondit-elle avec un petit air mystérieux. Je suis sur le point de le découvrir si je peux lire dans mon propre avenir. J'ai de sérieux indices, en tout cas.

Rayonnante, elle se tourna vers la maison, et j'hésitai à la questionner davantage.

— Je crois que je ferais mieux de rentrer, annonçai-je. Nous avons tous une grande journée devant nous, et j'ai mon violon à répéter, grâce à Kenneth.

— C'est merveilleux, Melody. Tu as raison, je sens que cela va être un grand jour !

Elle me prit par la main et nous courûmes pieds nus dans le sable en riant, le ciel étoilé sur nos têtes et l'océan bruissant doucement près de nous, chuchotant ses promesses. C'était si bon d'être heureuses à nouveau, de retrouver l'insouciance et l'espoir !

Le lendemain, les gens arrivèrent avec une demi-heure d'avance à la galerie, pour être certains de ne pas manquer l'ouverture. Le juge Childs vint nous chercher à la maison. Grandma Olivia était sur son trente et un, vêtue de sa plus belle robe et arborant ses diamants. Elle avait vraiment un port de reine. Et le juge, en complet bleu sombre, avait grande allure lui aussi. Je ne l'avais jamais trouvé si beau.

Il exprima son regret que ses deux autres enfants ne fussent pas présents à l'exposition.

— J'ai essayé de convaincre Grant et Jillian de venir, mais ils n'ont pas pu se libérer. C'est triste quand une famille est aussi dispersée, soupira-t-il.

Grandma Olivia manifesta hautement son approbation.

— Vous avez raison, Nelson. Une fois que les liens familiaux se défont, tout part à la dérive.

Elle dit cela en me regardant droit dans les yeux, ce qui lui arrivait de plus en plus souvent quand elle me faisait la morale. Elle tenait à s'assurer que je retiendrais la leçon.

Cary, tante Sarah et May attendaient devant la galerie quand la voiture du juge se gara sur le parking voisin. Cary était superbe en complet de ville, et May faisait très jeune fille. Elle grandissait à vue d'œil, ces temps-ci. Sa toilette lui allait à ravir, et tante Sarah elle-même s'était mise en frais. Habillée de couleurs claires et très discrètement maquillée, elle était presque méconnaissable.

— On va ouvrir dans un instant, m'annonça Cary quand je descendis de la voiture. Et là, tu vois...

Il désignait un petit groupe rassemblé sur le trottoir.

— Tous ces gens sont des journalistes.
— Ken est-il arrivé ? s'informa le juge.
— Non, monsieur. Je ne l'ai pas vu.
— Ce serait bien de lui de ne pas venir ! grommela Grandma Olivia entre ses dents. Alors, Sarah, comment allez-vous ?
— Comme ci, comme ça, Olivia. Il me semble que c'était hier...
— Eh bien, ce n'était pas hier, et nous devons tous faire face au présent, ma fille. C'est un grand jour pour le juge. Et si vous ne vous sentez pas capable de faire bonne figure, vous ne devriez pas être là, décréta-t-elle sans ménagement.

Tante Sarah parvint à sourire.

— Je suis très heureuse d'être ici, croyez-moi. Et May aussi, ajouta-t-elle en désignant sa fille, que Grandma Olivia n'avait pas encore daigné remarquer.

— Dites-lui bonjour pour moi, ordonna-t-elle avec un bref sourire à l'adresse de May.

L'enfant lui rendit son sourire, et se lança dans une série de signes, mais Grandma Olivia n'attendit pas qu'elle eût terminé. Elle entraîna vivement le juge vers la galerie.

Les portes étaient grandes ouvertes, et la foule s'y engouffrait, saluant Grandma et le juge au passage. Cary, tante Sarah, May et moi-même suivîmes docilement le mouvement.

Dissimulée sous un drap blanc, *La Fille de Neptune* se dressait au milieu de la salle. Tout à côté se tenait un homme de haute taille à la mine grave, encadré par un homme d'environ trente ans et une élégante jeune femme. C'était Laurence Baker, le directeur de la galerie, et ses deux assistants, qui l'aidaient à accueillir les visiteurs. Après l'avoir salué, ceux-ci se dirigeaient tout droit vers le buffet, où le champagne était déjà servi, ainsi qu'un assortiment de hors-d'œuvre. Les gens déambulaient ensuite à travers la galerie, pour voir les autres sculptures exposées en attendant le grand moment du dévoilement.

De son pas glissant et feutré, Laurence Baker fendit adroitement la foule et s'approcha de notre groupe.

— Bonjour, juge Childs. Madame Logan, mes hommages. C'est très aimable à vous d'être venus.

Ses manières onctueuses eurent le don d'agacer Grandma. Elle répliqua, la voix acerbe :

— Et pourquoi ne serions-nous pas venus, s'il vous plaît ?

— Oh ! Je voulais simplement dire... que c'est un plaisir de vous voir, susurra Laurence Baker, glissant déjà vers d'autres arrivants.

La galerie fut bientôt pleine de monde, et Kenneth n'était toujours pas là. Je commençais à avoir le trac. Et s'il avait décidé de ne pas se montrer, finalement ? Que deviendrait le juge, avec sa réception toute prête ? Je me retournai vers Cary.

— A-t-il laissé entendre qu'il pourrait ne pas venir, la dernière fois que tu l'as vu ?

— Pas exactement, mais il m'a dit que tout ce tralala ne l'emballait pas, c'est un fait.

— Il n'était pas... il n'avait pas bu, quand même ?

— Non. Fanny était avec lui, et ils ont passé presque tout leur temps sur la plage, à bavarder. Enfin... peut-être pas seulement à bavarder, ajouta Cary avec un sourire en coin.

— Cary Logan ! Ne me dis pas que tu les as espionnés !

— Pas du tout, s'indigna-t-il. Tout ce que je veux dire, c'est que les choses avaient l'air d'aller plutôt bien, entre eux deux.

J'étais sur le point de m'excuser, quand le volume des voix s'accrut sensiblement. Un murmure parcourut la foule, tout le monde se retourna. La camionnette de Fanny, flamboyante de couleurs, venait de freiner devant la galerie et elle en descendait, en même temps que Kenneth.

Il avait passé une veste de sport, mais il portait un vieux treillis et des mocassins, sans chaussettes. Le col de sa chemise était largement ouvert. Fanny, pieds nus dans ses sandales, arborait une de ses longues robes flottantes et un grand sautoir en perles de verre. Des cristaux brillaient à ses oreilles, et une tiare ornée de minéraux divers lui ceignait le front.

— Ces artistes ! murmura Grandma Olivia.

Malgré sa tenue singulière, Kenneth fut accueilli par une ovation enthousiaste. Il sourit, salua de la tête et conduisit Fanny devant *La Fille de Neptune*. Laurence Baker vint aussitôt se placer à côté de lui.

— Eh bien, commença-t-il, maintenant que l'artiste est là, nous allons pouvoir dévoiler sa création. Comme vous le savez tous, M. Childs l'a baptisée « *La Fille de Neptune* ». Dans notre programme, il décrit lui-même son œuvre comme une sorte d'instantané. Il nous montre la fille de Neptune émergeant de l'onde, pour se métamorphoser en une resplendissante jeune femme. Il a cherché, nous dit-il, à saisir cette transformation à son point culminant. Mais trêve de préambules, chers amis. Laissons M. Childs nous dévoiler *La Fille de Neptune*.

Kenneth demeura un instant immobile, fouillant la foule du regard jusqu'au moment où il rencontra le mien. Il rayonnait, tout son être affichait un bonheur insolent. La salle s'arrêta un instant de respirer quand il tendit la main, pour saisir la corde qui retenait le voile blanc. Il tira, le drap glissa de la statue, l'assistance tout entière émit un hoquet de surprise. Puis elle éclata en applaudissements.

Grandma Olivia ouvrit des yeux ronds, sa mâchoire s'affaissa et elle se retourna vers moi. Nous nous dévisageâmes intensément. Elle savait que j'avais servi de modèle à Kenneth ; mais elle ne s'attendait pas au spectacle d'une jeune femme surgissant de la mer, les seins nus. Sans un mot, elle reporta les yeux sur le marbre.

— Bien, bien, bien... marmonna le juge Childs. Je vous avais dit que c'était son chef-d'œuvre. Qu'en pensez-vous, Olivia ?

— Je trouve cela choquant, déclara-t-elle. Je ne m'attendais pas à voir un nu féminin aussi réaliste.

Elle s'avança vers la statue pour en étudier le visage, puis regarda le juge Childs.

— J'ai besoin d'un autre verre de champagne, Nelson.

Tous deux s'éloignèrent vers le buffet, et je pus enfin m'adresser à tante Sarah.

— Eh bien ? lui demandai-je. Comment trouves-tu ça ?

— On dirait Hellie, chuchota-t-elle. C'est tout à fait elle.

— Effectivement. Ce sont bien ses traits.

— Jacob n'aurait pas approuvé cela, j'en suis sûre.

— Pa n'a jamais rien compris à l'art, intervint Cary.

Sa remarque arracha un sourire attendri à sa mère.

— Ça, c'est bien vrai !

Je me retournai vers May pour lui traduire ce qui s'était dit, et elle me fit part de ses impressions. Elle était enchantée d'être là, et la statue lui plaisait beaucoup. Les compliments pleuvaient de tous côtés, pour le plus grand embarras de Kenneth, qui était au supplice. Il dansait d'un pied sur l'autre, comme s'il avait des souliers trop petits de deux pointures.

Nous nous apprêtions à sortir avec May pour lui faire prendre l'air, Cary et moi, quand la famille Jackson fit son entrée. Ils étaient tous là, Teddy Jackson, sa femme Anne et leurs deux enfants, Michelle et Adam. J'eus l'impression de recevoir une décharge électrique.

Je n'avais pas revu l'homme qui était mon véritable père depuis mon retour et j'avais redouté ce moment. Michelle, qui éprouvait une véritable aversion pour moi, était en réalité ma demi-sœur. Je ne pus m'empêcher de scruter leurs traits, à Adam et à elle, pour y chercher une ressemblance avec les miens.

Heureusement pour moi, les Jackson furent rapidement entourés par des amis et d'autres invités de leur connaissance.

— Allons-y, Cary, murmurai-je, et nous nous glissâmes vivement au-dehors.

— Ouf! s'exclama-t-il avec soulagement. Quelle chaleur, là-dedans! Ma ne vient pas à la réception, au fait. Elle veut que je la ramène à la maison avant. Je te rejoindrai plus tard, avec May. Tu iras chez les Childs avec Fanny et Kenneth?

— Oui. Je suis en mission, si l'on peut dire. Grandma compte sur moi pour qu'il assiste à la réception.

Moins d'une heure plus tard, les invités commencèrent à quitter la galerie pour se rendre chez le juge Childs. Tels deux enfants échappés de l'école, Kenneth et Fanny accoururent en riant vers moi.

— Vite, filons d'ici, s'écria impatiemment Kenneth.

J'allai prendre mon violon dans la voiture du juge et grimpai dans la jeep. Kenneth roulait à tombeau ouvert, l'air m'ébouriffait les cheveux, mais ce fut en vain que je protestai.

— C'est toi qui m'as mis dans ce pétrin! vociféra Kenneth. Tant pis pour toi.

Nous avions de la chance, il faisait un temps radieux. Le ciel était d'un bleu profond, presque turquoise, et une brise tiède soufflait de la mer. À notre arrivée, l'orchestre jouait déjà, des extra garaient les voitures, des ballons flottaient au vent. À peine descendus de la jeep, Kenneth et Fanny mirent le cap sur le bar, et Kenneth fut aussitôt entouré d'admirateurs.

On le félicitait, on s'exclamait, on lui donnait de

petites tapes dans le dos. Fanny et moi nous composâmes un assortiment de hors-d'œuvre, que nous grignotâmes en déambulant à travers les jardins. Je lui fis également visiter une partie de la maison, qui lui plut tout autant que le parc. Quand nous ressortîmes, Grandma Olivia et le juge étaient arrivés, et déjà en grande conversation avec un groupe d'invités. Je cherchai des yeux Cary, mais ni lui ni May n'étaient en vue. Qu'est-ce qui pouvait bien les retarder ainsi ? Je poursuivis mes recherches, et soudain mon regard tomba sur la famille Jackson. J'en eus l'estomac noué.

L'heure avançait, les extra commencèrent à servir les plats de résistance, et toujours pas de Cary. Je me perdais en suppositions. Finalement, je rejoignis Kenneth et Fanny et, malgré mon inquiétude, je me forçai à manger un peu. Nous venions de terminer quand Teddy Jackson et sa femme s'approchèrent de notre table, pour féliciter Kenneth. Teddy Jackson chercha mon regard, mais je détournai les yeux. Derrière lui, Adam souriait avec arrogance, plus beau que jamais. Quant à Michelle, restée quelques pas en arrière, elle me toisait avec dédain, affectant un ennui suprême.

Je songeais à me lever pour aller téléphoner à Cary, quand le juge fit halte à notre hauteur et se pencha vers Kenneth. Il lui dit quelque chose à l'oreille, puis tous deux se retournèrent vers moi.

— Il serait temps que je quitte les feux de la rampe, lança joyeusement Kenneth. À ton tour, Melody !

Un gémissement de protestation m'échappa. Ils voulaient que je joue, maintenant ! Une annonce fut faite et je gagnai, sans enthousiasme, l'estrade où j'avais déposé mon violon. Déjà, une petite foule se rassemblait. Au dernier rang, j'aperçus Kenneth et Fanny qui souriaient jusqu'aux oreilles.

Puis mon regard tomba sur Teddy Jackson, souriant lui aussi, mais d'un air lascif et provocant. Mon cœur battit si fort que, pendant un instant, je redoutai de m'évanouir devant tout le monde. Finalement, je trouvai la force de soulever mon archet et commençai à jouer.

C'était encore une complainte, l'histoire d'une femme de mineur qui refuse de croire à la mort de son époux. Jour et nuit, sans manger ni boire, elle veille à l'entrée de la mine où a eu lieu l'accident. Un soir, enfin, le mineur émerge du tunnel et une grande fête célèbre son retour miraculeux.

Plusieurs fois, ma voix fut sur le point de se fêler. Mais dans ces instants-là, je fermais les yeux et je pensais à Papa George, en train de m'apprendre la complainte. Un tonnerre d'acclamations salua sa fin, et on me réclama d'autres chansons. Je jouai encore deux autres morceaux et quittai l'estrade sous les applaudissements.

Plusieurs jeunes gens des meilleures familles cherchaient à attirer mon attention, et Grandma Olivia en parut ravie. Mais je n'avais toujours pas vu Cary. Sous un prétexte poli, je quittai mes admirateurs et rentrai dans la maison pour aller lui téléphoner.

— Désolé, Melody, s'excusa-t-il. J'allais partir. Ma pleurait tellement, elle était si triste que je ne pouvais pas la laisser comme ça. Elle n'arrêtait pas de penser à Pa. Ça va mieux, maintenant, elle s'est endormie. As-tu déjà joué ?

— Je viens de finir.

— Oh, non ! C'est trop dommage !

— Mais je recommencerai pour toi, Cary, autant que tu voudras. Viens vite.

— J'arrive, me promit-il en raccrochant.

Je m'attardai un moment au salon, debout près du téléphone, songeant tristement à la pauvre tante Sarah. J'étais si absorbée par mes pensées que je n'entendis pas approcher Adam Jackson. Quand il eut l'audace de m'embrasser dans le cou, je faillis sauter de mes chaussures.

— Allons, du calme, murmura-t-il à mon oreille, comme s'il s'adressait à un cheval rétif. Je t'ai vue entrer dans la maison, et je me suis dit que nous pourrions avoir une petite conversation. Tu deviens de plus en plus jolie, tu sais ? J'espérais que tu aurais compris.

— Compris quoi ? me hérissai-je.

— Que nous irions très bien ensemble, toi et moi. J'ai un succès fou à l'université, figure-toi. J'ai déjà des tas de filles à mes trousses, mais je ne peux pas m'arrêter de penser à toi. Pourquoi ne pas m'accorder une seconde chance, Melody ?

Je reculai en secouant la tête.

— Ne t'approche plus de moi, Adam Jackson. Je ne sais pas où tu vas chercher un pareil toupet !

Loin de se fâcher, il m'offrit son ensorcelant sourire.

— J'adore ça. Je n'aime pas les filles qui cèdent trop facilement.

— Je ne te céderai jamais, alors ne perds pas ton temps avec moi. Va-t'en.

— Ne t'énerve pas, voyons. Je te demande de me donner une autre chance, pas plus. Nous avons mûri, maintenant, et...

— Va-t'en ! m'écriai-je comme il se rapprochait, le bras tendu vers moi.

Il en resta la main en l'air, et un méchant rictus étira ses lèvres.

— Mais qu'est-ce qui ne va pas, chez toi ? Tu te prends pour la princesse de Provincetown, tout ça parce que tu chantes et que tu joues du violon ? Je ne suis plus assez bon pour toi ?

— Cela n'a rien à voir avec tes mérites ou les miens, Adam. Rien à voir.

— Alors qu'est-ce que c'est ? Dis-le-moi. Dis-le-moi ! insista-t-il, prêt à me frapper dans sa fureur.

— Demande à ton père !

Les mots m'avaient échappé, je ne pouvais plus les reprendre. Adam fronça les sourcils, l'air désemparé.

— Quoi ?
— Demande-lui, c'est tout. Demande-lui pourquoi il ne pourra jamais rien y avoir entre nous. Entre toi et moi ! m'écriai-je, luttant contre les larmes qui s'amassaient sous mes paupières.

Et je quittai la pièce en courant, laissant Adam plongé dans un abîme de perplexité.

Sur le moment, je m'étais reproché mes paroles. Mais à présent, je ne regrettais plus d'avoir parlé, je me sentais soulagée. C'était comme si je venais de me débarrasser d'une malédiction, de la transmettre à quelqu'un d'autre. Comme si j'avais ôté le poids qui m'accablait, pour le placer sur les épaules du vrai coupable.

16

Dernier adieu

Malgré toutes ses déclarations sur son dégoût de l'art, Kenneth se remit au travail. Quelques jours après le vernissage il s'attaquait à une nouvelle œuvre. Il avait obtenu d'excellentes critiques, et plusieurs journaux et revues avaient publié sa photographie. Comme il l'avait promis, *La Fille de Neptune* fut envoyée au musée. La donation, je devais l'apprendre plus tard, venait du juge Childs, à qui Kenneth avait permis d'acheter la statue.

Fanny resta chez Kenneth après les festivités. Au cours des dix jours qui suivirent, j'allai plusieurs fois dîner à Race Point. Il m'arriva même un jour d'y emmener May à bicyclette, pour déjeuner avec Fanny. Cary avait raison, Kenneth et elle étaient devenus très proches. Et ils avaient réellement l'air très heureux.

Le voilier en était à l'étape finale. L'accastillage avait été livré, Cary mettait tout en place lui-même. Comme voyage inaugural, Kenneth proposa une sortie d'une journée en mer, pour tous les quatre. Le bateau était à flot, à présent, et beaucoup de gens à qui Kenneth en avait parlé venaient le voir. M. Longthorpe, un banquier, apprécia tellement le travail de Cary qu'il envisagea sérieusement de lui commander un yacht, lui aussi. Nous fûmes tous très contents pour Cary, et il commença les plans d'un autre bateau.

J'en parlai à Grandma Olivia, mais cela ne l'impressionna pas beaucoup. Pour elle, la navigation de plaisance était un sport de riches, réservé aux gens qui avaient du temps à perdre. Elle méprisait tout ce qui avait trait aux loisirs. Acteurs, champions et autres vedettes n'étaient à ses yeux que des gens frivoles, qui n'avaient pas encore fini de grandir.

Je compris vite que ces idées lui venaient de son père, homme assez puritain. Mais elle y tenait et s'y accrochait comme à une planche de salut, qui devait l'aider à franchir les obstacles et les tribulations de la vie. Elle était convaincue que le Créateur ne nous a mis sur terre que pour nous éprouver, par l'effort et par la souffrance. Et bien qu'elle participât généreusement aux collectes pour l'Église, cette certitude était, chez elle, ce qui s'approchait le plus d'une pratique religieuse. Ses sermons s'achevaient toujours par une référence à l'importance de la famille, de son honneur et de sa réputation. La seule armure, selon elle, qui pouvait « nous protéger contre les coups du sort ».

À vrai dire, je commençais à penser qu'elle n'avait pas tellement tort. Une trêve s'était établie entre nous, soutenue par un respect mutuel ; il était pratiquement certain, à présent, que je serais major de ma promotion, et Grandma le savait. Elle m'avait ménagé un entretien avec la directrice d'une école préparatoire, une des meilleures de Nouvelle-Angleterre. Persuadée que je suivais ses préceptes de vie parfaite, elle s'attendait fermement à me voir marcher sur ses traces.

Le dernier trimestre était déjà bien avancé, on commençait à préparer le spectacle de fin d'année. Une fois de plus, on me demanda de jouer du violon, et j'acceptai ; les répétitions commencèrent presque aussitôt. Le soir où eut lieu la deuxième, je fus libérée plus tôt que prévu et je décidai d'aller attendre Raymond dehors, pour prendre l'air.

Je ne tardai pas à remarquer la voiture garée de l'autre côté de la rue, avec le conducteur immobile au volant. Il me semblait qu'il me regardait. Pendant un moment, je me demandai qui cela pouvait bien être, et brusquement je l'identifiai. J'en eus les jambes coupées. Il baissa la glace et me fit signe d'approcher. Puis, comme je ne bougeais pas, il recommença son manège, avec plus d'insistance. Il n'y avait personne aux alentours. Après une brève hésitation, je traversai la rue et m'approchai de Teddy Jackson, mon véritable père. Il me salua en souriant.

— Bonjour, Melody. Je cherche l'occasion de vous parler depuis que vous m'avez envoyé Adam. Pouvez-vous m'accorder un moment ?

Je consultai ma montre : je disposais d'un quart d'heure avant l'arrivée de Raymond. Je haussai les épaules.

— Pourquoi faire ?

— Vous savez pourquoi, répliqua Teddy Jackson sans cesser de sourire.

Mais quand il vit que je ne bougeais pas, ce sourire s'effaça brusquement.

— Je vous en prie, insista-t-il, en se penchant pour ouvrir la portière du côté passager.

Je contournai la voiture et m'assis à ses côtés. Pendant quelques instants, nous nous contentâmes de regarder fixement devant nous, et finalement Teddy Jackson se tourna vers moi.

— J'ai dû répéter cette conversation cent fois plutôt qu'une, commença-t-il. Comment avez-vous appris la vérité ?

— Quelle différence cela fait-il ?

— J'étais certain que Hellie n'avait jamais rien dit à personne. Qu'elle avait emporté son secret dans la tombe. Quelqu'un d'autre vous a parlé ?

— Vous tremblez pour votre sécurité ? ripostai-je, la rage au cœur.

Le regard de Teddy Jackson revint se fixer sur le pare-brise.

— J'ai une famille, une femme qui ne sait rien de

tout cela, une profession honorable dans laquelle je réussis. J'ai de bonnes raisons d'avoir peur, admit-il. Malgré tout, je ne suis pas très fier de moi. Je ne veux pas continuer à me conduire comme un lâche. Surtout quand je vois ce que vous êtes devenue, à quel point vous êtes belle, douée, brillante. J'aimerais revendiquer mes droits sur vous.

— Je ne suis ni un objet ni une possession quelconque, monsieur Jackson. On ne revendique pas la propriété d'une fille.

— Désolé, je me suis mal exprimé. Je voulais seulement dire que j'aimerais pouvoir être fier de vous, moi aussi. Vous n'avez rien dit à Adam, mais il était totalement désemparé. Il ne sait plus que penser.

— Vous lui avez parlé ?

— Non. Ma lâcheté a repris le dessus, avoua Teddy Jackson. Mais Adam n'est pas bête, il sait qu'il y a anguille sous roche. Il faudra que nous ayons une conversation à cœur ouvert, un de ces jours. Après ça, il ne sera plus si fier de sa famille, ajouta-t-il avec un rien d'amertume.

— Il est arrogant et trop gâté, c'est certain. Une petite leçon de modestie ne lui fera pas de mal.

— C'est vrai qu'il est plein de lui-même, constata tristement Teddy Jackson. Ça, au moins, je peux m'en vanter. C'est entièrement ma faute.

Il marqua une pause et reprit d'un air piteux :

— Je vous dois des explications, il me semble.

— Je n'en veux aucune venant de vous.

— Et moi je tiens à vous en donner, s'obstina-t-il. Je vous en prie.

Je ne dis rien. Je restai simplement assise à côté de lui, partagée entre l'envie de sauter de sa voiture et celle de lui sauter dessus, pour de bon ; de le secouer, de lui demander pourquoi il s'était montré si lâche, pendant toutes ces années. J'aurais voulu lui marteler la poitrine à coups de poing, le gifler ; hurler et pleurer sur les mensonges, les désillusions, les gens qui avaient souffert pendant qu'il bâtissait sa précieuse carrière et sa douillette petite vie de famille. Et il parla.

— Il y a dix-neuf ans, j'étais encore immature, commença-t-il. Ni plus ni moins que les jeunes gens de mon âge, mais j'étais impulsif et plein de moi-même. J'avais débuté, j'eus très vite du succès, ce qui n'est pas toujours un avantage. Mais je m'en tirais bien. J'ai fait de bons placements, accru ma fortune, épousé une femme ravissante. Et j'ai eu mon premier enfant.

« Votre mère, poursuivit-il en souriant, était la jeune fille la plus séduisante de la ville. Très provocante, aussi. Elle avait une façon tellement directe de vous faire du charme qu'elle en était irrésistible. Et elle adorait flirter.

— Je n'ai pas envie d'en entendre davantage sur le comportement de ma mère, le rabrouai-je. Tous les hommes qui l'ont connue parlent d'elle comme s'il lui avait suffi d'agiter une baguette magique pour les hypnotiser.

— Ce n'est pas tellement loin de la vérité.

— Par conséquent, vous n'avez rien à vous reprocher, rétorquai-je avec véhémence. Tout est sa faute ! Elle vous a séduit, donc vous étiez dispensé de toute obligation envers elle, c'est ça ?

J'avais les larmes aux yeux, à présent, et mon cœur cognait comme un fou contre mes côtes.

— Non, ce n'est pas là que je voulais en venir. Même si à l'époque je me suis trouvé cette excuse, reconnut-il sans fausse honte. Je l'ai laissée accuser quelqu'un d'autre, et créer des problèmes à la famille Logan. C'était une solution facile, et je n'ai pas résisté.

— Mais pourquoi a-t-elle fait ça, vous le savez ? Pourquoi ne vous a-t-elle pas désigné, vous ? C'était si simple !

— Je lui ai demandé de ne pas le faire, mais je crois qu'elle avait déjà son idée. Ce n'est pas pour moi qu'elle a agi ainsi. Elle avait un compte à régler avec Olivia Logan et le reste de la famille. Bref, j'ai sauté sur l'occasion.

«Je ne crois pas que vous teniez à connaître les détails, Melody. Qu'il me suffise de dire que nous avons eu quelques rendez-vous brûlants, quant à la suite... vous la connaissez.

— Oui, je la connais, renvoyai-je en saisissant la poignée de la porte.

— Non! Attendez. Je ne suis pas venu seulement pour vous raconter tout ça. Je voudrais faire quelque chose pour vous.

— Ah oui? Et quoi, par exemple?

Teddy Jackson hésita, déconcerté.

— Je ne sais pas au juste. N'y a-t-il rien que vous désiriez particulièrement? Quelque chose que je pourrais vous acheter?

— Achetez-moi un vrai père et une vraie mère, alors. Achetez-moi une vraie famille, avec des gens qui m'aiment et qui s'aiment.

Qu'avais-je espéré entendre? La réponse de mon véritable père ne me surprit pas outre mesure.

— Je suis désolé, Melody. Cela ne ferait aucun bien à personne, et encore moins à la famille Logan, si j'avouais toute l'histoire, n'est-ce pas?

— Non, en effet. C'est à une plus haute autorité qu'il faut vous confesser, répliquai-je en ouvrant la porte. Mais il y a quand même une chose que vous pouvez faire pour moi.

— Dites-la.

— Arrangez-vous pour qu'Adam me laisse tranquille.

— Comptez sur moi, acquiesça-t-il avec empressement. Et croyez-moi, Melody... je suis sincèrement désolé.

Juste au moment où je descendais de la voiture, la limousine apparut au coin de la rue. Je traversai en courant et m'y engouffrai sans regarder en arrière, du moins pas tout de suite. J'attendis que Raymond eût repris la direction de chez Grandma Olivia pour me retourner.

Mon père était toujours là, les yeux fixes, confronté à la part inavouable de sa jeunesse.

*
* *

Je mis un temps infini à m'endormir, ce soir-là. Je me retournais dans mon lit, l'esprit agité d'idées confuses qui s'y insinuaient comme un brouillard. Mon père m'avait semblé si pitoyable ! Mais ses explications, ses promesses et ses bonnes intentions ne changeaient rien aux déceptions, aux mensonges et aux déboires qui avaient été mon lot. De toutes mes forces, je souhaitai que l'océan balaie tout cela, m'en délivre, me libère d'un passé lourd de regrets qui m'enchaînait au désespoir.

Je n'étais pas très brillante, le lendemain. J'allais et venais comme un zombie, et Theresa n'arrêtait pas de me demander si j'allais bien. Comme elle venait de rompre avec son petit ami, elle croyait que mon humeur bizarre avait quelque chose à voir avec Cary. J'avais beau lui répéter le contraire, elle n'en démordait pas.

— Quand tu auras envie de me parler, appelle-moi, finit-elle par dire, un peu froissée.

J'avais le sentiment de flotter dans un état de confusion totale, où tout ce qu'on peut faire ou dire tourne mal. En pareilles circonstances, mieux valait faire le dos rond. Je me réfugiai dans le silence, en attendant que tout rentre dans l'ordre. Mais je ne pus pas tromper Cary. Dès qu'il m'aperçut, cet après-midi-là, il déchiffra mes traits aussi aisément que les plans d'un yacht.

— De nouveaux problèmes avec Grandma Olivia ? suggéra-t-il.

— Non. Nous restons à distance respectueuse l'une de l'autre, ces jours-ci. On dirait deux louves qui délimitent leurs territoires.

Cary sourit de toutes ses dents.

— Alors ? Qu'est-ce qui ne va pas ?

Je réfléchis un moment. Je l'avais rejoint chez Kenneth, sur le bateau, où il mettait la dernière main aux aménagements de la cabine. Le yacht était vraiment superbe, et aussi confortable qu'il l'avait annoncé. Sans lâcher les fils électriques qu'il était en train de fixer, il releva la tête et plongea son regard dans le mien.

— Que se passe-t-il, Melody ? Tu as eu des nouvelles de ta mère ?

— Pas de danger ! ironisai-je. J'en recevrais plutôt de la reine d'Angleterre.

Délaissant momentanément l'installation de la cuisinière, Cary posa ses outils.

— Alors c'est quoi ? Si nous ne pouvons pas nous confier dès maintenant nos secrets les plus graves, nos sentiments les plus profonds, nous ne nous ferons jamais confiance, Melody.

Je le dévisageai longuement, le cœur gonflé de tendresse. Comme il savait aimer ! Parmi tous ces jeunes gens que Grandma trouvait si distingués, un seul aurait-il été capable de me donner une parcelle d'un tel amour ? Ou n'aurais-je été pour eux qu'une pièce d'un puzzle, celle qui manquait à leur réussite pour éblouir parents et amis ? Cary dut lire dans mes pensées, car il ajouta :

— Je t'aime, Melody. Et t'aimer veut dire partager ce que tu ressens, être triste quand tu es triste, heureux quand tu es heureuse.

— Cary... (Je marquai une pause et il attendit, le temps pour moi de prendre une longue inspiration.) Je sais qui est mon véritable père. Il vit ici, à Provincetown.

Il se laissa glisser le long de la paroi et s'assit à même le sol de la cabine, en face de moi.

— Qui? chuchota-t-il, et il retint son souffle.
— Teddy Jackson.

Cary battit des paupières, mais aucune émotion ne transparut sur ses traits figés. Puis, à mesure que ma révélation prenait tout son sens pour lui, je vis ses yeux s'assombrir.

— Tu veux dire que ce minable, ce m'as-tu-vu, ce tombeur de filles, ce sale petit snobinard est ton demi-frère? (Je fis signe que oui.) Comment l'as-tu appris?
— Maman a fini par me le dire, à Los Angeles.
— Et tu as gardé le secret pendant tout ce temps?
— Je ne voulais pas le croire, et encore moins l'accepter. J'ai fait de mon mieux pour les éviter, Michelle et lui. Ma demi-sœur Michelle qui ne peut pas me souffrir, pour comble d'ironie! Je pensais que je pourrais enterrer ça comme le reste, avec les autres mensonges.
— Et alors? Que s'est-il passé?

Je lui racontai mon entrevue avec mon père, la veille, et il eut une grimace de mépris.

— C'est tout à fait son style! Je suis désolé, Melody, mais j'ai un aveu à te faire, moi aussi. Je dois avouer que je suis heureux.
— Heureux? Heureux que je sois la fille de Teddy Jackson, et la demi-sœur d'Adam et de Michelle?

Cary baissa le nez sur ses pieds nus.

— Il y avait des moments... à cause de ce qu'il disait parfois, de la façon dont il vous traitait, ma mère et toi... des moments où je craignais, où je soupçonnais...

Il releva enfin les yeux sur moi.

— J'avais horriblement peur que mon père ne soit ton père, acheva-t-il précipitamment.
— Quoi!

J'ébauchai un sourire, qui s'évapora aussitôt. Je venais de comprendre à quel point il avait dû lui être pénible de vivre avec une pareille idée en tête.

— Quand il a cru mourir, à l'hôpital, et t'a fait appeler à son chevet, j'ai cru que c'était cela qu'il t'avait confessé.

— Mais si j'avais appris une chose pareille, Cary, crois-tu que j'aurais consenti à t'aimer... comme nous nous aimons ?

— J'espérais me tromper, mais c'était quand même un de mes cauchemars.

— Moi aussi j'ai eu ce genre de pensées, avouai-je à mon tour. Nous sommes cousins éloignés, heureusement. Notre degré de parenté n'est pas un obstacle, déclarai-je avec conviction.

— Tu dis ça maintenant, mais Grandma Olivia a déjà tracé le plan de ta vie. Tu crois que je ne sais pas pourquoi elle t'envoie dans ce collège huppé pour pimbêches du grand monde ?

— Peu importe ce qu'elle a en tête. J'en ai assez de respecter ce que les autres veulent pour moi, ou attendent de moi. C'est toi qui avais raison, Cary. C'est au présent qu'il faut penser. À nous. Et enterrer le passé une bonne fois pour toutes.

Il me sourit, avec tant de chaleur et tant d'amour que j'eus envie de me jeter dans ses bras. Et cette fois encore, il perçut mon émotion inexprimée. Il se releva lentement, vint à moi et m'embrassa. Ce fut un long baiser très doux, mais aussi très ardent, qui chassa jusqu'au souvenir de nos instants de tristesse. Cary me souleva dans ses bras, me conduisit jusqu'à la couchette où il me déposa, et reprit avidement ma bouche. Puis il fit pleuvoir des baisers sur mon front, mon visage, dans mon cou, et je les lui rendis avec une hâte fiévreuse. Il glissa les mains sous ma blouse et, très doucement, les posa en coupe sur mes seins.

Je gémis quand il s'étendit à mes côtés. Quelque part, tout au fond de moi, une petite voix tentait de me mettre en garde, me suppliait d'écouter ma raison, et non mon cœur. Mais les lèvres de Cary effleuraient ma peau nue, éveillaient de délicieux frissons dans chaque fibre de mon corps. Un vertige montait en moi et je voulais m'y abandonner, m'y noyer ; j'en avais assez de la raison, de la sagesse, de la prudence. En proie à une soudaine et grisante audace, je me haussai d'un élan fougueux vers Cary.

Dans la plus totale insouciance, je cédai à toutes ses avances, sans résister. J'allai jusqu'à l'aider à me dévêtir, et ce fut un nouveau plaisir d'éprouver le contact du cuir tout neuf contre ma peau nue. Une sorte de fureur nous possédait. Cary était en moi, m'étreignait, me berçait. Il m'emportait vers des sommets de joie, aussi loin que je pouvais aller, là où la tristesse et le désespoir ne pouvaient plus m'atteindre. Je ne percevais plus que le goût de ses lèvres, sa chaleur, son ardeur, la caresse exquise de ses doigts. Pendant un instant magique, nous ne fûmes plus qu'une seule chair et un seul cœur.

Nous fûmes aussi surpris l'un que l'autre par l'épuisement qui nous saisit ensuite, et nous nous regardâmes en souriant. Aucun de nous deux ne parvenait à reprendre son souffle. Pendant un long moment, nous restâmes immobiles, côte à côte, attendant que notre pouls s'apaise. Puis Cary s'assit lentement et abaissa sur moi un regard confus.

— Je ne voulais pas...

Je le fis taire en posant les doigts sur ses lèvres.

— Ne t'excuse pas, Cary. Ne dis rien. Je ne suis pas inquiète.

— Je mentirais en prétendant que je suis désolé, avoua-t-il en souriant.

Presque au même instant, un aboiement joyeux nous parvint. Je fronçai les sourcils.

— Qu'est-ce que...

— On dirait Prométhée. Habillons-nous, et en vitesse !

Tandis que nous enfilions nos vêtements à la hâte, j'entendis Kenneth et Fanny appeler. Je repoussai vivement mes cheveux en arrière et jetai un coup d'œil au miroir, mais le temps manquait pour faire plus. Les appels se répétèrent.

— Que se passe-t-il ? s'interrogea tout haut Cary, tandis que nous escaladions rapidement l'échelle.

Fanny et Kenneth nous attendaient sur le ponton, et Prométhée bondissait en jappant autour d'eux. Dans les bras de Fanny se blottissait un autre petit chiot mordoré.

— Il tiendra compagnie à Prométhée, annonça-t-elle. Nous l'appellerons Neptune.

— Quel amour ! m'exclamai-je en sautant sur la jetée.

Elle me tendit Neptune, qui se mit aussitôt à me lécher la figure.

— Tout va bien, là en bas ? demanda Kenneth en nous effleurant tous les deux d'un regard perspicace.

Cary devint écarlate.

— Tout est en ordre, oui.

— La sortie est toujours prévue pour samedi, alors ?

— Je ne vois rien qui s'y oppose, affirma Cary.

— Parfait. Alors pourquoi pas vendredi ? Qu'en penses-tu, Fanny ?

— Ne t'imagine pas que tu vas t'en tirer à si bon marché, Kenneth Childs.

— Que veux-tu dire, Fanny ? m'étonnai-je. Se tirer de quoi, au juste ?

— S'il se figure que cette promenade peut compter comme lune de miel...

— Lune de miel !

L'exclamation avait jailli de nos deux bouches à la fois. Fanny et Kenneth nous répondirent par un rayonnant sourire.

— Oh, Fanny. Félicitations ! m'écriai-je en lui sautant au cou, non sans bousculer quelque peu le pauvre Neptune.

Il poussa un petit gémissement, auquel un aboiement de Prométhée fit chorus.

— Ce sera un mariage tout simple chez mon père, annonça Kenneth.
— Vraiment ?
— C'est lui qui nous mariera, une idée de Fanny. Je me suis dit que ce serait plus économique, tu comprends ?

Mon cœur débordait de joie pour eux deux.
— C'est merveilleux, Kenneth !
— Je me doutais que tu prendrais les choses comme ça, Melody. Bon, je retourne à l'atelier. J'ai bien peur que mon travail soit interrompu par quelque chose comme une lune de miel, plaisanta-t-il.

Nous les regardâmes s'éloigner vers la maison, et Cary soupira.
— J'espère que notre tour viendra, Melody !
— Il viendra, dis-je en lui prenant la main.

Il passa un bras autour de mes épaules et me serra contre lui. Peut-être les choses étaient-elles en train de changer, me surpris-je à penser. Peut-être avions-nous laissé l'orage derrière nous, enfin !

*
* *

Deux jours plus tard, Cary me conduisit à la maison de repos pour ma visite hebdomadaire. Il aimait beaucoup venir voir Grandpa Samuel. En lui parlant de la pêche, il parvenait à éveiller son intérêt. Ce jour-là, c'étaient de bonnes nouvelles que j'avais à transmettre à Grandma Belinda, et j'étais très impatiente. Elle passait toujours beaucoup de temps avec M. Mandel, mais pas cette fois-là. Je le trouvai dans la salle de loisirs, en train de jouer aux dames avec un autre pensionnaire. Il me reconnut et me sourit.
— C'est bien que vous soyez venue, mademoiselle Melody. Elle a besoin de compagnie. Toute la semaine,

j'ai essayé de battre M. Braxton aux dames, mais je n'ai jamais le temps nécessaire. Elle me tient à l'œil, expliqua-t-il avec une petite grimace enjouée.

Son partenaire protesta.

— C'est son excuse pour m'échapper, de peur que je le batte à plates coutures. Mettre ça sur le dos de cette pauvre dame, vraiment… Vous devriez avoir honte, monsieur Mandel.

— On va bien voir qui aura honte, dans un moment, riposta M. Mandel en soufflant un pion à son adversaire. Vous la trouverez dans le parc, sur un banc.

Cary et moi nous séparâmes dans le hall, lui pour aller voir Grandpa et moi pour me mettre à la recherche de Grandma Belinda. C'était un bel après-midi lumineux, les jardins étaient en pleine floraison. Les lilas mauves prenaient d'assaut les murs et les grilles, le jaune des roses-thé resplendissait, l'air embaumait. Je savais combien Grandma Belinda aimait à rester dehors, à s'imprégner de soleil, à savourer le parfum des fleurs et l'arc-en-ciel infini de leurs nuances. Elle adorait la nature et sa beauté.

Je la découvris sur un banc, un sourire aux lèvres, les yeux clos. Légèrement penchée en arrière, les mains sur les genoux, elle offrait son visage aux rayons du soleil. Elle portait une de ses plus jolies robes imprimées, et je vis un peigne en nacre dans ses cheveux blancs. Je ne pus m'empêcher de me demander si je lui ressemblerais, quand j'aurais son âge.

— Bonjour, Grandma, la saluai-je en m'approchant.

Récemment, elle avait commencé à se souvenir de moi, de plus en plus nettement, bien qu'elle ne parlât pratiquement jamais de ma mère.

Comme elle ne répondait pas, je m'assis à côté d'elle et pris sa main dans la mienne. À la seconde même où je la touchai, un frisson de terreur abjecte me parcourut le bras comme une décharge électrique. Il remonta jusqu'à mon cœur qui s'arrêta, repartit et entama une sarabande effrénée. La main de Grandma Belinda était aussi froide qu'un glaçon.

— Grandma ?

Je la secouai un peu, son corps frémit, mais ses yeux restèrent clos. Ses lèvres s'entrouvrirent un peu plus, c'est tout.

— Grandma Belinda !

Je la secouai plus fort, et me tournai vers le surveillant le plus proche pour appeler à l'aide.

— Vite ! m'écriai-je avec affolement.

Il accourut aussitôt.

— Que se passe-t-il ?

— Elle ne veut pas se réveiller.

Le jeune infirmier s'agenouilla, tâta le pouls de Grandma, souleva ses paupières et secoua la tête.

— Elle est partie, constata-t-il, comme si elle venait simplement de quitter sa place.

— Partie ? C'est impossible. Elle sourit. Elle est heureuse.

— Je suis désolé, mademoiselle.

— Non, il faut faire quelque chose. Appelez un médecin, je vous en prie. Appelez quelqu'un !

Le surveillant se retourna vers moi.

— Du calme, mademoiselle. Je vais chercher Mme Greene. Elle tient à ce que nous soyons discrets quand... ce genre d'accident arrive, ajouta-t-il en baissant la voix. Cela perturbe les autres et ne fait que nous compliquer les choses.

— Je me moque de ce qu'elle pense ! Allez chercher un médecin.

Le jeune homme se releva en toute hâte.

— Je reviens tout de suite, promit-il en s'esquivant.

Seule avec Grandma Belinda, je lui parlai comme si elle pouvait m'entendre.

— Ne t'en va pas, Grandma, je t'en prie. Pas encore. Nous commençons tout juste à nous connaître, et tu es ma seule famille. S'il te plaît, l'implorai-je, attends encore un peu !

Je repris sa main et, assise à ses côtés, je me mis à me balancer doucement, la suppliant de rester un peu plus longtemps.

Quelques instants plus tard, Mme Greene arrivait au pas de charge, accompagnée de deux autres assistants et d'une infirmière. Celle-ci se pencha aussitôt sur Grandma, l'examina et prononça le même verdict que son collègue.

— Allez chercher le brancard à l'infirmerie, ordonna Mme Greene aux deux nouveaux venus. Amenez-le par la porte de service et repartez par là. J'appelle les Pompes funèbres.

— Non !

Ma voix s'étrangla, j'enfouis mon visage entre mes mains.

— Vous pouvez venir dans mon bureau, proposa sèchement Mme Greene. Il faut que j'appelle Mme Logan tout de suite. Ne vous inquiétez pas, toutes les dispositions sont prises. C'est la première chose que nous faisons à l'arrivée d'un pensionnaire.

Je m'essuyai les joues du dos de la main.

— Comme c'est commode, vraiment !

Mme Greene pinça les lèvres et fit un signe au surveillant, qui s'éloigna sans perdre un instant.

— Restez avec elle, ordonna-t-elle à l'infirmière.

Puis elle tourna les talons et repartit en direction du bâtiment. Je me penchai sur Grandma, repoussai doucement ses cheveux en arrière, et l'infirmière me sourit avec bonté.

— Elle est morte heureuse, vous savez, en pensant à quelque chose d'agréable. Elle aimait tellement être dehors, dans ces jardins !

— Je sais, murmurai-je à travers mes larmes.

— C'est bien mieux de partir ainsi que de traîner à l'infirmerie, en souffrant de plus en plus, insista la brave femme, dans l'espoir de me réconforter.

Brusquement, je bondis sur mes pieds.

— Mon Dieu! Il faut que je prévienne Cary!

— Je resterai avec elle, ne vous inquiétez pas.

Les lèvres de Grandma devenaient violettes, son sourire semblait se faner sous mes yeux. Je me penchai pour la toucher une dernière fois. Puis, le cœur lourd et glacé, je m'éloignai sans me retourner.

Je trouvais Cary au chevet de Grandpa Samuel. Grandpa était assis dans son lit, en robe de chambre et les cheveux en broussaille, avec une barbe de deux jours.

— Il n'est pas très bavard, aujourd'hui, commença Cary.

Mais dès qu'il m'eut un peu mieux regardée, il devina qu'un événement grave s'était produit.

— Que se passe-t-il, Melody? Tu as une mine épouvantable.

— C'est Grandma Belinda, me lamentai-je. Elle est morte, Cary. Elle est morte dans le parc, juste avant que j'arrive.

Il se leva, me serra dans ses bras et je sanglotai sur sa poitrine. Cette fois, Grandpa Samuel parut enfin s'apercevoir de ma présence. Il émergea lentement de sa torpeur et appela :

— Laura?

Cary se retourna vers lui.

— Non, Grandpa, c'est Melody. Elle vient juste d'aller voir Belinda. Je crains que les nouvelles ne soient pas très bonnes, Grandpa. Belinda nous a quittés.

— Elle nous a quittés? (Grandpa Samuel contempla fixement mon visage baigné de larmes.) Je lui avais dit de ne pas s'en aller, mais elle pensait que c'était la meilleure solution, pour tout le monde. Elle a toujours su ce qui était le mieux pour chacun, alors qu'aurais-je pu dire?

— Ses idées s'embrouillent de plus en plus, chuchota Cary. Alors, que va-t-il se passer à présent?

— On l'emmène à l'infirmerie, avant de prévenir Grandma Olivia. Toutes les dispositions sont déjà prises. Depuis le jour de son arrivée, précisai-je avec amertume. Grandma Olivia ne laisse rien au hasard, quand il s'agit de sa précieuse famille.

— Avoue que c'est appréciable, en pareilles circonstances.

Je n'avouai rien du tout. Reconnaître le moindre mérite à Grandma Logan était au-dessus de mes forces.

— Ramène-moi à la maison, Cary. S'il te plaît.

— Entendu. Grandpa, nous allons devoir te laisser, annonça-t-il. Je reviendrai te voir bientôt.

Grandpa Samuel marmonna doucement :

— Elle a dit que c'était la meilleure solution, mais je n'en suis pas si sûr. Va voir dans la cave, tu décideras toi-même.

— Il n'arrête pas de divaguer, aujourd'hui, m'informa Cary à mi-voix.

Il serra la main de Grandpa, lui tapota l'épaule et m'entraîna hors de la chambre.

Nous n'allâmes pas voir Mme Greene dans son bureau, nous ne nous arrêtâmes pas non plus pour prévenir M. Mandel. J'estimai préférable qu'il découvre ce qui était arrivé par lui-même. Je ne savais pas encore très bien où j'en étais, de toute façon. Je marchai comme dans un rêve jusqu'au parking.

— Je suis désolé pour toi, me dit Cary sur le chemin du retour. Je sais combien tu souhaitais apprendre à la connaître, et l'amener à te connaître, elle aussi.

— C'était en train de se faire, Cary. Chaque fois que je venais la voir, elle se souvenait un peu mieux.

Nous n'échangeâmes que peu de paroles, pendant le trajet. Qu'aurions-nous pu dire ? Mais je sentais la tendresse de Cary, sa sollicitude, et cela me réconfortait. Après m'avoir déposée devant la maison de Grandma Olivia, il s'excusa de devoir me quitter si vite.

— Il faut que je rentre tout de suite prévenir Ma. Ne te tourmente pas trop, surtout. Je t'appellerai plus tard.

— Ça ira, ne t'en fais pas, le rassurai-je, avant de lui donner un dernier baiser.

Je trouvai Grandma Olivia dans ce qui avait été le bureau de Grandpa Samuel, en train de téléphoner. Elle leva les yeux à mon entrée, mais n'interrompit pas sa conversation.

— Un service bref, c'est cela, l'entendis-je répondre. Et comme décoration florale, ce qui se fait de mieux. Non, ajouta-t-elle après un bref silence, vous pouvez fermer le cercueil tout de suite. Je vous remercie.

Là-dessus, elle raccrocha.

— Je pensais vraiment qu'elle me survivrait, observa-t-elle sans s'émouvoir. Elle était la plus jeune, et elle n'a pas connu le dixième des épreuves que j'ai subies.

— Que savez-vous de ses épreuves ? Vous n'êtes jamais allée la voir !

— Ne me parle pas sur ce ton, veux-tu ? On ne peut pas me reprocher d'avoir voulu la protéger ! Tu comprendras un jour ce que j'ai fait pour elle, crois-moi. Surtout quand tu verras comment la plupart des gens traitent leurs parents malades. En tout cas, conclut sévèrement Grandma, j'ai fait en sorte qu'elle meure dignement et entourée des meilleurs soins.

— Mais sa place n'était pas là-bas, elle n'était pas folle. Elle avait l'esprit un peu confus, c'est tout. Elle aurait dû vivre ici, et Grandpa Samuel aussi.

— Pour y faire quoi ? railla Grandma Logan. Rester assis en branlant du menton, se faire véhiculer en fauteuil dans le parc, pour que tout le monde profite du spectacle ? Aucun de ses soi-disant bons amis ne serait venu le voir. La plupart d'entre eux sont gâteux, ou morts.

« Le garder ne ferait que créer de nouveaux ennuis à la famille, poursuivit Grandma, péremptoire. Et même si je dépensais une fortune pour une assistance à domicile, ça ne changerait rien à son état. Là-bas au moins, il reçoit tous les soins médicaux nécessaires, et il a de la compagnie.

Elle se tut et je crus le sermon fini, mais je me trompais. Grandma ne faisait que rassembler ses forces.

— Ne sois pas si prompte à juger les choses que tu ne connais pas, reprit-elle, la voix tranchante. Tu es arrivée tard dans la famille, tu ne sais presque rien de son histoire. Belinda a toujours été une source de tracas, Samuel ne m'aidait en rien ; mais j'ai toujours agi au mieux, dans l'intérêt de chacun. En ce qui concerne ma sœur, je n'ai rien à me reprocher. C'est sa fille qui mérite tout le blâme. Maintenant, excuse-moi, mais j'ai encore beaucoup de choses à faire.

Grandma Olivia respira longuement, et pendant un instant son visage devint très pâle. Mais elle se reprit très vite, se leva, marcha vers la porte. Une fois là, elle se retourna, et son expression s'adoucit.

— Étais-tu avec elle au moment où… c'est arrivé ?

— Non. Elle était déjà morte quand je l'ai trouvée, dans le parc. Elle souriait.

— Elle devait penser à un amoureux, commenta Grandma Logan, d'un ton rêveur que je ne lui connaissais pas. Enfin ! Je suppose que je ne vais pas tarder à devoir à nouveau m'occuper d'elle. On ne dépose pas son fardeau en quittant ce monde, soupira-t-elle en s'en allant.

Je restai là, désemparée, à regarder autour de moi. Tristesse et chagrin, désarroi, compassion… toutes sortes d'émotions se disputaient mon cœur, et pendant un moment j'en fus profondément troublée. Puis, traversée par une idée soudaine, je passai derrière le bureau et m'assis dans le fauteuil de Grandpa.

Maman devait être prévenue, décidai-je. Il fallait lui dire que sa mère venait de mourir. Je contemplai pensivement le téléphone. Je n'avais pas essayé de joindre maman, depuis mon retour de Californie, et elle n'avait jamais cherché à m'atteindre non plus, mais je n'avais pas oublié son numéro. Je décrochai, respirai un grand coup et composai la suite de chiffres gravée dans ma mémoire. Une sonnerie retentit, puis une voix enregistrée se fit entendre. « Nous regrettons de vous informer que ce numéro n'est plus en service. »

— Quoi ! m'écriai-je sans réfléchir.

Je recommençai, pour recevoir une seconde fois le même message. Où était maman ? Elle insistait toujours tellement sur l'importance du téléphone, pour quelqu'un qui cherche à obtenir des auditions et des engagements. J'appelai les renseignements, pour savoir si maman avait fait transférer ses appels, mais ce n'était pas le cas. L'opératrice n'avait pas de consignes en ce sens. J'étais affreusement déçue.

Sur le point d'appeler Mel Jensen, j'hésitai. Comment justifier le fait que je n'avais pas de nouvelles de ma prétendue sœur ? Après tout, tant pis ! C'était le seul moyen. Je l'appelai donc, mais il passait justement une audition. Je l'appris par son colocataire.

— Gina Simon ? s'étonna-t-il, quand j'expliquai la raison de mon coup de fil. Ça fait une éternité que je ne l'ai pas vue ! J'ignore totalement où elle a pu aller. Mais j'y pense... il me semble que Mel m'a dit quelque chose, à ce sujet. Oui, c'est ça. Je crois qu'elle a déménagé à la cloche de bois, et que le propriétaire la recherche.

— Je vois. Eh bien, merci quand même.

— Tu veux que Mel te rappelle ? Dis-moi où tu es, je...

— Non, c'est très bien comme ça, refusai-je, plus embarrassée que jamais. Dis-lui seulement que je lui souhaite bonne chance.

— Compte sur moi.

Je raccrochai, toute pensive. Maman ne s'était pas beaucoup inquiétée de sa mère, tant qu'elle vivait. C'était triste à dire, mais je ne pensais pas qu'elle serait bouleversée quand elle apprendrait sa mort. C'était peut-être Grandma Olivia qui avait raison, finalement. La maison de repos était l'endroit qui convenait le mieux à Grandma Belinda. Là, au moins, on savait à qui l'on avait affaire. Les gens étaient payés pour prendre soin de vous. Et s'ils vous accordaient quelques faveurs supplémentaires, parce qu'ils vous aimaient bien, au moins c'était de bon cœur.

Il y eut beaucoup de monde à l'enterrement de Grandma Belinda, mais ce ne fut pas parce que les gens se souvenaient d'elle. En fait, beaucoup la croyaient morte depuis longtemps. On vint surtout par égard pour Grandma Logan, qui occupait une position respectable dans la communauté. Tous les gens importants de la ville étaient là, ainsi que de nombreuses personnalités officielles. J'aperçus mon père et sa femme, mais j'évitai de regarder de son côté, et il ne chercha pas à m'aborder.

Grandma Olivia ne donna pas de repas de funérailles après la cérémonie. Chacun s'en retourna chez soi, excepté le juge Childs, Kenneth et Fanny, Cary, May et tante Sarah, qui revinrent à la maison avec nous. Grandma Olivia déclara que les grands repas et les veillées ne faisaient que prolonger les derniers adieux, et retarder le moment de reprendre le cours de la vie.

Néanmoins, nous déjeunâmes tous ensemble à la maison, puis nous allâmes nous asseoir au jardin pour bavarder. Fanny emmena tante Sarah faire une promenade sur la plage, avec May. Fanny et tante Sarah s'étaient liées d'amitié, depuis quelque temps, et ma tante s'en trouvait bien. Sous l'influence bénéfique de Fanny, elle émergeait peu à peu de son deuil.

La fatigue eut enfin raison de Grandma Olivia. Elle s'endormit dans son fauteuil, pendant que Cary parlait du bateau avec le juge Childs et Kenneth. L'après-midi tirait à sa fin lorsque nous descendîmes sur la jetée,

Cary et moi, pour attendre le coucher du soleil. Couronné d'un halo de nuages dorés, il déclinait lentement à l'ouest, incendiant l'océan de reflets vermeils. Les mouettes planaient gracieusement sur l'eau miroitante.

— Je me demande si Fanny a raison, murmurai-je. Si nous retournons tous à un état de corps spirituel rempli d'amour, pour commencer une nouvelle vie.

Cary demeura un long moment silencieux, puis se tourna vers moi en souriant.

— J'ai commencé une nouvelle vie, Melody. Quand tu es arrivée. Alors c'est sans doute vrai, peut-être l'amour est-il réellement ce qui nous fait vivre.

Je posai la tête sur son épaule et il m'entoura de son bras. Je me sentais en sécurité, protégée, à l'abri de tout. Le soleil plongeait vers l'horizon, les mouettes s'appelaient à travers les ombres naissantes. Je pensai à la grand-mère que j'avais à peine connue, à son regard plein de douceur, à toutes mes promesses envers elle, que je ne pourrais jamais tenir.

Et dans le secret de mon cœur, tendrement, je lui dis adieu.

17

La fin d'un long silence

Comme l'avait promis Cary, le bateau fut prêt le week-end suivant, pour son voyage inaugural. Cary lui fit d'abord faire quelques petits tours d'essai, naturellement, et passa la semaine à tout vérifier à bord. Côté météo, nous eûmes beaucoup de chance. Lorsque Cary vint me chercher ce samedi-là, de très bonne heure, il faisait un temps superbe. Seuls, quelques légers nuages dérivaient dans le ciel d'un bleu pur. Et, plus important que tout, la mer était calme, avec juste ce qu'il fallait de vent pour bien naviguer. Ce que les marins appellent « une bonne petite brise ».

Grandma Olivia ne fit pas de commentaires au sujet de cette sortie, ni pour approuver ni pour critiquer. Elle savait où j'allais, et pourquoi, mais elle ignora mes préparatifs. Son comportement changeait de façon spectaculaire, depuis l'enterrement de Grandma Belinda. Elle se repliait sur elle-même, ne parlait presque plus à table, et passait le plus clair de son temps dans le bureau de Grandpa Samuel, à remuer de vieux papiers. Elle fermait sa porte aux visiteurs et, de plus en plus souvent, se retirait pour faire la sieste.

Le juge Childs vint quand même la voir, et fut reçu ; mais ses visites étaient brèves, et il ne resta qu'une seule fois pour dîner. Un jour, juste après son arrivée, Grandma Olivia et lui s'enfermèrent dans le bureau pendant près d'une heure. Quand il en ressortit, le juge avait les traits tirés par la fatigue, et l'air très agité. Il s'en alla sans presque m'adresser la parole. Dès qu'il fut parti, Grandma Olivia monta se coucher, sans même jeter un regard de mon côté.

Malgré tout, elle s'enquérait chaque jour de mes progrès, commentait ma tenue, et m'enjoignait de ne rien faire qui pût compromettre ma réussite, présente et future. Mais ses paroles sonnaient creux. Elles n'étaient plus que la répétition machinale de principes, débitées sans conviction. Était-ce la mort de Grandma Belinda qui l'affectait à ce point ? Je commençais à éprouver de la compassion pour elle, ce dont je ne me serais jamais crue capable.

Je ne dis rien de toutes ces choses à Cary, et surtout pas le matin de notre grande journée. D'ailleurs il était si excité ce jour-là, que pendant tout le trajet jusqu'à la maison de Kenneth, c'est à peine si j'eus l'occasion d'ouvrir la bouche. Cary parlait tout le temps. Mais son exubérance était contagieuse, et même si j'en souriais, je me laissai gagner par son enthousiasme.

Fanny nous avait préparé un déjeuner froid : homard, salade, pain portugais, vin, gâteau et café. Kenneth et elle nous firent la surprise d'apparaître en tenues de marin assorties, et qui avaient grande allure. C'était la première fois que je voyais Fanny porter des vêtements vraiment élégants, et je la trouvai tout à fait séduisante.

— Il faut bien que je joue mon rôle à présent, non ? s'égaya Kenneth, arborant fièrement sa casquette de capitaine.

Nous étions si heureux tous les quatre que nous nous sentions littéralement rayonner. Pour un oui ou pour un non, notre joie fusait en rires. Kenneth et Cary se chargèrent de la manœuvre et nous filâmes vers le large, ivres de vent et de soleil.

L'écume nous fouettait le visage, l'air marin agitait nos cheveux, le bateau tenait ses promesses. Il fendait gracieusement les vagues, aussi rapide et docile que l'avait annoncé Cary. Kenneth affirma qu'un novice pourrait le piloter comme un loup de mer, et pour le prouver il me confia la barre. Fier comme Artaban, Cary arpentait le pont, vérifiant chaque pièce une à une, à seule fin de nous démontrer que tout fonctionnait à merveille.

Après avoir mouillé l'ancre, Kenneth et Cary pêchèrent un moment pendant que nous apprêtions notre petit festin, Fanny et moi. Ce fut un vrai régal, il n'en resta pas une miette. Puis je jouai du violon, et j'appris aux autres quelques chansons des montagnes que je tenais de Papa George. De toute ma vie je ne m'étais sentie aussi heureuse.

Un peu plus tard, nous nous étendîmes sur le pont, au soleil, et une douce torpeur ne tarda pas à nous gagner. Nous fîmes tous les quatre une petite sieste, puis il fut temps de repartir.

Avec un vent portant, le retour fut nettement plus rapide que l'aller. Fanny et moi poussions des cris aigus chaque fois qu'une vague se brisait sur la coque, nous arrosant de gouttelettes. En voyant se rapprocher la côte, j'eus le cœur serré. Je venais de vivre un des plus beaux jours de ma vie, et il était déjà fini.

Kenneth et Fanny avaient décidé que leur mariage aurait lieu le lendemain, en toute simplicité. Le juge les unirait chez lui, devant quelques amis proches, et il y aurait un dîner de fête. Puis Kenneth et Fanny s'en iraient à Montréal, pour une semaine de lune de miel. Cary et moi leur avions promis de nous occuper de la maison, et des deux petits chiots. Cary avait l'intention de les emmener chez lui chaque soir.

Il allait être très occupé, nous le savions tous. M. Longthorpe avait pris une décision ferme et venait de lui passer commande. Le contrat était signé. Kenneth lui avait proposé d'habiter chez lui et d'utiliser l'atelier. Il aurait une bonne raison de venir chez Kenneth, en tout cas. Pendant qu'il construisait son bateau, la maison de la Pointe était devenue notre paradis, en même temps qu'un refuge contre les regards indiscrets. Maintenant, cela pourrait continuer.

Ainsi, tandis que l'année scolaire tirait à sa fin, je m'autorisais à croire que l'arc-en-ciel après l'orage n'était pas un rêve, après tout. Penser à maman avait cessé d'être un tourment pour moi, j'acceptais l'idée qu'elle était partie. Je voyais rarement mon père, jamais Adam, et je n'entendais plus parler de lui non plus. Michelle m'évitait encore plus que je ne l'évitais moi-même. Il m'était facile de laisser tout cela derrière moi pour songer à l'avenir. Un avenir où il y avait place pour Cary, et pour mon amour.

C'est à tout cela que je pensais en revenant de notre petite croisière. Dorée par le soleil, enchantée de ma journée, j'avais hâte de la raconter à Grandma Olivia. Mais je trouvai la maison silencieuse et sombre, et découvris Loretta toute seule à la cuisine.

Elle m'apprit que Grandma Olivia n'était pas descendue pour dîner.

— Ce n'est pas son habitude, mais je lui ai monté un plateau et elle a mangé au lit. Je ne sais pas ce qu'elle a, déclara-t-elle avec indifférence, mais elle ne va pas bien.

Sur ce, sans manifester la moindre sollicitude, elle alla vaquer à ses travaux.

Depuis que j'habitais la maison, je détestais entrer dans la chambre de Grandma Olivia quand elle était au lit. Cette fois-ci encore, j'hésitai. Même si j'avais appris à la respecter, je n'éprouvais pas d'affection pour elle et je crois qu'elle n'en demandait pas. Si le juge lui parlait tendrement, ce qui devait être rare, ce n'était jamais devant moi. On aurait dit qu'il évitait toute manifestation de ce genre, de crainte qu'elle le tourne en ridicule.

Aujourd'hui, pourtant, j'étais inquiète pour elle et j'allai frapper à sa porte. N'obtenant pas de réponse, je frappai à nouveau, et cette fois sa voix affaiblie me parvint.

— Qu'est-ce que c'est ?

J'ouvris sans bruit et contemplai Grandma Olivia. Elle semblait plus menue que jamais dans ce grand lit, avec ses cheveux défaits, étalés sur les énormes oreillers. On aurait dit une enfant.

— Je voulais savoir comment vous alliez, Grandma. Loretta m'a dit que vous n'étiez pas descendue pour dîner, et j'ai…

— Je vais très bien, coupa-t-elle avec rudesse. Enfin… aussi bien que possible.

— Y a-t-il quoi que ce soit dont vous ayez besoin ?

Elle me dévisagea en haussant les sourcils, comme si j'avais posé une question stupide, et laissa échapper un petit gloussement méprisant.

— Besoin, dis-tu ? Oui, j'ai besoin d'un nouveau corps. J'ai besoin de jeunesse. J'ai besoin d'une famille avec un homme fort, comme l'était mon père. Non, je n'ai besoin de rien que tu puisses me donner. Alors…

Elle s'interrompit, et sa grimace fut presque un sourire.

— Tu crois en être arrivée au point où tu peux faire quelque chose pour moi ?

— Je voulais seulement dire…

— Je suis fatiguée. Très fatiguée. Lutter vous épuise. Cependant je ne réclame aucune compassion, et je ne veux pas qu'on s'apitoie sur moi. Je constate simplement une réalité que tu découvriras un jour, Melody. On vit, on travaille dur et on meurt. N'attends rien de plus et tu ne seras pas déçue. Tu peux m'envoyer Loretta pour qu'elle remporte ce plateau, ajouta-t-elle, en me donnant congé d'un geste de la main. Voilà ce que tu peux faire pour moi.

J'étais déjà presque à la porte quand elle me rappela.

— Un instant, s'il te plaît.

— Oui ?

— Je ne crois pas que j'assisterai au mariage, demain. Je n'ai aucun goût pour les festivités. Ce n'est pas un grand mariage, de toute façon.

— Le juge ne sera pas déçu ?

Grandma Olivia eut un petit rire cinglant.

— Rien ne m'est plus indifférent que le bonheur du juge Childs, lança-t-elle d'un ton acerbe.

Et sa tête retomba lourdement sur l'oreiller, comme si elle venait de se changer en pierre.

Je m'attardai un instant à la regarder. Je la plaignais, malgré sa richesse et son pouvoir. J'avais envie de lui crier : « Vous me faites pitié, avec votre obsession de la famille parfaite. Regardez où ça vous a menée ! Regardez ce que vous êtes devenue, après une vie d'efforts et d'amertume ! »

Les mots me brûlaient les lèvres, mais je les ravalai. Je refermai la porte, allai transmettre à Loretta la consigne de sa maîtresse et remontai me coucher. Je me mis au lit en pensant au mariage de Kenneth et de Fanny, en rêvant au mien, et en remerciant le ciel. J'aimais et j'étais aimée. Je ne connaîtrais pas le sort de cette malheureuse vieille femme.

Le lendemain matin, Grandma Olivia garda le lit. Elle ne me fit pas demander, et je ne montai pas non plus lui dire au revoir avant de partir. Comme convenu, Cary, tante Sarah et May vinrent me chercher. Ils furent profondément surpris d'apprendre que Grandma Olivia n'assisterait pas au mariage.

— Est-ce qu'elle est malade ? s'inquiéta ma tante.

— Je ne crois pas. Aucun microbe n'aurait l'audace d'infecter son corps, voyons !

Cary pouffa, mais tante Sarah parut choquée, comme si j'avais blasphémé.

Le mariage fut simple et très agréable. Le juge Childs ne parut pas tellement surpris par l'absence de Grandma Olivia, et il ne posa pas de question. Kenneth lui avait permis de célébrer son mariage, cela lui suffisait. Il était bien trop heureux pour permettre à quoi que ce soit de troubler la joie du moment.

Une longue table était installée sur la terrasse. Il y eut des hors-d'œuvre, du caviar et du champagne, puis on s'assit pour un repas léger, servi par le même personnel qu'à la réception du vernissage. Après quoi, on apporta un superbe gâteau de mariage.

Je fis la connaissance du frère et de la sœur de Kenneth, venus en famille, mais ils furent les premiers invités à prendre congé. Kenneth et Fanny n'étaient déjà plus là. Ils étaient partis avant tout le monde pour ne pas manquer l'avion de Montréal.

— Surveille bien Neptune, me recommanda Fanny quand je les accompagnai jusqu'à la jeep. Il adore enterrer les chaussettes de Kenneth dans le sable. Il pourrait bien faire pareil avec les vôtres.

Nous nous embrassâmes, et je lui murmurai à l'oreille :

— Je crois que ton thème était favorable, finalement.

— Oui, il l'était. Et s'il ne l'avait pas été, je l'aurais rectifié, répliqua-t-elle en riant.

Puis elle monta dans la jeep, aux côtés de Kenneth, et tendit le bras pour me serrer une dernière fois la main.

— Sois prudente, Melody. Mercure ne reçoit pas d'aspects harmoniques, ce mois-ci.

— Je serai prudente, la rassurai-je en lâchant sa main.

Au même instant, Cary s'approcha de moi et un sourire nous suffit pour nous comprendre. Pendant de longues journées, la maison de la plage serait à nous, à nous tout seuls. Nous aussi nous allions avoir notre lune de miel.

Mais cette semaine devait s'avérer particulièrement chargée, pour l'un comme pour l'autre. Cary se lança dans la construction du nouveau bateau, et je commençai à préparer mes examens de fin d'année. Pourtant, à la fin de chaque jour de classe, il m'attendait et nous allions ensemble chercher May. Elle s'était fait de nouveaux camarades et, heureusement pour nous, souhaitait partager leurs activités après l'école. Tante Sarah lui permit de recevoir une amie, ou même de se rendre chez elle à l'occasion, ce qui la tenait occupée.

Le plus souvent, je m'asseyais sur une couverture pour étudier, pendant que Cary travaillait au bateau. Un peu avant de me reconduire, il s'arrêtait et nous allions faire un tour sur la plage. Il faisait de plus en plus chaud. Si bien que le jeudi, en fin d'après-midi, Cary posa ses outils et proposa d'aller nous baigner.

— Sans maillot, ça te tenterait ?

Sans maillot ? Même si nous n'avions pas de voisins, et si la plage était le plus souvent déserte, la seule idée de me baigner nue en plein jour m'épouvantait.

— Et si quelqu'un vient ?
— Personne ne viendra.
— Quelqu'un pourrait passer, quand même.

Avec son sourire le plus provocant, Cary commença à déboucler sa ceinture.

— Tant pis, je n'ai pas peur.

Il s'assit sur le sable, ôta ses chaussettes et ses chaussures, puis se dévêtit rapidement et leva les yeux sur moi.

— Alors ?

Je portai lentement la main à mon chemisier. Cary se leva, marcha jusqu'au bord de l'eau et s'arrêta pour m'attendre. Quelques secondes plus tard je l'y rejoignais, nue moi aussi.

— Prête ? demanda-t-il en me prenant la main.
— Non. L'eau sera sûrement trop froide.
— Peut-être, mais ce sera délicieux, tu verras.

Nous entrâmes dans l'eau en courant, criant à chaque vague dont le contact nous faisait frissonner. Au bout d'une demi-minute, j'étais gelée. Je fis volte-face et repartis aussi vite que j'étais venue, suivie de

Cary, que mes clameurs aiguës faisaient rire aux éclats. Nous tombâmes tous les deux en même temps sur le sable chaud, et nous retrouvâmes dans les bras l'un de l'autre.

Je tremblais quand ses lèvres effleurèrent les miennes. Il me frotta vigoureusement le dos, m'embrassa encore, et soudain je cessai de trembler. Mais ce n'était pas le soleil qui me réchauffait et nous embrasait, lui et moi. C'était notre passion, l'ardeur brûlante du désir. Faire l'amour ainsi, en plein air et au risque d'être surpris, portait la moindre sensation à sa plus haute intensité. Le vent jouait dans mes cheveux, le sable me piquait les joues, et nos lèvres avaient un goût de sel. Mais rien ne comptait que l'émoi fiévreux, la faim exigeante que ressentaient nos corps l'un pour l'autre.

Quand ce fut fini, Neptune vint se jeter en gambadant sur nous et se mit à nous lécher le visage. J'éclatai de rire en même temps que Cary.

— Rien ne peut nous atteindre, ici, dit-il avec émotion. C'est notre jardin d'Éden. Je suis le garçon le plus heureux du monde, Melody.

Insouciants de notre nudité, nous échangeâmes des serments, que nous écrivions sur le sable. Puis nous nous étendîmes côte à côte, le regard perdu dans le bleu du ciel.

— Et dire que tu vas t'enfermer dans cette maudite école préparatoire ! se lamenta Cary. Comment ferai-je pour passer tous ces jours sans toi ?

Je me redressai pour prendre appui sur un coude.

— Ça ne m'emballe pas plus que ça, tu sais. Il se peut que je n'y aille pas.

— Que veux-tu dire ? Je croyais que tout était décidé ?

— Ça, c'est ce que croit Grandma Olivia. J'en suis moins sûre.

— Sérieusement ? Mais alors... qu'est-ce que tu ferais ?

Je le fixai longuement, sans mot dire, et je vis ses traits s'éclairer.

— Tu resterais simplement ici, avec moi ?

— Ce n'est pas impossible.

Une petite flamme joyeuse s'alluma dans ses yeux, pour s'éteindre presque aussitôt.

— Tu es major de ta promotion, Melody. Tout le monde penserait que tu as gâché tes chances.

— Mais je ne vis pas en fonction des autres, Cary. C'est de ma vie qu'il s'agit.

Il s'assit, l'air morose, et commença à se rhabiller.

— Ne faisons pas de projets, ni de promesses impossibles à tenir. Je ferais mieux de te ramener chez Grandma Olivia.

Je me levai, m'habillai en silence et le suivis jusqu'à la camionnette. Aucun de nous deux ne parla pendant le trajet.

— J'ai passé un merveilleux après-midi avec toi, Cary, dis-je quand il freina devant la maison. Et j'ai même préparé notre week-end. Grandma Olivia croit que je dors chez Theresa.

— Je sais combien tu détestes mentir, Melody.

— Si c'est pour être avec toi, ce n'est pas un mensonge, décrétai-je. C'est une nécessité.

Cette fois, il se dérida.

— À demain, alors, lança-t-il en repartant, le sourire aux lèvres.

J'attendis qu'il eût disparu au tournant de l'allée pour pénétrer dans la maison. Elle me semblait de plus en plus sombre et déserte, depuis quelque temps. Je frissonnais presque à l'idée d'y rentrer. J'avais à peine refermé la porte que Loretta se précipitait à ma rencontre.

— Je crois que vous devriez monter, mademoiselle Melody. Votre grand-mère ne répond plus quand je lui parle, je m'apprêtais à appeler le médecin.

— Elle ne répond pas ?

Loretta secoua la tête et me regarda monter, sans cacher son soulagement. Le problème ne la regardait plus. Avec un haussement d'épaules éloquent, elle retourna à ses fourneaux.

Je frappai discrètement à la porte de la chambre, attendis un moment et entrai. Grandma Olivia était étendue dans son lit, renversée dans l'énorme oreiller. Elle ne remua même pas la tête et je m'approchai lentement du lit.

— Grandma Olivia ?

Ses yeux se tournèrent dans ma direction, mais ses lèvres restèrent inertes. Une grimace grotesque déformait le coin droit de sa bouche. Brusquement, sa langue jaillit comme un petit serpent, et elle émit un son guttural qui me fit reculer d'horreur.

Puis je me ressaisis et soulevai légèrement sa couverture. Sa main droite était crispée sur sa poitrine, les doigts repliés comme une serre. Je vis des marques rouges là où elle s'était griffé le torse et le cou.

— J'appelle votre médecin ! m'écriai-je en me ruant vers le téléphone.

Et dès que ce fut fait, j'appelai aussi le juge Childs.

Un peu plus tard, alors que j'attendais dans le salon le résultat de l'examen, le docteur et le juge vinrent m'y rejoindre.

— Votre grand-mère a eu une attaque, m'annonça le médecin. Je voulais demander une ambulance pour la faire hospitaliser, mais elle veut absolument rester ici. Elle secouait tellement la tête pour se faire comprendre qu'elle m'a fait peur. J'ai envoyé chercher une infirmière, Mme Grafton, qui sera ici sous peu. Elle est très qualifiée, mais je pense qu'il faudra quand même hospitaliser votre grand-mère d'ici à quelques jours, conclut le praticien.

Puis il se tourna vers le juge, qui déclara aussitôt :

— Je m'occupe de tout.

— Est-ce qu'elle va guérir ? m'informai-je avec anxiété.

— À son âge, une guérison complète est peu probable. Une thérapie pourrait lui procurer une amélioration, mais là encore il faudrait qu'elle accepte d'entrer à l'hôpital. Pour l'instant, il vaut mieux qu'elle soit bien soignée chez elle et heureuse.

— Heureuse ?

Comment pouvait-on être heureux dans un état pareil ? me demandai-je. D'ailleurs, même avant cet accident, Grandma ne m'avait jamais semblé heureuse.

— Eh bien, disons qu'elle aura un plus grand confort ici, reprit le docteur. Elle dort, pour l'instant. L'infirmière ne va pas tarder à arriver. Bon courage, mademoiselle, ajouta-t-il en s'en allant.

Le juge l'accompagna jusqu'à la porte d'entrée, puis revint au salon.

— Ce n'est pas drôle de vieillir, constata-t-il avec un petit sourire malheureux. Mais c'est une femme incroyablement forte, elle pourrait surprendre ce médecin. Malgré tout...

Il hésita un instant et soupira.

— Après deux ou trois jours de ce régime, je pense qu'il faudra quand même l'hospitaliser. Quand cela se produira, j'aimerais que vous veniez habiter chez moi, Melody. Enfin... jusqu'à la fin de l'année scolaire, en tout cas.

— Merci, répondis-je évasivement, ne sachant trop quel parti prendre.

— Vous croyez que ça va aller, pour vous ?

— Mais oui, tout ira bien.

— Appelez-moi si vous avez besoin de quoi que ce soit, insista-t-il encore.

Puis il s'en alla et, vingt minutes plus tard, Mme Grafton arrivait. C'était une femme robuste d'allure très compétente, qui devait avoir dans les cinquante-cinq ans. Je montai avec elle à l'étage et elle entra aussitôt chez Grandma Olivia, pour l'examiner.

J'avais déjà fait préparer la chambre voisine pour elle, de toute façon. Je m'assurai que tout était en ordre, puis j'allai téléphoner à Cary.

— J'arrive tout de suite, dit-il dès qu'il fut au courant.

— Ce n'est pas la peine, Cary, je vais très bien. En fait, je préférerais me coucher tôt. J'ai un contrôle de maths, demain.

— Entendu. Nous passerons prendre des nouvelles.

— J'aimerais aller voir Grandpa Samuel d'ici à un jour ou deux, Cary. Pour le prévenir.

Je l'entendis soupirer.

— Il ne te reconnaîtra même pas, et il comprendra encore moins ce que tu lui diras.

— Peut-être, mais il faut le prévenir, m'obstinai-je. Personne d'autre ne le fera.

— Tu ne changeras jamais, n'est-ce pas, Melody ?

— Que veux-tu dire ?

— Même en ce moment, il faut que tu penses d'abord aux autres, répliqua-t-il avec un rire dans la voix. Ne fais pas attention, je te taquine. Mais quand même ! Je n'arrive pas à imaginer Grandma victime d'une attaque.

— C'est un être humain, Cary.

— Si tu le dis !

Sur le moment, l'humour de Cary me fit du bien. Mais plus tard, avant de m'endormir, je pensai à la triste condition de Grandma Olivia. Elle avait régenté sa famille avec une telle autorité, une telle dureté, qu'aucun des siens n'éprouvait la moindre compassion pour elle, au moment où elle en avait tant besoin. Elle avait beau soutenir que le sens du devoir lui suffisait, elle ne pouvait pas être satisfaite de sa vie, de tout ce qu'elle avait fait, même au nom de la famille. Je me refusais à le croire.

*
* *

L'état de Grandma Olivia s'améliora un peu, au cours des trente-six heures qui suivirent. Le médecin déclara qu'elle avait récupéré une certaine capacité d'élocution.

— Il ne sera pas facile de la comprendre, expliqua-t-il, mais ses progrès dépassent de loin mes prévisions. Elle commence même à retrouver l'usage de sa main. Nous verrons bien, ajouta-t-il, déjà moins certain de son diagnostic. L'infirmière va rester encore un peu, et je passerai tous les jours, promit-il en partant.

Le juge Childs vint aux nouvelles et resta presque toute la journée à la maison, m'apprit Loretta. Elle semblait s'en plaindre, comme si la présence du juge était une charge supplémentaire. Je crus deviner qu'elle avait espéré être un peu plus libre, avec la maladie de Grandma Olivia, et qu'elle était déçue dans ses espoirs.

Le lendemain après-midi, quand je rentrai du lycée, Mme Grafton m'annonça que Grandma Olivia désirait me voir. Je montai aussitôt et m'approchai lentement de son lit. Mme Grafton l'avait fait asseoir, et lui avait brossé les cheveux. Sa bouche était toujours figée, son bras reposait lourdement le long de son corps, mais quand je m'avançai elle me regarda fixement, tendit la main pour saisir la mienne et m'attira plus près d'elle.

— Ya-aa... proféra-t-elle avec difficulté.

— Grandma, restez calme, je vous en prie. Tout va bien.

— Yaa naa chaa-aagé...

Je ne comprenais rien. Elle renouvela sa tentative, mais c'étaient toujours les mêmes sons inarticulés, indéchiffrables. Finalement, Mme Grafton s'approcha d'elle et retira sa main de la mienne.

— S'il vous plaît, madame Logan. Essayez de vous détendre.

Grandma Olivia secoua vigoureusement la tête.

— Elle a le moral, constata l'infirmière, admirative. Elle est pleine de vigueur et d'énergie.

— Mais qu'essaie-t-elle de dire ? Vous la comprenez ?

— Elle a dit : « Rien n'a changé. » Quant à savoir ce que cela signifie pour elle, je l'ignore.

Mais cela, je l'avais compris.

— Elle veut dire que même à présent, elle entend continuer à tout diriger, madame Grafton. Je suis sûre qu'elle va s'en tirer, affirmai-je.

Et, encore tout étonnée par la vigueur de Grandma Olivia, je quittai sa chambre.

Le lendemain, Cary trouva le temps de m'emmener voir Grandpa Samuel. Nous n'y étions pas retournés depuis la mort de Grandma Belinda. Et maintenant, avec la maladie de Grandma Logan, je me sentais encore plus coupable. Qui pourrait s'assurer qu'il était bien traité, désormais, à part nous ?

Je me sentis mélancolique en revoyant M. Mandel. Il était assis tout seul sur un canapé, contemplant le plancher d'un œil morne. Dès qu'il nous aperçut, il releva la tête et sourit.

— Comment allez-vous, monsieur Mandel ?

— Bien, bien, ma chère. Cela fait plaisir de vous revoir.

Il semblait content, c'est un fait, et en même temps totalement désemparé, comme s'il n'était plus sûr de rien. J'aurais juré qu'il se demandait ce que nous venions faire là, et si Belinda était morte ou non. Je croyais entendre ses pensées tourner confusément sous son crâne.

— Je suis venue voir mon grand-père, expliquai-je. Samuel Logan.

— Ah oui, très bien. Je ne crois pas le connaître, ajouta M. Mandel en branlant du chef.

Puis il repiqua du nez sur ses chaussures.

Nous trouvâmes Grandpa Samuel dans sa chambre, assis près de la fenêtre, une couverture sur les genoux.

Il ne tourna pas la tête avant que Cary ne lui prenne la main.

— Bonjour, Grandpa. Comment te sens-tu, aujourd'hui ? Melody est là aussi, Grandpa.

Le regard de Grandpa Samuel se posa rapidement sur Cary, puis s'attarda sur moi.

— Tu l'as amenée, c'est bien. C'est très bien, marmonna-t-il, avant de se retourner vers la fenêtre.

Cary haussa les épaules, mais je m'approchai de Grandpa.

— Nous sommes venus vous dire que Grandma Olivia est malade, Grandpa Samuel. Le docteur ne pensait pas qu'elle irait mieux, mais c'est pourtant le cas.

Une fois de plus, Grandpa leva les yeux sur moi.

— Je ne voulais pas, mais elle a dit qu'il fallait le faire. Dis à ta mère que je regrette. Je ne voulais pas.

— C'est inutile, soupira Cary. Je t'avais prévenue. Il ne sait même plus où il est. Tout à l'heure, il ne se rappellera plus que nous sommes venus.

— J'ai bien peur que tu n'aies raison, acquiesçai-je.

Mais à cet instant Grandpa se retourna vers nous, le regard bien plus éveillé, cette fois-ci.

— Allez vérifier vous-mêmes, vous verrez que ce n'était pas moi. Je n'ai rien signé du tout.

— Que veut-il dire, Cary ? Où faut-il aller ? Pourquoi répète-t-il toujours la même chose ?

— Il n'a plus toute sa tête, tu sais bien. Ça ne veut probablement rien dire.

Mais Grandpa Samuel se reprit à marmonner :

— Je lui ai dit non. Je lui ai dit que c'était un péché.

Nous passâmes encore un quart d'heure à tenter de lui faire comprendre qui nous étions, et pourquoi nous étions là, mais tout fut inutile. Le présent lui échappait. Il dérivait dans ses souvenirs.

Cary me reconduisit à la maison, puis repartit travailler au bateau. J'avais beaucoup de travail à faire, en vue des examens. Mais tout en révisant, je continuais à penser à Grandpa Samuel et à sa terreur d'être blâmé. Pourquoi était-il soudain si scrupuleux, si intransigeant sur la morale ? Était-ce parce qu'il se sentait sur le point de rencontrer son Créateur ?

Comment s'y étaient-ils pris pour faire interner ma grand-mère alors qu'elle était si jeune ? Quel diagnostic avaient émis les médecins ? Qu'avait raconté Grandma Olivia sur elle ? La curiosité m'empêchait de me concentrer. Renonçant à travailler, je descendis, sortis par la porte de derrière et contournai la maison pour me rendre à la cave. C'était là que cette famille enterrait ses secrets, j'en savais quelque chose. Une partie du mystérieux passé de maman s'était éclairée pour moi, quand Cary m'avait amenée ici, l'année précédente. Et si Grandpa Samuel avait raison, cela valait la peine d'y retourner, pour voir ce que je pourrais découvrir d'autre.

Devant la porte métallique, j'hésitai. Qu'espérais-je trouver ici ? Et voulais-je le trouver ? Désirais-je vraiment mettre au jour toutes les horreurs cachées ? J'eus une pensée pour la pauvre femme qui gisait là-haut, prisonnière de son corps malade. Peut-être que justice était faite, à présent. Peut-être était-il temps d'oublier.

Et pourtant, je ne pouvais pas me résoudre à m'en aller. Était-ce de la curiosité morbide, ou simplement le besoin de comprendre ? Je descendis les marches, ouvris la porte du bas et tirai sur le cordon d'éclairage. L'ampoule nue qui pendait au plafond s'alluma. Mon regard balaya les étagères métalliques, le temps de situer les boîtes dans lesquelles nous avions découvert les photographies, un an plus tôt. Je m'en approchai, les ouvris et commençai à fouiller dans les vieux cartons, tout ramollis par l'humidité. J'y trouvai quantité d'autres photos et de vieux documents, bulletins scolaires, courrier, reçus, factures... bref, tout ce fatras de paperasses inutiles qu'on gardait dans toutes les familles, supposai-je.

Le contenu de toutes les boîtes se valait. Grandpa Samuel avait dû inventer tous ces mystères, ce qui n'avait rien d'étrange, vu son état. Au moins, j'étais fixée ! J'allais remonter quand je vis dépasser d'un tas de planches, de l'autre côté de la cave, ce qui ressemblait à un coin d'une boîte en fer. Je m'en approchai, soulevai les planches et dégageai un coffret de métal. Fermé à clef, hélas, et pas la moindre trace de clef dans les parages. Ma curiosité se réveilla.

Pourquoi cette boîte était-elle la seule chose qu'on avait pris soin de fermer à clef, et de cacher ? Je l'époussetai en soufflant dessus et l'emportai avec moi. Mais je ne rentrai pas tout de suite à la maison. Je me rendis au garage, où je savais trouver des outils, et dénichai un tournevis. Cela me prit du temps, mais je parvins à l'insérer sous le rebord du couvercle. Après quelques efforts, et beaucoup d'acharnement, la serrure céda, enfin ! Je relevai le couvercle.

Pas de photos, dans cette boîte. Rien que des documents, bien rangés dans des enveloppes à en-tête. J'en pris une, l'ouvris, en tirai les feuillets qu'elle contenait. Puis je m'assis sur une caisse et me mis à lire.

J'avais toujours pensé que lorsqu'on disait : « mon cœur se changea en pierre », ou : « mon sang se glaça dans mes veines », c'était une façon de parler. Il m'était arrivé d'employer ces expressions moi-même, en faisant la part de l'exagération. Le cœur humain ne pouvait pas s'arrêter de battre et revivre, ni un corps glacé se réchauffer tout seul. Pourtant, cela m'arriva et je crus que je ne pourrais plus jamais me relever, ni respirer ni émettre le moindre son. Je refusais le témoignage de mes yeux.

Mais il n'y avait aucune échappatoire, aucun déni possible. Fuir, nier, s'indigner, rien ne pouvait changer la réalité qui s'imposait à moi.

Je repris mon souffle et poursuivis ma lecture, de plus en plus épouvantée. J'hésitai presque à sortir tellement je tremblais, j'avais peur de ne plus tenir sur mes jambes. Finalement, tremblant toujours, je rangeai les papiers dans la boîte, rabattis le couvercle et me relevai.

Aucun orage, aucun ouragan, pas même un tremblement de terre n'aurait pu ébranler cette famille comme ce que je tenais dans mes mains.

18

Un si grand amour

Je montai lentement l'escalier de l'étage, chaque marche exigeant un effort plus grand, comme si mon corps me résistait. On aurait dit qu'il voulait m'empêcher de m'approcher du feu, alors que je l'y entraînais de force. C'était chez Grandma que j'allais, mais j'avais l'impression d'avancer vers la porte de l'enfer. Une porte derrière laquelle je m'attendais presque à trouver le diable.

Juste avant que je ne l'atteigne, elle s'ouvrit et Mme Grafton sortit de la chambre. Tout d'abord, elle ne me vit pas dans la pénombre. Mais je m'avançai d'un pas, dans la lumière, et elle étouffa un hoquet de frayeur. Non seulement je l'avais surprise, mais je devais avoir une mine à faire peur. Elle plaqua une main sur sa poitrine.

— Je ne savais pas que vous étiez là, mademoiselle Melody. Vous êtes sûre d'aller bien ?

— Il faut que je parle à ma grand-mère, annonçai-je d'une voix blanche.

— Elle somnole, vous savez. Enfin, la plupart du temps.

— Aucune importance. Je dois lui parler.

Mme Grafton haussa les épaules.

— Comme vous voudrez. Je descends manger un morceau, après quoi je lui apporterai son dîner.

J'acquiesçai d'un signe et, comme elle s'éloignait, je m'avançai vers la porte. Mais là, j'hésitai, la main en l'air. N'allais-je pas me réveiller d'un cauchemar, au moment où je toucherais la poignée de cette porte ? Tout cela était-il bien réel, ou étais-je en train de rêver ?

Non, je ne rêvais pas.

Je tournai le bouton et entrai dans la chambre.

Grandma Olivia était adossée à ses gros oreillers, les cheveux répandus en désordre et les yeux fermés. Sa bouche tordue et tuméfiée était légèrement ouverte. Elle aurait pu ressembler à n'importe quelle vieille personne, souffrant des atteintes de l'âge et attendant sa fin avec résignation. Mais ce n'était pas le cas. Ses diamants, ses draps de satin, sa lingerie somptueuse, tout proclamait qu'elle conservait son prestige et sa puissance. Elle aurait pu continuer à donner ses ordres d'outre-tombe.

Debout à son chevet, je l'observais sans indulgence. Sa frêle poitrine se soulevait et retombait, ses lèvres tremblaient, révélant quelques dents grisâtres. Son front se plissait quand des pensées fugitives la traversaient, images douloureuses et terribles, illuminant pour un instant les ténèbres qui l'habitaient.

J'attendis un moment, puis je posai la boîte près d'elle et l'ouvris. Ses paupières battirent, se refermèrent, se relevèrent. Elle dirigea sur moi un regard brumeux, qui devint de plus en plus lucide à mesure qu'elle se rappelait qui elle était, et qui j'étais moi-même. Ses lèvres s'écartèrent et elle émit un son unique, bref et rauque. Un ordre, selon toute vraisemblance. Je pris calmement la parole.

— Je suis venue vous poser quelques questions, Grandma. Et je vous préviens tout de suite que votre état ne m'empêchera pas d'insister.

Ses yeux s'arrondirent, à la fois de stupeur et d'indignation. Elle tenta de parler, mais je soulevai la boîte et la tins à bonne hauteur, pour qu'elle puisse la voir. Son regard dériva vers elle, s'y attarda, puis revint se fixer sur moi. L'angoisse la fit grimacer.

— Oui, Grandma. Je l'ai trouvée. Grandpa Samuel

en a dit assez pour piquer ma curiosité, je suis descendue à la cave où vous avez enterré vos péchés. J'ai trouvé cette boîte et découvert ce qu'elle contenait, dis-je en tirant le premier document de la liasse.

Je le tins un moment devant elle, puis je posai la boîte et dépliai le feuillet. Grandma Olivia parvint à secouer la tête, mais je poursuivis ce que j'avais commencé.

— Vous savez très bien ce qui est écrit sur ce papier, comme sur tous les autres, affirmai-je. J'en suis sûre, comme je suis sûre que vous les avez enfouis pour ne plus jamais les voir. Mais maintenant, vous les voyez. Regardez !

Je plaçai la page devant elle, et aussitôt elle essaya de s'en détourner. Mais je posai vivement la main sur son front et lui maintins la tête, l'obligeant à faire face au document. Et à moi aussi, par la même occasion.

— Pour qui vous preniez-vous ? Pour Dieu ? Qui vous a donné le droit d'agir ainsi ? D'imposer votre loi aux gens, de les plonger à votre gré dans la souffrance et le chagrin ? Comment avez-vous osé disposer d'elle, de la vie de ceux qu'elle aimait, et qui l'aimaient ? De quel droit vous arrogez-vous un tel pouvoir ?

Péniblement, Grandma Olivia s'efforça de parler.

— Fa... fammm...

— Comment avez-vous obtenu cela ? l'interrompis-je, tirant un autre document de la boîte. Comment l'avez-vous contraint à rédiger cet acte ? C'est en rapport avec tout le reste, n'est-ce pas ? Je trouverai, Grandma. Je découvrirai jusqu'au plus petit détail et je ferai éclater toute l'histoire au grand jour.

Les yeux de Grandma Olivia s'agrandirent démesurément et, pour la première fois depuis que je la connaissais, j'y lus de la terreur. Elle secoua vigoureusement la tête.

— Na-an-an-an...

— Oh, si, Grandma. Le précieux nom des Logan sera

traîné dans la boue, comme il le mérite. Malgré votre fortune, vous ne valez pas mieux que le dernier des criminels, pas plus que ceux qui vous ont aidée dans cette entreprise.

— Fam-mm...

— Vous allez encore prétendre que c'était pour le bien de la famille, c'est ça ?

Elle hocha la tête avec énergie.

— C'est un mensonge éhonté, Grandma Olivia. Ce que vous avez fait, vous l'avez fait pour vous. Pour préserver votre position dans la communauté, ou votre précieuse réputation. Ou bien pour vous venger de ceux qui, selon vous, ne vous accordaient pas l'amour et le respect que vous méritiez. Ne me jetez plus le mot « famille » à la figure, Grandma. La famille n'a été pour vous qu'une excuse pour tout le mal que vous avez commis. À présent, je le sais.

Elle cessa de secouer la tête et se contenta de me dévisager, le regard fixe. Je replaçai les papiers dans la boîte, rabattis le couvercle et la glissai sous mon bras.

— Je ne connais pas encore la fin de l'histoire, mais je la découvrirai, Grandma. Quand je vous vois dans cet état, je comprends que c'est seulement le début de votre châtiment. J'aurais pu avoir pitié de vous. J'ai failli faire ce qui vous déplaît tellement : vous plaindre. Mais vous pouvez vous rassurer. Je ne trouve pas en moi la moindre compassion pour vous, il m'est impossible de vous pardonner. Vous n'êtes plus chez vous dans cette maison, Grandma.

Je vis ses traits se crisper, mais rien n'aurait pu m'arrêter.

— Quand j'aurai tiré tout cela au clair, je demanderai au médecin de vous faire hospitaliser. Vous m'aviez dit de ne pas hésiter quand le moment serait venu, vous vous rappelez ? Eh bien, vous serez obéie. Tante Sarah, Cary et moi y veillerons, et le juge Childs ne s'y opposera pas. Il était au courant de cela aussi, je suppose ? demandai-je en élevant le coffret.

Grandma le fixa pendant quelques secondes et secoua la tête.

— Non ? Il ne savait rien ? Il y avait donc quelque chose qu'il n'aurait pas admis, finalement ? C'est ce qui vous a fait peur ?

Elle fit signe que oui et tendit la main dans ma direction, mais je reculai hors de sa portée.

— Rien de ce que vous pourriez dire, aucune parole, aucune explication, ne pourrait justifier le mal que vous avez commis, Grandma Olivia, ni la souffrance que vous avez causée.

Le son qui sortit de sa gorge fut si discordant que chaque fibre de mon corps en frémit. Réunissant ses dernières forces, elle se souleva et cria encore, mais je lui tournai le dos et quittai la pièce, refermant la porte sur son horrible plainte.

Puis je descendis les marches quatre à quatre et j'allai téléphoner à Cary.

— Il faut que tu viennes me chercher, Cary. Je voudrais que tu me conduises quelque part.

— Quand ?

— Tout de suite.

— Que se passe-t-il, Melody ? s'inquiéta-t-il. Tu parais toute bizarre.

Je lui répondis par une autre question.

— Tu vas venir, alors ?

— Bien sûr, mais...

— Merci, Cary. Un peu de patience, je t'expliquerai tout en temps voulu. Alors c'est d'accord ? Tu viendras ?

— Entendu, Melody. Compte sur moi.

Je reposai le combiné en soupirant de soulagement, consultai l'annuaire et composai le numéro de mon père. Ce fut sa femme qui décrocha.

— Pourrais-je parler à M. Jackson, s'il vous plaît ?

— De la part de qui ?

— Melody Logan, répondis-je avec brusquerie.
— Un moment, je vous prie.

Mon père ne devait pas être loin car je n'attendis que quelques secondes. Il prit un ton distant, très professionnel.

— Teddy Jackson à l'appareil.
— Retrouvons-nous à votre cabinet dans une demi-heure, décidai-je avec autorité.
— Je vous demande pardon ?
— Rendez-vous à votre cabinet. J'ai quelque chose à vous montrer et des questions à vous poser. Beaucoup de questions.

Cette fois, sa voix manqua d'assurance.

— Je ne suis pas sûr de comprendre.
— Vous comprendrez, affirmai-je. Venez sans faute.

Je raccrochai, le cœur battant, au moment où Mme Grafton sortait de la cuisine avec le plateau de Grandma Olivia. Elle me jeta un bref coup d'œil et se dirigea vers l'escalier.

Vingt minutes plus tard, Cary stoppait devant la maison et je sortis en courant, pour grimper aussitôt dans la camionnette. Il ne me laissa pas le temps de parler.

— Qu'y a-t-il, Melody ? C'est encore Grandma Olivia ? On l'a hospitalisée ?
— Pas encore, Cary. Emmène-moi en ville, demandai-je sans fournir d'explications.
— Où, exactement ?
— Au cabinet de mon père.
— Pour quoi faire ?
— Je t'en prie, Cary, implorai-je.

Il me dévisagea, le front plissé.

— Qu'est-ce qu'il y a, dans cette boîte ?
— Je t'expliquerai tout dès que je le pourrai, je te le promets. S'il te plaît, Cary. Fais-moi confiance.
— Je te fais confiance, affirma-t-il en redémarrant.

Puis il resta un moment silencieux, et nous étions déjà rue du Commerce quand il ajouta :

— Je n'y comprends rien, mais j'espère que tu m'expliqueras bientôt ce qui se passe. Je ne t'ai jamais vue agir de façon aussi étrange, Melody.

Je libérai un long soupir, mais sans répondre, et Cary accéléra. En arrivant devant le cabinet de Teddy Jackson, nous vîmes qu'il y avait de la lumière à l'intérieur, et que sa voiture était là. Elle occupait son emplacement réservé. Cary coupa le contact, ouvrit la porte et se pencha pour descendre, mais j'arrêtai son geste.

— Attends-moi là, Cary, s'il te plaît. Il y a une chose que je dois d'abord faire seule.

Cette fois, il parut vraiment inquiet.

— Tout ça ne me dit rien qui vaille, Melody. Tu as des ennuis, c'est sûr. Je pourrais t'aider, si seulement j'en savais plus.

— Je n'ai pas d'ennuis, crois-moi, il s'agit de tout autre chose. Un peu de patience, c'est tout ce que je te demande.

Avec une répugnance manifeste, il se redressa sur son siège et claqua la porte.

— Merci, dis-je, avant de sauter de la camionnette.

Les locaux du cabinet de mon père étaient fastueux. Tapis épais, fauteuils et banquettes en cuir dans la salle d'attente, murs lambrissés, tableaux de maîtres. Une vaste bibliothèque était consacrée aux ouvrages de droit. Et, dans le bureau personnel de mon père, des baies spacieuses donnaient directement sur le port. Debout devant l'une d'elles, il se retourna en m'entendant entrer. Il semblait assez contrarié d'avoir été convoqué de cette manière, et s'enquit d'une voix cassante :

— De quoi s'agit-il ?

— De ceci, dis-je en posant la boîte sur le grand bureau d'acajou.

Après un instant de surprise, il s'en approcha lentement.

— Qu'est-ce que c'est ?

Il ouvrit la boîte, en tira l'un des documents et commença à lire. Immédiatement, son visage s'empourpra.

— C'est elle qui vous a donné ça ?

— Non. Elle l'avait caché dans la cave.

Il expira longuement et se laissa tomber dans son fauteuil.

— Qui d'autre est au courant ?

— Seulement moi... pour le moment. Cary m'attend dehors dans la camionnette, mais je ne lui ai encore rien dit. Je veux d'abord tout savoir, jusqu'aux détails les plus sordides.

— Je n'en sais pas si long, répliqua mon père avec aigreur.

Mais je le foudroyai du regard, et il détourna les yeux d'un air coupable.

— Je ne voulais pas, mais elle m'a fait chanter, commença-t-il, et je compris qu'il était prêt à parler.

Je m'assis en face de lui, de l'autre côté du bureau.

— Continuez.

— J'ignorais qu'elle était au courant, pour Hellie et moi. Je me demande encore comment elle l'a su. C'est peut-être Hellie qui le lui a dit, pour la provoquer. Je n'en sais rien. Cette nuit-là, elle est venue ici, exactement comme vous, observa-t-il avec un léger sourire. Elle m'a dit ce qui s'était passé, puis ce qu'elle attendait de moi.

« Quand j'ai voulu lui résister, elle a déclaré qu'elle n'hésiterait pas à révéler publiquement ma conduite, à faire revenir Hellie, à ruiner ma carrière au moment où tout commençait si bien. Et j'ai cédé, avoua piteusement mon père. J'ai pris en charge toutes les formalités légales.

« J'en avais lourd sur la conscience, je n'osais plus regarder Jacob et Sarah en face. Mais elle a fini par me convaincre que c'était la meilleure solution, dans l'intérêt de tous.

— Oh, je ne doute pas de votre sollicitude, commentai-je avec dédain.

— Eh bien, je... c'était sa décision, après tout.

— Elle n'était pas le père. Elle n'était pas la mère. Ce n'était pas à elle de décider. Vous l'avez laissée jouer le rôle de Dieu ! vociférai-je.

Teddy Jackson parut se tasser dans son fauteuil et baissa la tête.

— Qu'est-elle devenue ? demandai-je encore.

Je ne voulais rien dire à Cary avant de connaître toute l'histoire, et surtout la fin de cette histoire.

Il releva les yeux sur moi.

— Olivia ne vous a rien dit ?

— Grandma Olivia a eu une attaque, je croyais que tout Provincetown était au courant. Elle ne peut pas parler. Alors ? Je vous écoute.

— Je sais seulement ce qu'Olivia m'a raconté, Melody. Laura et Robert Royce sont sortis en voilier, ils ont été surpris par l'orage et Robert s'est noyé. C'est Karl Hansen qui a retrouvé Laura, et par hasard. Il l'a remontée dans son chalut et l'a conduite immédiatement chez Olivia. Il avait travaillé pour Samuel, et savait qui elle était. Quand il l'a retrouvée en mer, elle tenait des propos incohérents, souffrait d'amnésie traumatique, et...

Comme pour ménager ses effets, Teddy Jackson laissa passer quelques secondes avant d'achever :

— Elle était nue. Olivia n'a pas apprécié ça du tout, naturellement. La situation était plus qu'embarrassante, et elle s'est chargée de la régler. Elle s'est assurée que Karl saurait se taire, et a décidé de faire interner Laura. Je me suis occupé des formalités légales de tutelle, et Laura a été emmenée... là où elle doit toujours se trouver, j'imagine. Je n'ai jamais...

— Pris la peine de savoir ce qu'elle était devenue ?

— Ce n'était plus mon affaire, protesta-t-il mollement. Avec le temps, j'ai fini par me dire qu'elle ne risquait plus de... Bref, que tout était pour le mieux.

— Ce qui soulageait votre conscience, bien sûr !

À présent, j'espère que nous pouvons compter sur votre aide, déclarai-je avec autorité. Dans toute la mesure du possible, précisai-je en me levant.

Il hocha humblement la tête, et je le toisai avec un mépris non déguisé.

— Quand j'ai découvert que l'homme que j'aimais comme un père n'était pas le mien, je me suis inventé une image de mon véritable père. Je le voyais comme un être merveilleux, qui ne savait peut-être même pas qu'il avait une fille. Mais qui, lorsqu'il connaîtrait mon existence, ferait tout pour me retrouver, m'aimer, s'occuper de moi. Je rêvais que nous aurions un jour une relation de père à fille qui comblerait tous mes désirs.

— Melody...

— Maintenant, me hâtai-je de poursuivre, je me réjouis que vous ayez choisi d'être un lâche. Je souhaite que personne, jamais, ne découvre que vous êtes mon père. J'en mourrais de honte.

Il rougit encore et, sans ouvrir la bouche, me regarda rassembler les papiers, puis les ranger dans la boîte.

— En fait, vous êtes exactement comme elle, conclus-je avec froideur. Pas étonnant que le hasard vous ait mis en présence.

— Melody...

Je tournai les talons et m'éloignai de cet homme, mon propre père, en espérant ne jamais le revoir.

*
* *

Cary lut les documents d'une traite, avidement, les déposa sur ses genoux et attacha sur moi un regard halluciné.

— Je ne comprends pas, proféra-t-il d'une voix atone, incapable de croire à une pareille machination, une pareille trahison.

Nous étions assis dans la camionnette, devant sa maison. De lourds nuages noirs avaient assombri le couchant, et maintenant, il pleuvait dru. Je lui racontai tout ce que j'avais appris par mon père.

— Et pendant tout ce temps, nous avons cru que Grandpa divaguait au sujet de Grandma Belinda ! conclus-je avec accablement.

— Mais comment a-t-elle pu faire une chose pareille ? Et pourquoi ?

Cary pleurait ouvertement, les larmes roulaient sur son menton sans qu'il cherche à les essuyer. Il ne semblait même pas en avoir conscience.

— Sa propre grand-mère, murmura-t-il. La mère de mon père...

— Avec sa façon de penser dénaturée, elle a dû croire qu'elle protégeait la famille, Cary. Rien ne peut justifier ce qu'elle a fait, et je la condamne tout autant que toi. Mais après avoir vécu avec elle, et appris d'autres choses à son sujet, je crois comprendre comment elle a pu en arriver là.

— Eh bien, pas moi ! Je ne comprendrai jamais.

Il ferma les yeux et renversa la tête, comme si son chagrin était une potion amère qu'il lui fallait avaler.

— Mon père... commença-t-il avec hésitation. Mon père se sentait très coupable envers Laura.

— Je sais.

— Et Grandma Olivia le savait, elle aussi. Elle devait le savoir, en tout cas.

— Peut-être. Ou peut-être ne voyait-elle que ses propres remords, Cary. Son propre chagrin, ses propres peurs.

— Il n'y avait pas une once d'amour en elle, marmonna-t-il entre ses dents. Je la hais comme je n'ai jamais haï personne. Je suis content qu'elle ait eu une attaque. J'espère qu'elle mourra cette nuit.

— Ne deviens pas comme elle, Cary. Tu finirais par être si plein de haine que tu ne saurais plus aimer.

Il me dévisagea longuement.

— Qu'allons-nous faire, Melody ? Dois-je parler à Ma tout de suite ?

— Non. Allons d'abord là-bas, décidai-je. Peut-être pourrons-nous la ramener à la maison.

À cette seule pensée, son visage s'éclaira.

— Puisses-tu dire vrai ! s'écria-t-il en tendant la main vers la clef de contact.

— Allons-y plutôt demain, Cary. Ce soir, il est trop tard.

— Non. Je ne supporte pas l'idée de la laisser là-bas cinq minutes de trop. Allons-y maintenant. Je sais où ça se trouve, ajouta-t-il en jetant un coup d'œil aux documents. C'est à quatre heures, quatre heures et demie de route environ.

— Mais ce sera le milieu de la nuit !

Il tourna la clef de contact.

— Et alors ? Je peux te déposer chez toi, si tu veux.

— Cary Logan, tu crois vraiment que je te laisserais faire ça tout seul ? En route. Nous n'aurions probablement pas dormi, de toute façon. Tu ne penses pas que tu devrais aller parler à ta mère ?

— Non. Je n'ai pas envie de dire un mensonge de plus, même bien intentionné.

— Entendu, acquiesçai-je en souriant. Mais nous devons être prêts à tout, je te préviens.

Je lui souris, et il me rendit mon sourire.

— Je suis prêt. Aussi prêt qu'on peut l'être, affirma-t-il en appuyant sur l'accélérateur.

Le voyage fut long et fatigant. Cary parla de Laura comme il ne l'avait jamais fait, citant ses paroles, évoquant toutes sortes de choses qu'ils faisaient ensemble. Je sentis qu'il s'était interdit toutes ces pensées, au cours des deux dernières années. Il avait trop peur d'en souffrir.

Plusieurs fois, dans les moments où il se taisait, je le vis pleurer en silence et je partageai son chagrin.

Comment Grandma avait-elle pu assister au service funèbre en sachant ce qu'elle savait ? Comment avait-elle pu croire qu'elle agissait pour le bien de tous, regarder souffrir son fils et ne rien dire ? D'où lui venait une telle dureté de cœur ? De son enfance, supposai-je. Il fallait qu'elle ait été sevrée d'amour, pour devenir ce qu'elle était devenue.

Je n'aurais pas dû être tellement surprise, au fond. Elle avait chassé sa sœur de son foyer sans un regret, et avait fait la même chose avec son mari. Les individus comptaient pour rien, en face de son culte fanatique pour la famille. Correction, prestige, respectabilité, richesse et pouvoir formaient les cinq branches de son étoile fétiche, l'astre unique qui la guidait dans la vie.

Je fermai les yeux et dus m'endormir un bon moment, car lorsque je les rouvris nous approchions d'une petite ville. J'aperçus les lumières d'un restoroute ouvert toute la nuit.

— Tu veux un café, ou manger quelque chose ? proposa Cary.

J'acceptai avec empressement.

Nous nous accordâmes une pause, et commandâmes du café et des beignets. Cary mangea et but dans un silence farouche, concentré sur sa colère. Je me gardai bien de troubler ses pensées. Au bout d'un moment je lui pris la main, lui souris, et il émergea de sa rêverie.

— Je vais bien, me rassura-t-il. Tout va s'arranger.

— Oui, Cary, tout va s'arranger. J'en suis sûre.

Nous roulâmes encore une bonne heure avant d'arriver à l'institution. C'était un grand bâtiment de pierre, avec une aire de stationnement sur la gauche. Il faisait trop sombre pour bien y voir, mais nous distinguâmes un grand parc ceint de hautes clôtures et, tout au fond, des bois.

Le porche et la façade étaient éclairés. Une fois garé

sur le parking, Cary coupa le contact et nous restâmes assis sans bouger, rassemblant nos forces.

— Prête ? demanda enfin Cary.

Je fis signe que oui et nous descendîmes, pour nous diriger aussitôt vers l'entrée. La porte était fermée, bien sûr, mais à côté de la sonnette une plaque indiquait : « Ne sonner qu'après vingt-deux heures. » Cary pressa le bouton et nous attendîmes. À cause de la réflexion des lampes extérieures sur le verre, il n'était pas facile de voir à travers la porte vitrée. J'eus la vision d'un petit vestibule, précédant une porte à double battant. Comme personne ne venait, Cary sonna de nouveau, plus longtemps cette fois-ci.

— Il est vraiment très tard, Cary.

— Il y a forcément quelqu'un, s'obstina-t-il.

Finalement, la porte du fond s'ouvrit et un grand gaillard aux cheveux roux, en chemise claire et pantalon blanc, s'avança jusqu'à l'entrée. À travers la vitre, il nous examina d'un œil soupçonneux avant de nous ouvrir.

— Qu'est-ce que vous voulez ?

— Nous venons chercher quelqu'un, annonça Cary avec assurance.

— Quoi ?

— Je viens chercher ma sœur.

La stupéfaction du jeune rouquin fit place à la mauvaise humeur.

— Mais qu'est-ce que vous me chantez là ? Il est presque trois heures du matin !

— Je me moque éperdument de l'heure qu'il est. Ma sœur ne devrait pas être ici, gronda Cary en s'avançant entre l'homme et la porte.

L'autre s'empressa de reculer.

— Vous ne pouvez pas entrer à une heure pareille, je regrette. Les visites commencent à dix heures du matin.

— Eh bien, nous sommes là et nous entrerons,

déclara fermement Cary. Allez chercher un responsable.

L'homme rétrograda vers la porte du fond, et Cary tendit le bras pour empêcher le battant de se refermer.

— Vous allez au-devant de graves ennuis, menaça le surveillant, furibond.

— Très bien, j'en prends note. Et maintenant allez chercher un responsable, quel qu'il soit. Tout de suite ! rugit Cary.

L'employé détala sans demander son reste, et nous entrâmes dans le hall de réception. L'endroit était d'apparence confortable et parfaitement banal. À gauche, un comptoir d'accueil à guichet vitré, sur la droite des banquettes, des fauteuils, des tables basses chargées de revues et un poste de télévision. Juste en face de nous, une porte qui devait mener à l'institution. Nous n'eûmes pas longtemps à attendre. Des pas résonnèrent bientôt derrière cette porte, et elle s'ouvrit devant une petite femme trapue, aux cheveux bruns coupés très court, en uniforme d'infirmière. L'étoffe empesée de sa blouse crissait à chacun de ses pas sur ses larges hanches. Ses petits yeux noirs, luisants comme des pépins de pomme, se fixèrent sévèrement sur Cary.

— De quoi s'agit-il ? s'informa-t-elle aigrement.

— Ma sœur a été illégalement internée ici, madame. Nous sommes venus la rechercher.

Elle dévisagea Cary, la mine perplexe, puis jeta un bref regard au rouquin.

— Dois-je appeler la police, madame ?
— Pas encore.

Manifestement, l'incident piquait sa curiosité. Elle tenait à la satisfaire.

— Qui êtes-vous, et qui est cette sœur que vous réclamez ?

— Je suis Cary Logan, madame, et voici Melody Logan. Ma sœur se nomme Laura. Montre-lui les papiers, Melody.

Sous l'œil méfiant de l'infirmière, je tirai quelques

feuillets de la boîte et les lui tendis. Elle commença immédiatement à lire. Quand elle eut terminé, elle me parut un peu radoucie.

— Vous venez seulement d'être mis au courant, c'est ça ?

— Oui, répondit Cary. Aujourd'hui. Ces papiers sont faux, ma sœur avait des parents et n'était pas sous tutelle.

— Où sont vos parents ? Pourquoi ne sont-ils pas venus avec vous, s'il en est ainsi ?

— Mon père est décédé récemment, et ma mère... ma mère n'est pas en état de faire le voyage. En fait, elle ne connaît pas encore la vérité.

L'infirmière me rendit les documents.

— Cela est une question juridique, déclara-t-elle. Ce n'est pas de mon ressort.

— Écoutez, nous...

— Mais au sujet de votre sœur, poursuivit-elle tranquillement, je crains que vous n'arriviez trop tard.

— Vous dites ?

Mon cœur manqua un battement. Je me rapprochai de Cary et lui pris la main.

— Malheureusement, annonça l'infirmière avec précaution, cette jeune fille est morte peu de temps après son admission chez nous.

— Morte ! Comment ?

— Elle s'est noyée. Nous en avons informé sa grand-mère. Elle figurait comme la plus proche parente sur nos registres.

— Mais comment a-t-elle pu se noyer ?

L'infirmière hésita un moment avant de répondre.

— Ce fut un acte délibéré, avoua-t-elle, et je ne suis pas autorisée à vous donner d'autres détails. Il y a toujours des complications légales, dans ce genre de situation. Toutefois, s'empressa-t-elle d'ajouter, nous n'avons rien à nous reprocher. Je ne comprends pas qui vous êtes ni ce que vous venez faire ici.

Cary la fixa d'un air égaré, refusant toujours de la croire.

— Je veux voir ma sœur, exigea-t-il. Tout de suite.

L'infirmière haussa les sourcils.

— Vous ne comprenez donc pas ce que je vous dis ?

— Viens, Cary. Allons-nous-en, tentai-je de le convaincre.

— Non. Je veux la voir. Maintenant. Je ne partirai pas avant de l'avoir vue.

— Appelez la police, ordonna l'infirmière au grand rouquin.

Il tourna les talons et disparut en un clin d'œil.

— Partons, Cary, m'efforçai-je de le raisonner. Cela ne sert à rien d'insister.

Mais il se tourna vers l'infirmière, l'air accusateur.

— Vous mentez. Ma grand-mère vous a fait la leçon. C'est ce qu'on vous a chargée de répondre au cas où nous viendrions, n'est-ce pas ?

— Absolument pas, jeune homme. Je ne sais strictement rien de vous, et je ne mens jamais au sujet de mes patients, rétorqua-t-elle avec raideur.

Sur ces entrefaites, un nouvel employé apparut, un homme d'âge mûr nettement plus massif et plus vigoureux que son collègue. Une véritable armoire à glace.

— Un problème, madame Kleckner ?

— Oui. La police est prévenue, Morris. Personne n'est autorisé à pénétrer dans l'hôpital, ajouta-t-elle à l'intention de Cary.

Je tentai à nouveau de lui faire quitter les lieux.

— Je t'en prie, Cary. Ne restons pas là.

Autant vouloir déraciner un arbre : il ne bougea pas d'un pouce. Le colosse prit position devant la porte et Mme Kleckner se tourna vers moi.

— Je ne vous ai pas menti, mademoiselle. Adressez-vous à qui de droit, et vous verrez que j'ai dit la vérité. Cette attitude ne peut que vous valoir de graves ennuis.

— Je suis désolée, m'excusai-je. Nous venons à peine

de découvrir ce qui s'est produit, et cela s'est fait de façon illégale. Vous pouvez imaginer quel choc nous avons éprouvé, j'en suis sûre. C'est pour cela qu'il est si bouleversé, mais nous ne voulons pas vous créer de problèmes, tâchez de le comprendre.

Après quelques secondes de réflexion, l'infirmière hocha la tête.

— Attendez-moi ici. J'ai quelque chose qui pourrait vous aider à accepter ce que je vous dis, déclara-t-elle en s'en allant.

Presque aussitôt, le grand jeune homme roux rejoignit son collègue. Il se plaça près de lui, bloquant la porte, et nous jeta d'un air satisfait :

— Ça y est, les flics sont en route.

— Cary, chuchotai-je, tout ça va mal finir.

Mais il ne dut même pas m'entendre. Il défiait du regard les deux surveillants, et ne les quitta pas des yeux jusqu'au retour de l'infirmière. Elle portait un petit sac en tapisserie.

— Tenez, c'étaient ses effets personnels. Je tenais à vous montrer ceci, dit-elle en produisant un épais cahier relié. C'était son journal. Ses médecins l'encourageaient à le tenir, espérant que ses souvenirs l'aideraient à retrouver son identité. Apparemment, personne n'est venu le réclamer. Croyez-vous que je vous le donnerais, si elle n'était pas morte ? ajouta Mme Kleckner d'un ton plus froid.

Je pris le sac avec le journal et tirai la main de Cary.

— Je t'en prie, Cary. Elle a raison.

Son visage se décomposa. Il acceptait enfin la vérité.

— Où est-elle enterrée ? demanda-t-il à voix basse.

— Je l'ignore. Il vous faudra prendre contact demain avec M. Crowley, le directeur. Il vous dira ce qu'il sait. Il sera dans son bureau à neuf heures. À présent, je vous prie de quitter les lieux, ajouta l'infirmière sur le ton de la menace. La police est en route et pourrait vous mettre en état d'arrestation, si vous refusiez de partir.

— Cary...

— Nous arrivons trop tard, murmura-t-il, davantage pour lui que pour moi.

L'expression de Mme Kleckner s'humanisa.

— Je suis navrée, mais je vous ai dit la vérité. J'en ai même fait plus que je n'aurais dû, en tout cas plus que M. Crowley ne l'approuverait, j'en suis sûre.

— Merci, dis-je en tirant Cary un peu plus fort.

Cette fois, il se laissa entraîner.

— Laura, souffla-t-il d'une voix à peine audible. Pardon d'être arrivés trop tard.

Nous allions remonter dans la camionnette quand la voiture de patrouille s'arrêta devant l'entrée. Les officiers de police parlèrent un instant avec Mme Kleckner, puis nous posèrent quelques questions. Quand nous leur eûmes promis de nous en aller tout de suite, ils nous laissèrent partir.

Cary accomplit le trajet d'une traite, puisant ses forces dans sa colère et dans sa haine. C'est à peine si nous échangeâmes plus de quelques mots. Tout ce qui lui importait, désormais, était de découvrir où Laura était enterrée.

La matinée était bien avancée quand nous arrivâmes chez Grandma Olivia. Nous étions à demi morts d'épuisement, mais l'émotion nous soutenait. Ce que nous ne pouvions pas prévoir, c'est la nouvelle qui nous attendait.

À peine étions-nous entrés dans la maison que nous vîmes accourir Loretta, la mine renversée.

— Où étiez-vous passée, mademoiselle Melody ? L'état de votre grand-mère s'est aggravé brusquement pendant la nuit, on a dû l'hospitaliser.

— Elle ne va pas mourir, grommela Cary à mon intention. Elle ne peut pas s'en tirer comme ça.

Les yeux de Loretta faillirent lui sortir de la tête.

— Quoi ?

— C'est sans importance, ne faites pas attention. Nous allons à l'hôpital tout de suite, me hâtai-je de répondre.

Quelques secondes plus tard, nous étions partis.

À l'hôpital, nous trouvâmes le juge Childs dans le couloir, en conversation avec le médecin.

— Melody! s'exclama-t-il. Où étiez-vous? Nous étions tous fous d'inquiétude.

Cary répondit pour nous deux.

— Peu importe où nous étions. Comment va-t-elle? Est-ce qu'elle peut parler?

— Je crains que non, déclara le médecin. Elle est dans le coma.

Les épaules de Cary s'affaissèrent.

— Vous étiez au courant, pour Laura? demanda-t-il au juge.

— Pour Laura? Comment ça? Au courant de quoi?

— Il ne sait rien, Cary, intervins-je. C'est Grandma qui me l'a dit.

Le juge m'adressa un regard intrigué.

— Mais de quoi parle-t-il, Melody?

Nous nous rendîmes à la cafétéria et, pendant que nous buvions quelque chose, je racontai toute l'histoire à mon grand-père. Il en fut horrifié.

— J'ai l'impression que je ne l'ai jamais vraiment connue, commenta-t-il. Me cacher une chose pareille! Elle était très autoritaire, très secrète et n'avait besoin de personne. Je suis désolé, ajouta Nelson Childs à l'intention de Cary. Je découvrirai ce que vous voulez savoir. Rentrez chez vous, tous les deux, et tâchez de vous reposer. Je me charge de tout.

— Merci, Grandpa, répondis-je, m'attirant un sourire ému.

Je rentrai avec Cary, pour l'aider à s'expliquer avec tante Sarah et May, puis nous allâmes nous reposer dans son grenier où je m'endormis dans ses bras.

Où aurais-je pu me sentir mieux que là, blottie sur sa poitrine? C'était l'endroit le plus rassurant qui fût au monde.

ÉPILOGUE

Grandma Olivia mourut le surlendemain, sans avoir repris connaissance. Le médecin dit que c'était une bénédiction. Car si elle était sortie du coma, son état aurait été beaucoup plus grave, et Olivia Logan n'était pas femme à supporter de vivre diminuée.

Cary ne voulait pas assister à ses obsèques, mais une chose étrange m'arriva. Tout à coup, je vis les choses du point de vue de Grandma Olivia. Pourquoi laver notre linge sale en public ? Pourquoi plonger la famille dans l'embarras ?

— Après tout, expliquai-je, tu as toujours l'intention de bâtir ta vie ici, Cary.

Il m'écouta et finit par sourire.

— Personne n'est plus apte que toi à succéder à Grandma, Melody. Je me moque éperdument de sa réputation, mais j'admets qu'il faut sauver la face. Je sens que je vais avoir besoin de toi pour m'empêcher de faire des sottises, à partir de maintenant, ajouta-t-il pour me taquiner.

Kenneth et Fanny étaient rentrés du Canada, et nous passâmes une soirée ensemble, tous les quatre, à discuter des récents événements.

— C'était une femme dure et froide, observa Kenneth, si intimidante qu'elle en imposait à tous les hommes, surtout à ceux de sa famille. Elle m'inspirait une véritable terreur quand j'allais voir Hellie, Chester et Jacob. Nous lui obéissions au doigt et à l'œil. Quant à sa vie... elle ne m'a jamais donné l'impression d'être heureuse.

— Elle ne voulait pas que les autres soient heureux non plus, marmonna Cary.

Aucun de nous ne fit de commentaires. Mieux valait laisser passer l'orage, en attendant que le soleil brille à nouveau.

Les funérailles furent aussi impressionnantes qu'on pouvait le prévoir. Nous décidâmes de ne pas aller chercher Grandpa Samuel. Il ne comprenait rien à ce qui se passait, et cela n'aurait fait que le perturber davantage, nous fûmes tous d'accord là-dessus.

Je ne sais pas comment je fis pour réussir mes examens de fin d'année, mais j'y parvins, et mes notes furent aussi bonnes que je l'avais d'abord espéré. En tant que major de promotion, c'est à moi qu'incombait l'honneur de prononcer le discours, le jour de la remise des diplômes. Je restai chez tante Sarah, m'enfermai dans ce qui avait été la chambre de Laura et passai presque deux jours à travailler mon texte.

Depuis la mort de Grandma Olivia, j'étais revenue vivre avec tante Sarah, Cary et May. Je ne supportais pas l'idée de me retrouver dans la grande maison déserte, hantée d'ombres sinistres et de secrets, de noirs secrets.

Le juge étudia tous les documents de la succession et un beau jour, nous nous rendîmes tous chez lui pour apprendre ce qu'il en était. Grandma Logan avait tenu ses promesses. Elle avait laissé des instructions pour que la presque totalité de la fortune familiale soit confiée, en temps voulu, à ma seule responsabilité. En attendant, ces biens et avoirs seraient gérés par ses banquiers, sous la tutelle du juge Childs, désigné comme exécuteur testamentaire.

— Vous devrez prendre une décision au sujet de la maison, déclara-t-il. Vous pouvez la mettre en vente, ou y habiter.

Ma décision fut vite prise.

— Mettons-la en vente, c'est préférable. Je doute qu'elle abrite beaucoup de souvenirs heureux.

— Je vous comprends.

Nelson Childs n'en dit pas plus, mais son regard parlait pour lui.

Avec une telle fortune entre nos mains, Cary pouvait espérer voir ses projets prendre forme. Il pourrait mettre sur pied son entreprise de construction navale, modestement d'abord, puis sur une plus grande échelle. Kenneth lui donna des conseils, et tous deux se mirent en quête d'un site pour y bâtir des ateliers.

La veille de la remise des diplômes, nous allâmes nous promener sur la plage, Cary et moi. Il n'aurait servi à rien de me coucher tôt, je n'aurais pas pu m'endormir. J'étais bien trop nerveuse. Notre famille était le point de mire de la communauté, depuis la mort de Grandma Logan. J'étais certaine que chaque mot de mon allocution obtiendrait toute l'attention du public.

— As-tu pensé à ce que tu comptais faire ensuite, Melody ? me demanda soudain Cary.

Nous nous arrêtâmes au bord de l'eau, contemplant le sillage argenté de la lune, chemin clair qui menait à l'autre bout du monde.

— Je n'irai pas dans cette école préparatoire, Cary. La vie qu'a programmée Grandma Olivia pour moi n'est pas celle que je souhaite.

— Mais tu es si brillante ! Tu pourrais aller à l'université, je le sais.

— Je n'ai pas envie d'y aller juste pour pouvoir me vanter d'y être, Cary. J'irai peut-être dans un an, on verra, mais il faudra que ce soit près d'ici. Je crois avoir une idée assez claire de ce que je veux, maintenant.

Il se retourna pour me faire face.

— Et qu'est-ce que tu veux ?

— Quelque chose de plus simple, mais de plus substantiel. Je veux ce que je n'ai jamais eu, Cary. Une vraie famille. Un véritable amour.

— Et tu crois que tu pourrais avoir ça... avec moi ? Tout de suite ? demanda-t-il timidement. Nous pourrions faire démarrer l'entreprise ensemble, bâtir notre propre maison, et...

Je posai un doigt sur ses lèvres.

— Je me demandais quand tu aurais l'audace de me poser la question, Cary Logan !

Il sourit, m'embrassa, me serra contre sa poitrine. L'océan parut miroiter plus encore, et les étoiles... les étoiles n'avaient jamais été aussi étincelantes.

Le lendemain, il fit un temps splendide. Pas un nuage au ciel, un vent léger et doux, juste ce qu'il fallait pour que la cérémonie ait lieu en plein air. Je commençai mon discours par les premières paroles d'un chant que m'avait appris Papa George.

J'ai fait un long chemin depuis chez moi,
Avec l'espoir et la prière pour seul bien,
Mes souvenirs pour tout bagage,
Et pour me tenir chaud au cœur pendant les nuits solitaires.

Je m'adressai à mes camarades et comparai cette journée au moment où le marin lève l'ancre pour prendre le large ; où nous devenons maîtres de notre destin, comme un capitaine est maître à son bord. Nous laissons nos parents, nos amis et nos professeurs sur la rive, pour choisir notre propre route. Je parlai de la chance qui nous était offerte, de ce que nous devions à nos familles et à nos maîtres. Je terminai en chantant les premières phrases de *Ce pays qui est le vôtre*, et une chose merveilleuse arriva : tout le monde se mit à chanter avec moi.

Je reçus une ovation étourdissante, après quoi je fus accablée de félicitations. Des gens qui ne me connaissaient pas beaucoup vinrent me dire que Grandma Olivia aurait été très fière de moi, et Cary grinça des dents, prêt à exploser. Je lui jetai un regard sévère et il parvint à contenir sa colère.

Après la cérémonie, il y eut une réception chez tante Sarah. Kenneth, Fanny et le juge Childs y assistèrent, ainsi que Roy Patterson et Theresa. Cary fit griller des palourdes, je jouai du violon. Le juge Childs réclama une part du gâteau pour l'apporter à Grandpa Samuel, le lendemain.

Cary et moi choisîmes une date pour notre mariage, la plus proche possible étant donné les circonstances. En attendant, je passai mes journées avec tante Sarah et May, pendant que Cary travaillait au bateau et mettait en route la construction des ateliers, sur l'emplacement qu'ils avaient trouvé, Kenneth et lui.

Un matin, May entra tout excitée dans la salle de séjour pour m'apporter mon courrier, une carte postale envoyée de Palm Springs, en Californie. Le texte en était assez bref.

Salut !
Je viens juste de penser à t'écrire pour t'annoncer que j'ai quitté Richard. Je suis avec un véritable impresario, cette fois. Il m'a même emmenée en vacances à Palm Springs, et il dit que j'ai de grandes chances de réussir.
Croise les doigts pour moi,

Gina Simon.

— Qui est Gina Simon ? demanda May, d'abord par signes puis en articulant soigneusement sa question.

— Oh, juste une vague relation, en fait. Personne d'important.

Je lançai la carte dans la corbeille à papiers, mais un peu plus tard, je l'en retirai.

Ce fut plus fort que moi. J'étais comme un voyageur égaré dans le désert, cherchant désespérément une goutte d'eau. Qu'aurais-je pu faire d'autre ? Je montai dans ma chambre et la rangeai avec mes autres souvenirs, puis mon regard tomba sur le sac en tapisserie de Laura. Il contenait toutes ses possessions, les seules choses qu'elle laissât derrière elle, à la fin d'une étrange et tragique existence. Ni Cary ni moi n'avions encore osé y toucher.

Je ne pouvais pas continuer à les ignorer, pourtant. J'ouvris le sac et en tirai l'épais carnet de notes qui avait été le journal de Laura. Puis je descendis, allai m'asseoir derrière la maison sur la banquette qui faisait face à l'océan, et je commençai à lire.

Il y a très longtemps de cela, ma vie était pareille à un conte de fées... Je levai les yeux de la page et pris une longue inspiration.

Au loin, sur la mer d'huile, un voilier semblait peint sur l'horizon bleu, où quelques nuages immobiles paraissaient attendre le vent, eux aussi. Un calme impressionnant régnait partout, le monde entier s'était figé, retenant son souffle. Même les mouettes s'étaient posées sur la plage et me regardaient, sans bouger.

Puis le vent revint, fredonnant une chanson que j'aurais voulu pouvoir chanter pour Laura, pour Cary, pour nous tous.

Je la chanterais, je le voulais, je me le promis.

Oui, je le savais à présent. Un jour, je chanterais cette chanson.

5772

Composition Chesteroc International Graphics
Achevé d'imprimer en Europe (France)
par Maury-Eurolivres – 45300 Manchecourt
le 8 janvier 2001.
Dépôt légal janvier 2001. ISBN 2-290-30928-1

Éditions J'ai lu
84, rue de Grenelle, 75007 Paris
Diffusion France et étranger : Flammarion